刘精瑛 著

# 一代之文学

——20世纪上半叶中国
文学史中的古代戏曲研究

文化艺术出版社
Culture and Art Publishing House

# 目录 |

**绪　论** …… 1

**第一节　研究对象、研究现状、研究意义及版本选择** …… 1

　　一、研究对象 …… 1

　　二、研究现状 …… 3

　　三、研究意义 …… 5

　　四、文学史版本的选择 …… 6

**第二节　戏曲进入 20 世纪中国文学史背景初探** …… 8

　　一、观念的转变 …… 8

　　二、西方文化的影响 …… 13

　　三、戏曲实力的增强 …… 14

**第三节　外国人撰著的中国文学史与戏曲** …… 22

　　一、瓦西里耶夫《中国文学史纲要》：世界第一部中国文学史 …… 23

　　二、翟理斯《中国文学史》：改变了书写中国文学的面貌 …… 26

　　三、笹川种郎《历朝文学史》：中国早期文学史著模仿的范本 …… 33

　　四、日本中国戏曲研究对中国文学史及其戏曲的影响 …… 36

**第一章　戏曲走进中国文学史（1904—1919）** …… 46

**概　述** …… 46

**第一节　国人早期撰著的两部中国文学史与戏曲** …… 50

　　一、林传甲《中国文学史》：视戏曲为"淫亵之词" …… 52

　　二、黄人《中国文学史》：戏曲是"活的文学" …… 64

**第二节　戏曲为从的文学史** …… 74

　　一、曾毅《中国文学史》：戏曲作为"通俗文学" …… 75

　　二、谢无量《中国大文学史》：大文学史观视野下的戏曲 …… 80

**第二章　戏曲在中国文学史中的新格局（1920—1939）** …… 89

**概　述** …… 89

第一节　文学史家及戏曲家眼中的文学史与戏曲 …… 94

　　一、吴梅《中国文学史》：独步一时的曲学大师 …… 95

　　二、赵景深《中国文学小史》：将戏曲视为"纯艺术" …… 108

第二节　纯文学史观影响下的文学史与戏曲 …… 123

　　一、胡云翼《新著中国文学史》：戏曲是"新兴文学" …… 124

　　二、刘经庵《中国纯文学史纲》：戏曲是文学中的"真面目" …… 134

第三节　早期唯物史观启蒙下的文学史与戏曲 …… 144

　　一、贺凯《中国文学史纲要》：首次用唯物史观解读戏曲 …… 147

　　二、郑振铎《插图本中国文学史》：戏曲走进"俗文学" …… 152


第三章　戏曲成为中国文学史中的新范型（1940—1949） …… 174

概　述 …… 174

第一节　林庚《中国文学史》：诗人锐眼下的戏曲 …… 175

　　一、林庚文学史戏曲分析 …… 177

　　二、林庚的文学史观及戏曲史观 …… 182

第二节　刘大杰《中国文学发展史》：戏曲成为"新范型" …… 184

　　一、刘大杰文学史戏曲分析 …… 188

　　二、刘大杰的文学史观及戏曲史观 …… 198


第四章　20 世纪上半叶中国文学史与戏曲关系及意义 …… 202

概　述 …… 202

第一节　王国维戏曲研究对 20 世纪上半叶中国文学史撰写的影响 …… 202

　　一、第一个用"悲剧说"来解读戏曲的人 …… 204

　　二、第一个用"自然说"来解读戏曲的人 …… 206

　　三、关于"大团圆说" …… 208

　　四、关于"关、白、马、郑"排序问题 …… 210

　　五、关于戏曲来自异域之说 …… 211

　　六、关于"活文学"、"死文学"问题 …… 212

　　七、关于"以歌舞演故事说" …… 214

第二节　20 世纪上半叶中国文学史观及戏曲史观的演进 …… 216

　　一、由正统文学史观向杂文学史观转变 …… 217

　　二、由杂文学史观向纯文学史观及唯物史观转变 …… 219

**第三节　20 世纪上半叶诸种中国文学史戏曲研究之比较** …… 222

一、不同文学史家视野中的戏曲 …… 223

二、不同文学史著对代表性作家作品的评价 …… 226

**第四节　20 世纪上半叶中国文学史与戏曲关系之意义** …… 232

一、观念的影响 …… 233

二、学术队伍的影响 …… 234

三、学术成果的影响 …… 234

四、不足的启示 …… 236


**结　语** …… 239

**参考文献** …… 243

**附　录　20 世纪有影响的中国文学史著中的戏曲** …… 254

**后　记** …… 277

# 绪论

## 第一节　研究对象、研究现状、研究意义及版本选择

### 一、研究对象

王国维在《宋元戏曲史》中称戏曲为"一代之文学"，而今戏曲形成已近千年，戏曲进入文学史已过百年。不过，在古代是没有"文学史"概念的，现在所说的"文学史"主要是指20世纪初期借鉴西方文学史概念和体例而形成的现代意义上的中国文学史。古代所谓的"文学"，实际上是指正统文化视野下的经、史、子、集，是"大文化"的概念，在这个文化系统中，由于小说戏曲被排除在正统文化的视野之外，因此在历朝历代官方撰著的正统文学史志中是很难找到专门像研究诗文一样研究小说戏曲内容的专著，例如戏曲最为活跃的元、明、清三个历史时期就是如此。对于20世纪上半叶中国文学史和传统戏曲来说，戏曲走进文学史，实际上是文学史又增加了一个新成员，而作为戏曲来说，却是经过艰苦的努力争得了一项来之不易的新权利！

到了20世纪初期，在西方文学史和西方戏剧观的影响下，一些模仿西方文学史体例的中国文学史著中才出现了戏曲的身影，并且随着文学史著的不断发展，其中的戏曲也在不断演进，到了20世纪上半叶末已形成了自己的新范型。从此，戏曲与诗歌、散文、小说并驾齐驱成为文学史著中的"四大主体"内容之一。可是，长期以来却存在一个忽略，即有些研究文学史的人不太关注戏曲的研究，有些研究戏曲的人又不太关注文学史的研究，尤其是文学史中的戏曲部分。文学史中的戏曲是戏曲学研究的一

个重要组成部分，千万不能忽略。郭英德老师在《明清文学史讲演录》一书中说："文学史研究至少可以包括三个内容，就是文学史观规律研究，文学史状貌研究和文学史写作规律研究。"① 本文就是想选择一个新视角，对此"忽略"尝试着进行补白，即通过对 20 世纪上半叶各个时期有影响的、有代表性的且有戏曲内容的中国文学通史进行尝试性的研究，从中探寻其"戏曲状貌"以及这种"戏曲状貌"与当时戏曲研究之互动关系等。

本书共分为三个时期，五大部分。三个时期，分别用三章阐述，外加一个绪论和第四章总结归纳部分。绪论部分主要解释了本书的研究对象、研究现状、研究意义、文学史版本的遴选、戏曲进入文学史著的背景以及早期外国人著的几部中国文学史著对中国文学史著及其戏曲的影响等。第一个时期是指 1904 年至 1919 年，即第一章"戏曲走进中国文学史"。本时期正处在正统文学向现代文学的过渡时期，也是中国文学史著开始形成时期，"文学"及"文学史"的概念尚比较模糊，处于"杂文学"、"泛文学"状态。戏曲在文学史著中的形象正在树立。本时期结合中国最早的两部文学史著，即林传甲《中国文学史》和黄人《中国文学史》来解读戏曲走进文学史的最初形态及特点。第二个时期是指 1920 年至 1939 年，即第二章"戏曲在中国文学史中的新格局"。本时期在五四新文化运动和西方进化论的影响下，"文学"的概念进一步清晰，"纯文学史观"代替了"杂文学史观"，不属于"文学"本体的"杂文学"内容被清除，文学作品与学术性文章脱离，戏曲成为与诗歌、散文、小说互为平等的文学史中的新格局，文学史著的"四大块"内容初步形成。在这样的背景下，本时期重点研究了 6 部不同风格的文学史著作及其戏曲以及这些戏曲在文学史的演进轨迹中所发挥的不同作用：文学史家及戏曲家吴梅和赵景深的文学史著及其戏曲；纯文学史观笔下胡云翼和刘经庵的文学史著及其戏曲；早期唯物史观视野下贺凯和郑振铎的文学史著及其戏曲。第三个时期是指1940 年至 1949 年，即第三章"戏曲成为中国文学史中的新范型"。本时期主要是讲文学史及其戏曲在经历了第一个时期和第二个时期的艰难成长之

---

① 郭英德：《明清文学史讲演录》，广西师范大学出版社 2005 年版，第 375 页。

后，体例如何基本成熟，范型如何基本确立，尤其是戏曲作为文学史著中的新范型如何得到社会的认可，并以代表 20 世纪上半叶中国文学史著及其戏曲最高水平的刘大杰《中国文学发展史》（下卷，1949）为例进行研究。第四章主要是对全文的总结、概括和归纳，尤其是对文学史著中戏曲的一些规律性问题进行了宏观性的阐述，如王国维戏曲思想对中国文学史著及戏曲的影响；20 世纪上半叶文学史观和戏曲史观演进情况；对几部不同风格文学史著及其戏曲的比较及解读；20 世纪上半叶中国文学史与戏曲研究关系之意义等。

## 二、研究现状

中国文学史中的戏曲是中国文学史的重要组成部分，也是戏曲研究的一个重要方面，可是长期以来这方面的研究成果还不够多，还不够系统，大多散见于 20 世纪的一些文学史著作及报刊中。如陈平原老师《早期北大文学史讲义三种》专门辑录了林传甲《中国文学史》、朱希祖《中国文学史略》、吴梅《中国文学史》，并在此书的"序"中介绍了此三人对待戏曲的不同态度。林传甲反对戏曲进入文学史著，朱希祖虽提到南北曲，但称其为"乱世之音"，基本持否定态度。吴梅文学史著只写到了明代，重点关注昆曲，关注曲文是否合谱合律。陈平原还在此书的"附录"中撰写了研究吴梅《中国文学史》的文章《不该被遗忘的"文学史"——关于法兰西学院汉学研究所藏吴梅〈中国文学史〉》，全面分析了吴梅的戏曲观、主要戏曲成果等。傅晓航、张秀莲二位老师主编的《中国近代戏曲论著总目》也涉及到了文学史中的戏曲内容。董乃斌、陈伯海、刘扬忠三位老师主编的《中国文学史学史》在分析中国文学史著时，介绍了其中的戏曲内容，认为戏曲是文学史的重要组成部分，对文学史的发展起到了推动作用。郭延礼老师的《20 世纪中国近代文学研究学术史》，在第一章"近代文学研究的开创期（1919—1949）"中专门讲了陈子展《最近三十年中国文学史》、钱基博《现代中国文学史》，尤其讲到了郑振铎的文学史著，并对他的"俗文学"及其运用新材料撰写文学史著给予了高度评价。黄霖老师主编、周兴陆老师著的《20 世纪中国古代文学研究史》，全书分上、中、下三编，专门在每篇的最后一章或倒数第二章用一节的篇幅介绍中国文学史著及其戏曲。他们认为，黄人文学史著把戏曲看成"活的文学"对五四新文化运动具有启发作用。郭英德的《明清文学史讲演录》，大篇幅地分析了明清时期戏曲的特点及对明清文学史的贡献。王钟陵老师的《文学史方法论卷》，收入了林传甲、黄人、郑振铎、胡云翼、张希之、容肇祖、郑宾于、刘大杰等关于文学史及戏曲研究的文章，有些文章的观点非常新颖，如郑振铎倡导的把戏曲新材料的运用当做研究文学新途径的观点等。叶长海老师的《中国戏剧研究》提出了"作为文学史内容研究的戏剧史"和"戏剧作为文学内容的文学史著"①，并对谭正璧《中国文学史纲》的戏曲内容进行了概括性评价，尤其对郑振铎《插图本中国文学史》运用戏曲新材料给戏曲带来的新面貌给予了高度评价，其中提到了对南戏和"永乐大典戏文三种"的研究等。戴燕老师的《文学史的权力》，是一部难得的系统地研究文学史的著作，其中涉及到部分戏曲内容，也谈到戏曲在文学中的状况，给我的帮助很大。刘祯老师的《百年之蜕：现代学术视野下的戏曲研究》，在谈到文学史著与戏曲研究时，阐释得比较全面，因为他对中国文学史著与戏曲史两块都有深入的研究，提出了戏曲如何在文学史著的撰写中得到客观反映的观点。他对从 1906 年出版的窦警凡的《历朝文学史》一直到 20 世纪 90 年代章培恒等主编的《中国文学史》中的戏曲变化轨迹进行了系统的研究，概括分析出了戏曲如何"作为文学艺术基本的、主要的内容形式占据其应有的无可替代的位置，被充分地肯定、评价"②。刘祯还提出了许多重新认识戏曲在中国文学史著中的作用的新观点，如："如果说王国维对戏曲的研究使戏曲尤其是元杂剧具有了'一代之文学'的价值和地位的话，那么，郑振铎《插图本中国文学史》的完成标志着'一代之文学'戏曲在文学史大链条的正式纳入、锁定。"③在这里，他把王国维"凡一代有一代之文学"的观点，与郑振铎文学史著中的戏曲观点巧妙地结合在一起谈，从而得出了具有开创性的见解。刘祯

---

① 叶长海：《中国戏剧研究》，福建人民出版社 2006 年版，第 92 页。
② 刘祯：《民间戏剧与戏曲史学论》，台北"国家"出版社 2005 年版，第 99 页。
③ 同上，第 96 页。

对郑振铎的《中国俗文学史》也有许多创新性的分析，如："如果说《插图本中国文学史》是通过将戏曲与俗文学纳入传统文学而提升、肯定其地位和价值的话，那么，《中国俗文学史》则是对戏曲与俗文学本体的回归，在回归中体现了郑氏进一步发展的戏剧观、学术观：戏曲与俗文学的价值是不依赖正统文学的价值而独立存在的……《中国俗文学史》具体章节中没有列戏曲和小说，这不是忽略，恰恰是因为重视。"① 在这里，他提出了大家在阅读《中国俗文学史》时都比较疑惑的一个问题：既然郑振铎把戏曲作为"俗文学"来看待，就应该在他的这部著作中予以重点介绍，可是在这部著作中却不谈戏曲，这是否存在矛盾？刘祯在这里给予了解答："不是忽略，恰恰是因为重视"，"准备另成专书"。② 这种解答是符合郑振铎的文学史观和戏曲史观的。

这些在学术界颇有影响的相关著作及文章，虽然都从不同时期、不同角度谈到文学史与戏曲的关系及其学术价值等问题，都作了非常有价值的论述，但是在这些论述中尚没有对 20 世纪上半叶中各个时期文学史著中的戏曲进行系统性的整体性的研究，目前，这一研究领域涉足的人还不太多，因此笔者就是想在这方面借助大家的力量进行一些不成熟的初步探索。

## 三、研究意义

通过对 20 世纪上半叶部分有代表性的中国文学史及其戏曲进行研究，可以发现具有许多重要的意义：

第一，能够从一个新的视角，去进一步认识戏曲在中国文学史中的地位和作用，能够进一步了解戏曲在中国文学史中的演进规律和新范型的形成轨迹。

第二，能够进一步拓宽文学史及戏曲史研究的视野，发现更多有学术价值的内容，从而去弥补文学史学和戏曲史学更多的研究空白，使 20 世

---

① 刘祯：《民间戏剧与戏曲史学论》，台北"国家"出版社 2005 年版，第 97 页。
② 同上。

纪戏曲学术史的研究空间更加广阔。同时，这种研究也会对文学史的研究和文学史著的撰写方式提供一些启示。

第三，能够进一步提高对文学史中戏曲部分的重视。尤其是在撰写文学史著中的戏曲部分时，如何进一步采用科学的态度和科学的方法，例如，怎样将戏曲的新材料、新方法和新成果及时运用到文学史著的撰写当中去。

第四，能够进一步激发如何从中华民族的视角和中国几千年文学发展史的视角，去加速形成中国特色的文学史撰写模式，而不是时至21世纪仍然单纯地依靠西方文学史的模式，其中包括对戏曲如何科学地去撰写等。

第五，能够进一步弘扬传统文化，启发更多的人去认识戏曲和关注戏曲。当前，不知何故，又出现了20世纪之前的奇怪现象，有些中国文学史著对于戏剧部分只写话剧的内容，戏曲的内容越来越少，甚至比20世纪上半叶文学史著中的戏曲内容还少，有人在有意去戏曲化，这应该引起足够的重视。众所周知，文学史首要的功能是教育功能，是在校大学生学习的教材，是将文学历史的本来面貌展现给学生，如果把没有戏曲内容的文学史传授给学生阅读，必然会形成对文学史的片面理解，这就会在戏曲的传播上形成障碍。因此，从这个意义上讲，也是对历史负责，对未来负责。

### 四、文学史版本的选择

据不完全统计，自20世纪初林传甲的第一部《中国文学史》诞生，各种版本的中国文学史著共有1000多种，其中包括大陆著的中国文学史、海外华人及汉学家著的中国文学史、外国人著的中国文学史等，形式各样，包括通史、专史、断代史等等。面对这众多的文学史著，本书根据内容的要求，重点选择了在20世纪上半叶使用率较高、社会影响较大并且有戏曲内容的中国文学通史著作14部（其中包括2部外国人著的中国文学史）。陈玉堂老师的《中国文学史旧版书目提要》，吉平平、黄晓静二位老师《中国文学史著版本概览》，黄文吉老师的《中国文学史书目提要》，黄霖老师主编的《20世纪古代文学研究史》以及董乃斌老师等学者的相关著作也对这些文学史著进行了有价值的介绍。现将14部文学通史列表如下：

| 作者 | 籍贯（或国别） | 生活时间 | 著作 | 出版时间 | 出版单位 | 有无戏曲 | 字数 |
|---|---|---|---|---|---|---|---|
| 翟理斯 | 英国 | 1845—1935 | 《中国文学史》 | 1897年初版，1901年译成中文 | 剑桥大学 | 有 | 无法统计 |
| 笹川种郎 | 日本 | 1870—1949 | 《支那历朝文学史》 | 1898年初版，1903年译成中文 | 上海中西书局 | 有 | 约11万 |
| 林传甲 | 福建闽县 | 1877—1921 | 《中国文学史》 | 1904年著，1910年6月初版 | 武林谋新室 | 有 | 约7.7万 |
| 黄人 | 江苏常熟 | 1857—1914 | 《中国文学史》 | 1904年著，约1910年左右初版 | 国学扶轮社 | 有 | 约170万 |
| 曾毅 | 湖南汉寿 | 生卒不详 | 《中国文学史》 | 1915年9月初版 | 上海泰东图书局 | 有 | 约14万 |
| 谢无量 | 四川乐至 | 1884—1964 | 《中国大文学史》 | 1918年10月初版 | 中华书局 | 有 | 约34万 |
| 吴梅 | 江苏苏州 | 1884—1939 | 《中国文学史》 | 1920年初版 | 待考证 | 有 | 版本内容不全，无法统计 |
| 赵景深 | 四川宜宾 | 1902—1985 | 《中国文学小史》 | 1928年1月初版 | 上海光华书局 | 有 | 约7-8万 |
| 贺凯 | 山西定襄 | 1899—1977 | 《中国文学史纲要》 | 1931年12月初版 | 北平文化学社 | 有 | 约16万 |
| 胡云翼 | 湖南桂东 | 1906—1965 | 《新著中国文学史》 | 1932年4月初版 | 北新书局 | 有 | 约10万余 |
| 郑振铎 | 福建长乐，生于浙江永嘉 | 1898—1958 | 《插图本中国文学史》 | 1932年12月初版 | 北平朴社 | 有 | 约70万 |
| 刘经庵 | 河南卫辉 | 生卒不详 | 《中国纯文学史纲》 | 1935年1月初版 | 北平著者书店 | 有 | 约25万 |
| 刘大杰 | 湖南岳阳 | 1904—1977 | 《中国文学发展史》 | 上卷1941年初版 下卷1949年初版 | 中华书局 | 无 | 约20万 |
| 林庚 | 福建闽侯 | 1910—2006 | 《中国文学史》 | 1947年5月初版 | 厦门大学出版社 | 有 | 约27万 |

## 第二节　戏曲进入 20 世纪中国文学史背景初探

　　如今，人们在阅读章培恒、骆玉明主编的《中国文学史》和袁行霈主编的《中国文学史》时，对其中戏曲的状貌、戏曲的格局一定会感到很自然，可是人们无法想象戏曲在古代正统文学史中是没有位置的，即使在 20 世纪早期戏曲开始进入文学史时也是很艰难和很尴尬的。中国人自著的第一部中国文学史，一般认为是 1904 年林传甲撰著的《中国文学史》，可是这部文学史却把戏曲视为"淫亵之词"而拒绝其进入文学史的大门。戏曲正是在这样的背景下，经过无数文学革命者的努力，才一步一步走进文学史，并最终取得合法身份，形成了今天在文学史中四分文学天下的格局。因此，人们有必要对戏曲进入 20 世纪中国文学史的背景进行研究，以便能更加深刻地认识戏曲在文学史中的重要性，从而进一步促进人们尤其是当代一些大学生们更加珍惜这一来之不易的成果，更加自觉地热爱中国这一优秀的传统文化。戏曲进入 20 世纪的背景是复杂的，主要包括：观念的转变、外来文化的影响、戏曲实力的增强等方面。

### 一、观念的转变

　　戏曲虽然诞生于封建社会，但是并不在封建正统文化的视野范围内。戏曲主要活动于民间，不合正统的主流，被正统势力划入了"贱业"，划入了不登大雅之堂的"小道末技"行列，处于封建社会的底层。徐渭在《南词叙录》中说，永嘉杂剧"其曲，则宋人词而益以里巷歌谣，不叶宫调，故士大夫罕有留意者"[1]。长期以来，封建统治者一直把"四书五经"作为社会核心价值体系，对于戏曲则十分轻视，不仅如此，有时还对其加以禁毁。张庚、郭汉城老师在《中国戏曲通史》中说："宋、元南戏主要是民间的创作，刊刻付印的机会不多，更由于封建统治者的有意禁毁，遗

---

　　[1]　徐渭：《南词叙录》（正音学会校本），六艺书局 1932 年（民国二十一年）版，第 1 页。

留的剧本很少。"① 陈独秀在《论戏曲》一文中说:"况娼优吏卒,朝廷功令,不许其过考为官,即常人亦莫不以无用待之","我中国以演戏为贱业,不许与常人平等"②。由此可见,戏曲的地位是何等的低下。元朝是戏曲史上最为辉煌的时期之一,但是《元史》却没有客观记录。《四库全书总目》是自南宋至清代 600 年时间由官方编纂的一部被文学界和官方都认可的官修目录学著作,这部书目的主要内容是经、史、子、集,虽然在集部词曲类有"南北曲"目录,但是并没有详细具体的戏曲内容。这看似偶然,实则必然,因为负责这部书的主持人不是别人,正是正统文人的代表、大名鼎鼎的永瑢和纪昀。像永瑢和纪昀是不会把戏曲放到正统文献中的,这是由他们的正统观念和封建地位所决定的。在《四库全书总目提要》中讲:"词、曲二体在文章、技艺之间。厥品颇卑,作者弗贵,特才华之士以绮语相高耳……曲则惟录品题论断之词,及《中原音韵》,而曲文则不录焉。王圻《续文献通考》以《西厢记》、《琵琶记》俱入经籍类中,全失论撰之体裁,不可训也。"③ 陈子展在《最近三十年中国文学史》中说:"纪昀等奉敕纂修《四库全书》,他们才把词曲类著录,殿于集部之末。"④ 徐扶明老师在《元代杂剧艺术》中说:

> 元朝政府就曾禁止民间"教习杂戏"(《元史·刑法志》),"禁戏文、杂剧、评话等项"(《农田余话》)。《元史·艺文志》和《四库提要》,都不收元曲。连《红楼梦》中薛宝钗与兄弟姊妹偷看《西厢》、《元人百种》(即《元曲选》),被"大人知道了,打的打,骂的骂,烧的烧"。⑤

这是封建制度的态度,也是正统观念的态度。

---

① 张庚、郭汉城:《中国戏曲通史》,中国戏剧出版社 1992 年版,第 238 页。

② 陈独秀:《论戏曲》,《新小说》1905 年第 2 期。

③ 永瑢、纪昀等纂修《四库全书总目提要》,上海商务印书馆 1933 年(民国二十二年)版,第 4418—4419 页。

④ 陈子展:《中国近代文学之变迁——最近三十年中国文学史·导读》,上海古籍出版社 2000 年版。

⑤ 徐扶明:《元代杂剧艺术》,上海文艺出版社 1981 年版,第 1 页。

封建统治者对待戏曲的态度从总体上说是否定的，但是也有个别皇帝、皇亲贵族和正统文人对戏曲有一定的"好感"，但这只是个案、特例。如朱元璋非常欣赏《琵琶记》，称赞它是"山珍海错"，"贵富家不可无"，"时有琵琶记进呈者高皇笑曰五经四书布帛菽粟也家家皆有高明琵琶记如山珍海错贵富家不可无。"① 慈禧对京剧酷爱有加，经常和谭鑫培等演员交流戏曲。明朝文渊阁大学士丘濬创作了《伍伦全备记》，朱权创作了《太和正音谱》，《永乐大典》收入了最早的南戏剧本《张协状元》、《小孙屠》、《宦门子弟错立身》戏文三种，金圣叹在17世纪就把《西厢记》和正统的《离骚》、《庄子》、《史记》、《杜诗》等并列，提高到了与正统文学一样的地位，称之为"第六才子书"。

虽然这些"个案"、"特例"不能完全说明正统文化对待戏曲的态度，但是也从一个侧面说明了社会上一部分人对待戏曲的态度已经在逐步发生转变。不过，真正从意识形态视角改变对戏曲认识的是20世纪初，一批文化先觉者和社会革新者出于拯救民族、振兴中华之目的，以西方文化为背景，以西方戏剧观为参照而掀起的"戏曲改良"运动。这场运动，虽然带有革命的功利色彩，极力强调戏剧的社会功能，但从一定意义上抬高了戏曲的社会地位，客观上也推动了戏曲的发展，尤其是加快了戏曲进入文学史的步伐。

陈独秀在《论戏曲》一文中说："戏曲者，普天下人类最乐睹、最乐闻者也，易入人之脑蒂，易触人之感情……由是观之，戏园者，实普天下人之大学堂也；优伶者，实普天下人之大教师也。"② 并指出了五条具体的改进方法：（一）宜多新编有益风化之戏。（二）采用西法。（三）不可演神仙鬼怪之戏。（四）不可演淫戏。（五）除富贵功名之俗套。

当然，也有相当一部分人与陈独秀的观点相左，他们对戏曲仍然怀有很深的偏见。傅斯年在《戏剧改良各面观》中把戏曲说成是"玩把戏"："可怜中国戏剧界，自从宋朝到了现在竟七八百年的进化，还没有真正的

---

① 徐渭：《南词叙录》（正音学会校本），上海六艺书局1932年（民国二十一年）版，第1页。
② 陈独秀：《论戏曲》，《新小说》1905年2月第2期。

戏剧，还把那'百衲衣'的把戏，当做戏剧正宗！"①

欧阳予倩在《予之戏剧改良观》中对戏曲也持否定态度："今之俳优，处暗过久，几失其明。中国旧剧，非不可存，为恶习惯太多，非汰洗净尽不可。"②

钱玄同在《随感录》中说："中国的旧戏，请问在文学上的价值，能值几个铜子？"③

周作人则比较折中，比较客观，指出了"中国戏剧的三条路"：

> 中国现在提倡新剧，那原是很好的事。但因此便说旧剧就会消失，未免过于早计；提倡新剧的人，倘若对于旧剧存着一种"可取而代"的欲望，又将使新剧俗化，本身事业跟了社会心理而堕落。我的意见，则以为新剧当兴而旧剧也决不会亡的，正当的办法是"分道扬镳"的做去，用不着互相争执，反正这两者不是能够互相吞并，或可以互相调和了事的。我所说的三条路即为解决这个问题而设，现在先讲方法，随后再说明理由。这三条路是：
> 一　纯粹新剧　为少数有艺术趣味的人而设
> 二　纯粹旧剧　为少数研究家而设
> 三　改良旧剧　为大多数观众而设。④

不管是陈独秀等人对戏曲的大力褒扬，还是傅斯年、钱玄同等人对戏曲"恶劣"的批判，都在客观上帮了戏曲的忙，让戏曲进一步意识到自己的社会价值和自身存在的弊病，以便改良自己，改造自己，更好地发展自己，这恐怕是"戏曲改良"给戏曲带来的最大利益。

此外，除了"戏曲改良"对文学观念的转变产生了一定的影响之外，文学史观念的转变对戏曲观念的转变也产生了很大的影响，主要表现在以

---

① 傅斯年：《戏剧改良各面观》，《新青年》1918 年第 5 卷第 4 号。
② 欧阳予倩：《予之戏剧改良观》，《新青年》1918 年第 5 卷第 4 号。
③ 钱玄同：《随感录》，《新青年》1918 年第 5 卷第 1 号。
④ 周作人：《艺术与生活》，上海艺术出版社 1999 年版，第 43 页。

绪　论 | 11

下几个方面：

（一）由杂文学史观向纯文学史观转变，缩小了文学史的范围。文学史观决定着对文学的基本认识，尤其是决定着对文学史内容的选择标准。在古代，由于是大文学史观（小说、戏曲除外），史学、哲学、文学不分，同居一室，非常庞杂、混乱。《四库全书》就是这样一部典型的史著。于是，近代一批先进的知识分子决定打破这种格局，他们以西方文化为参照，在赫胥黎进化论思想的具体影响下，站在现代文学的立场，从文学的审美性、文化性、情感性等出发去界定文学的概念，从而使古代的杂文学观念得到"纯洁"，使古代的大文学观念明显"减肥"，使文学的主体内容缩减为诗歌、散文、小说、戏剧四大块。

（二）"凡一代有一代之文学"观念的提出，确定了每个朝代的文学主体。清代焦循曾提出："一代有一代之所胜。"[①] 王国维在此基础上，提出了"凡一代有一代之文学"的明确主张。他在《宋元戏曲史·序》中说："凡一代有一代之文学：楚之骚，汉之赋，六代之骈语，唐之诗，宋之词，元之曲，皆所谓一代之文学，而后世莫能继焉者也。"[②] 这一方面梳理出了古代文学的主要脉络，一方面把历史上不属于文学的内容予以了"归位"，如戏曲、小说等，从而使人们更加明晰了每一个朝代最有代表性的文学体例、文学作品，同时也大大丰富了正统文学的内容，确定了戏曲小说的文学史地位，这为戏曲从根本上进入中国文学史奠定了坚实的基础。

（三）"俗文学"观念的提出，进一步确立了戏曲的地位。在古代，戏曲不在正统文学范畴之内，可是戏曲毕竟存在于社会之中，那么戏曲在文学史中到底属于哪一类文学，一直是比较模糊的。郑振铎在这方面做出了突出的贡献，明确提出了"俗文学"的概念："俗文学就是不登大雅之堂，不为学士大夫所重视，而流行于民间，成为大众嗜好，所喜悦的东西。"[③] 从而，非常明确地指出戏曲属于"俗文学"。当然，郑振铎把戏曲

---

① 焦循：《易余籥录》卷一五，木樨轩丛书，光绪戊子夏德化李氏刊。
② 王国维：《宋元戏曲史·序》，华东师范大学出版社1995年版，第1页。
③ 郑振铎：《中国俗文学史》，上海商务印书馆1938年版，第1页。

列入"俗文学"尚有争议，也并不十分准确，但是在当时对于戏曲这个文学孤儿来说第一次有了"家"，有了"名分"，也有了进入中国文学史的合理性和合法性，从这一点来说，意义重大。

## 二、西方文化的影响

中国正统文化经过几千年的发展，已形成了一个比较封闭的体系，如果没有外力的冲击，单靠内部的改良和调整是不可能从根本上改变现状的，尤其是让戏曲、小说这类俗文学进入正统视野。中国文化在历史上有过两次大的变革，两次大的飞跃，都是靠外来文化推助的。一次是西汉末东汉初年，印度佛教传入中国。梁启超讲佛教有两大特点："一以求精神上之安慰，一以求学问欲之满足。"[①] 王国维在《论近年之学术界》一文中讲到为什么佛教会得到社会的认可："佛教之东适，值吾国思想凋敝之后，当此之时，学者见之，如饥者之得食、渴者之得饮。"[②] 佛教对中国的文学、建筑、绘画、音乐、习俗等方面都产生了直接影响，推动了中国文化的大发展。外来文化的第二次影响是 1840 年伴随着鸦片战争的硝烟一同进入中国的西方文化。王国维说："至今日，而第二之佛教又见告矣——西洋之思想是也。"[③] 西方文化不同于和平的佛教文化，它用枪炮告诉大清王朝什么叫工业文明，什么叫实用文化。清政府和正统文人在丧权辱国中认识到西方文明的先进和正统文化的落后，于是"师夷长技以制夷"，大搞"洋务运动"、"戊戌变法"，结果均告失败。这让觉醒者认识到，学习西方文化不能只学表，也要学里。这个"里"包括"进化论"的思想，李大钊、陈独秀等引进的马克思主义以及用武力去推翻封建制度的思想等。

20 世纪初，一批从海外归来的中国留学生举起了"文学革命"、"戏曲改良"的大旗，并成为早期改革戏曲的积极实践者。他们以西方戏剧观

---

① 梁启超：《中国印度之交通》。参阅《饮冰室合集·冰室专集之五十七》，上海中华书局 1936 年版，第 2 页。

② 姜东赋、刘顺利：《王国维文选》（注释本），百花文艺出版社 2006 年版，第 47 页。

③ 同上。

为参照,改良中国戏曲,积极发挥戏曲的社会功能,提升了戏曲在全社会的地位和影响力。1902年,梁启超在《新民丛报》创刊号上发表了《劫灰梦传奇》,拉开了"戏曲改良"的序幕。他说:"欲继索士比亚(莎士比亚)、福录特儿(伏尔泰)之风,为中国剧坛起革命军。"[①] 学习西方戏剧,应该重点学习西方的戏剧观念和戏剧方法,尤其是学习戏剧与其他文学形式平等的地位,并以此来改变中国戏曲的地位。戏曲在西方人眼里是很高雅的艺术。18世纪,法国传教士马若瑟就翻译了元杂剧《赵氏孤儿》,伏尔泰改编了《赵氏孤儿》。瓦里西耶夫在撰著的世界上第一部中国文学史——《中国文学史纲》里高度评价了戏曲,认为戏曲属于民间文学,把戏曲和诗歌、小说予以同样看待,而且还指出:"《西厢记》的情节和叙事可以和俄国最优秀的戏剧作品相提并论。"[②] 中国文学史最早就是模仿外国人著的中国文学史,尤其是模仿外国人著的中国文学史中的戏曲观念和戏曲内容,主要模仿的文学史著作有:俄国人瓦西里耶夫《中国文学史纲要》(1880),日本人古城贞吉《支那文学史》(王灿译为《中国五千年文学史》,1897),英国人翟理斯《中国文学史》(1897),日本人笹川种郎《支那历朝文学史》(1898)等。

在这些文学史中,西方人对待戏曲的态度,影响和改变着中国人对待戏曲的态度,这就为戏曲进入文学史提供了外来助力,从而大大加速了戏曲进入文学史的步伐。

### 三、戏曲实力的增强

戏曲从"九山书会"文人们创作的《张协状元》剧本被发现,到"花雅之争",历经了700多年的历史。在这700多年中,戏曲走过了宋、元、明、清四朝,见识了窦娥的感天动地(《窦娥冤》),崔莺莺的长亭送别(《西厢记》),赵五娘的祝发买葬(《琵琶记》),杜丽娘的离奇还魂(《牡丹亭》),李香君的却奁骂筵(《桃花扇》),杨贵妃的忠贞不渝(《长

---

① 梁启超:《中国唯一之文学报新小说》,《新民丛报》1902年第14期。
② 瓦西里耶夫:《中国文学史纲要》。参阅赵春梅:《瓦里西耶夫与中国》,学苑出版社2007年版,第170页。

生殿》），白娘子的断桥情殇（《雷峰塔》）；目睹了戏曲从"里巷歌谣"进入到慈禧的金銮宝殿，从民间的草台班子走到城市的氍毹世界，从"士大夫罕有留意者"，到朱权、朱有燉等权贵亲自写戏研究戏，再到清代宫廷自编自演的《劝善金科》、《升平宝筏》等，戏曲自身的实力有了很大提升，戏曲的形象有了很大改变，戏曲的地位有了很大提高。具体表现在以下几个方面。

（一）戏曲学术方面

1. "戏曲"概念的确立。戏曲虽早有之，但什么是"戏曲"，这个概念却一直没有得到明确的界定。王国维是现代学术理论的奠基人之一，他给戏曲下的定义得到了学界的广泛认可："戏曲者，谓以歌舞演故事也。"（《戏曲考源》）"合言语、动作、歌唱以演一故事，而后戏剧之意义始全。"（《宋元戏曲考》）"戏曲"概念的界定，在戏曲史上是具有非常重要意义的学术事件，这让戏曲拥有了明确区别其他艺术最本质的特征。

2. 古代戏曲学术成果的影响。古代戏曲研究的主要特点是：零散的、具体的、感性的、非系统性的研究。主要研究方法是历史的、文学的、考据的方法。研究的范围，以作家作品为主，并且"多以文学的和道德的标准来规范要求。"① 因此，在这样的学术特点上形成的古代戏曲学术风格，就是整体戏曲模式，即"10 = 1 + 1 + 1 + ……"的模式，即由历代众多学者所形成的一系列个体成果汇集而成的整体性成果。如果单独拿出某一人的研究成果，尽管个人学术水平较高，但都不足以构成体系，如古代戏曲理论的代表人物李渔就是例证。其实元明清各个历史时期的戏曲特点都基本如此，而只有所有学者的成果集合在一起才能形成合力，形成正统文化视野下的古代戏曲理论体系。在这一点上，不像西方的亚里士多德的《诗学》，本身就是一个自成体系的理论大厦。

3. 20 世纪初期戏曲学术成果的影响。20 世纪之前的古代戏曲理论成果虽然主要是个体性的局部性的成果，但是却为 20 世纪戏曲理论的系统

---

① 刘祯：《民间戏剧与戏曲史学论》，台北"国家"出版社 2005 年版，第 99 页。

性研究和快速发展提供了丰富的文献资料和理论基础，也为新出现的中国文学史中的戏曲研究提供了有利的条件，尤其是为王国维、吴梅等戏曲大家的出现奠定了很好的学术基础，这也就是为何中国的戏曲学研究在20世纪初一开始就站在了很高的起点上的主要原因之一，这也就是20世纪上半叶为何戏曲理论能取得丰硕成果的主要原因之一，而这些成果中的一部分内容以不同的方式进入了20世纪上半叶中国文学史之中，为中国文学史的形成和文学史戏曲体系的形成奠定了重要基础。这一时期的戏曲研究可以分为前后两个阶段。第一个阶段比较注重传统的作家作品分析及戏曲文本的考证。如《顾误录》（王德晖、徐沅澂著），《艺概》（刘熙载著），《小栖霞说稗》（平步青著），《词余丛话》（柏恩寿著），《今乐考证》（姚燮著）等都从不同角度用不同篇幅谈到了这一内容。叶易老师在《中国近代文艺思想论稿》一书中评价这些著作时说："这些著作就是大多谈律吕宫调或考证戏曲故事的。像《顾误录》共四十章，其中三分之二谈度曲方法，还有三分之一谈声律宫调。"① 这时，王国维提出的"凡一代有一代之文学"、戏曲是以歌舞演故事的观点，影响甚大。第二个阶段比较注重戏曲的社会功能研究，戏曲的本体研究明显减少。代表著作主要有：陈独秀的《论戏曲》，蒋观云的《中国之演剧界》，陈佩忍的《论戏剧之有益》，箸夫的《论开智普及之法首以改良戏本为先》，天僇生的《剧场之教育》，佚名的《观战记》，柳亚子的《二十世纪大舞台发刊词》，渊实的《中国诗乐之变迁与戏曲发展之关系》等。叶易在《中国近代文艺思想论稿》一书中评价这些著作时说："这些论著从戏曲的特性、社会功能、创作和表演规律以及历史发展、改良办法等各个方面，作了较全面的理论探讨……"②

浦江清曾说："近世对于戏曲一门学问，最有研究者推王静安先生与吴先生两人。静安先生在历史考证方面，开戏曲史研究之先路；但在戏曲本身之研究，还当推瞿安先生独步。"③ 二人之所以总被时人及后人并列评

---

① 叶易：《中国近代文艺思想论稿》，复旦大学出版社1985年版，第213页。
② 同上。
③ 叶长海：《中国戏剧研究》，福建人民出版社2006年版，第44页。

价，主要是二人代表了两条不同的学术之路。一个是重戏曲史学研究，一个是重曲学研究。如 1915 年王国维出版《宋元戏曲考》，标志着中国戏曲学史的诞生。如吴梅是第一个把戏曲带到大学讲台的人，对于培养戏曲研究人才，普及戏曲知识做出了贡献，其代表作是 1916 年出版的《顾曲麈谈》，这是他最早的一部曲学著作，包括《原曲》、《制曲》、《度曲》、《谈曲》四章。主要是研究度曲、谱曲和订曲。王国维主要侧重元曲研究，吴梅主要侧重昆曲研究。钱基博在《现代中国文学史》中对二人进行了比较：

> 曲学之兴，国维治之三年，未若吴梅之劬以毕生。国维限于戏曲，未若吴梅之集其大成。国维详其历史，未若吴梅之发其条例。国维赏其文采，未若吴梅之析其声律。而论曲学者，并世要推吴梅为大师。①

当时，除了王国维和吴梅这两位有代表性的戏曲大家外，还有姚华及其代表著作《曲海一勺》、《菉漪室曲论》，这是 20 世纪校勘戏曲的先声。还有 1917 年董康辑刻的戏曲理论资料《读曲丛刊》。还有研究元杂剧的重要文献《元刊杂剧三十种》，这个文献是 20 世纪研究中国古代戏曲作品的重要发现。该选本共收有元杂剧 30 种。苗怀明老师在这方面有很多研究成果。从这些剧本中"可以真实地了解元杂剧的原貌，在与明刻本的对比中可以明了中国古代戏曲的变化演进之迹"②。王国维对此书也十分重视，说"其《宋元戏曲史》曾加以采用，后略加整理，成《元刊杂剧三十种序录》等文"。③

这一时期的主要戏曲成果还有：梁启超《小说丛话》（1903），哀梨老人《乐府新声》（1905），王国维《曲录》（1909），冯叔鸾《啸虹轩剧谈》（1914），齐如山《观剧建言》（1914），王梦生《梨园佳话》

---

① 刘祯：《民间戏剧与戏曲史学论》，台北"国家"出版社 2005 年版，第 68 页。
② 苗怀明：《二十世纪戏曲文献学述略》，中华书局 2005 年版，第 166 页。
③ 同上，第 165 页。

（1915），王国维《宋元戏曲史》（1915），进步书局编辑部《清代声色志》（1915），杨铎《汉剧丛谈》（1915），钱静方《小说丛考》（1916），吴梅《顾曲麈谈》（1916），董康《读曲丛刊》（1917），刘豁公《戏剧大观》（1918），蒋瑞藻《小说考证》（1919）等。

4. 研究戏曲的新方法不断出现，研究戏曲的新内容不断拓展。

（1）"二重证据法"的确立。在古代，研究戏曲的方法多是采用考据式的方法，重文献轻实践，使戏曲的研究方法比较单一，所取得的效果也比较有限。王国维针对戏曲研究方法的单一性，提出了"二重证据法"，即纸上材料与地下材料相印证。这一研究方法的提出，对戏曲研究是一次革命，从此戏曲研究，可以两条腿走路，加快了戏曲研究的步伐，对今天戏曲民间调查和戏曲文物的考证也都产生了直接的影响。

（2）戏曲的社会功能，开始成为戏曲理论研究的突出内容。古代戏曲虽然也重视戏曲的社会功能，但没有近现代突出。如陈佩忍在《论戏剧之有益》中讲，戏曲能"通古今之事，辨明夷夏之大防；睹故国之冠裳，触种族之观念"，可以"翠羽明珰，唤醒钧天之梦；清歌妙舞，招还祖国之魂"①。正是在这样的政治思潮影响下，戏曲为了适应社会变革，戏曲的社会功能便随之成为戏曲理论研究的突出内容。

（3）注重内容与现实的结合。这一时期的戏曲由于受到新思想、新方法的影响，不再追求艺术形式的雅致而开始关注内容与现实的结合，倡导俗调俗词，不再像过去只重点关注律吕宫调。

（4）"悲剧"概念的确立。以往评价戏曲作家作品，多是采用"点评"、"夹叙夹议"、"就事论事"等平面的分析方法，没有上升到较高的理论层面。王国维引用西学治戏曲，提出了戏曲中的"悲剧"概念，开始用"悲剧"去剖析作家作品，大大丰富了戏曲理论的内容。日本学术界曾称中国无悲剧，王国维不仅说元杂剧中就有悲剧，而且还举例说明。他说《窦娥冤》和《赵氏孤儿》都是悲剧："虽有恶人交构其间，而其蹈汤赴

---

① 陈佩忍：《论戏剧之有益》，《二十世纪大舞台》1904年第1期。

火者，仍出于其主人翁之意志，即列之于世界大悲剧之中，亦无愧色也。"① 王国维正是用"悲剧说"来作为衡量戏曲作家作品好坏的主要标准之一。他认为《西厢记》、《牡丹亭》、《桃花扇》、《琵琶记》、《长生殿》等是新文学史的主要研究作品，原因就是因为这些作品具有反抗社会的悲剧性，当然用这一观点来解析作家作品的好坏是有一定的道理，但是过分地强调"悲剧性"，尤其是社会的"悲剧性"，就可能陷入社会功能的误区之中，过分看重作品的功利性，而忽视艺术性。

（5）单独的律吕宫调等研究较古代明显减少。音律研究，是古代戏曲研究的重要组成部分，如《中原音韵》、《曲律》等，但是到了 20 世纪初期，这方面的研究开始明显减少。当时有影响的研究声律、宫调和考证故事的理论著作只有《南北词简谱》、《顾误录》、《艺概》、《今乐考证》等不多的有价值的著作。因此，这时期的文学史中的戏曲内容也减少了这方面的内容。例如黄人文学史中就很少有这方面的内容。谢无量文学史几乎全是作家作品评价。曾毅的文学史也是作家作品介绍，个人的观点较少。律的内容几乎没有，难怪吴梅发誓要研究曲律，要改变这一现象。不过，也可以宽宥黄人等人，因为他们不像王国维、吴梅是专门研究戏曲的，只是适应新形势，从格局上加入了戏曲的内容。

（6）开始注重戏曲的分类研究。以前戏曲研究大都是整体性、综合性的研究，本时期开始注重戏曲的分类研究，如戏曲创作规律、戏曲社会功能、戏曲表演规律、戏曲鉴赏等的研究。这些研究是因为戏曲研究越来越走向科学化、规范化、多元化的结果。例如谢无量文学史中的戏曲就是如此。

（二）戏曲实践方面

20 世纪初，戏曲像其他文学形式一样，在新思想、新观念影响下，出现了许多新生事物，这些新生事物的不断出现，说明了戏曲在不断地改革创新，不断地被人们认可，不断地被人们接受。戏曲实践，对戏曲理论的

---

① 王国维：《宋元戏曲史》，华东师范大学出版社 1995 年版，第 121 页。

研究具有一定的推动作用，对戏曲本身实力的加强也具有强固作用。

1. 1904 年，在上海诞生了中国第一份戏剧刊物《二十世纪大舞台》，使戏曲终于拥有了自己面对社会的话语权。自古以来，戏曲的传播方式多是靠民间的演出以及部分文人的学术研究，这种单一的传播形式导致不能够在更大范围内从理论层面进行系统的总结和概括，严重影响了戏曲的相互交流和学习，严重影响了戏曲的进一步发展。随着戏曲刊物的出现，戏曲拥有了自己评说的舞台，拥有了更多与世界对话的空间，这对戏曲不断总结自我存在的问题，不断提高面对市场的应对能力，不断规范自己的形象，都产生了积极的影响。社会上也出现了专门研究戏曲实践的学者，如齐如山、汪笑侬等。

2. 戏曲稿酬制度的诞生。稿费对于一向社会地位低下的戏曲创作者来说，简直是天方夜谭，亘古未有。可是在 20 世纪初由于戏曲实力的不断增强，参与戏曲创作研究的人不断增多，戏曲刊物不断的诞生，稿费也随之出现。稿费的出现，说明戏曲除了在剧场可以成为商品之外，戏曲文本类的创作也可以成为商品，这就从市场性、商品性的角度肯定了戏曲文本创作者的社会价值，这对戏曲文本层面、理论层面的进一步发展产生了积极的作用。郭延礼在《近代西学与中国文学》中说：

> 据考查，稿酬的出现是从申报馆创办的《点石斋画报》征稿开始的，而文学刊物正式设稿酬大约始于梁启超主办的《新小说》……同是文艺作品，只有小说、戏曲有稿酬，其他体裁的作品无稿酬。这是近代重视小说、戏曲的另一标志。[①]

3. 戏曲演出异常活跃。戏曲在经历了清中叶"花雅之争"的异常活跃之后，到了 19 世纪末 20 世纪初更是达到了繁荣的程度，全国许多地区地方戏争奇斗艳。除了人们认可的昆曲、京剧早已形成影响外，秦腔、豫剧、晋剧、汉剧、粤剧、绍剧、黄梅戏、采茶戏、花鼓戏等剧种也呈现出

---

① 郭延礼：《近代西学与中国文学》，百花洲文艺出版社 2000 年版，第 64 页。

活跃的气氛，形成了戏曲唱遍天下的态势。戏曲的整体实力空前提高。而且，戏曲经过几百年的传播，戏曲观众已经十分普及，不仅乡村普及，城市也普及；不仅普通百姓普及，上层达官贵人也普及。平时，逢年过节、祭祀，要唱大戏；婚丧嫁娶，要唱大戏；达官贵人升官发财，也要唱大戏。周贻白在《辛亥革命前后地方戏曲发展概说》一文中介绍了刘廷玑《在园杂志》中介绍清代末年梆子腔流行的情况："经过多年的传播和发展，到清代末年，已由陕西和山西，流行到河北、河南、山东等省，进而安徽、江西、四川、云南、广东，也都有了它的足迹。"① 戏曲的繁荣，还可以从当时众多的演出场所得到证明，如上海有新舞台、丹桂茶园等。北京有同乐园、三庆园、广德楼等。天津有协盛茶园、金声茶园等。不仅如此，在当时全国许多大中城市，戏曲场所也很多，演出活动也十分繁盛。据后人不完全统计，近代的地方戏剧种已有 300 多个，剧目达 5 万多个。尤其值得戏曲界引以自豪的是，从 1919 年开始，梅兰芳率领剧团开始走出国门，三次访日，一次访美，两次访苏，在国外引起巨大轰动。美国还授予梅兰芳文学博士学位。后来，程砚秋等也相继出国。这在戏曲史上都是开天辟地的大事。所有这些，都在一定程度上提高了戏曲在世界的知名度，同时也影响到正统文化对戏曲的认识，影响到全社会对戏曲的认识。

由于戏曲的实践活动异常活跃，因此针对地方戏的研究便开始了。1905 年出版了哀梨老人著的《乐府新声》（又名《同光梨园纪略》），此书主要介绍上海一带京剧及演员的演出和生活情况。1914 年出版的齐如山《观剧建言》，这是一部针对观众研究的著作。1915 年出版的杨铎《汉剧丛谈》，主要研究了汉剧的演出、演员活动、唱腔、服装等。

观念的转变、西方文化的影响以及戏曲实力的增强等，为戏曲进入文学史创造了良好的客观条件，戏曲的生态环境已经初步形成。随后，随着林传甲《中国文学史》（1904）、黄人《中国文学史》（1904）、窦警凡《历朝文学史》（1906）、王梦曾《中国文学史》（1914）、曾毅《中国文学史》（1915）、张之纯《中国文学史》（1915）、朱希祖《中国文学史要略》

---

① 《中国近代文学论文集》（戏剧·民间文学卷），中国社会科学出版社 1982 年版，第 71 页。

（1916）、钱基厚《中国文学史纲》（1917）、谢无量《中国大文学史》（1918）和褚石桥《文学蜜史》（1919）等文学史的诞生，戏曲也开始成为其中一些文学史的内容，并且在不断地增加。

## 第三节　外国人撰著的中国文学史与戏曲

要谈中国文学史，必须先谈外国人著的中国文学史，这是绕不开的话题，因为中国文学史，最早是由外国人著的，尤其是文学史著中的戏曲，更是模仿外国人著的中国文学史的戏曲观念、戏曲内容和戏曲结构。外国人著的中国文学史代表著作有：俄国人瓦西里耶夫《中国文学史纲要》（1880），日本人古城贞吉《支那文学史》（王灿译为《中国五千年文学史》，1897），英国人翟理斯《中国文学史》（1897），日本人笹川种郎《支那历朝文学史》（1898）等。

这些外国人著的中国文学史，对中国文学的最大贡献就是第一次把中国文人一向轻视的戏曲、小说同诗文一样平等地写入了文学史著，开始改变 20 世纪以前戏曲在正统文学史中的地位。

在这几部文学史著中，瓦西里耶夫撰写的文学史著是世界上第一部中国文学史，遗憾的是这部著作至今还没有译成中文。第二个是翟理斯撰写的文学史著，因为有不少学者认为，翟理斯的中国文学史著才是世界上最早的中国文学史著，郑振铎就是这个观点。有资料介绍，这部书早在 1901 年已译成中文，可惜这本书在北京等许多大图书馆均无法找到，最后笔者只好从国家图书馆找到英文原版，将与本书有关的内容，尤其是戏曲方面与本书有关的内容重新进行了翻译，其中有些戏曲内容让人大开眼界，提供了许多新的戏曲信息，颇有学术价值。笹川种郎的文学史著是这些文学史中尤为重要的文学史，说它最重要，并不是说这本书写得是最好的，而是它对中国早期文学史的影响最大，许多早期的中国文学史著大都模仿过它，如林传甲文学史著、黄人文学史著、曾毅文学史著、谢无量文学史著，乃至后来的吴梅文学史著、童行白文学史著等。

## 一、瓦西里耶夫《中国文学史纲要》：世界第一部中国文学史

中国文学史最初是模仿日本人著的中国文学史，而日本人著的中国文学史著又是受西方文学史影响而产生的。虽然没有直接材料证明，古城贞吉、笹川种郎本人就是学习借鉴了欧洲文学史的那些史学观和撰著方法，但是明治维新以后的整个大背景就是日本全方位学习西方，在这样的背景下，作为每个个体的学者不可能不受到影响，不可能不受到当时在西方文学史上有一定影响力的由瓦西里耶夫著的中国文学史的影响。

瓦西里耶夫是俄国著名的汉学家，他曾随东正教使团来到中国，住了10年，精通汉语、蒙语、藏语等多种语言，对中国十分熟悉，对中国文化很有研究，回国后于1880年写了研究中国文学的《中国文学史纲要》。他和以后的古城贞吉、翟理斯、笹川种郎等所著的中国文学史不一样，他是长期生活在中国并有志于研究中国文化的外国学者，是靠站在中国的土地上，经过调查了解，感性写出的文学史著，不像笹川种郎等多是靠研究中国文献写出的文学史。据孙歌、陈燕谷、李逸津三位老师的《国外中国古典戏曲研究》一书介绍，瓦氏的这部文学史中谈到的"戏曲只占极小的比例，而且这有限的篇幅也主要用于介绍几部剧中的故事梗概，称得上学术性分析的寥寥无几"[①]。全书共分十五节。南开大学研究俄国文学的赵春梅老师在《瓦西里耶夫与中国》一书中介绍了该书一至十五节的主要内容。在书中瓦氏把中国诗歌、戏曲、小说称为"民间文学"。她在该书中讲：

> 最后一节"民间文学：戏曲、小说、章回小说"的文字也不多，重点对《聊斋志异》、《红楼梦》、《水浒传》、《三国志》、《金瓶梅》、《西厢记》、《好逑传》等小说、戏曲作品的主要内容作了概述，其间还附有从《红楼梦》、《金瓶梅》和《西厢记》中摘译的部分段落。[②]

---

① 孙歌、陈燕谷、李逸津：《国外中国古典戏曲研究》，江苏教育出版社2000年版，第27页。
② 赵春梅：《瓦西里耶夫与中国》，学苑出版社2007年版，第160页。

关于戏曲，瓦西里耶夫给予了较为公正的评价。他认为，《锦上花》、《再生缘》、《来生福》等剧目没有受到中国学者足够的重视，不仅由于情节不够好，语言的陈腐也是一个方面。赵春梅在书中还说，在中国古代戏曲作品中，瓦西里耶夫对《西厢记》评价最高，他不但简要介绍了该部作品的主要内容，而且强调"《西厢记》的情节和叙事可以和俄国最优秀的戏剧作品相提并论"①。虽然所用文字不多，但瓦西里耶夫的这一评价涉及了戏剧创作的许多方面，同时还兼顾到欧洲学者和中国人自己的观点，其观点在当时的俄国，乃至欧洲都具有进步性和独创性。

孙歌等人著的《国外中国古典戏曲研究》中也提到了瓦西里耶夫对《西厢记》的评价："在这世界上第一部中国文学史中，作者第一次向西方读者提供了有关中国戏曲的若干资料。"② 瓦西里耶夫打破了以往许多欧洲学者总以轻蔑的态度看待一切东方事物的偏见，把《西厢记》放到与世界其他戏剧杰作并驾齐驱的地位。作者援引瓦西里耶夫在书中的话："如果撇开语言不谈，单拿情节以及剧情的发展来和我们最优秀的歌剧比较，再加上台词和曲词……即使在全欧洲恐怕也找不出多少像这样完美的剧本。"前苏联汉学家李福清在《中国古典文学研究在苏联》一书中还介绍了瓦西里耶夫《中国文学史纲要》对中国观众喜爱戏曲的描述：

> 中国人酷爱戏剧，几乎每一个稍微像样一点的村庄，至少每年一度，都要请个戏班子来唱戏。目前北京（瓦西里耶夫在北京逗留的时间是 1840 年至 1850 年）总共有十三座戏剧院，戏班则多至一百五十多家。他们全是靠流动演出来维持生计。③

这说明当时的戏曲已经依靠演出来作为谋生的手段，具有了商品的属性。此外，他还提出中国戏剧受印度梵剧影响的说法。这一点，和后来的

---

① 赵春梅：《瓦西里耶夫与中国》，学苑出版社 2007 年版，第 160 页。

② 孙歌、陈燕谷、李逸津：《国外中国古典戏曲研究》，江苏教育出版社 2000 年版，第 35 页。

③ 瓦西里耶夫：《中国文学史纲要》，参阅李福清：《中国古典文学研究在苏联》，书目文献出版社 1987 年版，第 63 页。

郑振铎的观点一致，不知是二人跨越了如此长的时空还心有灵犀，还是郑振铎吸收了瓦氏的观点后才提出了自己的观点。

瓦西里耶夫在介绍中国戏曲的同时，还发现了当时中国正统学界对小说、戏曲的偏见：

> 中国人十分轻视美文学作品，在学术性书籍中根本没有它的容身之地，所以这类作品的作者和源头很难考证。虽然近年来有些作品已经享有了一定的知名度，但是出版时却不敢署上自己的真名，因为他们羞于承认自己居然从事在学究们眼里如此低级的事情。[1]

这里的"美文学作品"指戏曲。这也从另一个层面有力地证明了戏曲在这一时期的地位是何等的低下，竟然在作品上不敢署上真名，更怕承认自己是从事戏曲的。如果瓦西里耶夫不是俄国人，且对戏曲没有成见，他是不会写戏曲内容的。

这部世界上最早的中国文学史著，具有比较先进的文学史观和戏剧史观，对戏曲的评价也比较客观，尤其是对世界了解中国戏曲起到了非常好的宣传效果。由于这是 1880 年著的文学史，在当时的西方产生了很大的影响，这种影响很可能会影响到以后的翟理斯、笹川种郎等，因为日本人正是在明治维新时期开始全面学习西方的，自然包括学习西方文学史的写作方法和写作理念。笹川种郎等人的中国文学史著就明显受到西方的影响，因为在日本传统文学中，就像中国的传统文学一样，是没有现代意义上的文学史的，他们对本民族的戏曲能乐也有很深的偏见，更何况对中国戏曲。因此，从笹川种郎文学史的内容和结构也可以看出，这是受西方文学史影响而产生的新型文学史。遗憾的是瓦西里耶夫的这部世界上最早的中国文学史不知何故至今也没有中译本，这就大大影响了这部著作在中国的直接影响力。

---

① 赵春梅：《瓦西里耶夫与中国》，学苑出版社 2007 年版，第 170 页。

## 二、翟理斯《中国文学史》：改变了书写中国文学的面貌

翟理斯（1845—1935），英国剑桥大学教授，著有《中国文学史》
（1897）等，该文学史共 448 页。这是第一部译成中文的外国人著的中国
文学史，但是，笔者在许多大图书馆查找中译本都没有找到，只好在国图
复印了原著中部分有关戏曲的内容，并重新进行了翻译。郑振铎说这是最
早的由外国人著的中国文学史："一下子改变了经过数百年上千次书写的
中国文学的面貌。"① 事实上，这部文学史著要迟于瓦西里耶夫 1880 年著
的《中国文学史纲要》，只是瓦氏文学史没有译成中文，这样从时间上往
后推就数翟理斯的文学史著最早了。就连翟理斯自己在《中国文学史·前
言》中也说："这是在人类文学史上首次尝试着用任何语言，包括汉语在
内，来介绍中国文学的历史。"② 翟理斯的《中国文学史》比较客观地介
绍了中国文学的历史面貌，所选取的内容既有中国正统观念下的经史子
集，也有当时正统观念排斥的戏曲和小说等，此外还有一些非文学的东
西，如建筑学、新闻学、天文学、医学、生物学等。

翟理斯完全是以一个西方人的眼光来看待中国的文学，来评价中国的
文学，尤其是对戏曲所作的客观评价，这种客观恐怕只有在对戏曲没有偏
见的西方人那里才能找到。因此，这才是当时戏曲的真实情况。如他所
讲，当时看戏贵宾已有节目单，农村人看戏有的靠公众捐助等，在 1678
年的一次演出中，一个扮演秦桧的演员由于演奸臣秦桧演得太像，还被台
下一个观众跑上台用刀刺死。这些信息和现在的情况很相似，而这些信息
都是一些有研究价值的新信息。这说明当时戏曲的活跃和戏曲演出水平的
高超，以至于造成死人的结果。如果再将他的文学史目录和笹川种郎文学
史的目录、林传甲文学史的目录作一比较，就可以发现这本纯粹由西方人

---

① 戴燕：《文学史的权力》，北京大学出版社 2002 年版，第 33 页。
② 翟理斯：《中国文学史·前言》，剑桥大学出版社 1897 年初版，1901 年译成中文。

翟理斯《中国文学史》目录

第一篇　封建时代（公元前 600—前 200）

　　第一章：传说时代——中国早期文明——著作的起源

　　第二章：孔子——五经

　　第三章：四书——孟子

　　第四章：杂家

　　第五章：诗歌——铭文

　　第六章：道教——道德经

第二篇　汉代（公元前 200—公元 200）

　　第一章：秦始皇——焚书坑儒

　　第二章：诗歌

　　第三章：史记

　　第四章：佛教

第三篇　三国两晋南北朝（200—600）

　　第一章：诗歌——乱世文学

　　第二章：经典派学术

第四篇　唐代（600—900）

　　第一章：诗歌

　　第二章：古典文学与通俗文学

第五篇　宋代（900—1200）

　　第一章：活字印刷术的发明

　　第二章：正史与野史

　　第三章：诗歌

　　第四章：辞海——百科全书——医学、律学

第六篇　蒙古人之朝代（1200—1368）

　　第一章：大融合文学——诗歌

　　第二章：戏剧

　　第三章：小说

第七篇　明代（1368—1644）

　　第一章：多彩多艺的文学——生物学——农业百科全书

　　第二章：小说和戏剧

　　第三章：诗歌

第八篇　满族人之朝代（1644—1900）

　　第一章：《聊斋志异》——《红楼梦》

　　第二章：康熙皇帝和乾隆皇帝

　　第三章：古典文学——诗歌

　　第四章：建筑学——新闻学——诙谐与幽默——治家格言

著的文学史著与中国人著的文学史著和日本人著的中国文学史著有着明显的差异。这对研究中国早期文学史具有一定的启示作用。翟理斯在书中所介绍的内容多是正统文学的内容，如四书五经、杂家、道教、佛教、史学、诗歌、小说等。此外，他还介绍了大量的戏曲剧目，如《西厢记》、《赵氏孤儿》、《合汗衫》、《琵琶记》等，尤其是提供了一些新的戏曲信息，特举几例予以说明：

关于鞑靼人（Tartars）的戏剧表演。这种表演除了在翟理斯的这本书里有介绍外，还没有看到其他地方有介绍。这个信息告诉人们，在契丹族里也有戏曲表演，而且还把孔圣人刻画成一个滑稽可笑的人。原文如下：

At the same time we hear of dramatic performances among the Tartars at a somewhat earlier date. In 1031K'ung Tao-fu, a descendant of Confucius in the forty-fifth degree, was sent as envoy to the Kitans, and was received at a banquet with much honour. But at a theatrical entertainment which followed, a piece was played in which his sacred ancestor, Confucius, was introduced as the low-comedy man; and this so disgusted him that he got up and withdrew, the Kitans being forced to apologize.

译文是：同时，我们在更早一些的时间，从鞑靼人那里听说了戏曲表演。在 1031 年，孔子的第四十五世孙孔陶夫被派出访契丹，受到了高级别的宴请。但是在随后的戏曲表演中，有一个情节是把他的神圣的祖先孔子刻画成了一个滑稽可笑的人，这使他非常生气，于是站起身拂袖而去，为此契丹人不得不赔礼道歉。

在原著的第 258 页至 259 页，又介绍了当时城市和农村戏曲演出时的一些信息，如看戏是免费的，但观众必须买零食，当时已有"商业行会"参与演出活动，有钱人可以把演员请到家里演，当时已有贵宾节目单等。原文如下：

Plays are acted in the large cities of China at public theatres all the year round, except during one month at the New Year, and during the period of mourning for a deceased Emperor. There is no charge for admission, but all visitors must take some refreshment. The various Trade-Guilds have raised stages upon their premises, and give periodical performances free to all who will stand in an open-air courtyard to watch them. Man-darins and wealthy persons often engage actors to perform in their private houses, generally while a dinner-party is going on. In the country, performances are provided by public subscription, and take place at temples or on temporary stages put up in the roadway. These stages are always essentially the same. There is no curtain, there are no wings and no flies. At the back of the stage are two doors, one for entrance and one for exit. The actors who are to perform the first piece come in by the entrance door all together. When the piece is over, and as they are filing out through the exit door, those who are cast for the second piece pass in through the other door. There is no interval, and the musicians, who sit on the stage, make no pause; hence many persons have stated that Chinese plays are ridiculously long, the fact being that half-an-hour to an hour would be about an average length for the plays usually performed, though much longer specimens, such as would last from three to five hours, are to be found in books. Eight or ten plays are often performed at an ordinary dinner-party, a list of perhaps forty being hanged round for the chief guests to choose from.

译文是：戏曲在中国一些大城市的公共场所全年演出，除了过年的一个月和国丧期间。看戏是免费的，但所有的观众必须买零食吃。各种各样的商业行会在自己的场地上搭建戏台，向观众提供表演，人们站在露天的场所就可以观看演出。官僚和富豪经常把演员请到自己家里去演，一般是在举行晚宴的时候。在农村，演出由公众捐助，在寺庙或路边搭建的临时舞台上表演，这些舞台往往基本相同，没有帘幕，没有厢房，没有灯具装置。在舞台后有两个门，一个出口一个入口，第一出戏中有戏的演员都要从入口进来，演完这出戏时从出口出去，然后那些在第二出戏中演出的演员从另一个门进来。没有幕间休息，乐师们坐在舞台上没有间隙时间，因此许多人认为中国戏剧的时间出奇的长。事实上通常上演的戏剧平均长度为半个到一个小时，尽管在剧本中常常能见到更长一点的如三到五个小时的剧作。通常一次晚宴要演出八到十个剧目，发到贵宾手中的节目单或许会有四十个之多以供他们从中选择。

在原著第 259 页至 260 页，还专门介绍了训练演员的方法以及为何从乾隆皇帝开始不让女性上舞台的情况，因为乾隆母亲是一个"戏子"等。这些关于乾隆母亲是"戏子"的信息，在中国正统文献里是绝对看不到的。这就是外国人著的中国文学史的价值，言国人不敢言。也许这不是事实，但却是外国人的一种独特看法。原文如下：

The actors undergo a very severe physical training, usually between the ages of nine and fourteen. They have to learn all kinds of acrobatic feats, these being introduced freely into "military" plays. They also have to practice walking on feet bound up in imitation of women's feet, no woman having been allowed on the stage since the days of the Emperor Ch'ien Lung (A. D1736—1796), whose mother had been an actress. ……and finally, their diet is carefully regulated according to a fixed system of training. Fifty-six actors make up a full company, each of whom must know perfectly from 100 to 200 plays, there being no prompter. These do not include the four-act or five-act plays as found in books, but either acting editions of these, cut down to suit the requirements of the stage, or short farces specially written. The actors are ranged under five classes according to their capabilities, and consequently every one knows what part he is expected to take in any given play.

译文是：演员们要承受严格的身体训练，他们一般在 9—14 岁之间，必须掌握各种杂技武艺，这些动作要自如地在武戏中表演出来。他们还模仿女性把脚裹起来走路，自从乾隆皇帝（1736—1796）开始，女性不允许上舞台，因为他的母亲是一名戏子……他们的饮食要认真遵守一系列复杂的训练方案。五十六个演员组成一个戏团，每个成员必须完全知道 100—200 个剧目，没有提词员。这些不包括书中发现的四出或五出戏的剧作，每次演出时，要根据舞台要求缩减剧本长度，或者专门编写一些短剧。演员将根据自己的技能去扮演剧目中符合自己特点的角色。

在原著第 260 页，介绍了演员的地位低下，三代内不允许参加科举考试，以及演员如何表演等，这一点是符合当时科举考试不让"俳优"在三代内参加考试的规定的。原文如下：

The actors are ranged under five classes according to their capabilities, and consequently every one knows what part he is expected to take in any given play. Far from being an important personage, as in ancient Greece, the actor is under a social ban; and for three generations his descendants may not compete at the public examinations. Yet he must possess considerable ability in a certain line; for inasmuch as there are no properties and no realism, he is wholly dependent for success upon his own powers of idealization. There he is indeed supreme. He will gallop across the stage on horseback, dismount, and pass his horse on to a groom. He will wander down a street, and stop at an open shopwindow to flirt with a pretty girl. He will hide in a forest, or fight from behind a battlemented wall. He conjures up by histrionic skill the whole paraphernalia of a scene which in Western countries is grossly laid out by supers before the curtain goes up. The general absence of properties is made up to some extent by the dresses of the actors, which are of the most gorgeous character, robes for Emperors and grandees running into figures which would stagger even a West-end manager.

译文是：演员们按照能力划分为 5 个等级，每个人都很清楚自己在剧中扮演的角色，与古希腊不同的是，演员们远非什么重要人物，他们深处社会底层，三代之内的后人不允许参加科举考试。在某些方面他们必须有杰出的才能，因为没有道具和其他实物的配合，他们只能完全靠自己的想象力来获得演出的成功。在舞台上他是真正的至尊，骑着马，飞奔，下马，把马交给仆人。在街上闲逛，在橱窗前逗留，和美女调情，藏在林子里，在垒有雉堞的城墙后面打仗。演员利用自己的表演技巧，像变戏法一样在场子里变出所有的道具。而在西方国家这些东西是在大幕拉开前由专人摆放好的。中国戏剧中道具普遍缺乏，在一定程度上可以由演员的服饰来弥补。他们身披皇帝或王公大臣们才能穿的华丽的戏袍，塑造出的一个个形象，就连住在伦敦西区的有钱人也叹为观止。

在原著第 273 页，介绍了《西厢记》的主题是"围绕风、花、雪、月展开"，是"有关爱情和阴谋的"，都是一些新鲜的说法，并且认识到当时知识分子阶层"更愿意把《西厢记》看做小说而非戏剧"。原文如下：

Of all plays of the Mongol dynasty, the one which will best repay reading is undoubtedly the Hsi Hsiang Chi, or Story of the Western Pavilion, in sixteen scenes. It is by WANG SHI-FU, of whom nothing seems to be known except that he flourished in the thirteenth century, and wrote thirteen plays, all of which are included in the collection mentioned above. "The dialogue of this play," says a Chinese critic, "deals largely with wind, flowers, snow, and moon-light," which is simply a euphemistic way of stating that the story is one of passion and intrigue. It is popular with the educated classes, by whom it is regarded more as a novel than as a play.

译文是：所有元代戏曲中，最值得读的一部无疑是王实甫写的十六场的《西厢记》了。王实甫曾在13世纪风靡一时，写作十三部曲目，全部收录在以上提到的元曲选集中。除此之外，人们对他一无所知，一位中国文学评论家提到："这部作品中话题主要围绕风、花、雪、月展开。"这完全是用一种委婉的方式来表明这个故事是有关爱情和阴谋的，它在知识分子阶层深受欢迎。他们更愿意把《西厢记》看做小说而非戏曲。

在原著第274页，元杂剧作家张国宾①被翟理斯看做女性作家，可能是翟理斯对张国宾不了解，或者是在写作时所掌握的材料是错误的，不过，这也能从中发现一个重要的信息，即翟理斯对女性作家是没有偏见的，这反映出了当时西方对待女性的态度。原文如下：

Just as there have always been poetesses in Chinese play-wrights. A four-act drama, entitled "Joining the Shirt," was written by one CHANG KUO-PIN, an educated courtesan of the day, the chief interest of which play lies perhaps in the sex of the writer.

译文是：正如在中国有许多女诗人一样，在戏剧创作行列中也不乏女

---

① 据《中国戏曲曲艺词典》（上海艺术研究所、中国戏剧家协会上海分会编，上海辞书出版社1981年版）：张国宾（生卒不详），一作"张国宝"。元代戏曲艺人、作家。艺名喜时营。大都人。钟嗣成《录鬼簿》说他曾任"教坊勾管"（应为"勾官"），所作杂剧四种：《合汉衫》、《公孙汉衫记》、《七里滩》、《薛仁贵》。作品曲词通俗。

剧作家。其中一部四幕戏剧《合汗衫》的作者——张国宾是一位颇有造诣的艺人。而这部剧作之所以令人感兴趣的恐怕也就是作者的性别了。

翟理斯文学史中所提供的这些戏曲信息，对于今天了解当时中国人的生活习俗以及戏曲状貌具有一定的学术价值。他的著作对当时许多中国学者编撰文学史都有一定影响。如对谢无量的文学史著作影响就比较大。谢无量在《中国大文学史》中说："藉尔士 Giles 文学史所称。又有《玉娇梨》一种。以其叙述不务繁冗。颇为西士所重。然吾国固罕论及之者。"①郑振铎也高度评价翟理斯及其文学史著："它第一次把中国文人向来轻视的小说戏剧列入文学史，又第一次注意到佛教对于中国文学的影响，一下子改变了经过数百年上千次书写的中国文学的面貌……"②

总之，翟理斯的文学史著，如果与现在的中国文学史著对比来看，确实有很大差异和许多不足，如在内容的选择上标准比较混乱，收入了法律条文、生物学知识、治家格言等，编排上也欠合理，如详略不均、编次无法等。但是，从总体上看，这在当时还是一部比较先进的中国文学史著，尤其是在文学史的观念、体例和对待戏曲小说的态度上对中国文学史著的影响都是开天辟地的。

### 三、笹川种郎《历朝文学史》：中国早期文学史著模仿的范本

中国文学史著产生的萌芽期，也正是日本人著中国文学史的高潮期。1897 年日本人出版了在日本国内的第一部中国文学史，这就是古城贞吉的《支那文学史》，1898 年笹川种郎出版了《支那历朝文学史》，1904 年久保得二出版了《支那文学史》，1909 年儿岛献吉郎出版了《支那大文学史》等。在这些日本人著的中国文学史著中，笹川种郎的《历朝文学史》由于在当时既译成了中文，又有小说戏曲内容，观念也比较新，所以对中国的影响也最大。主要影响有以下几方面：

（一）观念的影响。中国正统文学自古以来轻视戏曲，而笹川种郎却

---

① 谢无量：《中国大文学史·卷九》，上海中华书局 1925 年（民国十四年）版，第 70 页。
② 戴燕：《文学史的权力》，北京大学出版社 2002 年版，第 33 页。

把戏曲与诗文同等看待，这一点对国人的影响是巨大的，从此改变了中国文学史的格局，更改变了戏曲在文学史著中的命运。对于这种新形式，具有进化论思想的黄人及其文学史、曾毅及其文学史、谢无量及其文学史等都吸收了这一新形式，都在自己著的文学史中加入了戏曲的内容。当然也有顽固的人，如林传甲则在观念上与笹川种郎对立，仍视戏曲为"小道末技"、"淫亵之词"，拒绝戏曲进入文学史。

（二）格局上的影响。对于笹川种郎的文学史，当时一些撰著文学史的中国学者都从不同角度模仿它、学习借鉴它，有的模仿文学史的体例，有的模仿文学史的内容，像林传甲就只模仿文学史的框架，拒绝模仿其中的小说、戏曲内容。而曾毅、谢无量由于文学史观、戏曲观能够与时俱进，便把戏曲放入自己的文学史著中。但是面对戏曲，黄人、曾毅、谢无量文学史著中的戏曲布局、数量分配、内容取舍等都是不同的，尤其是和笹川种郎文学史中的戏曲的格局是有区别的。

笹川种郎文学史共分为九期。从排列顺序看：第一期春秋以前文学。第二期春秋战国时代之文学。第三期两汉文学。第四期魏晋及南北朝之文学。第五期唐朝文学。第六期宋朝文学。第七期金元之文学。第八期明朝文学。第九期清朝文学。其中涉及戏曲的内容及其排序是第七期金元之文学，这一期共分三部分：总说；一、元遗山；二、小说与戏曲。戏曲放在了本期的最后。第八期明朝文学，这一期共分四部分：总说；一、高青邱；二、李何七子与李王七子；三、小说与戏曲。戏曲部分放在了本期的最后。第九期清朝文学，这一期共分三部分：总论；一、诗人与文章家；二、小说与戏曲及批评。戏曲放在了本期的最后。

从第七期、第八期、第九期戏曲的排序情况看，戏曲均排最后。但是从这三个时期所列出的内容看，又能发现戏曲的地位非常高。如第七期金元之文学，总共只列出三部分，即总说、元遗山、小说与戏曲。在金元时代，当时是正统文学观，可以列入文学史的内容太多了，仅仅诗文等方面的内容就有很多。尽管如此，却把小说与戏曲作为一个单独的部分予以介绍。因此，从这个角度讲，戏曲在笹川种郎的眼中还是非常重要的。这种安排不是笹川种郎偶然为之。从第八期的明朝文学所列的内容也可以看出来。这一期也只有四部分，即总论；高青邱，李何七子与李王七子①；小说与戏曲。虽然戏曲仍然排在最后，但从整个明朝的文学看，可以列入文学史著的内容也非常多，作者仍把戏曲当做了必写内容。同样第九期清朝文学的安排也是如此。在朴学发达的清朝，传统文学历经了几千年的发展，可以入史的文学太多了，可是笹川种郎仍然加入了戏曲的内容。由此可见，戏曲在笹川种郎的文学史中是占有特殊位置的。

笹川种郎如此看重文学史中的戏曲，这深深影响了黄人、曾毅、谢无量等对待文学史中戏曲的态度，他们一方面把戏曲正常地纳入到文学史著之中，一方面又加大戏曲的撰写力度，增加的戏曲篇幅超过了笹川种郎所著的戏曲总量，有的专门以一章写戏曲和小说。例如曾毅的文学史著在第四编近古文学中专门将第三十六章"小说戏曲之勃兴"列为一章进行研究。在第五编近世文学中专门将"清之戏曲小说"列为一章进行研究。从顺序上看，戏曲仍排在全编的最后，但是专门将"戏曲小说"作为一章详加论述，这也是开天辟地的大事。

从谢无量的《中国大文学史》也可以看出，戏曲的内容更多、更丰富，如专门增加了一章介绍"宋之词曲小说"，详细介绍了"戏曲之渊源"。同时，戏曲在文学史中的排序也明显靠前，甚至超过了正统的"诗文"位置。如第四编近古文学史共有二十三章，其中有三章涉及戏曲内容。如第十六章"宋之词曲小说"，专门在第二节"平话及戏曲之渊源"，重点介绍了戏曲的起源等。第十八章"元文学及小说大盛"，专门在第二节"元之词曲杂剧"，介绍了元杂剧的作家作品，这一点是和王国维强调"元曲是活文学"，元曲在元代的重要性分不开的。第二十三章"明之戏曲小说"，专门用一整章的一多半篇幅介绍明传奇等作家作品。第五编近世文学史中专门将"清代之戏曲小说"放了第五章"道咸以后之文学及八股文之废"之前。这在以前的文学史中是没有的现象，说明戏曲的地位提

---

① 李何七子与李王七子：明朝的两个文学流派，即"前七子"和"后七子"。前七子，即李何七子，指明弘治、正德年间（1488—1521）的李梦阳、何景明、徐祯卿、边贡、康海、王九思和王廷相七人，以李梦阳、何景明为代表。记载最早见于《明史·李梦阳传》。后七子，即李王七子，指明嘉靖、隆庆年间（1522—1566）的李攀龙、王世贞、谢榛、宗臣、梁有誉、徐中行和吴国伦，以李攀龙、王世贞为代表。记载最早见于《明史·文苑·李攀龙传》。

高了。同时，清代的戏曲并没有受王国维所认为的明清戏曲是"死文学"的影响，地位也比以前提高了。

（三）内容上的影响。笹川种郎文学史所介绍的一些作家作品也成为本期文学史中戏曲的主要关注对象。笹川种郎在《历朝文学史》第七期、第八期、第九期中分别介绍了戏曲作家作品。如第七期金元之文学，主要介绍了"杂剧"、《西厢记》、《琵琶记》等；第八期明朝文学，主要介绍了汤若士等；第九期清朝文学，主要介绍了李渔、《桃花扇》、金圣叹等。而这些作家和作品也大都成了黄人、曾毅、谢无量文学史著中戏曲的主要内容。如曾毅在自己的文学史中专门评论了《西厢记》如"暮色牡丹"①，《琵琶记》如"水墨梅花"②，李渔十种曲"概为喜剧"③，《桃花扇》是"假侯李之情事写南朝之兴亡"④ 等。谢无量在自己的文学史中也专门评论《桃花扇》是"虽叙丽情，而尤致意于兴亡之恨"⑤，《琵琶记》是南曲成就最高之作品等。

## 四、日本中国戏曲研究对中国文学史及其戏曲的影响

中国戏曲，不仅在国内有许多专家学者在进行研究，在国外也有许多汉学家在进行研究，而且其研究水平，有的还达到了相当高的程度，如日本的中国戏曲研究就是如此。这些研究，对中国的戏曲研究及其文学史撰著都是一个重要的补充。

### （一）日本的中国戏曲研究

日本历史上对小说戏曲也有成见，甚至他们对本国的能乐也怀有很深的偏见。中国戏曲在日本，也多是学者作为学术研究之用，非大众所认识、所认可。所以，在日本并不是所有的中国文学史著都有戏曲，如被戴燕老师在《文学史的权力》中称为最早译成中文的、在日本以书的形式公

---

① 曾毅：《中国文学史》，上海泰东书局 1915 年版，第 243 页。
② 同上，第 243 页。
③ 同上，第 327 页。
④ 同上，第 328 页。
⑤ 谢无量：《中国大文学史·卷十》，上海中华书局 1925 年（民国十四年）版，第 34 页。

开出版的第一部中国文学史《支那文学史》（古城贞吉）中就没有戏曲，其基本内容多是"经史子"的内容，其中作家作品论占据了大部分，这从其目录中就可以看出：

> 第一篇中国文学之起源。第一章总论：上古之世态，三代之政治文学，周代文化之美，篇中所叙之项目。第二章书契之起源及文字之构成：书契时代，苍颉与文字之制作，六书及其大要，书体……第二篇诸子时代。第一章总论：诸子时期，春秋战国间之状况，当代文学之三期别及其大较，文学发达之原因，当代文学之短评。第二章儒家。第一节孔子及五经：儒家大要，孔子之传，五经大意，春秋三传及论语……第七篇金元间之文学。第一章总论。此编之时期，金元二朝之建国，金元文学之渊源及发达，蒙古字与元朝文学之关系，二朝文学之概评。第二章金朝之文学者。第一节元好问以前之作家。辽宋之旧人，党英怀李纯甫赵秉文及其他诸人之小传，作例。第二节元好问及其诗文。元好问之地位及其略传、诗文。第三章元代之文学者。赵孟頫与其诗例，虞集之小传、作例，杨载范樗及揭傒斯之诗例。马祖常萨都剌及其作例，儒学家诸人，杨维祯之小传及其诗。第八篇明代之文学。第一章总论。本篇之时期，明朝之创业，太祖之性质，当代之儒风，文运之概略，当代作者之弊病，王家之陋习及其及于文学上之影响……第三章清朝之诗家。钱谦益与其传，吴伟业及其诗……①

由此可证，这部典型的陈旧的正统中国文学史著，虽然是日本人在日本著的中国文学史，但显然受中国正统文学观影响比较大，看不出来多少西方文学史观的影响，难怪当时没有国人模仿。不过，由此也更加衬托出笹川种郎文学史的进步性和文学价值，尤其是戏曲史观的价值。笹川种郎文学史是受西方文学史体例影响，而不是受本民族文学史观和戏剧观影响

---

① 古城贞吉著，王灿译：《中国五千年文学史·目录》，台北广文书局 1976 年（民国六十五年）版。

下产生的文学史，他冲破了当时旧观念的束缚，具有一定的前瞻性和先进性，这对日本是一种贡献，同样对中国文学也是一种贡献。

日本对中国戏曲的研究主要是文本性的、案头性的，而不是借助现实性戏曲表演所进行的动态性的、鲜活性的研究。因此，要谈日本对中国戏曲的研究，须包含两个方面：第一个是中国戏曲对日本戏曲研究的影响；第二个是日本戏曲研究对中国文学史及其戏曲的影响。这是一个互动的关系，具有取长补短的作用，但总体上中国戏曲的研究还是对日本戏曲的研究影响较大，因为戏曲毕竟是中国的艺术。

中国戏曲传入日本可能是在16世纪下半叶，即日本的镰仓室町时代的末期，也就是中国元代末期，主要是元曲底本的传入。据文献记载，《西厢记》是1721年传入的，《元曲选》是1762年传入的。中国戏曲的传入，不仅让戏曲走出国门扩大了传播的范围，而且对日本本民族的艺术也产生了一定的影响。据孙歌、陈燕谷、李逸津著《国外中国古典戏曲研究》一书介绍：

> 能乐是日本的古典戏剧形式，它最初是在中国的"散乐"基础上加工而成的滑稽戏……能乐在结构形式上与元代戏曲十分相近，故后人虽找不到确实的资料加以证实，但却仍然提出了元曲传入日本后引起了能乐结构改进的假说。江户时代著名的思想家、徂徕学派创始人荻生徂徕（1666—1728）曾在《南留别志》中设想，能乐是以元杂剧为模型创造的，有关元杂剧的知识可能是元代到日本来的和尚带来的，而日本人只靠自己的能力无法创造这样的艺术。另一位江户幕府谋臣与学者新井白石（1657—1726）则在《俳优考》中提出相似的看法，只不过他强调的是传奇对于日本能乐的影响。[①]

此外，在日本，观阿弥、世阿弥的谣曲创作对日本的能乐发展影响非常大。谣曲是能乐中的演唱部分，也就是曲词。谣曲受中国戏曲的影响在

---

[①] 孙歌、陈燕谷、李逸津：《国外中国古典戏曲研究》，江苏教育出版社2000年版，第3页。

日本已形成共识，青木正儿在《国文学与支那文学》一文中认为，谣曲受南戏的影响很大，青木正儿的理由有二：

> 一、日本南北朝时期赴中国留学的留学僧多去中国南方，当时正值元末明初南戏复兴之时；二、谣曲形式结构与元杂剧有很多不同，但与传奇相当一致。[①]

正是由于中国戏曲对日本艺术的影响，才带来一批日本学者对中国戏曲的研究。

日本对中国戏曲的研究，主要是在明治中期以后，大致可分为三个阶段，这都体现在文学史中。第一个阶段是以京都帝国大学和东京帝国大学为中心，主要由一些学者构成的学院派研究队伍，其代表人物是狩野直喜和森槐南。这一时期的戏曲研究受王国维影响比较大。第二个阶段是以盐谷温、青木正儿、吉川幸次郎为代表的学院派研究队伍，主要是研究元曲。盐谷温的代表作有《元曲研究》、《元曲概说》、《中国文学概论》。他在 1926 年著的《中国文学概论》一书中，专门将"戏曲"作为第五章的全部内容来讲，主要讲宋金元明戏曲。在他的戏曲研究过程中，也承认深受王国维《宋元戏曲史》的影响。青木正儿代表作有《中国近世戏曲史》，吉川幸次郎的代表作有《元杂剧研究》。日本学者传田章在《日本的中国戏曲研究史》一文中说："青木正儿的《支那近世戏曲史》和吉川幸次郎的《元杂剧研究》是战前派中国戏曲研究的双璧。二者虽有程度上的差异，可他们都没有超出对于戏曲剧本和作家研究的范畴。"第三个阶段，就是 70 年代以后以田仲一成为代表的戏曲社会学研究。他从社会结构的角度去认识戏曲。他把版本研究和民间考察结合在一起研究戏曲。既重视文学史版本中戏曲的研究，如《西厢记》、《琵琶记》等多种版本研究，又重视民间考察等，如代表作《关于十五六世纪为中心的江南地方戏的变质》以及专著《明清的戏曲》等。当然这一部分超出了 20 世纪上半

---

① 孙歌、陈燕谷、李逸津：《国外中国古典戏曲研究》，江苏教育出版社 2000 年版，第 4 页。

叶的范围，所以在这里就不赘述了。

日本的戏曲研究，对中国戏曲的研究及影响主要在第一、第二阶段。

到了 20 世纪初，中国戏曲对日本的中国戏曲研究的影响主要表现在王国维戏曲思想的影响上。1910 年前后，狩野直喜曾在北京与王国维一起探讨过戏曲问题。随后王国维又去日本住了几年，把自己的戏曲思想和学术方法也传播到了日本：

> 不言而喻，这是王国维学术观点对于日本学术界产生影响的坚实基础。在大正时期，不仅京都学派，就连东京的研究者与戏曲爱好者在谈及中国戏曲问题时无不征引王国维的观点，其影响可见一斑。王国维的影响，要而言之，一是研究框架，二是学术立场，三是研究方法。就研究框架而言，他确立的宋元戏曲史的体例对日本的戏曲史研究有很大的启发，立志治戏曲史的学者均以某种方式延续了这一框架；就学术立场而言，王国维"一代有一代之文学"的观点将戏曲提升到了与经典文学形态相提并论的地位，开了俗文学研究的先河；就研究方法而言，推崇清朝"朴学"并精通德国哲学的王国维在戏曲研究方面主要贯彻了近代实证精神，这也正是日本近代支那学追求的目标。王国维作为开创中国戏曲研究这一近代学术的第一人，不仅在中国学术史上具有重要的地位，而且在日本学术史上也同样是不可忽略的人物。①

青木正儿的《中国近世戏曲史》就深受王国维《宋元戏曲史》的影响。青木正儿在《中国近世戏曲史·序》中也强调了这一点："本书之作，出于欲继述王忠慤（国维）先生名著《宋元戏曲史》之志，故原欲题为《明清戏曲史》，以易入日人耳目之故，乃以《中国近世戏曲史》为名也。"② 这是第一部专门研究明清戏曲史的力作，弥补了《宋元戏曲史》

---

① 孙歌、陈燕谷、李逸津：《国外中国古典戏曲研究》，江苏教育出版社 2000 年版，第 11 页。
② 青木正儿：《中国近世戏曲史·序》，作家出版社 1958 年版，第 1 页。

不谈明清戏曲的空白。青木正儿和王国维曾面对面地在日本、上海及北京交流过三次戏曲问题。他在北京清华园谒见王国维时说：

> 大正十四年春，余负笈于北京之初，尝与友相约游西山，自玉泉旋出颐和园谒先生于清华园，先生问余曰："此次游学，欲专攻何物软？"对曰："欲观戏剧，宋元之戏曲史，虽有先生名著，明以后尚无人着手，晚生愿致微力于此。"先生冷然曰："明以后无足取，元曲为活文学，明清之曲，死文学也。"余默然无以对。①

在这里，王国维所提出的元杂剧是"活文学"，明清的戏曲是"死文学"的观点对青木正儿确实影响比较大。不过，这种影响没有让他趋同王国维的元曲是"活文学"的观点，反而促使他从当时的实际出发，更加注重对明清文学的关注，提出了与王国维相反的观点，即元曲为"死剧"，明清戏曲为"活剧"：

> 噫，明清之曲为先生所唾弃，然谈戏曲者，岂可缺之哉！况今歌场中，元曲既灭，明清之曲尚行，则元曲为死剧，而明清为活剧也。先生既饱珍馐，著《宋元戏曲史》，余尝其余沥，以编《明清戏曲史》，固分所宜然也。苟起先生于九原，而呈鄙著一册，未必不为之破颜一笑也。②

由此看来，青木正儿一方面深受《宋元戏曲史》之影响，一方面又不囿于《宋元戏曲史》之观点，敢于挑战权威，提出自己的观点，这是一种学术勇气，也是一种学术创新。

（二）日本文学史及戏曲研究对中国文学史及戏曲研究的影响

在中日历史上有一个特点，弱者向强者学习。近代以前，中国比日本

---

① 青木正儿：《中国近世戏曲史·序》，作家出版社1958年版，第1页。
② 同上。

强大，所以日本向中国学习。如隋唐时期，日本派"遣隋使"、"遣唐使"到中国学习先进技术、先进文化等。近代以后，日本经过明治维新，尤其是经过全方位地学习西方后，成为了西方化的国家，国力开始强盛于中国。中国开始向日本学习，派留学生去日本，如林传甲、黄人、曾毅、王国维、鲁迅、郭沫若等。中国现代意义上的文学史正是学习日本人著的中国文学史所产生的直接硕果。戏曲作为中国文学史的重要组成部分，也是最初学习日本中国文学史中的戏曲观点、戏曲内容及撰著方法而产生的。如黄人、曾毅、谢无量等文学史著的戏曲内容就是如此。周作人在为青木正儿《中国古代文艺思潮论》中译本所作序言中说："当时日本汉学家写《中国文学史》，一是'方法序次井然有序'，二是'涉及小说戏曲，打破旧文学偏陋界限'。"① 这对中国文学史及戏曲有着直接的影响。日本是中西方之间的一座桥梁。王国维在《论新学语之输入》中形象地说这是"驿骑"作用："数年以来，形上之学渐入于中国，而又有一日本焉，为之中间之驿骑。"② 概括起来说，日本人著的中国文学史及其戏曲对中国文学史及其戏曲的影响主要表现在以下几个方面：

1. 日本文学史观念的影响。19 世纪末 20 世纪初，日本文学史的观念比中国先进。首先表现在兼收并蓄、博采众家之长上。日本经过明治维新，一方面开始大量引进西方的先进文明，用西方的文化和技术强国强民。一方面继续加强汉文的教育，尤其是儒家的"载道"及"忠君"思想。这两种文化对日本文化是一种有益的补偿。日本之所以这样做，是和其开放的胸怀、海纳百川的开放思想分不开的。历史上，日本发现唐朝发达，就派人学习唐朝的文化技术，而且是全盘地学习，连文字、服装、生活习性都照搬。后来，它发现西欧发达，就派人学习西欧的文化技术，而且也是全盘地学习，甚至有人提出鼓励日人与外国人通婚，以此来改变日本的婚姻结构。因此，西欧的文学史观念、文学史体例以及文学史中的戏剧也被大量地吸收。由于汉学长期影响日本，日本有许多水平很高的汉学

---

① 青木正儿（王俊瑜译，周作人作序校阅）：《中国古代文艺思潮论·序》，北平人文书店 1933 年版。
② 王国维：《论新学语之输入》。参阅姜东赋：《刘顺利选注》，百花文艺出版社 2006 年版，第 34 页。

家，于是他们就用先舶来的西方新思潮、新体例——文学史著，去重新梳理中国正统的文学。他们按照西方文学史诗歌、小说、戏曲内容的要求，去编撰中国文学史，于是便产生了 1882 年末孙谦澄的《支那古文学史略》，1891 年儿岛献吉郎《支那文学史》，1894 年儿岛献吉郎《文学小史》，1895 年藤田丰八《支那文学史稿·先秦文学》，1897 年古城贞吉《支那文学史》，1897 年笹川种郎《支那小说戏曲小史》，1898 年笹川种郎《历朝文学史》，1898 年藤田丰八、笹川种郎、大町芳卫、白河次郎、田冈佐代治出版的系列《支那文学史》丛书，1900 年中根淑《支那文学史略》，1903 年久保天随《支那文学史》等。当然这里所列的文学史并不都是纯西方式的文学史，如古城贞吉等文学史就例外，它不像上述的文学史著大都是西方文学史体例，大都有戏曲内容。1903 年笹川种郎《历朝文学史》由上海中西书局翻译成中文。陈玉堂在《中国文学史旧版书目提要》中评价这本书："迄今所知，是最早被翻译过来的一部中国文学史。"① 这部文学史为当时"西学东渐"的中国提供了最直接的西方文学史版本。于是，林传甲、黄人、曾毅等正统文人开始模仿其中的文学史方法及体例，开始编著最早的由国人自著的现代意义上的新文学史。像曾毅的文学史几乎纯粹就是照搬了笹川种郎的文学史，包括当时在中国地位卑下的戏曲内容，而且在 30 年代，仍然有童行白等人模仿笹川种郎的文学史去编著自己的文学史，可见此书在当时的影响力。

2. 文学史体例的影响。在笹川种郎等日本人著的中国文学史没有来到中国之前，中国是没有明确的文学概念的，经史子集无所不包，就像章太炎在《国故论衡》中讲的："文学者，以有文字著于竹帛，故谓之文；论其法式，谓之文学。"② 因此，在这样的文学观念影响下所编著的文学著作都是"八宝粥文学"、"大烩菜文学"，营养是有营养，但是给人以零乱和不系统的感觉。不过，这可能正是中国文学的特色。日本中国文学史的进入，让当时多少有点崇洋媚外的一些文人找到了改变中国正统文学的依据

---

① 陈玉堂：《中国文学史旧版书目提要》，上海社会科学院文学研究所 1985 年版，第 129 页。
② 章太炎：《国故论衡·文学总略》，上海古籍出版社 2003 年版。

和范本。日本的中国文学史，完全是学习西欧文学史的模式，在文学材料的选择上完全是以西方的文学概念为标准。这种新型的文学史体例只对文学性、艺术性、审美性、情感性方面的材料感兴趣，而对史学等则采取否定的态度。因此，这种文学史体例相比于传统的庞杂的文学体例，从视觉上看，显得苗条好看，显得明晰、本色、轻松、有趣、活泼、自然，但同时也失去了许多有价值的文学内容，如儒释道等许多经典性的成分。从实用上看，非常简单、具有可操作性。于是"模仿"日本的中国文学史成为20世纪初最流行的文学活动。但这种模仿可不是简单的"照相"，一些有正统文学观念的正统文人采取的是"拿来主义"，合自己理念的拿来，不合自己理念的放弃。如林传甲的文学史著就是只学体例，不照搬戏曲小说内容。不过，正统观念毕竟抵不过当时西风正劲的"西学"，林传甲可以固执不收，但黄人、曾毅、谢无量等人的文学史著则照收不误。这就是时代潮流的挟迫力，不是个人所能永远左右的。

3. 文学史著中戏曲的影响。应该说，日本的中国文学史对中国影响最大的除了文学观念、文学史体例之外，就是将戏曲视做和诗歌、散文、小说同等地位的戏曲观。笹川种郎在文学史中写入中国戏曲不是偶然的，他对中国戏曲早有研究，懂得中国戏曲的艺术价值。他在1897年还专门写了《支那小说戏曲小史》一书。全书共四编，其中有三编专谈元明清的小说戏曲。他在书中对《西厢记》、《琵琶记》的评价尤有见解。他的这些见解也渗透在他被中国人于1903年译成中文的代表作《历朝文学史》中。他在书中的"金元之文学"、"明朝文学"、"清朝文学"部分增加了小说戏曲内容。这对当时戏曲不入正统文学的中国文坛是一种强烈的刺激。此时，戏曲还被梁启超等人所利用，他们认为戏曲是传播革命和改良社会的最好媒体，戏曲随后在"诗界革命"、"文界革命"、"小说界革命"的呐喊声中，在戏曲为社会、为民生、为政治服务的呐喊声中，地位被迅速抬高，这客观上也促进了戏曲的发展和文学史的进步。

总之，中国的戏曲研究从古迄今一直在影响着日本的戏曲研究，这是根本性的影响。但是，日本对中国的戏曲研究也非常有建树，对中国戏曲的研究也有一定的影响力，尤其是在20世纪初中国文学史创立之时。笹川种郎的《历朝文学史》中的戏曲对中国文学史开始写入戏曲的影响意义重大。青木正儿的《中国近世戏曲史》在当时也影响了许多人对明清戏曲的认识。目前，田仲一成的戏曲研究方法仍然受到许多人的欢迎。刘祯在《民间戏剧与戏曲史学论》一书中说：

> 受王国维在戏曲研究方面著书立说的影响，日本有不少学者热衷研究中国戏曲。20 年代是一个译介日本学人相关著作比较集中的时期。相继有：辻武雄《中国剧》（1920）、盐谷温《中国文学概论》（1926）、波多野乾一《京剧二百年历史》（1926）、青木正儿《南北戏曲源流考》（1928）等作传入国内。作为戏曲研究队伍里的外来力量，在 20 年代成为一种醒目的学术现象，对中国国内日渐兴盛的戏曲学增加了助剂，并从史学与研究方法等方面给中国戏曲研究提供不同于传统的思路和范式，对建立现代戏曲学给予有益的启示，这是 20 世纪中国戏曲学我们不应排斥和忽略的。[①]

如今，中国的戏曲研究取得了一定的成效，这个成效里也包含着世界各国汉学家尤其是日本学者对戏曲的研究成果，其中还包括日本人著的中国文学史中的戏曲研究成果。因此，关注日本的中国戏曲研究，也就是关注中国的戏曲研究。

---

① 刘祯：《民间戏剧与戏曲史学论》，台北"国家"出版社 2005 年版，第 71 页。

# 第一章 戏曲走进中国文学史（1904—1919）

## 概　述

　　20世纪初期，主要指1904年至1919年五四运动之前，一些受西方文化影响的知识分子，依照日本人著的中国文学史的著述模式，依照当时清政府对文学史撰著的规定，开始编著自己的中国文学史讲义和著作，编著的目的主要是为了给大学生和中学生讲课之用。这一时期的中国文学史，代表作主要有林传甲《中国文学史》（1904）、黄人《中国文学史》（1904）、窦警凡《历朝文学史》（1906）、王梦曾《中国文学史》（1914）、曾毅《中国文学史》（1915）、张之纯《中国文学史》（1915）、朱希祖《中国文学史要略》（1916）、钱基厚《中国文学史纲》（1917）、谢无量《中国大文学史》（1918）和褚石桥《文学蜜史》（1919）等。在这些文学史著中，有的有戏曲内容，有的没有戏曲内容。如钱基厚的文学史著就没有戏曲内容，有的版本无法找到，如窦警凡的文学史著。宁宗一老师在《二十世纪中国文学史研究与中国社会》一文中介绍早期的中国文学史著是："让我们看出它们基本上是中国传统的目录学与史传体的自然延伸，早期文学史的'陈列'方式与西洋文学史著作的'叙述'方式至少在功能上并不一致。"① 这一时期戏曲学界也出了不少成果，主要有：王国维《宋元戏曲史》、杨铎《汉剧丛谈》、齐如山《戏剧建言》、吴梅《顾曲麈谈》、姚华《曲海一勺》、刘师培《原戏》等。

　　本书之所以以1904年为中国文学史初创阶段的起点，是因为这一年

---

① 宁宗一：《二十世纪中国文学史研究与中国社会》，《复旦学报》社会科学版2000年第4期。

诞生了林传甲撰著的第一部由国人自著的中国文学史，这是中国文学史诞生的标志，而以1919年为终点，是因为1919年五四运动掀起了新文化运动的高潮。这个时期，由于正处在由传统向现代的转型时期，新旧思想交织，新旧文化对抗。其具体表现在文学领域：一部分旧式文人仍然秉持传统的旧文学观不离不弃；一部分从小生活在传统文化环境后又到海外留学的知识分子身上兼有着传统与现代的双重文化背景，这些人，既有开放的一面，又有留恋传统的一面。这种复杂的人文背景和与此带来的复杂的文学史观使这一时期的文学史形成了特有的中不中、西不西的独特风格。说"中"，却有正统文学一向所排斥的小说戏曲内容；说"西"，却有浓厚的正统文化内容，经史子集无所不包。因此，这一时期的文学史是典型的过渡性的文学史，文学史观也是"杂文学史观"。董乃斌说："最早的几部有代表性的文学史著作，所表现的文学史观以泛杂、庞大、含混、朦胧为特色，其文学史观也可以说是传统的大文学史观，由此形成了我国文学史最早的范型。"[1] 陈玉堂在《中国文学史旧版书目提要·序言》中讲：

> 旧之史作，固不乏一家之言，而其阙失，尤在于对文学史之概念初无定见，因而未能从探索文学规律着眼。内容或者太偏，或者过泛；体例亦各异，各从其便而已。而其中大部又系为讲课所编，原非学术研究之专著，实为作家作品之汇集。[2]

当时，由于新形势的需要，戏曲和其他文学一样也成为革命的手段。因此，戏曲的地位也空前提高。这个时期的文学史受戏曲地位提高的影响，受日本人著中国文学史中戏曲的影响，普遍在文学史著中加入了戏曲内容。这对于戏曲史来说，对于中国文学史来说具有开创性的意义，标志着新型文学史著的诞生，标志着戏曲开始走进文学史。1932年胡云翼在《新著中国文学史·自序》中也概括了本时期文学史的特点：

---

[1] 董乃斌：《论文学史范型的新变》，《文学遗产》2000年第5期。
[2] 陈玉堂：《中国文学史旧版书目提要·序言》，上海社会科学院文学研究所1985年版，第2页。

在最初期的几个文学史家，他们不幸都缺乏明确的文学观念，都误认文学的范畴可以概括一切学术，故他们竟把经学、文字学、诸子哲学、史学、理学等，都罗致在文学史里面，如谢无量、曾毅、顾实、葛遵礼、王梦曾、张之纯、汪剑如、蒋鉴璋、欧阳溥存诸人所编著的都是学术史，而不是纯文学史。并且，他们都缺乏现代文学批评的态度，只知摭拾古人的陈言以为定论，不仅无自获的见解，而且因袭人云亦云的谬误殊多。①

陈福康在郑振铎《文学大纲》重印《序言》中说："中国人写的文学史，当时也已出了好几种。而且大多数是参考了日本人的书的，但遗憾的是其水平大多甚至比日本人写得还差。"② 郑振铎在《我的一个要求》中也说："希望中国人自己动手写自己的文学史。"③ 他对中国文学史由外国人代庖，感到羞耻，感到气愤。

这些恰好说明，本时期文学史正由传统向现代转型，西学虽东渐，旧学仍盛行。此时，对西学的学习多是浅层次的表象化的学习，多是一些论点、结构、体例等的借鉴，尚未上升到整体的深层次的学习。从这些学者的文字里可以读出这个时期中国文学史的主要特点：一是外国人写中国文学史比中国人自己写得早，而且写得好。二是中国人是参照日本人写的中国文学史，也就是模仿。三是杂文学史、大文学史观视野下的文学史，内容庞杂。因此，要了解这一时期中国文学史及其戏曲是如何受西方文学史影响而创立的，必须先了解外国人著的中国文学史及戏曲撰著情况。

早期文学史，由于受正统文学和西方文学史观的双重影响，给人的印象有两大特点：一是当时的学者大都是大文学史观，还没有真正理解"文学性"在文学史上的作用。当时，在文学史的内容及范围界定上是模糊的，经、史、子、集无所不含，颇像"百科全书"。二是文学史的核心

---

① 胡云翼：《新著中国文学史·自序》，上海北新书局1946年（民国三十五年）版，第3页。
② 陈福康：《文学大纲》重印序言。参阅郑振铎：《文学大纲》，上海商务印书馆1998年版，第13页。
③ 郑振铎：《郑振铎全集·第六卷》，花山文艺出版社1998年版，第56－57页。

"文学性"还没有彻底被剥离出来。朱自清说："早期的中国文学史……大概包罗经、史、子、集直到小说、戏曲、八股文，像具体而微的百科全书，缺少的是'见'，是'识'，是史观。叙述的纲领是时序，是文体，是作者；缺少的是'一以贯之'。"①

20世纪初，中国正处在西方列强的欺凌之中，救亡图存成为中华民族共同的心声。戏曲作为当时最重要的传播工具，自然成为宣传革命的首选目标。当时的先进知识分子，为了适应新形势的要求，提出了"诗界革命"、"史界革命"、"文界革命"、"小说界革命"等，戏曲作为"小说界革命"的重要内容，戏曲界也提出了"戏曲改良"，积极开展戏曲救国运动。在新旧戏曲观的激烈碰撞中，戏曲开始艰难地告别古代，在西学的影响下缓慢地步入现代和接受现代性。1902年梁启超在《论小说与群治关系》中说：

> 欲新一国之民，不可不先新一国之小说。故欲新道德，必新小说；欲新宗教，必新小说；欲新政治，必新小说；欲新风俗，必新小说；欲新学艺，必新小说；乃至欲新人心，欲新人格，必新小说。何以故？小说有不可思议之力支配人道故。②

梁启超以小说革命为旗帜，打响了包括戏曲在内的文学改革的第一枪。由于梁启超在当时学界的领袖位置，其影响力非常之大。随后王国维、黄人、姚华、吴梅、齐如山等都以不同的方式为戏曲史学的奠基做出了自己的努力。王国维在1908年著的《曲录》之"序言"中说，研究被前人视为"文格卑俗"的戏曲是"补三朝之志所不敢言；成一家之书，请俟异日"。③ 这种评价在20世纪初是非常具有远见和胆识的，是空谷足音。他在1912年36岁完成的近代戏曲研究之开山之作《宋元戏曲考》，正是

---

① 林庚：《中国文学史·序》，鹭江出版社2005年版。
② 梁启超：《论小说与群治之关系》。参阅王钟陵：《小说戏曲卷》，河北教育出版社2001年版，第3页。
③ 王国维：《曲录自序》（二）。参阅姜东赋、刘顺利：《王国维文选》（注释本），百花文艺出版社2006年版，第140页。

用西学之研究方法治中国正统之学术的重要突破。1901 年，柳亚子与高天梅、陈巢南等人创办"南社"，结识了吴梅、叶楚伧，姚鹓雏、欧阳予倩等人，尤其是 1904 年与陈巢南等人创办的中国第一个戏剧刊物《二十世纪大舞台》，成为新戏剧的苑地，成为新戏曲传播的阵地，于是属于中国人自己的中国文学史著在这样的氛围中陆续诞生了。

## 第一节　国人早期撰著的两部中国文学史与戏曲

　　1901 年清政府颁行新学制，决定在全国建立大、中、小学堂，实行新式教学。为了配合新式教育，许多有海外背景的学者、教授纷纷模仿西方的著书模式、著述体例，在不同学科领域编撰新学讲义或著作。如在历史方面，1901 年梁启超撰写了《中国史叙论》。在文学史方面，1904 年由京师大学堂林传甲撰写了第一部《中国文学史》，同期的东吴大学教授黄人也撰写了《中国文学史》。这两部中国文学史都是模仿了日本文学史的体例，但是二者的模仿内容和著述思想有很大的差异，一个是传统大于现代，一个是现代大于传统。虽然说中国最早的这两部文学史是靠模仿外国人著的文学史起家的，说起来有些汗颜，可是有总比没有强，落后就得背负历史的重负。胡小石老师在说到这一点时，曾感慨道："中国人所出的，反在日本人及西洋人之后，这是多么令人惭愧的事。"① 正是有了国人的惭愧，才有了创造历史的勇气，才有了林传甲、黄人等一批文学史探索者的足迹，中国文学史的历史从这一刻开始改变，开始步入正轨，开始与世界同步。

　　1904 年至"五四"之前的近 20 年，这是传统文学向现代文学的转型期，也是文学史的发轫期。在王铁仙、王文英二位老师主编的《二十世纪中国社会科学·文学卷》一书中介绍：

① 胡小石：《胡小石论文集续编》，上海古籍出版社 1991 年版，第 3 页。

在清末民初的文学研究中，文学史研究是整个中国文学研究迈向现代化过程中最为坚实的基础之一。"文学史"这种研究体例最早产生在西方，后通过日本传入中国。1900年张百熙仿照日本学制，制定了《钦定京师大学堂章程》，设政治、文学、格致、农业、工艺、商务和医术七科，其中文学史为文学一种中的必授课目。国内吸收西方文学史编撰体例来进行文学史写作的最初尝试，是1904年前后林传甲和黄人各自开始撰写的《中国文学史》……对照这两本《中国文学史》，除了在编撰体例上明显受到日本学者编写的《支那文学史》的影响痕迹外，各自又有自己的特点。[①]

本书所要研究的这个阶段的中国文学史版本主要包括：林传甲《中国文学史》、黄人《中国文学史》、曾毅《中国文学史》、谢无量《中国大文学史》。这4部文学史的共同特点是：受正统思想和西方思想的双重影响，体例混乱，内容庞杂，尤其是模仿日本人著的中国文学史的痕迹比较重。谢六逸在《日本文学史》一书的《序》中说：

近二十年来的日本文学，已经在世界文学里获得了相当的地位。有许多著名作家的作品，曾有欧美作家的翻译介绍；我国近几年来的文学，在某种程度上，也受了日本文学的影响，日本作家的著作的译本，在国内日渐增多。[②]

他又说：

欧洲近代文艺潮流激荡到东方，被日本文学全盘接受过去。如果要研究欧洲文艺潮流在东方各国的文学里曾发生如何的影响，那么，在印度文学里是寻不着的，在朝鲜文学里更不用说，在中国文学里也

---

[①] 王铁仙、王文英：《二十世纪中国社会科学·文学卷》，上海人民出版社2005年版，第13页。
[②] 谢六逸：《日本文学史·序》，上海北新书局1929年版。

觉得困难。只有在日本文学里，可以得到这个的答案。①

谢六逸的这段话说明，中国当时的文学深受日本文学的影响，而日本文学又深受欧洲文学的影响。学习日本也就是学习了欧洲。当时，许多人去日本留学也是就近能够在学到日本文化科技等知识的同时，也能间接学到西方的文化与科技知识。这对于戏曲来说，是春天的到来，是漫漫寒冬的离去，为戏曲走进中国文学史创造了条件。

## 一、林传甲《中国文学史》：视戏曲为"淫亵之词"

自从20世纪初，林传甲《中国文学史》、黄人《中国文学史》、窦警凡《历朝文学史》、来裕恂《中国文学史稿》、张德瀛《中国文学史稿》、曾毅《中国文学史》等一批早期文学史著的出现，到20世纪末，共产生了1 000多部中国文学史。在这些文学史中，究竟谁是中国人自著的第一部中国文学史尚有争议，有人说是林传甲的，有人说是黄人的，有人说是张德瀛的，但大多数学者认为还是林传甲的《中国文学史》。陈玉堂在《中国文学史旧版书目提要·序言》中说：

> 中国文学史之作，或云肇始于清末宣统二年林传甲之《中国文学史》，盖为京师大学堂所编讲义之定本也。当时日本早稻田大学已设有"支那文学史"课程，且日本学者之著述亦多，林氏有感而发，乃自创体例，略沿前人治史之轨迹，编纂成书，而于文体演变之概述，尤见其所长。②

郑振铎、容肇祖分别在《插图本中国文学史》及《中国文学史》中称林传甲的文学史是中国人自著的最早文学史。2008年3月25日，网上有一则"拍出天价的林传甲《中国文学史》"的消息。消息说，光绪二十

---

① 谢六逸：《日本文学史·序》，上海北新书局1929年版。
② 陈玉堂：《中国文学史旧版书目提要·序言》，上海社会科学院文学研究所1985年版。

九年初版京师大学堂国文讲义——《中国文学史》原装一册拍出 3 810
元。不管此消息是否准确，至少说明林传甲及其文学史著还是非常受人关
注的。之所以人们关注，主要是其冠上了中国人自著的第一部现代意义上
的中国文学史著的桂冠。对于戏曲来说，这部最早的中国文学史著由于受
正统观念的影响，其对待戏曲的态度也特别引人注意。因此，研究这个
"第一"中的戏曲，对于文学史学、戏曲史学都具有重要的学术价值。

林传甲（1877—1921），福建闽县人，曾在京师大学堂任教，后到黑
龙江省做官，代表作有《中国文学史》、《筹笔轩读书日记》、《黑龙江乡
土志》、《龙江进化录》等，其中《中国文学史》是京师大学堂讲义，最
早印于 1904 年，讲义署名林归云，正式出版于 1910 年，共十六篇，约七
万七千字。


（一）林传甲文学史观及戏曲史观

在林传甲这部文学史中，林传甲明确提出了坚决反对把戏曲写入文学
史的观点，是顽固的反戏曲派。他的文学史观和戏曲观甚至比当时大家公
认的最正统最保守的窦警凡的《历朝文学史》还正统、还落后。因为窦警
凡在《历朝文学史》中对戏曲还有一些为数不多的客观评价："至于曲，
则其品益卑，然元曲《西厢》、《琵琶》相传已久，明汤显祖《四梦》传
奇，徐渭《四声猿》，国朝如洪昉思《长生殿》，孔云亭《桃花扇》亦脍
炙人口。又有元人百种曲，六十种曲之汇刻，其一人所著者，李笠翁之十
种曲，而以蒋心馀九种曲为最佳。"[①] 他对《西厢记》、"四梦"传奇、《长
生殿》等，还是持肯定态度的。

不过，林传甲这种认识，看似偶然，实则必然，因为林传甲所生活的
时代正处在封建大厦即将崩塌之时，正处在传统与现代、新与旧、中与西
的激烈碰撞时期。作为既饱饮过正统文学之乳汁，又目睹过异域文化之风
采的林传甲，他身上兼有着中西文化的双重背景、双重审美思想，心态是

---

① 窦警凡：《历朝文学史》。参阅刘祯：《民间戏剧与戏曲史学论》，台北"国家"出版社 2005 年版，
第 94 页。

复杂的，同时择取也是矛盾的。在今天看来，他的文学史观和戏曲史观虽然显得非常落后，但在当时还是非常的正常。

林传甲曾留学日本，对日本的政治、文化、经济、军事等方面都比较了解，具有一定的开放意识。同时，由于从小深受传统文化的教育，又具有一定的保守意识，因此表现在文学史的观念上具有二重性，既开放又保守、既传统又现代。对于笹川种郎的文学史，他大致上能够接受，所以才决定模仿。他在《中国文学史·作者自叙记》中说：

> 大学堂章程曰：日本有中国文学史，可仿其意，自行编撰讲授。按日本早稻田大学讲义，尚有中国文学史一帙，我中国文学为国民教育之根本，昔京师大学堂未列文学于教科，今公共科亦缺此课……然国朝文学昌明，尤宜详备甄采，当别撰国朝文学史，以资考证。传甲不才，今置身著述之林，任事半年，所成止此。①

林传甲还在本书的开头说自己的这部文学史"将仿日本笹川种郎中国文学史之意，以成书焉"②。笹川种郎的《历朝文学史》，在当时的确是一部观念比较新、著述方法比较科学的中国文学史著，可以说与当时西欧的先进理念是同步的。这部著作也深受达尔文进化论的影响，深受斯宾塞的影响，尤其深受法国泰纳《英国文学史》实证主义进化论的影响。泰纳用"种族"、"环境"、"时代"来研究文学史的方法直接影响了笹川种郎的文学史观和戏曲史观。李倩说：

> 中国国内撰写文学史之初，很多著作都受到日本汉学研究的影响。例如国人的第一部题为"中国文学史"的著作，即林传甲1904年为京师大学堂附设优等师范科编写的《中国文学史》讲义，在编写过程中参考了笹川种郎的《支那文学史》。后者从地域、人种、风俗等

---

① 林传甲：《中国文学史·作者自叙记》。参阅陈平原：《早期北大文学史讲义三种》，北京大学出版社2005年版，第28页。
② 同上，第29页。

角度来分析中国文学，这种分析架构正是源自泰纳的《英国文学史》。[1]

但是在本书中，林传甲确实只是在"参考"笹川种郎的文学史，并没有真正去吸收笹川种郎文学史的精神以及具体到文学史中的戏曲和小说，而是仍然用正统观念看待戏曲和小说，仍然在书中拒绝写入这些内容。

（二）林传甲文学史与笹川种郎文学史的目录比较

从下面列表的林传甲文学史与笹川种部的文学史目录对比中，可以看出林传甲的文学史目录[2]和笹川种郎文学史目录[3]的一些差异。

| 林传甲《中国文学史》目录 | 第一篇，古文籀文小篆八分草书隶书北朝书唐以后正书之变迁：一、论未有书契以前之世界；二、论书契创造之艰难；三、论书契开物成务之益……十六、唐以后正书之变迁。<br><br>第二篇，古今音韵之变迁：一、群经音韵；二、周秦诸子音韵；三、汉魏音韵……十八、国朝顾炎武江永戴震段玉裁王引之诸家音韵之学。<br><br>第三篇，古今名义训诂之变迁：一、虞夏商周名义训诂之变迁；二、列国风诗名义训诂之变迁；三、春秋战国名义训诂之变迁……十八、古人名义训诂不可拘执。<br><br>第四篇，古以治化为文今以词章为文关于世运之升降：一、皇古治化无征不信；二、唐虞治化之文；三、夏后氏治化之文……十八、经论治化词章并行不悖。<br><br>第五篇，修辞立诚辞达而已二语为文章之本：一、孔门教小子应对之法；二、六年教以数与方名之法；三、闻一知二之捷法……十八、修辞勿用古字古句法。第六篇，古经言有物言有序言有章为作文之法：一、高宗纯皇帝之圣训；二、言有物之大义；三、总论篇章之次序……十八、论事文之篇法。<br><br>第七篇，群经文体：一、经籍为经国经世之治体；二、周易言象数之体；三、周易文言之体……十八、皇朝经学之昌明。<br><br>第八篇，周秦传记杂史文体：一、逸周书为别史创体；二、大戴礼为传记文体；三、周髀创天文志历之体……十八、汉以来传记述周秦古事之体。 |
| --- | --- |

---

① 李倩：《翟理斯的中国文学史》，《古典文学知识》2006 年第 3 期。

② 林传甲：《中国文学史》。参阅陈平原：《早期北大文学史讲义三种》，北京大学出版社 2005 年版，第 5－27 页。

③ 陈玉堂：《中国文学史旧版书目提要》，上海社会科学院文学研究所 1985 年版，第 129 页。

| | |
|---|---|
| 笹川种郎《历朝文学史》目录 | 第九篇，周秦诸子文体：一、管子刓法学通论之文体；二、孙子刓兵家测量火攻诸文体；三、吴子文体见儒家尚武之精神……十八、学周秦诸子之文须辨其学术。<br><br>第十篇，史汉三国四史文体：一、史记为经天纬地之文；二、史记通六经自成一家之文体；三、史记本纪世家文体之辨……十八、读史勿为四史所限。<br><br>第十一篇，诸史文体：一、晋书文体为史臣奉勒纂辑之始；二、宋书文体皆因前人之作；三、南齐书文体多谀辞……十八、三通文体之异同。<br><br>第十二篇，汉魏文体：一、贾山至言为上皇帝书之刓体；二、贾谊陈政事疏之文体为后世宗；三、鼌错言备边诸书文体近似管子孙武子……十八、孙吴文体质实非晋宋以后可及。<br><br>第十三篇，南北朝至隋文体：一、西晋统壹蜀吴之文体；二、东晋播迁江左之文体；三、五胡仿中国之文体之关系……十八、隋王通中说之文体。<br><br>第十四篇，唐宋至今文体：一、总论古文之体裁名义；二、唐宋八家文体之区别；三、唐初元结独孤及诸家始复古体……十八、国朝古文之流别。<br><br>第十五篇，骈散古合今分之渐：一、唐虞之文骈散之祖；二、有夏氏骈散相合之文；三、殷商氏骈散相合之文……十八、李斯骈散相合之文。<br><br>第十六篇，骈文又分汉魏六朝唐宋四体之别：一、总论四体之区；二、汉之骈体至司马相如而大备；三、扬雄仿司马相如之骈体而益博……十八、国朝骈文之盛及骈文之终古不废。 |
| | 第一期，春秋以前文学：总说；一、书；二、诗；三、易。<br><br>第二期，春秋战国时代之文学；总说；一、孔子与老子；二、孟子与庄子；三、屈原；四、韩非子。<br><br>第三期，两汉文学：总说；一、贾谊与扬雄；二、司马迁与班固；三、司马相如；四、诗与乐府。<br><br>第四期，魏晋及南北朝之文学：总说；一、建安之词人；二、陶渊明；三、南北朝。<br><br>第五期，唐朝文学：总说；一、初唐之诗；二、李白与杜甫；三、韩与柳；四、白乐天；五、晚唐之诗。<br><br>第六期，宋朝文学：总说；一、苏东坡与其前后；二、陆放翁。<br><br>第七期，金元之文学：总说；一、元遗山；二、小说与戏曲之发展。<br><br>第八期，明朝文学：总说；一、高青邱；二、李何七子与李王七子；三、小说与戏曲。<br><br>第九期，清朝文学：总说；一、诗人与文章家；二、小说与戏曲及批评。 |

从二者的目录对比中可以总结出这样几个特点：

1. 从叙述主体看。林传甲把文体作为主要的叙述对象，笹川种郎把作家作品作为主要的叙述对象，但是这些内容除小说与戏曲外，都属于正统文化，都属于经、史、子、集的范畴，在骨子里是一致的。如林传甲讲周秦诸子文体等，笹川种郎讲孔子、老子、孟子与庄子等。

2. 从结构上看。基本上都是以时为序，以朝代为轴心。如林传甲用每个朝代的文体作为朝代的标志，笹川种郎则没有，而是直接从春秋等朝代的名称开始依序讲起。

3. 从写作手法上看。林传甲采用了纪事本末体的写作方法。戴燕在《文学史的权力》一书中说，这种手法"是以具有代表性的事件或人物，来带动整个历史描述的史书撰写体例"①。笹川种郎采用的是叙事的写作方法。

（三）林传甲文学史戏曲分析

林传甲文学史第十五篇"骈散古合今分之渐"中的第十六章"元人文体为词曲说部所紊"一章中，从标题上就可以看出林传甲对待"词曲"的态度，他认为元人文体是被词曲"所紊"，其实该章并未具体说到戏曲内容。林传甲在第十六篇"骈文又分汉魏六朝唐宋四体之别"中的第十八章"国朝古文之流别"中提到了评价戏曲的一些内容：

> 元之文格日卑。不足比隆唐宋者。更有故焉。讲学者即通用语录文体。而民间无学不识者。更演为说部文体。变乱陈寿《三国志》。及与正史相溷。依托元稹《会真记》。遂成淫亵之词。日本笹川氏撰中国文学史。以中国曾经禁毁之淫书。悉数录之。不知杂剧院本传奇之作。不足比于古之虞初。若载于风俗史犹可。笹川载于中国文学史。彼亦自乱其例耳。况其胪列小说戏曲。滥及明之汤若士近世之金圣叹。可见其识见污下。与中国下等社会无异。而近日无识文人。乃译新小说以诲淫盗。有王者起。必将戮其人而火其书乎。不究科学。而究科学小说。果能裨益名智乎。是犹买椟而还珠耳。吾不敢以风气

---

① 戴燕：《文学史的权力》，北京大学出版社 2002 年版，第 178 页。

所趋。随声附和矣。①

这段话是文学史家、戏曲史家批评林传甲对小说戏曲存有偏见经常引用的证据。中国第一部中国文学史著对待戏曲的态度就是这样的绝情。这部文学史著正是由于在内容上失掉戏曲小说而成为一部令人遗憾的和不完整的文学史著。虽然林传甲声称自己的文学史著将仿笹川种郎的文学史著，但他并没有真正去全方位地模仿，尤其是模仿小说和戏曲。他骂笹川种郎在文学史著中写小说戏曲是"自乱其例耳"、"识见污下"。这是非常符合他的戏曲观的，同时也代表了当时相当一部分由正统向现代过渡文人的思想。通过对这段话的具体分析，更能说明这一点。

1. 从"文格"否定到对戏曲的否定。林传甲说"元之文格日卑。不足比隆唐宋者"。这表现出他对元代文学的总体轻视，同时也表现出他推崇唐宋的思想态度。在元代，诗文一般评价不高，而最有影响的就是杂剧，被王国维称为"一代之文学"，并且出了一批有影响的作家和作品，形成了中国戏曲史上第一个高峰。如果谈元代文学而不谈元杂剧，就失去了元代文学的主体。林传甲从正统的文学视角出发，没有注意到元杂剧的伟大，而是视为"元之文格日卑"。这是作者对当时戏曲发展状况的漠视。因此，他的观点不符合文学发展的客观规律，具有以"唐宋为宗"的正统思想："不足比隆唐宋者"。这种"信古"、"崇古"之思想，同样反映在他的戏曲观上："不知杂剧院本传奇之作。不足比于古之虞初。"虞初，是西汉小说家，后世一般称他为小说的鼻祖。传说他曾写过小说《周说》，写作风格类似《山海经》，是一部通俗的周史演义，因小说不合正统文士之要求，被焚烧了，没有流传下来。《汉书·艺文志》对此有记载。林传甲在此说杂剧院本传奇连虞初之小说都不能比，因为这些戏曲小说都是中国曾经禁毁之"淫书"。他又说这些戏曲虽然不能登大雅之堂，但写入"风俗史"还是可以的——"若载于风俗史尤可"。可是笹川种郎却写入

---

① 林传甲：《中国文学史》。参阅陈平原：《早期北大文学史讲义三种》，北京大学出版社 2005 年版，第 210 页。

了中国文学史著中，他认为这是在破坏正统之规矩，可见他对戏曲的偏见有多深。还有他对待当时流行小说的态度也反衬出对待戏曲的态度。因为在文学史上小说和戏曲的命运一样。他暗指《三国演义》是"变乱陈寿《三国志》。及与正史相溷"。说这是"民间无学不识者"把陈寿《三国志》更演为"说部文体"，从中反映出他对"通俗小说"的轻视，也映衬出对戏曲的轻视。

2. 视把戏曲写进文学史著是"识见污下"。林传甲在文学史著中不写戏曲的原因是多方面的。他对于改编唐传奇元稹《会真记》的元杂剧，抱有一定的成见，将其视为"淫亵之词"。20世纪初，在西学的影响下，一部分正统文人对待戏曲的态度已经在转变，可是林传甲这位当时只有20多岁又受过西学教育的文人，面对革命浪潮却岿然不动，说明了其正统思想的顽固以及戏剧改良的何等艰难。然而，同样是1904年动笔写《中国文学史》的黄人就与林传甲对待戏曲的态度完全不同。他从美学的角度，把戏曲当成是一种情感的载体，说"文学则属于美之一部分"[1]。还有同期的王国维更是在《宋元戏曲史·序》中对戏曲大加褒扬，把"元之曲"称为"皆所谓一代之文学，而后世莫能继焉者也"[2]。又说"往者读元人杂剧而善之；以为能道人情，状物态，词采俊拔，而出乎自然，盖古所未有，而后人所不能仿佛也"[3]。王国维在高度评价元曲的同时，也客观地指出了元曲长期以来的"托体稍卑"的现状：

> 独元人之曲，为时既近，托体稍卑，故两朝史志与《四库》集部，均不著于录；后世儒硕，皆鄙弃不复道。而为此学者，大率不学之徒；即有一二学子，以余力及此，亦未有能观其会通，窥其奥窔者。遂使一代文献，郁埋沉晦者且数百年，愚甚惑焉。[4]

---

① 黄人著，江庆柏、曹培根整理：《黄人集》，上海文化出版社2001年版，第323页。
② 王国维：《宋元戏曲史·序》，华东师范大学出版社1995年版。
③ 同上。
④ 同上。

在这里，王国维的意思是凡从事戏曲工作的人，都是"大率不学之徒"，而且"后世儒硕，皆鄙弃不复道"，可见戏曲的地位在历史上是何等的低下，戏曲研究者的处境多么艰难，戏曲的命运是何等的凄惨。这种现状，恐怕也正是林传甲拒写戏曲的又一原因。

从对比《奏定大学堂章程》还可以看出林传甲反对写戏曲的另一原因。林传甲文学史著第十六篇与《奏定大学堂章程》中的"研究文学之要义"前十六部分完全一致。林传甲在文学史的"自叙"中也讲到了这一点："查大学堂章程，中国文学专门科目，所列研究文学众义，大端毕备，即取以为讲义目次，又采诸科关系文学者为子目，总为四十有一篇，每篇析之为十数章，每篇三千余言。"① 在《奏定大学堂章程》中没有要求写戏曲的内容，反而在这个章程的一份《奏定各学堂管理通则》"学堂禁令章第九"中有一项规定："各学堂学生，不准私自购阅稗官小说、谬报逆书。"这条规定，虽然没有提戏曲二字，但"稗官小说"和戏曲的位置一样，禁此必禁彼。陈平原曾说："谈论林著之得失，与其从对于笹川著述的改造入手，不如更多关注作者是如何适应《奏定大学堂章程》的。比如，常见论者批评林著排斥小说、戏曲，可那正是大学堂章程的特点，林君只是太循规蹈矩罢了。"② 他的循规蹈矩甚至到了顽固的程度，他就比学界普遍认为完成于 1897 年窦警凡《历朝文学史》对待戏曲的态度还保守。窦警凡的《历朝文学史》不是近代意义上受西方影响而撰著的文学史著，属于正统文学的范畴，然而就是这样一部保守的正统文学著作在对待戏曲的评价上却比林传甲对待戏曲的态度进步得多。黄霖在《谈谈 1900 年前后的三部"中国文学史"著作》一文中对窦警凡的戏曲态度作了解释：

> 不过他在论词后，还是用三行字以肯定的态度论及了曲，从元曲《西厢记》、《琵琶记》，到汤显祖、徐渭、洪昇、孔尚任，再到李渔、杨潮观、蒋士铨，一一点到为止。当然，这种肯定基本上还是不脱传

---

① 林传甲：《中国文学史·序》。参阅陈平原：《早期北大文学史讲义三种》，北京大学出版社 2005 年版，第 29 页。

② 陈平原：《早期北大文学史讲义三种·序》，北京大学出版社 2005 年版，第 3 页。

统的看法。①

看法归看法，至少窦警凡对待戏曲的态度比较客观，没有发自内心的厌恶感。《四库全书总目提要》也提到了戏曲文格和戏曲作者人格的低下：

> 词、曲二体在文章、技艺之间。厥品颇卑，作者弗贵，特才华之士以绮语相高耳。然三百篇变而古诗，古诗变而近体，近体变而词，词变而曲，层累而降，莫知其然。究厥渊源，实亦乐府之余音，风人之末派。其于文苑，尚属附庸，亦未可全斥为俳优也。今酌取往例，附之篇终。词、曲两家又略分甲乙。词为五类：曰别集，曰总集，曰词话，曰词谱、词韵。曲则惟录品题论断之词，及《中原音韵》，而曲文则不录焉。王圻《续文献通考》以《西厢记》、《琵琶记》俱入经籍类中，全失论撰之体裁，不可训也。②

这就是戏曲在当时的真实处境和林传甲拒写戏曲的又一政策依据。尤其是"词、曲二体在文章、技艺之间。厥品颇卑，作者弗贵……"两句话，不但指出了戏曲作品的卑微，也说明了作者的"弗贵"，更说明了戏曲在历史上的真实情况。2006 年《中山大学学报》上发表了闵定庆写的《张德瀛著〈文学史〉：一部值得关注的早期中国文学史》，作者在文中说张德瀛著的《文学史》属于早期中国文学史，其"写作时间应该是 1906 年至 1909 年之间"③，他在此文中指出："林传甲和张德瀛在文学史建构中均排除了诗、词、曲和小说等文体。"④ 由此可见，这一时期的文学史著，对戏曲的排斥不仅仅是林传甲个人，而是代表了当时一部分正统文人。

3. 师夷人文学之表，咒夷人戏曲之实。林传甲在其文学史著开篇讲：

---

① 黄霖：《谈谈 1900 年前后的三部"中国文学史"著作》，《古典文学知识》2005 年第 1 期。

② 永瑢、纪昀等纂修：《四库全书总目提要》，上海商务印书馆 1933 年（民国二十二年）版，第 4418－4419 页。

③ 闵定庆《张德瀛著〈文学史〉一部值得关注的早期中国文学史》，《中山大学学报》社会科学版 2006 年第 4 期。

④ 同上。

"将仿日本笹川种郎中国文学史之意，以成书焉。"① 他口口声声要仿笹川种郎《中国文学史》之意，实际上只停留在口号上，顶多只是学习了文学史的形式，把日本人"文学史"的域名移植到自己学术史的头上，称之为"中国文学史"，而在内容上并没有多大改变。如果说模仿，只是模仿了《四库全书总目提要》所允许写的部分内容。笹川种郎的《历朝文学史》是 20 世纪初国人写文学史著重点模仿的范本，如曾毅的文学史著、谢无量的文学史著以及童行白的文学史著等都是在模仿该书。这本书充分表现了笹川种郎在文学上平等的思想，他没有把文学分成若干等级，他把戏曲和诗文一样看待。他的戏曲观是进步的戏曲观。周作人说日本文学史是"方法序次多井然有条"，"涉及小说戏曲，打破旧文学偏陋的界限"②。而林传甲面对当时的戏曲思潮，却声称："吾不敢以风气所趋。随声附和矣。"③

日本人对待戏曲的态度也不都像笹川种郎那样持肯定态度，也有像古城贞吉《支那文学史》说戏曲作品是出于"性行卑劣之徒"的，但毕竟是少数。笹川种郎对戏曲的重视不是趋势附会，而是进步的戏曲观和长期对戏曲研究的成果使然。相比林传甲文学史著，笹川种郎《历朝文学史》的内容则显得现代而丰富多彩，文学的因素比较多，显然已突破了中国传统文学的格局。这一点从他的文学史目录中就可以看出，如在第七期"金元之文学"的第二节中谈到的戏曲最多，谈到了戏曲的起源、发展及其特点，谈到了杂剧、院本《西厢记》、《琵琶记》等。在第八期"明朝文学"第三节中谈到了传奇和汤显祖等。在第九期"清朝文学"第二节中谈到了李渔、《桃花扇》等。夏晓虹老师说：

> 在撰述中，林传甲的《中国文学史》自然吸收了笹川的某些具体论点。不过，它与蓝本之间，仍存在着很大差异。这不仅表现在章目

---

① 林传甲：《中国文学史·序》。陈平原：《早期北大文学史讲义三种》，北京大学出版社 2005 年版，第 29 页。

② 青木正儿：《中国古代文艺思潮论·序》，北平人文书店 1933 年版。

③ 林传甲：《中国文学史》。陈平原：《早期北大文学史讲义三种》，北京大学出版社 2005 年版，第 210 页。

的安排上，《支那文学史》全部以朝代为序，对各阶段文学及代表作家的论述更充分，历史面目更鲜明；而且更重要的是，笹川的文学观念显然比林氏先进。笹川已摆脱了以文学为经学附庸的传统格局，故在《金元文学》、《明朝文学》、《清朝文学》三篇中，对显示"中国文学之特色"的《西厢记》、《琵琶记》、《水浒传》、《三国志演义》、《金瓶梅》、《西游记》、《红楼梦》等属于俗文学的小说、戏曲作品进行了专门论述。林氏对此很不以为然，以致痛诋"其识见污下，与中国下等社会无异"，认为"元之文格日卑，不足比隆唐宋者"，很大原因在于小说、戏曲的流行，《三国志演义》"几与正史相淆"，《西厢记》"遂成淫亵之词"（十四篇十六章）。而他对元代文学的总体评价便如此章题目所概括的"元人文体为词曲说部所累"，因此几无足取。由于固守旧文学观，将小说、戏曲、曲艺作品摒除在外，使得他的文学史成为有缺项的不完整之作。对于古代治化之文的推崇与对于后世词章之文的贬抑，透视出的仍是儒家经典的影响。①

夏晓虹的评价，准确地找到了林传甲文学史著的"缺项"原因。

要认识 20 世纪初期中国文学史著及其戏曲的形态，必须要研究这个时期日本的中国文学史著及其戏曲，尤其是笹川种郎的中国文学史著及其戏曲。因为，当时文学史撰著几乎没有不模仿日本文学史著及其戏曲的，笹川种郎又是代表人物。笹川种郎称《西厢记》是"千古绝唱"；评金圣叹是"称得上是具有卓见博识而成大家的，我看只有金圣叹一人当之"；评李笠翁是："不独作为作家具有高超的技巧，而且作为评家，也能压倒前辈。"② 笹川种郎对这三个戏曲大家的评论是非常高的。可是林传甲在自己的文学史著中却批评笹川种郎"胪列小说戏曲"，是滥列了汤显祖和金圣叹。金圣叹在历史上是一个有争议的学者，但是他对《西厢记》等戏曲的评价却是独辟蹊径，别具风格的。笹川种郎非常认可金圣叹，称他为

---

① 夏晓虹：《作为教科书的文学史——谈林传甲〈中国文学史〉》，陈平原、陈国球：《文学史》（第二辑），北京大学出版社 1995 年版，第 329 页。

② 黄霖：《日本早期的中国文学史著作》，《古典文学知识》1999 年第 5 期。

"大家"，这正好与林传甲的认识相反："滥及明之汤若士近世之金圣叹。"

笹川种郎对待戏曲的态度，非但没有影响到林传甲文学史观和戏曲史观的转变，反而招致林传甲的一番批判。这就是文化的差异、审美的差异以及历史的局限性。林传甲之所以认可"文学史"，更多的是认可"文学史"概念以及"文学史"本身这种新体例，而不是认可西方文学史的新思想、新内容，因此他的文学史著可以说是"新瓶装旧酒"。不过，林传甲的这种对待戏曲的认识，正是当时众多正统文人的认识，是当时社会转型过程中的一种正常现象，我们不应该用今天的眼光去要求他，即便是今天对戏曲有成见的人也为数不少。从另一个角度讲，正是由于林传甲对戏曲的批判，才更加引起后人对戏曲的关注和质疑，也引来了众多有探索精神的学者对其进行研究，研究的结果是使一部分人发现了戏曲的社会价值和美学价值，从而开始转变对戏曲的看法，这为以后文学史著普遍接受戏曲奠定了非常好的基础，黄人的文学史著、郑振铎的文学史著等就是代表。从这个意义上讲，林传甲对戏曲也是有贡献的。

## 二、黄人《中国文学史》：戏曲是"活的文学"

黄人（1857—1914），号慕庵，江苏常熟人，曾在苏州东吴大学任教。代表作《中国文学史》（1904）、《中世文学史》等。前者由国学扶轮社印行，无出版年月，线装本29册，全书共11篇，其中有多册涉及戏曲。据陈玉堂《中国文学史旧版书目提要》讲："出版年月，估计在林传甲《中国文学史》同时期。"① 本书是作者在苏州东吴大学任教时所编教材。苏州大学的王永健等学者认为，这是中国最早的文学史。

黄人文学史与林传甲文学史虽然同处一个时期，但内容和形式却有很大的不同。从字数上讲，黄人文学史170万余，林传甲文学史7万余。从内容上讲，黄人文学史所涉及的内容要比林传甲文学史丰富得多，完整得多，其中有许多新东西，如戏曲、小说等。从戏曲史观方面讲，黄人的戏曲史观要比林传甲先进得多，他能够正确看待戏曲，并在文学史中进行详

---

① 陈玉堂：《中国文学史旧版书目提要》，上海社会科学院文学研究所1985年版，第1页。

细的介绍。他在《中国文学史》第二篇"略论"中讲明代文坛最值得注意的有两件事：一个是无韵之八股，一个是有韵之传奇。他称传奇为"新的文学"，在文学史上别树一帜。因此，研究黄人文学史从艺术本身来讲更具有艺术价值，更能够全面地反映早期文学史的真实形态。黄霖在《中国文学史上的里程碑——略论黄人的〈中国文学史〉》一文中，把黄人的文学史称做"文学史上的一座里程碑"①，评价非常之高，可见黄人文学史的影响力。黄人在《中国文学史》中认为："文学史者，不仅为文学家之参考而已也，凡欲谋世界文明之进步者，不数既往，不能知将来，不求远因，不能明近果。"②他还说文学史能够起到"国民有所称述，学者有所遵守"③的作用。

因此，应该说从戏曲正式走进文学史算起，黄人的文学史才是第一部正面撰写戏曲的文学通史。

（一）黄人文学史戏曲分析

王国维的文学史观及戏曲史观在某些方面还没有黄人进步，虽然黄人著文学史的时间比他著《宋元戏曲史》的时间要早四五年。王国维说明清戏曲是"死文学"，而黄人则认为是"活文学"，一死一活，反差太大了，其他方面也如此。黄人在《中国文学史》中，首次把戏曲与诗文用平等的眼光来看待，从而使戏曲在中国文学史中第一次占据了应有的位置。全书涉及戏曲的内容主要分布在第二册第三编（"文学之种类"）第四章"词余"，专门讲了曲、南北宫调。第二十三册第十编（"文学华离期"下）第三章（"元代文学"）第五节"金元曲"，专门介绍了金元乐府曲目，选录了元曲作家 187 人。在第十一编（"文学暧昧期"）第二章（"明代文学"）第八节"明之新文学"，专门介绍了曲本 31 部 120 折以及散曲等。在这几部分有关戏曲的章节中，已基本反映出了黄人对戏曲的态度。

---

① 黄霖：《中国文学史上的里程碑——略论黄人的〈中国文学史〉》，《复旦学报》社会科学版 1990 年第 6 期。

② 黄人著，江庆柏、曹培根整理：《黄人集》，上海文化出版社 2001 年版，第 325 页。

③ 同上。

1. 传奇是一种"特别之文辞"。黄人认为，传奇的产生是人们的思想意识长期受骄横政体压制而在此时奔突的结果。人们总是要寻求一种宣泄内心思想的载体，于是找到了"传奇"："三百年来之言语思想，抑压于骄横政体之下，如水之在陂，火之在突，其乘隙而欲奔突以出者，非八股所能特限之，而亦非八股所能尽受之也。于是化合蒙兀之曲文、小说，而成一种特别之文辞，则传奇是也。"① 可见，传奇的产生是"乘隙"而出，而且使当时流行的八股文也无法阻碍其产生的步伐。这里还有一点，即"化合"了蒙兀之曲文及小说两种文学形式，从而形成了一种"特别文辞"，这就是"传奇"。这是"传奇"产生的一种新的解释，第一次提出了传奇在形成过程中融化了小说的观点。

2. 用正面的语气介绍传奇的内容。黄人是用一种正面的语气，对传奇的内容进行阐述的，概括准确，形象生动。他在《略论·文学华离期·己》中说：

> 凡朝政之得失，身世之悲愉，社会之浇醇衰盛，执简所不敢争，削青所不敢议，竽牍往复所不敢一齿及者，辄借儿女之私昵，仙释之诡诞，风云月露、关河戎马之起落万态，著为传奇，以抒写之。②

从这段文字可以看出，传奇的内容非常丰富，几乎和今天传统戏所要表现的内容差不多。有关于国事的（朝政），有关于个人身世遭际的，有关于官场所不敢议论之事的，有关于儿女私情的，有关于神仙怪诞的，有关于战争的，等等。凡是这些内容，传奇都能写，都敢写，可见当时的政治还是比较清明的，言论还是比较自由的。

3. 强调了传奇的特点和社会作用。黄人认为，传奇虽然是一种新的文学形式，但是地位比较低下。尽管如此，它对社会的影响还是很大的。他说："在文学界上，其俸格为最下，而其容积则最富（与历史等），律令亦

---

① 黄人著，江庆柏、曹培根整理：《黄人集》，上海文化出版社 2001 年版，第 344 页。
② 同上。

最严（与八股等），应用于社会之力量则又最大。盖寻常文学，惟影响于文学界中。即通俗小说，亦必稍通文学者，始有影响。若夫传心情于弦管，穷态度于氍毹，使死的文学变为活的文学，无形的文学变为有形的文学，则传奇之特色焉！"① 由此可以看出，传奇的特点或传奇地位"最下"，内容"最富"，律令"最严"，社会力量"最大"。今天，常讲文学的社会作用，这"四最"，即"最下"、"最富"、"最严"、"最大"，形象地说明了传奇在当时真实的处境。尤其将传奇与"通俗小说"相比，指出"即通俗小说，亦必稍通文学者，始有影响"。读"通俗小说"，即便再通俗再好懂，也必须"稍通文学者"才可以产生效果，如果不识字，小说就无法产生影响，可是戏曲则不然，演员在台子上表演，不识字的人也能看懂，死的变成活的，无形的变成有形的。这一点，在"五四"时期，梁启超、陈独秀就看到了这一点，所以他们极力倡导用戏曲来启发民智。黄人作为20世纪初刚从封建大厦走出来的文人就能从内心认识到戏曲的这个社会作用是非常不容易的，这恐怕也是他欣赏戏曲的原因之一。戏曲的这一功能是任何案头文学所达不到的，其传播途径不受任何障碍所限，其宣传时间越长效果越好，甚至可以口口相传。当时许多没有文化的老百姓，之所以明礼常，守规矩，晓古今，言必三国水浒，就是从戏曲舞台上学来的知识。这一点，今天在农村仍是普及社会知识、文化知识的最好方法之一，如宣传计划生育，就排一台计划生育题材的剧目演上几场，老百姓感到比看电视效果还好，因为这种几百年的传播方式早已成为老百姓接受知识的一种习惯。

4. 指出了明传奇之不足。黄人在肯定传奇的特殊功能时，也客观地指出了其不足之处。一是明传奇与元曲相比，喜玩春华，胭脂气重："或谓元曲元气淋漓，尚含天籁；节短韵长，不烦敷佐。明之传奇，喜玩春华，杂陈宾白，不免多卖胭脂、横添枝叶之诮。"② 黄人在这里所指出的问题具有一定的普遍性。明传奇的确存在着爱情戏偏多、女性戏偏重的胭脂之

---

① 黄人著，江庆柏、曹培根整理：《黄人集》，上海文化出版社2001年版，第344－345页。
② 同上，第345页。

气。如许多剧本中都或多或少有游春、闺思、寻梦、离别、赏月、叹秋、偷情等内容，这几乎成了当时戏曲的模式。当然，这是与当时流行的过分关注"情"的戏曲观分不开的。傅晓航在《戏曲理论史述要》中说："明中叶以来，同'理'相对立的至情观是戏曲、小说和文艺理论、戏曲理论占有主导地位的思潮，它不仅把情看作是文学描写的中心，同时也看作是文学发展的动力。"[①] 以汤显祖及"临川四梦"为例。汤显祖提出："性无善无恶，情有之。"[②] 这一观点都渗透在其剧本创作之中。汤显祖"四梦"中，有"两梦"是写情的，有"两梦"是写宦海的，各占了一半内容，可见"情"在其剧本创作中的重要性。如《牡丹亭》主要是写杜丽娘与柳梦梅之爱情的。周贻白在《中国戏剧史讲座》中说："在汤氏的笔下，就是写鬼也没有忘记她'一生儿爱好是天然'。汤氏这种思想很明白。他的看法，在杜丽娘这个人物的描写上，是无生死之分、人鬼之别的。"[③] 对杜丽娘的因情而死、因情而活的描写，让人们忘记了杜丽娘的"人鬼之别"，是值得称道的，但是杜丽娘的戏份在全剧中显然是比较多的。此外，汤显祖还用大量笔墨描写了婢女春香的情节。又如《紫钗记》主要是写霍小玉与李益之爱情的，但是霍小玉的戏份也显然比较多。二是"传奇体制，犹未完备"，是"延长之杂剧"。《略论》说：

> 或又谓：实甫、则诚，已奏荜蓝之绩，传奇一体，明人实因而非创。然五典断自唐虞，秦纪别于嬴政，草创自与大成有间。况关、王旧本，已涂改于金采；而高氏生世，究未定为元明。又《伏虎缘》传奇，虽相传为元人作，亦无确据。而其所著之实质，仍为延长之杂剧，传奇体制，犹未完备焉。《西厢》、《琵琶》，既不能当先河之目，则云亭、稗畦，亦不能据积薪之势。[④]

---

① 傅晓航：《戏曲理论史述要》，文化艺术出版社 1994 年版，第 139 页。
② 汤显祖：《复甘义麓》。参阅张庚、郭汉城：《中国戏曲通史》，中国戏剧出版社 1992 年版，第 542 页。
③ 周贻白：《中国戏剧史讲座》，中国戏剧出版社 1958 年版，第 140 页。
④ 黄人著，江庆柏、曹培根整理：《黄人集》，上海文化出版社 2001 年版，第 345 页。

由此可以看出，黄人对传奇的体例也是不满意的，他没有看到真正突破杂剧的新体例，如果说明传奇在这方面有变化的话，只是延长了杂剧，增加了篇幅，这种增加又造成了"横添枝叶"的问题。传奇确实存在篇幅过长的毛病，尤其是前期作品，一本传奇，少则三十多出，多则四五十出。当然，这又和传奇过分强调情节的新奇曲折分不开："所谓'传奇'，那就不能不强调戏剧情节的新奇曲折。"① 为了追求新奇，就不断在故事的内容上搞复杂化、曲折化，以至于剧本的篇幅越来越长，越来越"横添枝叶"，最后形成了普遍的臃肿累赘。

5. 指出了元曲之不足。黄人认为，传奇有不足之处，元曲也有不足之处。他认为，元曲虽然有"元气淋漓，尚含天籁；节短韵长，不烦敷佐"这样一些优点，但是也有"千篇一律，无甚深意存焉！"的弊端：

> 元曲虽脱古今乐府之范围，独辟一径界，然亦为客观的而非主观的。其命题也，不过取晋、唐稗官野史之故事，离合装点，以合九宫十三调之节奏，以演狐、狙、末、保、参鹘之排场，千篇一律，无甚深意存焉！②

此外，黄人在《小说小话》一文开头也指出了戏曲的一个弊端，实际上也是在批评戏曲的"千篇一律，无甚深意"：

> 小说之描写人物，当如镜中取影，妍媸好丑令观者自知。最忌掺入作者论断，或如戏剧中一脚色出场，横加一段定场白，预言某某若何之善，某某若何之劣，而其人之实事，未必尽肖其言。即先后绝不矛盾，已觉叠床架屋，毫无余味。③

黄人对传奇、元曲之不足的客观评价，是有一定见解的，也发现了戏

---

① 张庚、郭汉城：《中国戏曲通史》，中国戏剧出版社 1992 年版，第 542 页。
② 黄人著，江庆柏、曹培根整理：《黄人集》，上海文化出版社 2001 年版，第 344 页。
③ 同上，第 302 页。

曲存在的一些问题。戏曲剧目确实存在着千人一面、千篇一律的问题，但是就如"定场白"一样，虽然提前告诉了观众将要发生的故事，将悬念弱化了，可这正是中国戏曲的特点。中国观众看戏是在享受过程，享受唱做念打，是在"听"戏，是在"看"戏，而且"听"的成分甚至大于"看"的成分。这一点和西方的戏剧观是有区别的。西方戏剧特别注重悬念，注重情节的曲折，注重冲突的效果，只有在最后结尾一刻，才能让观众明白全剧的主题。所以，从这里能够看出，黄人是在用西方的戏剧观来看待和解读中国戏曲的，这说明西方戏剧思想对他的影响还是比较大的。

（二）黄人的文学史观及戏曲史观

黄人在第一编《总论》中讲"文学之目的"时指出："人生有三大目的：曰真、曰善、曰美。而所以达此目的者，学是也。"[①] 由于有了这样的明确目标，表现在文学史观上就是追求真善美。今天，哲学的最高境界也是真善美，道德的最高标准也是真善美。当然，由于历史的局限性，黄人在追求这个美好愿望时，存在着理论与实践相脱节的矛盾。

1. 庞杂的文学史观。黄人像当时的许多正统文人一样，是大文学史观、杂文学史观，把制、诏、谕、金石碑帖、音韵文学等都视做了"文学"。这从其文学史的目录上就能清楚地看出来。

2. 大胆吸收西学，强调文学以描写美和感情为主。黄人用西方的美学观点来评价文学："美为构成文学的最要素。文学而不美，犹无灵魂之肉体，盖真为智所司，善为意所司，而美则属于感情，故文学之实体可谓之感情云。"[②] 他将文学与美、与情感联系在了一起，把"美"当做了文学最重要的要素。

关于文学描写感情的问题，黄人认为这是文学之精髓。文学可分为两种：一是知的文学；二是情的文学。而美之文学属于情的文学。他在《总论·文学史之效用》中讲："故保存文学，实无异保存一切国粹，而文学

---

① 黄人著，江庆柏、曹培根整理：《黄人集》，上海文化出版社 2001 年版，第 323 页。
② 同上，第 357 页。

史之能动人爱国保种之感情，亦无异于国史焉！"① 他又说："文学之本质为思想感情之记录"，"以娱读者为目的"。②

3. 进化论的思想。黄人认为，文学是不断发展变化的："夫世运无不变，则文学也不能不随之而变"，"换言之，则不进化又安能生存者？"③ 他在第二编《略论》中讲："文治之进化，非直线形，而为不规则之螺旋形。盖一线之进行，遇有阻力，或退而下移，或折而旁出，或仍循原轨。故历史之所演，有似前往者，有似后却者，又中止者，又循环者。及细审之，其范围必扩大一层，其为进化一也。"④

4. 世界之观念，大同之思想。黄人精通英文和日文，非常关注世界之变化。他之所以在当时正统思想还非常浓厚的氛围中，举目看世界，并在文学史的分期上大胆吸收梁启超的思想，尤其是正眼看戏曲、小说，都是世界眼光、大同思想的具体体现。他在书中说：

> 我国国史，守四千年闭关锁港之见，每有己而无人：承廿四朝朝秦暮楚之风，多美此而剧⑤彼，初无世界之观念，大同之思想。历史如是，而文学之性质亦禀之，无足怪也。⑥

由于黄人具有这样的文学史观，他才可能表现出戏曲是"活的文学"、是"文界之异军苍头"的进步戏曲史观来。

金圣叹在 17 世纪就把《西厢记》与《离骚》、《史记》等放在同一位置上看待，表现出先进的戏曲史观，但这种观念在当时却被当成了另类，

---

① 黄人著，江庆柏、曹培根整理：《黄人集》，上海文化出版社 2001 年版，第 327 页。

② 同上，第 353 页。

③ 同上，第 326 页。

④ 同上，第 340 页。

⑤ 这里有一个关键字需要单独说明一下，否则会影响理解效果，就是"多美此而剧彼"之"剧"字，如果在这里用"剧"的实际含义解释，将无法理解这句话的意思，只有写成"拒"字，才能说明引文之意。于是，专门查找了现在关于研究黄人采用较多的《黄人集》（江庆柏、曹培根整理）进行核对，此书也是写的"剧"，又查找了对黄人颇有研究的王永健《先驱者的启示——纪念黄人〈中国文学史〉撰著百周年》一文中引用的本段引文，也是写成了"剧"字。由此，应该初步断定，黄人可能也是笔误，将"拒"写成了"剧"。在这里使用"拒"字似为更妥。

⑥ 黄人：《中国文学史》。参阅王永健：《先驱者的启示——纪念黄人〈中国文学史〉撰著百周年》，《闽江学院学报》2005 年第 4 期。

受到全社会的攻击。时隔三个世纪后，这种戏曲史观仍然受到林传甲等一批正统文人的排斥，似乎300年对于戏曲的认识没有多少改变，于是一些像黄人一样有反叛思想的先进文人开始像当年的金圣叹一样又在自己的著作中更加响亮地提出了提高戏曲地位的要求。这一要求在西学思想的伴唱下，得到了像曾毅、谢无量等一批学者的响应，纷纷在自己的著作里纳入了戏曲的内容，成为最早争取戏曲在文学史中获得平等地位的勇士。在这点上，黄人当之无愧地成为第一个在文学史中正眼看戏曲的人，第一个吃螃蟹者。仅此一点，黄人在中国戏曲史上就应该大书一笔。周兴陆老师针对这一点说：

> 元代文学，在诗文上，"纤弱险怪，绝无可录"，但是元代出现了戏曲和章回小说等新兴文体，"合院本、小说之长，当不令和美儿、索士比亚（按，今译爱弥尔、莎士比亚）专美于前也"。这正是王国维《宋元戏曲史》列元代戏曲于"世界大悲剧"这一光辉论断的先声。黄人论明代传奇的特色是："传心情于管弦，穷态度于氍毹，使死的文学变为活的文学，无形的文学变为有形的文学。"这种"死的文学"、"活的文学"的提法，对五四新文化运动，或许具有某种启发；至少可以说，它是五四新文化运动的前奏。①

黄人的戏曲史观具体表现在以下几个方面：

1. 视戏曲为"新文学"。黄人的文学史观深受西方影响，是进化的文学史观，因此表现在戏曲上就成为"进化的戏曲史观"。西方文学的主体是诗歌、散文、小说、戏剧。戏剧被当成了高雅的艺术，看戏是有身份的象征，会读莎士比亚的剧作，是有涵养的表现，人们从骨子里崇尚戏剧。中国戏曲的地位正好相反。所以，随着西学，包括西方戏剧受到国人的青睐，人们也开始反思本民族的戏曲，王国维就是因为喜欢西方戏剧而反思

---

① 周兴陆：《20世纪中国古代文学研究史·总论卷》，中国出版集团东方出版中心2006年版，第148页。

中国戏曲，最终要研究这个"最不振者"戏曲的。黄人也受到西学影响，开始是用西方戏剧的眼光去看待戏曲、评价戏曲，所以得出的结论都是符合戏曲规律的新见解。他在《中国文学史·文学之种类》中讲，元人杂剧及《琵琶记》等南戏，实为"文界之异军苍头"①、"足为一代文学之代表"。苍头，古时指奴婢，又指农民起义军，还指非正统的艺术，有"梨园苍头"一说。在这里，黄人把戏曲当做了"文界"中又一"新文学"，又一新生事物，是正面的赞扬。他在第十一编文学暧昧期第八节"明之新文学——曲、制艺、小说"中，把"曲"称之为"新文学"，实际上是对"苍头"的进一步解释。他在书中还选录了许多昆曲折子戏，他非常欣赏徐渭和汤显祖，说二人是"砥柱中流，抱琴太古，如鹏扶摇之上，而坐视篱鷃之争粒"②。这在当时实属一大进步。只有正确看待戏曲、认识戏曲的人，才能有这样的见解。

2. 视戏曲为"活的文学"、"有形的文学"。黄人在《略论》中形象地把戏曲比喻为"活文学"、"有形文学"："若夫传心情于弦管，穷态度于氍毹，使死的文学变为活的文学，无形的文学变为有形的文学，则传奇之特色焉！……故传奇一体，当与八股文并峙于有明一代之文学界，无可议者！"③ 他指出戏曲的本质是动态的文学，也就是"活的文学"，这一点与正统文学是有本质区别的。同时，他进一步指出，在明代八股文是正统文学，是最主要的用来科举取士的文学，而他却把传奇与之相并列，并且说"无可争议"，这种评价在当时是非常之高的，也是对正统文学的一种挑战。

3. 第一次用中西比较的方法评价戏曲。他在评价金元院本小说时，就与莎士比亚相比："当不令和美儿、索士比亚专美于前。"④ 莎士比亚被当成西方戏剧的泰斗，犹如中国的关汉卿，他将莎士比亚与金院本小说相比，得出的结论是"专美于前"。

---

① 黄人著，江庆柏、曹培根整理：《黄人集》，上海文化出版社2001年版，第342页。
② 王永健：《"苏州奇人"——黄摩西》，《古典文学知识》2001年第3期。
③ 黄人著，江庆柏、曹培根整理：《黄人集》，上海文化出版社2001年版，第345页。
④ 同上，第342页。

4. 视戏曲为"真文学"。他在第四编《分论·文与文学》中讲何谓"真文学"时说："然则文学者，扫除偏际之特殊知识，而喻以普通之兴味，以发挥永远不易之美之价值者也。如索斯比亚之史剧、楷雷之《法国革命史》、铿须及麦考雷之论文，皆具备以上之条件者。"① 他在书中，常常提到莎士比亚（他称之为索斯比亚），并将其与中国戏曲相比。因此，他称莎士比亚戏剧为"真文学"，也可以理解为戏曲也是"真文学"，也是"与绘画、音乐、雕刻等，皆以描写感情为事"、"以发挥不朽之美为职分"。②

总之，黄人的这部文学史，在中国文学史上和戏曲史上已经成为一部具有重要影响的著作。当然，这部著作也存在一些需今后研究者多加关注的问题，如论述的戏曲内容还不全面，只是选择了较少的元明为主的戏曲内容；没有一以贯之的见识；对所选戏曲作品，介绍多，论述少；所选戏曲作品有许多不具代表性，等等。所有这些，可能离他的真善美文学目标还有一定的距离，但已委实不易。


## 第二节　戏曲为从的文学史


20 世纪初，虽然正统文学受到西学强烈冲击，但仍然顽固地存在着，并继续影响着文学的发展，具体到对中国文学史的影响，就是大文学史观的影响仍然很大。大文学史观就是将经、史、子、集都视作文学，其中尤以诗文为主，同时还吸收西方文学的一些内容。曾毅在 1915 年著的《中国文学史·凡例》中讲："本篇以诗文为主，经学史学词曲小说为从。"③ 这既是曾毅文学史著内容的特点，同时也是谢无量文学史著的特点。这个时期，文学史中的戏曲在大文学史观的影响下，只是作为一种新生事物成为文学史中的点缀，还没有形成规模，甚至有的文学史受正统文学影响，

---

① 黄人著，江庆柏、曹培根整理：《黄人集》，上海文化出版社 2001 年版，第 354 页。
② 同上。
③ 曾毅：《中国文学史·凡例》，上海泰东书局 1915 年版。

仍然不写戏曲或者少写戏曲。

## 一、曾毅《中国文学史》：戏曲作为"通俗文学"

曾毅（生卒不详），字松甫，湖南汉寿人，代表作有《中国文学史》（1915）等。本书1915年9月上海泰东图书局初版，约14万余字。

曾毅撰写本书时正在日本，故采自日本人所著颇多，因此他的这部文学史著历来被许多人认为是抄袭日本儿岛献吉郎的。胡云翼在《新著中国文学史·自序》中公开点名批评了一批文学史著，其中就包括曾毅的这部文学史，说这些文学史是缺乏明确的文学观念和缺乏现代文学批评的态度，撅拾古人陈言，没有自获见解等，其中还专门举出曾毅的《中国文学史》为例："就中以曾毅《中国文学史》为较佳，然系完全抄自日人儿岛献吉郎之原作，又未能更正儿岛献吉郎氏之错误处，故亦不足取。"[①] 胡云翼说曾毅文学史"完全抄自日人儿岛献吉郎之原作"，确实有些偏颇，好像曾毅没有一点撰著文学史著的能力，非要去抄日人的原作才行，而且还是"完全抄自"，这显然不符合曾毅的实际水平，因为他毕竟是一代著名的学者，如果说模仿还可以理解，因为在当时的背景下，模仿是很正常的事。再则，曾毅对当时争先学习西方也不完全赞同："但至今日，欧美文学之稗贩甚盛，颇掇拾其说，以为我文学之准的，谓诗歌曲剧小说为纯文学，此又今古形势之迥异也。"[②] 这才是他的真实想法。这种思想也表现在他的文学史著及其戏曲的撰写上。

### （一）曾毅文学史戏曲分析

曾毅的这部文学史，全书共五编，九十章，叙及上古至清代。在这五编中，主要在第四编（"近古文学"）第三十六章"小说戏曲之勃兴"（后订正本为"小说戏曲之盛兴"）中用较短的篇幅介绍了"元之戏曲"。在第五编第十四章（"近世文学"）第十四节"清之戏曲小说"中用较短的

---

① 胡云翼：《新著中国文学史·自序》，上海北新书局出版社1946年（民国三十五年）版。
② 曾毅：《订正中国文学史》，上海泰东图书馆1929年版，第20页。

篇幅介绍了"清之戏曲",主要是李渔十种曲。由此可见,戏曲在这部约14万字的文学史中所占的比例是非常小的,这也符合曾毅"戏曲为从"的戏曲史观。虽然曾毅在全书所论戏曲不多,但所论内容却十分有见解,有价值,没有"应付"之嫌。

1. 戏曲是元代文学的特色。正统文人在谈到元代文学时,一般只谈诗文,不谈戏曲。由于元代是少数民族掌权,在文化上比较落后。因此,有的文学史在写元代文学时,既不愿谈戏曲,诗文又比前代水平差,更不愿谈及,于是元代文学成为学界较少问津的话题。在西方文学的影响下,人们开始用新的文学史观、戏曲史观看待戏曲,这样才重新审视戏曲的艺术价值和社会价值,重新认识元代戏曲的价值,重新认识元代文学在整个文学史中的位置。曾毅说:"元之文学,比于历代,皆瞠乎其后,而可指为特色者,实惟通俗文学即小说戏曲之类是也。"[1] 可以说元代文学是因戏曲而有特色、而有影响力的。戏曲成了元代文学的代名词。曾毅还说:"戏曲小说,莫盛于元。及明稍衰。至清而复振。"[2]

曾毅敏感地认识到了戏曲在元代文学中的独特价值,认可了戏曲是元代文学的主体文学,并把这种认识体现在了文学史的写作上,这就是给予戏曲一定的篇幅,同时他也清醒地指出戏曲在当时不受重视的真实写照:"及至元通俗小说戏曲出,而人犹多忽视。"[3] 这个"人犹多忽视",反映了当时许多人和社会对待戏曲的态度。

2. 形象并准确地评价了一些有代表性的戏曲作品。曾毅认为:"乐府一变而为词。词一转而为曲。元之戏曲,所称杂剧即是也。剧之起源甚早,兹无暇详述。"[4] 于是,他从介绍董西厢开始,先后介绍了历代最有代表性的戏曲及其特征。他评北曲的特点是"劲切雄丽",南曲的特点是"清峭柔远"。他评《西厢记》是"西厢近风","如一幅暮色牡丹"[5];评

---

① 曾毅:《中国文学史》,上海泰东书局 1915 年版,第 238 页。
② 同上,第 327 页。
③ 同上,第 238 页。
④ 同上,第 241 页。
⑤ 同上,第 243 页。

《琵琶记》是"琵琶近雅","如一幅水墨梅花"①；评李渔十种曲是"然比于《桃花扇》《长生殿》均为不及"②。这些形象生动的评价，应该说除了《琵琶记》之外，都抓住了剧目的特点。北曲犹如北人豪放高亢，王国维早有定论。南曲犹如南人性格绵柔，王国维也早有议论。《西厢记》向来被视为士人的作品，高雅富贵，牡丹之风。只是《琵琶记》一向被视为"俚俗"的观点较多，应该是"近俗"而不是"近雅"，本色是《琵琶记》的最大特点。不过，曾毅也是一家之言。至于把李渔的作品与《桃花扇》相比视为"不及"，学界大多如此认为。

3. 较早用西方喜剧观来评价戏曲。曾毅在文学史中较早地引用了西方的"喜剧"概念来评价李渔的十种曲，称其是"概为喜剧"③。这一观点，在当时王国维悲剧观影响下，犹如一枝报春花，使人们又多了一个认识戏曲的审美视角。刘大杰后来在《中国文学发展史》中专门引用了"概为喜剧"这个概念来评价李渔。

4. 《桃花扇》不仅是案头名作，也是场上名剧。曾毅在书中重点分析了《桃花扇》和《长生殿》，尤其是前者。他说"传奇出于康熙之时"④，并说《桃花扇》是"假侯李之情事写南朝之兴亡"⑤。他已经把一部戏中的情事与国家的兴亡联系在一起，具有了社会学的观点。在谈到《桃花扇》的影响时，他从两个方面进行了分析：一是案头剧本的影响。他说："书成。京师王公缙绅传钞殆遍。"⑥ 这些王公贵族平常对戏曲不感兴趣，现在却争先传抄，可见此剧本在当时的影响力。二是场上的影响。作者在书中说："优伶扮演。岁无虚日。"⑦ 这说明《桃花扇》在当时已经不仅是在"案头"方面有很大影响，在舞台上也影响很大，以至于"岁无虚日"，并且看戏的人比较多，如文中所说演出"岁无虚日"。

---

① 曾毅：《中国文学史》，上海泰东书局 1915 年版，第 243 页。
② 同上，第 328 页。
③ 同上，第 237 页。
④ 同上，第 328 页。
⑤ 同上，第 328 页。
⑥ 同上，第 328 页。
⑦ 同上，第 328 页。

（二）曾毅的文学史观及戏曲史观

曾毅在《中国文学史·凡例》中明确指出了自己的文学史观和戏曲史观："以诗文为主，经学史学词曲小说为从。"① 由此可以发现，他的文学史观属正统的文学史观。他在《中国文学史·序》中强调，"中国文学史"的概念就是取"中国自有文字以来诸家"②。其中，也包括戏曲一家。从这里可以看出，他的正统文学史观和林传甲的正统文学史观是有一些区别的。林传甲的正统文学史观非常顽固，而曾毅则有些像黄人的文学史观，属正统，但又吸收了许多西方的新思想新内容，如他主动加入戏曲的内容就是最好的说明，这些都比林传甲进步得多，开明得多。金小平老师在《略论二十世纪中国文学史的编写历程》一文中说："曾氏为日本留学生，受日本学者影响较大。其书已能将小说、戏曲列为文学史中叙述，虽称其从属部分，然亦有一些新气象。"③ 周兴陆在《20世纪中国古代文学研究史·总论卷》一书中说：

> 这些早期文学史著作虽然还没有完全摆脱传统儒家正统政教文学观念、宗经复古观念的限制，对文学的性质范围、内涵义界有的还没有明确的认识。但是，它们并非故步自封，僵化守旧，或多或少都透露出一些新鲜耀目的光彩。如曾毅热情推崇宋代兼收并蓄的多元文化……小说、戏剧等通俗文学在这些中国文学史著作里都占据一定的篇幅和位置。④

由于曾毅存在"中西徘徊"的思想，表现在他的戏曲史观上则有以下几个特点：

1. 词曲为从的思想。何为"文学"，是20世纪前20年一直在争论的

---

① 曾毅：《中国文学史·凡例》，上海泰东书局1915年版。
② 曾毅：《中国文学史·序》，上海泰东书局1915年版。
③ 金小平：《略论二十世纪中国文学史的编写历程》，《盐城师专学报》哲学社科版1996年第6期。
④ 周兴陆：《20世纪中国古代文学研究史·总论卷》，中国出版集团东方出版中心2006年版，第148 -149页。

问题，这个问题决定着是传统意义上的正统文学史观，还是西方意义上的现代文学史观；是在文学史中写入戏曲小说，还是不要写入戏曲小说；是戏曲为主，还是为从等。对于这些问题的不同看法，反映了不同的文学史观、戏曲史观。曾毅在《中国文学史·凡例》中说："本篇以诗文为主。经学史学词曲小说为从。"①这种观点，体现了曾毅正统为主、西学为从的思想。曾毅和林传甲、黄人等正统文人一样，都是吃正统饭长大的，习惯了《诗经》、《艺文志》、《文心雕龙》、《艺概》、《四库全书》等，"开口饭"是很难忘掉的。几千年来，中国文学的正宗就是经学、诸子、史传等，如果不承认这一点，一味地用西学参照，用西学作为评价中国文学的标准也不现实。这样，中国几千年的"大文学"、"泛文学"，如果仅用西学的诗歌、散文、戏曲、小说四分法去归类，中国传统文学的许多内容就得去掉。一个去掉许多中国文学内容的西方文学意义上的文学史就会让后人误读传统，甚至埋怨古人的无能。这恐怕也正是曾毅、谢无量等人之所以抓住"大文学史观"不放的真正原因。现在的文学史，之所以让大家感到单薄，就与过多删除正统文学有关。现在各地兴起的"国学"热也是一种启示。所以现在才有不少人提出重写文学史，也是有一定道理的。有人说，曾毅是"大文学史"、"杂文学史"，与其这样说他不辨"文学"为何物，不如说，他不完全情愿做西学的奴隶，这也是一种文人骨气。况且，中国的正统文学与西学相比，并不是一无是处，只是所成长的环境、所形成的风格不一样，不能简单地说正统文学不好，西学好。正统文学是中国传统社会的精神支柱，是符合当时社会发展要求的，当然也存在一些非科学的东西。如对小说戏曲的片面认识就是最好的例子。在一个阶段，是符合社会需要的，但是在发展的过程当中，由于这样那样的思想、学术的影响，也存在许多消极的滞碍社会发展的非科学的文化，尤其是存在学术思想上的偏激，如历史上对戏曲小说等俗文学的地位就向来看得比较低等，这都是片面的。因此，在正统文学史中没有戏曲的位置也是不科学的。在西方戏剧史观的影响下，20世纪的许多文学史将戏曲写入文学史著，就是

---

① 曾毅：《中国文学史·凡例》，上海泰东书局1915年版。

一个进步。尽管曾毅仍然把戏曲认作"从属",但是已经比林传甲等人进步得多、开明得多了。

2. 中西合璧的戏曲史观。曾毅的戏曲史观,本身就是一个矛盾的戏曲史观,既认宗传统,视戏曲为"小道",同时他在《中国文学史·凡例》中又称"词曲小说为从"。在正统文学处于强势潮流的时期,他鲜明地提出"安得以其小道而息之",并把戏曲尽可能地在"从属"的前提下多写入自己的文学史中,弥补了正统文学史不写戏曲的缺憾,为现代文学史的完整性、科学性做出了自己的贡献,表现出了他反传统、学西方的一面。在学习西方方面,他努力挣脱传统思想的羁绊,努力吸收新思想新方法,尤其是西方的戏剧思想。他在评价李渔十种曲时,就大胆采用了西方的喜剧观,说李渔的十种曲是"概为喜剧",这也是一个了不起之举。

总之,曾毅的文学史观和戏曲史观是典型的徘徊于中西方之间的中西合璧的文学史观和戏曲史观:"尽量维护一个中西璧合、不偏不倚的局面。在当时作为教材发行也颇有影响的王梦曾、张之纯、谢无量、顾实、葛遵礼等人的《中国文学史》书中,多多少少也都有些兼容并蓄,以摆平西方文学史模式和中国传统学术之冲突的意图。"① 兼容并蓄,应该说是曾毅文学史著最主要的特点,实际上,也是如何看待西方文学的问题,这个问题就是在今天也没有很好地被解决,有的学者对西方文学过于推崇,开口闭口福柯,所言所写都是一些连自己都没有研究透,都无法说清的这隐喻、那语境之类的东西。有的抱残守缺,唯我独尊,听不进看不惯一点与己不同的东西。所以从这一点看,应该好好学习曾毅兼容并蓄的文学史观和戏曲史观。

## 二、谢无量《中国大文学史》:大文学史观视野下的戏曲

谢无量(1884—1964),四川乐至人,原名蒙,字大澄,号希范,后易名沉,字无量,别署啬庵。1903 年曾留学日本。回国后,当过《京报》主笔,多所大学教授等。曾任孙中山秘书长、参议长、黄埔军校教官。解

---

① 戴燕:《文学史的权力》,北京大学出版社 2002 年版,第 32 页。

放后，任中央文史研究馆副馆长。值得一提的是，他不仅在学术上、政治上颇有名气，在书法上也是技压群芳，他的手法被称为"孩儿体"，他是20世纪中国十大书法家之一。谢无量在中国文学史上是个非常有代表性的学者，一生著述甚多，于哲学、经学、文学史、宗教、书法等方面均有建树，代表著作有《中国大文学史》、《中国妇女文学史》、《中国哲学史》、《佛学大纲》、《诗经研究》、《谢无量书法》等，其中《中国大文学史》，于民国七年十月初版（1918），本书是根据民国十四年二月第八版版本。

（一）谢无量文学史戏曲分析

谢无量文学史著大多篇幅都被宋以前的正统文学所占领，书中所写戏曲内容不多，犹如曾毅，但许多见解非常精辟。

1. 重宋元戏曲，轻清代戏曲。谢无量是大文学史观，中西内容兼收，鱼及熊掌皆要，所以这部文学史内容庞杂，面面俱到。故所涉及的戏曲就非常有限。全书共有五编，只有第四编和第五编有戏曲内容。第四编"近古文学史"共分二十三章，其中只有第十六章"宋之戏曲小说"中的第二节"平话及戏曲之渊源"，有7.5个页码介绍戏曲；第十八章"元代文学及戏曲小说之大盛"第二节"元之词曲杂剧"，有7个页码介绍戏曲；第二十三章"明之戏曲小说"，只有6个页码介绍戏曲；第五编"近世文学史"第四章"清代之戏曲小说"，只有3个页码介绍戏曲。由此可以总结出这样一个特点，即戏曲内容变化的规律：越是距离现在远，戏曲内容越多，越是距离现在近，戏曲内容越少——宋代7.5个页码，元代7个页码，明代6个页码，清代3个页码。从这个轨迹变化中也可以看出谢无量的戏曲观：谢无量对宋元戏曲比较重视，对清代戏曲比较轻视。

2. 戏曲内容比较单一，基本上是对作家作品蜻蜓点水式的点评或者是概述，少有展开，少有解析。谢无量在书中对一些作家作品的点评很少但很精彩："马东篱如朝阳鸣凤，白仁甫如鹏抟九霄，乔梦符如神鳌鼓浪，宫大用如西风雕鹗，王实甫如花间美人，关汉卿如琼筵醉客，李直夫如梅边月影，纪君祥如雪裹梅花，睢景臣如凤管秋声，秦简夫如峭壁孤松，李好古如孤松挂月。"① 这些点评多是引用《太和正音谱》、《艺苑卮言》等书中的内容，但是代表了谢无量的观点。此外，还有一些对朱有燉、王九思、康海、汤显祖、孔尚任、洪昇、李渔等的概述。例如对《桃花扇》的概述：

> 《桃花扇》传奇。出于康熙三十九年。云亭山人孔尚任作。尚任字季重。号东塘。有桃花扇及小忽雷二传奇。而桃花扇最行。又尝著阙里志。桃花扇或以为可嗣玉茗。共四十四出。虽叙丽情。而尤致意于兴亡之恨。②

这些概述，多是作者认为比较重要、比较感兴趣的作家作品，如还有对马致远以及《琵琶记》的概述。至于作者为何采取这么多的点评和概述，而且多是引用他人的材料进行举证，可能是作者对古代戏曲的研究不够深入，不够全面，戏曲方面的学力有限所致，这一点可以从他的学术专长上看出来，他没有专门的戏曲研究著作。

3. 首次提到外国人著的中国文学史中的戏曲内容。谢无量在书中说："藉尔士 Giles 文学史所称，又有玉娇梨一种。"③ 这是在中国人著的中国文学史中第一次提到"藉尔士"。藉尔士就是翟理斯。这说明谢无量对当时的新学术成果敢于及时地运用。

4. 视马致远而不是关汉卿为元曲作家中最高水平者。现在学术界一般认为元曲最高水平的代表人物是关汉卿或是王实甫，而当时的谢无量则认为，马致远的水平最高。他在"元之词曲杂剧"中说："太和正音有涵虚子词品，评有元一代作曲诸家甚详，而以马致远为首，今具录之，马东篱如朝阳鸣凤。"④ "朝阳鸣凤"，是朱权对马致远的评价，并且说"宜列群英之上"。谢无量又说："《艺苑卮言》曰：马致远百岁光阴，放逸宏丽，

---

① 谢无量：《中国大文学史·卷九》，上海中华书局 1925 年（民国十四年）版，第 16 页。
② 同上，第 34 页。
③ 同上，第 70 页。
④ 同上，第 16 页。

而不离本色，押韵尤妙，元人称为第一，真不虚也。"① 谢无量接着又单独把马致远"百岁光阴散套"录于此："百岁光阴如梦蝶。重回首。往事堪嗟。昨日春来。今朝花谢。"② 他还占用了他宝贵的文学史著篇幅对马致远进行了专门介绍：

> 钟继先录鬼簿曰：马致远。字东篱。大都人。江浙行省务官。其事迹无考。所作杂剧惟臧懋循元曲选所录汉宫秋、荐福碑、任风子、青衫泪、岳阳楼、陈抟高卧、踏雪寻梅等七本见传。太和正音谱又曰：其词典雅清丽。可与灵光景福相颉颃。有振鬣长鸣。万马皆喑之意。又若神凤飞鸣于九霄。岂可与凡鸟共语哉。宜列群英之上。③

这也从侧面说明了谢无量对马致远的重视。接着，他又说："自马致远外。元代剧曲名家最著者。有王实甫、郑德辉、白仁甫、乔梦符、关汉卿诸人。所作皆北曲也。"④ 由此可见，他将马致远毫不犹豫地放在了一向名声遐迩的关汉卿等人之前，而把后世评价极高的关汉卿排在了最后一位。这种评价恰好反映了谢无量的戏曲史观：重雅轻俗。因为学界普遍把马致远当做了士人作家，把关汉卿当做了俗人作家。马致远所作作品多投合士人，重雅轻俗，所以后来文人贵族多喜欢马致远作品，朱权就是其中代表。

5. 提供了许多戏曲方面的新信息。谢无量在第四编第十八节"元之词曲杂剧"中说："世传元人以曲取士。此于元史无征。"⑤ 此说法，说明了元曲在元代的影响很大，以至科举乃用元曲取士，可惜未见正史《元史》记载。不过，这也反映出谢无量的新见解，因为当时学界普遍把废科举当做了元曲兴盛的原因。

6. 许多观点明显受到王国维戏曲观的影响。在第四编第十八章第二节

---

① 谢无量：《中国大文学史·卷九》，上海中华书局 1925 年（民国十四年）版，第 17 页。
② 同上，第 18 页。
③ 同上，第 17 页。
④ 同上，第 18 页。
⑤ 同上，第 14 页。

中，谢无量专门谈到纪君祥《赵氏孤儿》："法国文豪福禄特尔 Voltair 尝转译之，以为中国之悲剧。"并接着说这是："传以元曲见于外译之最早者。惟君祥之剧而已。"① 关于纪君祥《赵氏孤儿》是中国之悲剧的观点，明显受到王国维《宋元戏曲史》的影响。他又在第四编第十六章第二节中谈道："戏曲者所以歌舞演故事。"② 这一观点，也明显受到王国维的影响。

7. 善于运用前人学术成果，敢于挑战权威。在谢无量的文学史戏曲部分，可以发现他运用了许多古代戏曲理论家的研究成果。他评价了许多元代、明代的作家作品，如马致远、王实甫、郑德辉、白朴、关汉卿以及朱权、朱有燉、徐渭、李开先、梁辰鱼、沈璟、汤显祖等。在评论这些作家及作品时，由于谢无量戏曲理论水平的欠缺，他巧妙地引用前人的戏曲观点，其中主要是明朝戏曲理论家的观点。他对清代戏曲的评价比较客观，尤其是对《桃花扇》、《长生殿》的评价。叶长海说谢无量文学史中的戏曲是：

> 论及清代戏剧，则尤推重吴梅村的《通天台》，尤侗的《黑白卫》、《李白登科》，认为"自是天地间一种至文"，评论孔尚任的《桃花扇》时，认为"或以为可嗣玉茗"，对洪昇的《长生殿》，赞叹其为"最为杰作矣"。③

同时，他面对学术权威，既大胆借鉴其长处，又敢于挑战不符合自己学术观点的内容。如王国维认为，戏曲"要至宋时始大备"，谢无量非常认可这一观点，就在自己的文学史中予以了采纳。但是，对于王国维提出的关汉卿为"元杂剧第一"的观点，他坚决给予了否定，并提出了自己的见解："《艺苑卮言》曰：马致远百岁光阴，放逸宏丽，而不离本色，押韵

---

① 谢无量：《中国大文学史·卷九》，上海中华书局 1925 年（民国十四年）版，第 21 页。
② 同上，第 79 页。
③ 叶长海：《中国戏剧研究》，福建人民出版社 2006 年版，第 37 页。

尤妙，元人称为第一，真不虚也。"① 并把当时及后世评价极高的关汉卿排在了最后一位，这实际上是对当时戏曲最高学术权威王国维的挑战，由此可见他的学术作风、学术风骨。

（二）谢无量的文学史观及戏曲史观

谢无量之所以有这样的戏曲思想，是和他的文学史观和戏曲史观分不开的。谢无量的文学史观，就像其书名《中国大文学史》一样，是典型的"大文学史观"。何谓大文学史观？实际上就是既包括传统的正统文学观，又包括西方的戏曲小说在内的现代文学史观，是中西文学的合璧。有人说，谢无量的"大文学史观"就是正统文学观，即认可经、史、子、集等的文学观，这只说对了一半，而另一半则是其从日本留学带回来的西方文学史观，这二者相加，中西共融，才是"大文学史观"，才是谢无量的文学史观和戏曲史观。

1. "膨胀"的文学史。对于传统，谢无量是非常有感情的，不忍心在文学史著中丢掉任何东西，都当成宝贝似的存储到自己的文学史著中，以至于给人以"膨胀"的感觉。在《绪论》"文学之分类"一节中可以看出，文学的范围非常宽泛，经、史、子、集无所不包，诗文、赋、词曲、小说以及表谱、簿录、算草、哀诔、公牍、典章、杂文等一一"陈列"，像个图书馆，又像个博物馆。不过，对于众多文体，又比较"厚古薄今"。宋以前的文学讲得比较多，宋以后的文学明显比以前少，戏曲也是如此，这从目录上可以看出来。董乃斌说：

> 谢氏《大文学史》在宋以后，就讲得很简单了，辽金元明直到清朝的咸丰同治年间，文学现象那么复杂，作家作品那么丰富，可是这一大段文学史篇幅只占全书的六分之一，与文学史的实际是多么的不相称。这与作者的学力所及有关，但与其重古轻今的指导思想恐怕也

---

① 谢无量：《中国大文学史·卷九》，上海中华书局 1925 年（民国十四年）版，第 17 页。

不无关系。①

2. "新"的文学史。"新"与"旧",在谢无量的文学史中表现得十分明显。"旧"主要是指不忍放弃一些陈旧的正统的坛坛罐罐。"新"主要是指介绍了许多西方的新内容。谢无量生活在中西文化碰撞的时期,加之又在日本留过学,思想比较活跃,表现在文学史观上,就是能够理性地选择西学的东西。他专门在文学史第一编绪论中第二节讲:"外国学者论文学之定义",提到了许多西方学者的理论和观点,如柏拉图、亚里士多德以及被郑振铎所说的撰写第一部中国文学史的作者 Giles(翟理斯),还有法国文豪福禄特尔 Voltair(伏尔泰)等。董乃斌说:

> 除提及柏拉图、亚里士多德等人的艺术观,还引用了 Stopfor Brooke,Thomas Arnold 和 De Quincey 等人的文学定义,其中 De Quincey 的说法实际上成了贯穿谢氏全书的指导思想:文学之别有二。一属于知,一属于情。属于知者,其职在教;属于情者,其职在感。譬则舟焉,知如其柁,情为帆棹。知标其理悟,情通于和乐,斯其义矣。(《诗人 Alexander Pope 论》)将文学的内容和功能分为两类,一类"主于情与美",一类"主于知与实用",这样的认识应该说是比中国文论的传统观念深入了一步。②

因此,读谢无量《中国大文学史》,让人既能看到中国文学之"大",又能感到中国文学在西方文学影响下之"新"。在这部文学史中能够同时感受到中西方文化的对接与碰撞,目睹到二者的倩影,从这里也能够找寻到现代文学史最初的形态。葛兆光老师说:

> 重读谢无量氏《中国大文学史》,却让人窥见现代中国文学史撰

---

① 董乃斌:《论草创期的〈中国文学史〉》,《社会科学战线》1997 年第 5 期,第 69 页。
② 同上,第 68 页。

述体例的根子原来大半仍在此间，它基本上是中国传统的"目录学"与"史传体"的自然延伸。①

3. "双重"的戏曲史观。谢无量的戏曲史观，首先是建立在"两观"的基础上：一是传统的正统文学观，二是现代西方文学史观。传统的正统文学观，使其特别贪婪，不愿丢掉任何文体，当然包括戏曲在内。如果说，这一点还不足以让他把戏曲纳入到文学史中的话，那么他深受西方文学思潮的影响是有目共睹的。他毕竟有留学海外的背景。西方文学史的核心内容之一就是戏剧。他在接受西方文学理念的同时，自然也就接受了戏剧的理念，并把这种理念带入到了自己的文学史著中。他在文学史著中提到了 Giles（翟理斯）及其《中国文学史》："藉尔士 Giles 文学史所称又有《玉娇梨》一种。"② 由此可见谢无量当时已经看到了翟理斯的《中国文学史》并受其中戏曲论述的影响。不过，在中西文学之间，几千年厚重的正统文学还是压过了西方文学的影响。这从全书的戏曲篇幅上就可以看出，戏曲所占比例非常少，有戏曲内容的总共 23.5 个页码，有的内容只是几笔带过，如清代之戏曲小说一节，二者相加总共才 3 页内容，这就是最好的说明。

4. 勇于吸收最新的戏曲研究成果。在这部文学史中，谢无量善于吸收当时最新的戏曲研究成果，并将这些成果融入到自己的文学史著中，如吸收了王国维的"以歌舞演故事"等观点。

总之，谢无量的文学史已成为 20 世纪初期"大文学史观"视野中最有影响力、最有特色的文学史著之一。尽管如此，也存在一些不足之处：一是这部文学史的最大优点是"大"，最大缺点是"太大"。"太大"，虽然内容多，但显得庞杂，没有条理、没有逻辑。杜治国老师说："谢无量的《中国大文学史》将中西文学观加以融合，既取中国传统的文学观念，也吸收了西方的文学观，将小说、戏曲与经、史、子、集一并而论，这样

① 葛兆光：《陈列与叙述》。参阅陈平原、陈国球：《文学史》（第二辑），北京大学出版社 1993 年版，第 351 页。

② 谢无量：《中国大文学史·卷九》，上海中华书局 1925 年（民国十四年）版，第 70 页。

写来的文学史是'纯文学进来了，非文学未出去'，使得文学史所涵盖的范围进一步扩大，无法将论述的重点全部集中于真正的文学作品上。"① 二是这部文学史著中的戏曲，多是散点式的点评，集中连篇的大评论不多，而且多是引用他人观点，少有自己的真知灼见。郑振铎也说这部著作"不完备，也没有什么自己的主张与发现"②。这就大大影响了戏曲在文学史中的艺术价值和影响力。即便如此，谢无量的文学史著也比林传甲、朱希祖等人的文学史进步得多。

---

① 杜治国：《文学观念的变革与"纯"文学史的兴起——论二三十年代的中国文学史编写》，《齐鲁学刊》2002 年第 2 期，第 68 页。

② 郑振铎：《文学大纲》，商务印书馆国际有限公司 1998 年版，第 13 页。

# 第二章 | 戏曲在中国文学史中的新格局 （1920—1939）

## 概　述

中国文学史及其戏曲，经过 20 世纪前 20 年的萌芽和成长，已初步形成了中国文学史及其戏曲的框架。到了二三十年代，文学史及其戏曲在前 20 年的基础上得到了快速发展，产生了数量众多的文学史著作，而且质量也有了很大提高，形成了中国文学史上的第一个高峰，有人称为"井喷"时期。同时，戏曲在文学史著中的新格局已经形成——因为此前文学史著中的戏曲地位尚不稳定，有的文学史著有，有的没有，有的多，有的少，但是这种情况在二三十年代所著的文学史著中已得到改变——戏曲已经和诗歌、散文、小说一样成为文学史著中比较固定的四大块内容之一，戏曲在文学史中的格局已经确定。

本时期的中国文学史著作主要有：吴梅《中国文学史》（1920）、黄遵礼《中国文学史》（1920）、刘贞晦、沈雁冰《中国文学变迁史》（1921）、凌独见《新著国语文学史》（1923）、李振镛《中国文学严格概论》（1924）、胡怀琛《中国文学史略》（1924）、刘毓盘《中国文学史》（1924）、胡毓寰《中国文学源流》（1924）、汪剑余《本国文学史》（1925）、谭正璧《中国文学史大纲》（1925）、曹聚仁《中国平民文学概论》（1926）、顾实《中国文学史大纲》（1926）、郑振铎《文学大纲》（1927）、胡适《国语文学史》（1927）、赵祖抃《中国文学史沿革一瞥》（1928）、赵景深《中国文学小史》（1928）、周群玉《白话文学史大纲》（1928）、胡适《白话文学史·上卷》（1928）、李笠《中国文学述评》（1928）、胡云翼《中国文学概论·上编》（1928）、刘麟生《中国文学

ABC》（1929）、段凌辰《中国文学概论·上卷》（1929）、钱振东《中国文学史·中编上卷》（1929）、谭正璧《中国文学进化史》（1929）、胡小石《中国文学史》（1930）、穆济波《中国文学史》上（1930）、蒋鉴璋《中国文学史纲》（1930）、李劼人《中国文学史讲义》（1930）、欧阳浦存《中国文学史纲》（1930）、郑宾于《中国文学流变史》（1930）、胡怀琛《中国文学史概要》（1931）、陈冠同《中国文学史大纲》（1931）、贺凯《中国文学史纲要》（1931）、胡云翼《新著中国文学史》（1932）、胡行之《中国文学史讲话》（1932）、刘麟生《中国文学史》（1932）、许啸天《中国文学史解题》（1932）、陆侃如、冯沅君《中国文学史简编》（1932）、郑振铎《插图本中国文学史》（1932）、刘大白《中国文学史》（1933）、陈子展《中国文学史讲话》（1933）、童行白《中国文学史纲》（1933）、康璧城《中国文学史大纲》（1933）、刘宇光《中国文学史表解》（1933）、谭丕模《中国文学史纲》（1933）、马仲殊《中国文学体系》（1933）、郑作民《中国文学史纲要》（1934）、梁乙真《中国文学史话》（1934）、林之棠《新著中国文学史》（1934）、张振镛《中国文学史分论》（1934）、刘经庵《中国纯文学史纲》（1935）、朱子陵《中国历朝文学史纲要》(1935)、李华卿《中国文学发展史大纲引论》（1935）、柳村任《中国文学史发凡》(1935)、张希之《中国文学流变史》（1935）、谭正璧《新编中国文学史》（1935）、容肇祖《中国文学史大纲》（1935）、张长弓《中国文学史新编》（1935）、赵景深《中国文学史新编》（1936）、赵景深《中国文学史纲要》(1936)、龚自昌《中国文学史读本》（1936）、羊达之《中国文学史提要》（1937）、刘厚滋《中国文学史钞》上（1937）、杨荫深《中国文学史大纲》（1938）、张雪蕾《中国文学史表解》（1938）、杨荫深《中国文学家列传》（1939）等。

这些众多的文学史著，风格各异，有正统类的，有仍然模仿日本人著的中国文学史的，有另辟蹊径积极探索的，等等。同时，在质量上和内容上也有很大差别，尤其是在戏曲方面，有的内容比较多，如郑振铎的《插图本中国文学史》、赵景深的《中国文学史新编》等；有的内容比较少，如容肇祖的《中国文学史大纲》等；有的甚至没有戏曲，如张希之《中国文学流变史论》等；还有的内容不完整，如谭丕模的《中国文学史纲》只有上册，没有出下册。因此，根据在当时的影响力，尤其是在戏曲方面有一定见解的，本论文重点择选了吴梅、赵景深、胡云翼、刘经庵、贺凯、郑振铎等人的文学史著作为此时期的研究对象。

本时期在戏曲史学方面也和文学史一样，取得了丰硕成果，著作不仅多，而且质量高，内容丰富，尤其是民间戏曲得到了学界的高度重视，如对南戏的研究等。代表著作主要有：潘梓年《文学概论》中的戏曲部分、佟赋敏《新旧戏曲之研究》、吴梅《中国戏曲概论》、郑振铎《中国文学研究》中的戏曲部分、刘汉流《戏剧论选》、王季烈《螾庐曲谈》、曹聚仁《元人曲论》、青木正儿《中国近世戏曲史》、周贻白《中国剧场史》和《中国戏剧史略》、徐慕云《中国戏剧史》、卢前《明清戏曲史》和《中国戏剧概论》、王易《词曲史》、钱南扬《宋元南戏考》和《宋元南戏百一录》、赵景深《宋元戏文本事》和《读曲随笔》、冯沅君和陆侃如《南戏拾遗》、贺昌群《元曲概论》等。这些戏曲成果和当时文学史成果相互影响，相互吸收，有力地促进了文学史和戏曲研究的发展。

本时期文学史最大的特点是：经过 20 年艰苦的新旧转型，特别是经过五四新文化运动所倡导的反对旧文学，提倡新文学的洗礼，文学界、包括戏曲界已普遍自觉地认同西学，并且主动地去运用西学的新观念新方法，如进化论、唯物史观，以及尼采、叔本华、勃朗兑斯（有的译为勃兰克斯）、郎宋（有的译为朗松）、易卜生等人的理论或观点，尤其是对待戏曲的态度发生了前所未有的变化。20 世纪初的文学史著对待戏曲的态度不是极力反对，就是作为文学史著的"点缀"，而此时戏曲已经堂而皇之地成为与诗歌、散文、小说平起平坐的四大员之一，地位空前地提高，甚至出现了把戏曲地位抬得过高的现象，这其中当然有戏曲长期被压制而突然爆发的一面，也有西学影响的一面，主要的还是由于当时中国开启民智、变革图强的政治需要。

在胡云翼《新著中国文学史》、谭正璧《中国文学史大纲》、胡怀琛《中国文学史略》、凌独见《新著国语文学史》等"纯文学"史观的影响下，在经历了林传甲、黄人、曾毅、谢无量等初创期文学史家的大胆探索后，文学史著开始告别初创期"大文学史观"下所形成的新旧杂陈的文学史著，开始逐步确立"纯文学"史观指导下的现代文学史范型。这种范型的实质性变化就是树立新的"文学"概念，将文学作品与学术性文学进行区别。"纯文学"史观和新的"文学概念"的形成和确立，标志着文学史初创期的结束和真正现代意义上的文学史著的开始。在黄霖主编、周兴陆著的《20世纪中国古代文学研究史·总论卷》中对这一时期的文学史著进行了客观评价：

> 经历五四新文化运动和文学革命的洗礼以后，20、30年代出版了近百部《中国文学史》，基本上能依据近现代的文学观念来划定文学史范围，确定文学史主题，依据近代的进化论理论和发生学方法来梳理文学产生发展的历史过程，像法国泰纳的地域、种族、环境三要素说，丹麦勃兰兑斯的注意于文学主潮的文学史观，给予此时的中国文学史研究和编写以较大的影响。诗歌、散文、小说、戏曲的文学四分法，被多数学者接受，成为厘定传统文学类别的基本标准……客观性、科学性成为中国文学史编写和研究的基本目标，尽管事实上没有一部中国文学史是完全客观科学的。①

冯汝常老师在《中国文学史内容和体例建构百年回眸》一文中讲：

> 直到郑振铎《文学大纲》（1927），中国文学史的内容结构才大体确立。此后文学史的内容渐渐汰去了经史、音韵、文字等非文学史构成，并开始对文学史学科研究的畛域进行探讨。如周群玉《白话文学史大纲》（1928），结论有"文学史的界说"、"文学史的范围"；凌独见《新著国语文学史》（1923），有"国语文学史的范围"；谭正璧《中国文学史纲》（1925），目录有"论文学史"等条目……众多研

---

① 周兴陆：《20世纪中国古代文学研究史·总论卷》，中国出版集团东方出版中心2006年版，第150页。

者的刮垢剖光使文学史的内容范围渐趋清晰明朗，旧有学术传承中的文字、音韵、经学等非文学史内容得以澄清，清代文体"四分法"意义的诗歌、散文、戏曲、小说四体成为主流，文学史内容的文学性逐渐受到关注。在其后几部较著名的文学史中，如胡云翼《新著中国文学史》（1932）、刘经庵《中国纯文学史纲》（1935）、谭丕模《中国文学史纲》（1933）、谭正璧《新编中国文学史》（1935）、赵景深《中国文学史新编》（1936）、刘大杰《中国文学发展史》（1939 年上卷，1941 年下卷）、林庚《中国文学史》（1947）等，诗歌、散文、戏曲、小说"四体"成为主流，文学史的本位最终走向文学性。①

当然，这个时期的文学史观和戏曲史观以及文学史著也存在不少问题。胡云翼在《新著中国文学史·自序》中进行了概括：

至于最近几年的文学史作者，其对于文学观念之明瞭，自较前大有进步；编著文学史的方法亦较能现代化。只可惜这些著者对于中国文学多未深刻研究，编著时又多以草率成之，卒至谬误百出，如凌独见、周群玉之所著，其错误可笑之处真触目皆是。文学史书堕落至此，实堪浩欢！就中较能令我们快意的，则为赵景深的《中国文学小史》及谭正璧的《中国文学进化史》。赵著自有见解，行文隽美，但可惜只叙及文人方面的文学，而忽视最有价值的民间文学。即《诗经》亦在其摒弃之列，这是一个很大的遗憾。谭著能将近代最进步的关于中国文学的著述，编辑成书，内容颇为完善，但其叙述的体例似嫌未妥，而小小的错误亦在书中常常发见。此外如郑振铎的《中国文学史》，内容至为丰富，可作详细的参考读物，然至今仅见其发表中世卷的一小部分，无从批评其实质。……胡适先生的《白话文学史》，论其眼光及批评的独到，实是最进步的文学史；只可惜过于为白话所

---

① 冯汝常：《中国文学史内容和体例建构百年回眸》，《福建师范大学学报》哲学社会科学版 2003 年第 1 期。

囿，大有"凡用白话写的作品都是杰作"之概，这未免过偏了。①

总之，这个时期的文学史在经历了模仿日本人著的中国文学史之后，开始反思过去并自觉地去撰著符合中国审美习惯的具有民族风格的文学史著，走一条属于自己的文学史道路。周作人说："中国的文学，在过去所走的并不是一条直路，而是像一道弯曲的河流，从甲处流到乙处，又从乙处流到甲处。遇到一次抵抗，其方向即起一次转变。"② 这一时期的"文学史研究和写作中直接使用进化论史观的已不多见。与20年代较多的文学通史相比，30年代文学史写作，更加趋向于精细化，更加注意文学发展具体性和复杂状态"③。正是由于这一时期文学史走向了正确的道路，文学史的成果才接连不断地出现了。

## 第一节　文学史家及戏曲家眼中的文学史与戏曲

本节主要是对吴梅和赵景深文学史著中的戏曲进行研究。本节大标题之所以定位为"文学史家及戏曲家眼中的文学史与戏曲"，是因为二位学者，既是文学史专家，又是戏曲家。他们在文学史研究和戏曲研究方面均有建树，如吴梅撰写了《中国文学史》（1920）及《中国戏曲概论》等。赵景深撰写了《中国文学小史》（1928）、《中国文学史新编》（1936）及《宋元戏文本事》等。

吴梅的这部《中国文学史》是陈平原在法国发现的，被收入到陈平原《北大早期文学史讲义三种》里，这为研究中国文学史及其戏曲提供了一个新的视角。陈平原在《北大早期文学史讲义三种·序》中说：

---

① 胡云翼：《新著中国文学史·自序》，上海北新书局1946年（民国三十五年）版，第3页。

② 周作人：《中国新文学的源流》，岳麓书社1989年版，第17－18见。（据1934年人文书店重版《中国新文学的源流》校订）

③ 朱晓进：《20世纪中国文学史观反思》，《中国社会科学》2006年第1期。

吴著原藏巴黎法兰西学院汉学研究所图书馆，书题《中国文学史（自唐迄清）》，实际上只写到了明代，而且三册中有一半是资料及作品选。这回影印的，只是其中的文学史论述部分。很可惜，石印讲义本就效果不好，加上年代久远，有些字迹模糊不清。开始还想代为描摹，后来发现"越描越黑"，还不如干脆保持原状。这样一来，不太清晰之处，也就只能鼓励读者充分发挥辨析与想象力了。①

陈平原在《北大早期文学史讲义三种》"附录"《不该被遗忘的"文学史"——关于法兰西学院汉学研究所藏吴梅〈中国文学史〉》一文中还说："对刚刚发现的《中国文学史》讲义，不必抱过高的企望——此书可以让我们更好地理解吴梅的学术思路，但不至于'重塑'吴梅学术形象。"② 因为陈平原说："换句话说，需要广博学识以及专精考辨的文学史著述，非吴梅所擅长。"③ 尽管如此，对于研究戏曲来说，这毕竟是一代戏曲大师吴梅的著作，毕竟这部著作中有吴梅的戏曲评述和戏曲思想，通过对这些内容的研究，可以更进一步地认识吴梅的戏曲世界。

关于赵景深，他在文学史及戏曲研究方面均有造诣，尤其是在主动运用弗洛伊德心理学解析李渔等作家作品方面具有开创性的建树。因此，研究吴梅和赵景深眼中的文学史及其戏曲与研究纯粹是文学史家眼中的文学史及其戏曲具有着特别的意义，从中能够发现许多与众不同的学术成果。

## 一、吴梅《中国文学史》：独步一时的曲学大师

吴梅（1884—1939），江苏长洲人，1917 年曾在北京大学讲授文学史及戏曲，1922 年又到东南大学教授词曲，随后在光华大学、中央大学、金陵大学等任教。代表作主要有：《奢摩他室曲话》（1907）、《顾曲麈谈》（1914）、《曲海目疏证》（1915）、《中国文学史》（1920）、《朝野新声太平乐府校勘记》（1924）、《中国戏曲概论》（1926）、《元剧研究》

---

① 陈平原：《早期北大文学史讲义三种·序》，北京大学出版社 2005 年版，第 7 页。
② 同上，第 621 页。
③ 同上，第 622 页。

（1929）、《曲学通论》（1932）、《长生殿传奇斠律》（1934）、《南北词简谱》（1939）等。本部分所写内容，主要是根据陈平原辑《早期北大文学史讲义三种》所提供的在法国新发现的《中国文学史》版本进行研究的。

王卫民老师在《吴梅和他的世界》一书中系统介绍了吴梅的学术道路和学术成果，包括戏曲学术成果。吴梅是把戏曲搬上大学讲台的第一人，对于戏曲的传承、普及，尤其是戏曲地位的提高都做出了积极的贡献。他对诗文词曲皆有研究，其主要成就是在戏曲研究方面提出谱曲、度曲、校曲、制曲、演曲等，被誉为"曲家泰斗"。解玉峰老师在《民国南京学术人物传》一书中专门以《独步一时的曲学大师——吴梅先生的生平与学术》为题介绍了吴梅的学术和生平。他在文中最后评价吴梅："20世纪中国戏剧研究的成就辉煌，若没有吴梅先生的传授则是无法想象的。"[1] 钱基博在《现代中国文学史》中比较了吴梅与王国维的不同："曲学之兴，国维治之三年，未若吴梅之劬以毕生。国维限于戏曲，未若吴梅之集其大成。国维详其历史，未若吴梅之发其条例。国维赏其文采，未若吴梅之析其声律。而论曲学者，并世要推吴梅为大师。"[2] 二人互有短长，王氏长在文，吴氏长在曲。刘祯在《民间戏剧与戏曲史学论》说：

> 世纪之初的戏曲研究，人们习惯于将王国维与吴梅并举，这不惟因为两人学术上的显赫贡献，更因为他们的研究代表了两种不同的学术之路，而这两条学术之路，不惟在当时，也对整个百年的研究产生深刻影响。[3]

吴梅当时在戏曲界已很有地位。他经常受邀为许多研究文学史和研究戏曲的专著作序。1933年4月商务印书馆出版了蔡莹的《元剧联套述例》，主要讲宫调，由吴梅作序。1936年7月商务印书馆出版了王玉章著

---

[1] 解玉峰：《独步一时的曲学大师——吴梅先生的生平与学术》。参阅张宪文：《民国南京学术人物传》，南京大学出版社2005年版，第10页。

[2] 钱基博：《现代中国文学史》。参阅刘祯：《民间戏剧与戏曲史学论》，台北"国家"出版社2005年版，第68页。

[3] 刘祯：《民间戏剧与戏曲史学论》，台北"国家"出版社2005年版，第68-69页。

四卷本《元词斠律》，主要讲曲牌、宫调，由吴梅作序。1936年商务印书馆出版青木正儿著、王古鲁译的《中国近世戏曲史》，也由吴梅作序等。卢前在1930年5月著的《近代中国文学讲话》第四讲"剧坛之厄运及幸运"中，专门以"吴瞿安先生对于戏曲的贡献"为题对吴梅给予了很高的评价。

吴梅是旧曲学的终结者。近代著名学者王玉章评价吴梅是"独步一时的曲学大师"：

> 夫笔酣墨饱，选调著词，或散套、或杂剧、或传奇，流播海内，脍炙人口，此之谓著曲家；娴习宫谱，严别阴阳，出口收音，不错毫末，此之谓度曲家；或闺帏，或刀棒，身段台步，妙合音吕，此之谓演剧家；金箱木刊，精粗毕具，琅环一室，富比山海，此之谓藏曲家。今之世矣，有著曲家矣，有度曲家矣，有演剧家矣，有藏曲家矣，而欲觅一著、度、演、藏各色俱全之曲学大师者，戛戛乎难之。①

王玉章高度概括了吴梅的学术成就，称他是一个著曲家、度曲家、演剧家、藏曲家，并感叹："而欲觅一著、度、演、藏各色俱全之曲家大师者，戛戛乎难之。"正因为吴梅在这方面是个全才，他才成为了"独步一时的曲学大家"。

（一）吴梅文学史戏曲分析

吴梅的这部文学史著，严格地说也属于初创时期的文学史著，因为体例混乱，内容庞杂，且以正统文学为主，模仿日本人著的中国文学史的痕迹尚有不少，书中一半内容是作品选，难怪吴梅要在书的前边写上"辑"，而不是"著"。尤其是这部文学史著缺少了对于戏曲研究者至关重要的"明人传奇目"和"明人杂剧目"，不知道是陈平原老师没有从法国带回来，还是没有收在本书中，这对搞戏曲研究的人实为一件憾事，期望将来

---

① 张宪文：《民国南京学术人物传》，南京大学出版社2005年版，第1页。

有幸能目睹这一部分内容。

　　吴梅这部文学史，是在北大为三年级编写的教材，共三册。开头专门写了"中国文学史，吴梅辑"。由此可以看出，吴梅主要是靠辑录他人的学术资料来编这部文学史的，因此"资料"的特点比较明显，"自创"的东西比较少。全书共分为："（一）唐代文学总论"（68 个页码）、"（二）宋元文学总论"（35 个页码）、"（三）明文学总论"（45 个页码）。尽管作者在文学史中标注了"自唐迄清"，但实际上只是写到了"明代"。据陈平原在《不该被遗忘的"文学史"》一文中介绍："中国文学史宋元篇附录"加上"附录的附录"——"明人传奇目"和"明人杂剧目"，共 95 个页码。全书共分为三册，有一册半是作品选。"唐代文学总论"和"宋元文学总论"合为第一册。"明文学总论"和"中国文学史附录"合为第二册。"中国文学史宋元篇附录"加上"附录的附录"（明人传奇目和明人杂剧目）合为第三册。其中关于戏曲的部分在三册之中均有分布，主要集中在"宋元文学总论"和"明文学总论"中，尤其是后者。根据对文学史中现有的戏曲资料进行研究，吴梅的戏曲学术主要表现在以下几个方面：

　　1. 关于"雅俗共赏"的问题。文学史和戏曲史上关于雅俗的争论由来已久，如"汤沈之争"、"花雅之争"、"关马之争"等。实际上，雅俗之争主要是曲辞的雅与俗之争。如关汉卿剧作的服务对象主要是普通百姓，故通俗是主要的。马致远剧作的服务对象主要是文人贵族，故雅是主要的。雅与俗并不意味着质量的高与低。应该说各有千秋，各有适用对象。吴梅是曲家，他更多的是从曲的视角去分析作家作品。他在"宋元文学总论"讲"愿就余鄙见论之：学《琵琶》者易失俚俗，学《西厢》者易涉纤浮。二者皆有偏弊，而学《西厢》则不失正音。盖纤浮可改，而俚俗则深入骨髓，不可洗伐焉"。① 这段话道出了吴梅对"雅俗"的认识：《琵琶》为"俗"，《西厢》为"雅"。吴梅在"宋元文学总论"之"（丁）

---

　　① 吴梅：《中国文学史》。参阅陈平原：《早期北大文学史讲义三种》，北京大学出版社 2005 年版，第488 页。

曲"中又说:"《西厢》近风,《琵琶》近雅,《西厢》如一幅著色牡丹,《琵琶》如一幅水墨梅花,其辞情特为清雅幽丽。"① 进一步阐明了关于雅俗的认识。

2. 明确了"杂剧"概念及"杂剧"一名的起始时间。吴梅在"宋元文学总论"之"丁曲"部分解释说:"乐府一变而为词,词一变而为曲,金元戏曲即所谓杂剧是也,杂剧之名始起于宋。"② 他把"金元戏曲"统称为"杂剧",并且认为杂剧之名是从"宋"开始的。这一观点和王国维的观点基本一致。

3. 高度评价《琵琶记》和《西厢记》。吴梅虽然在书中指出了学《琵琶记》"易失俚俗",学《西厢记》"易滥纤浮",但对其总体评价却很高:"流传于今而最盛者则为王实甫之《西厢记》。与高则诚之《琵琶记》。一为北曲开山。一为南曲鼻祖。"③ 他第一次把《西厢记》称为"北曲开山",把《琵琶记》称为"南曲鼻祖"。他之所以这样评价,是和"雅俗共赏"的戏曲观分不开的。当然,从吴梅总的戏曲思想看,尤其是针对昆曲的重点研究成果看,他是比较重"雅"的,但也不拒"俗"。

4. 文学史著中的戏曲对戏曲专著撰写的影响。吴梅在文学史著中的戏曲内容,有许多都被运用到他以后的戏曲专著中。如文学史著中"(三)明文学总论"中的"(丙)词曲"部分:

> 及至玉茗四梦出,奇情壮采,卓立词家之上,后有作者,不能过也。明之中叶,士大夫好谈性理,而多矫饰,科第利禄之见深入骨髓。若士一切鄙夷,故假曼倩诙谐、东坡笑骂,为色庄中热者下一针砭。其自言曰:他人言性,吾言情。又曰:理之所必无,安知情之所必有。又曰:人间何处说相思,吾辈钟情知(似)此。盖为至情可以超生死,通真幻,忘物我,而永无消灭。否则形骸尚虚,何论勋业;

---

① 吴梅:《中国文学史》。参阅陈平原:《早期北大文学史讲义三种》,北京大学出版社 2005 年版,第 487 页。

② 同上,第 480–481 页。

③ 同上,第 486 页。

仙佛皆妄，况在富贵？世之持买椟之见者，徒赏其节目之奇，词藻之丽；而鼠目寸目（光）者，则诃为绮语，诅以泥犁，尤为可笑。夫寻常传奇，必尊生角。而《离（还）魂》柳生，则秋风一棍，黑夜发邱，而俨然状头也；《邯郸》卢生，则查具夤缘，徼功纵敌，而俨然功臣也。若十郎慕势负心，襟裾牛马，废弃贪酒纵欲，匹偶虫蚁，一何深恶痛绝之至于此乎！故就表面言之，则四梦中之主人，为杜女也，霍郡主也，卢生也，淳于棼也；即在深知文义者言之，亦不过曰，《还魂》鬼也，《紫钗》侠也，《邯郸》仙也，《南柯》佛也。此说固善。而在作者之意，则以冥判、黄衫客、吕翁、契立（玄）为主。人所谓鬼侠仙佛，竟是曲中主意，而非寄托。盖前四人为场中之傀偶，而后四人则提掇线索者也；前四人为梦中之人也，后四人为梦外之人也。既以鬼侠仙佛为主，则主观的主人即属于冥判等，而杜女诸人仅为客观的主人而已。玉茗天才，所以超出寻常传奇家百倍者，即在此处，非"词藻胜人"四字可以尽之也。宁庵守律，兢兢寸黍，以较海若，不特婢子之与夫人，真是小巫之见大巫（注略）。而世以汤沈并称，可谓拟非其伦矣。[①]

这其中的大部分内容都被选用到了 1926 年出版的《中国戏曲概论》"卷中"三"明人传奇"的"四梦总论"里。之所以说"大部分"，是因为有个别段落没有收入，个别字句有所变化或被删改。至于为何这样变化，必有其中缘由，特举几处予以说明。如"及至玉茗四梦出，奇情壮采，卓立词家之上，后有作者，不能过也"在《中国戏曲概论》中没有采用，可能是吴梅认为"后有作者，不能过也"对"四梦"的评价过高，如此评价，就无法对以后的作品再进行客观评价了。如对《长生殿》、《桃花扇》的评价也是如此。吴梅可能觉得这话说得有点过头，有点绝对了，故在《中国戏曲概论》中也删掉了。这一删除，是明智之举。因为后来有

———————————

① 吴梅：《中国文学史》。参阅陈平原：《早期北大文学史讲义三种》，北京大学出版社 2005 年版，第681 页。

些剧作并不比"四梦"差。还有这一部分原典的最后几句:"非'词藻胜人'四字可以尽之也。宁庵守律,兢兢寸黍,以较海若,不特婢子之与夫人,真是小巫之见大巫(注略)。而世以汤沈并称,可谓拟非其伦矣"也被删掉了。关于这部分为何删除,陈平原在《不该被遗忘的文学史》一文中的解释颇有道理:

> "宁庵守律"这几句被删去。在《顾曲麈谈》中,吴梅对"于音律一道,独有神悟"的沈璟(字伯英,号宁庵,世称词隐先生)评价很高,并将其与汤显祖相提并论:余谓二公譬如狂狷,天壤间应有两项人物,倘能守词隐先生之矩矱,而运以清远道人之才清,岂非合之两美乎?以吴梅对于曲律的重视,欣赏沈璟,本在意料之中。反而是北大讲学时之刻意贬抑,颇为出人意外。这大概只能解释为当年北大重自然、尊个性、反格律的风气使然。[1]

5. 从社会学的角度分析了元代戏曲家的社会地位及作品的内容。吴梅在这部文学史著中特别注重用社会学的方法分析作家作品:"元小说戏曲家,大都穷处民间,不屑于禄胡人之朝。而以游戏笔墨描写社会状,以发其郁勃不平之气,兼资劝惩,斯亦其人之高志。"[2] 这段文字说明了这样几个问题:一是元代戏曲家地位不高,"大都穷处民间"。关于这一点,学界普遍认可。如评价关汉卿就是一位地位低下的民间艺人。关汉卿在自创散曲【南吕·一枝花】《不伏老》中对此进行了形象的解释:

> 我是个普天下郎君领袖,盖世界浪子班头。愿朱颜不改常依旧,花中消遣,酒内忘忧;分茶撷竹,打马藏阄。通五音六律滑熟,甚闲愁到我心头?……我是个锦阵花营都帅头,曾玩府游州。

---

① 陈平原:《早期北大文学史讲义三种》,北京大学出版社 2005 年版,第 619 页。
② 吴梅:《中国文学史》。参阅陈平原:《早期北大文学史讲义三种》,北京大学出版社 2005 年版,第 487 页。

又说：

> 我是个蒸不烂煮不熟捶不扁炒不爆响当当一粒铜豌豆，恁子弟每谁教你钻入他锄不断斫不下解不开顿不脱慢腾腾千层锦套头。我玩的是梁园月，饮的是东京酒，赏的是洛阳花，攀的是章台柳。我也会围棋、会蹴鞠、会打围，会插科、会歌舞、会吹弹、会咽作、会吟诗、会双陆，你便是落了我牙歪了我嘴瘸了我腿折了我手，天赐与我这几般儿歹症候，尚兀自不肯休。则除是阎王亲自唤，神鬼自来勾，三魂归地府，七魄丧冥幽。天那，那期间才不向烟花路儿上走。

关汉卿作为"元曲四大家"之首，长期生活在底层，是一个以戏曲为生的民间戏曲家，而且是"普天下郎君领袖，盖世界浪子班头"。关于这一点，吴梅文学史著中没有过多介绍，只是说"关汉卿虽由金入元而既为元人自不能强入金人之列论曲者以元人为断亦事势上不得不然也"[1]。

6. 大胆吸收国外戏曲研究成果。吴梅善于学习借鉴他国学术成果。吴梅本身辑的这部文学史著就是模仿日本人著的中国文学史的产物。吴梅说："近日本西京大学刻有元曲十余种为百种所未收者惟购求未易耳。"[2]这说明，吴梅是十分关注外国人关于中国戏曲的研究成果的。

7. 建立在创作剧本之上的曲学研究。吴梅的曲学研究之所以深刻，之所以对实践具有指导作用，就是因为他本身就是一个会写剧本的剧作家。所以，建立在这个基础之上的曲学研究就是和现实的戏曲实践紧密结合在一起的。因此他的曲学研究带有一定的实践色彩。吴梅的戏曲研究，实际上晚于他的戏曲创作，他1899年就开始了剧本创作，杨世骥说：

> 吴梅是杂剧、传奇这一体例的结束人物，也是最后一位谨守着曲律的作家。他在一八九九年（光绪己亥）就开始写剧，民国以后仍努

---

[1] 吴梅：《中国文学史》。参阅陈平原：《早期北大文学史讲义三种》，北京大学出版社2005年版，第485页。

[2] 同上。

力不辍。他所作杂剧计有《暖象楼》、《无价宝》、《惆怅爨》、《轩亭秋》等。①

吴梅的传奇创作主要有《风洞山》、《东海记》、《雪花霏》、《双泪碑》等。由于他有创作戏曲剧本的背景，所以他在研究戏曲时，更倾向于作家作品的研究，而且由于懂曲律，可以从多角度去分析作品。如他还引用了王思任《批点玉茗堂牡丹亭序》中的观点对汤显祖的作品进行评价。他说：《还魂》是"鬼也"；《紫钗》是"侠也"；《邯郸》是"仙也"；《南柯》是"佛也"。他又说："所谓鬼侠仙佛，竟是曲中主意，而非寄托。"他又将"四梦"中的人物进行了形象分类，分为"梦中之人"和"梦外之人"；"主观的主人"和"客观的主人"。冯梦龙对王思任关于《牡丹亭》的评价也表示十分赞同："即在人物描写方面'无不从斤节窍髓，以其探七情生动之微'。"② 冯梦龙又说："《紫钗》、《牡丹亭》以情，《南柯》以幻……"③ 所有这些评点都是很有新意的。

陈平原说："小说非吴梅所长，涉及唐人传奇时，不免多有借鉴；而谈论戏曲，对于吴梅来说，无疑更为得心应手。若学《西厢》与学《琵琶》之差异，便非常人所能道。"④ 吴梅在本书中的许多见解，日后都成为他戏曲观点的一部分，如对汤显祖"玉茗堂四梦"的评论，就成为他的代表作《中国戏曲概论》的一部分。

（二）吴梅的文学史观及戏曲史观

吴梅是从旧时代走过来的文学史家及戏曲家，因此他的文学史观及戏曲史观就像曾毅、谢无量一样，也是杂文学史观、大文学史观，身上具有中西文学的双重性。

1. 形式上模仿外国人著的文学史著，内容上是正统文学。吴梅的文学

---

① 梁淑安：《中国近代文学论文集》，中国社会科学出版社 1988 年版，第 56 页。
② 傅晓航：《戏曲理论史述要》，文化艺术出版社 1994 年版，第 145 页。
③ 同上。
④ 陈平原：《早期北大文学史讲义三种·附录》，北京大学出版社 2005 年版，第 618 页。

史著，在形式上主要是模仿日本人著的中国文学史。这一点，可以从吴梅文学史著的目录上看出来，尤其是其采用了当时普遍采用的以唐代作为文学史起点的文学史分期法。在内容上主要是受"杂文学史观"的影响。如文中的诗文、史著、语录、道学、制艺等。

2. 研曲之目的是为了"救曲"。徐志啸在陈子展《中国近代文学之变迁——最近三十年中国文学史》"导读"中说："吴梅是一位搜集古代传奇杂剧最多的收藏家，也是现代唯一的旧戏曲作家。"① 段天炯也说："曲学之能辨章得失，明示条例，成一家之言，导后来先路，实自霜厓先生始也。"② 吴梅为何如此钟情于戏曲？是个人爱好，还是像王国维一样为这个文学中"最不振者"鸣不平？这个时期的许多文人之所以能成为大家，其中最主要的原因就是有强烈的爱国思想及社会责任感，如梁启超、胡适、陈独秀、鲁迅等，吴梅也是。他在《曲学通论·自序》中表明了自己治曲的目的：

> 丁巳之秋，余承乏国学，与诸生讲习斯艺，深惜元明时作者辈出，而明示条例，成一家之言，为学子导先路者，卒不多见。又自逊清咸同以来，歌者不知律，文人不知音，作家不知谱，正始日远，牙旷难期，丞欲荟萃众说，别写一书。③

这段文字生动说明了吴梅的"治曲志向"。他不仅是个人的爱好，而且是由于看到当时人们普遍不重视曲学的研究："歌者不知律，文人不知音，作家不知谱。"他具有强烈的社会责任感，他真的害怕传统曲学失传，因此才去啃这块硬骨头。同时，还有一个原因就是受黄人的影响。黄人对戏曲没有偏见："又得黄君摩西相指示，而所学益进。"④ 吴梅说："一代

---

① 陈子展：《中国近代文学之变迁——最近三十年中国文学史·导读》，上海古籍出版社2000年版。
② 段天炯：《吴霜厓先生在现代中国文学界》，《时事新报》1939年4月6日。
③ 吴梅：《曲学通论·自叙》。参阅王卫民：《吴梅戏曲论文集》，中国戏剧出版社1983年版，第259页。
④ 《奢摩他室曲话·自序》。参阅吴梅全集：《理论卷》，河北教育出版社2002年版，第1139页。

之文，每与一代之乐相表里，其制度虽定于瞽宗，而风尚实成于社会。"①

3. 重曲律，又重曲史的整体戏曲思想。吴梅一直被认为是"曲学大师"，擅长制曲、度曲、订曲、演曲、教曲等，还出版了许多著名的曲学著作，从而使曲学得以和曲史一样传承后世。不仅如此，他对戏曲史研究也颇有成就，他是第一位全面研究戏曲全过程的戏曲家，不像王国维只认可宋元，不认可明清。王国维说："北剧南戏，皆至元而大成，其发达，亦至元代而止。"② 认为元杂剧是戏曲的最高成就，是"活文学"，认为明清戏曲是"死文学"。吴梅则把宋元明清作为一个戏曲整体来看待，从中研究戏曲的发展规律，完成了中国第一部通史性质的戏曲史著《中国戏曲概论》，以及其他一些有影响的戏曲史著，如《元剧研究 ABC》等。

当然，吴梅实际上所钟情的曲律研究，主要是针对昆曲的研究，他对清代的"花部"不感兴趣，认为是"俗"的东西。他在《中国戏曲概论》中说花部"则巴人下里，和者千人，益无与于文学之事矣"③。这实际上是正统文学观的表现，是旧文人的遗风，因为在清朝，皇亲贵族已认可宫廷中昆曲的价值，而不认可民间的花部乱弹。正是基于这样的戏曲观，他才在《中国戏曲概论》中弃"花部"而不谈，从而使得在当时最有生机的新兴戏曲力量花部犹如当年的元杂剧没有进入《元史》一样而又面临着吴梅这样的戏曲大家的冷落。看来，戏曲与戏曲之间也有尊卑、高低贵贱之分。这又是一种新的不平等。也正是由于这样的戏曲观，吴梅才认为"乾隆以上有戏有曲；嘉道之际，有曲无戏；咸同以后实无戏无曲矣"。④由此可以得出结论：吴梅对咸同以后的戏曲是持否定态度的——"无戏无曲"。他和王国维不同的一点是，王国维对明清不感兴趣，纯粹不管明清，而吴梅虽对"花部"不感兴趣，但还是关注它的。

4. 既重"案头"，也重"场上"。吴梅对曲本的研究，对剧本的研究

---

① 吴梅：《中国戏曲概论·明总论》。参阅王卫民：《吴梅戏曲论文集》，中国戏剧出版社 1983 年版，第 142 页。

② 王国维：《宋元戏曲史》，华东师范大学出版社 1995 年版，第 156 页。

③ 吴梅：《中国戏曲概论·清总论》。参阅王卫民：《吴梅戏曲论文集》，中国戏剧出版社 1983 年版，第 166 页。

④ 同上，第 185 页。

主要侧重于案头的研究，写出了《南北词简谱》等曲学著作。这一点，当时的许多学者都是如此，如黄人、王国维等。吴梅之所以能成为与王国维齐名的戏曲大师，就是因为他有王国维永远不会做到的"场上"研究。吴梅不仅研究戏曲，还创作了《风洞山》等剧本，更重要的是他还参与了戏曲的直接演出，扮演过陈最良等角色。他"工旦行，曾与穆藕初合演《西厢记·拷红》，又曾扮演过《牡丹亭·学堂》中的陈最良、《荆钗记·见娘》中的老旦等角色"①。这些经历，使他研究戏曲时，可以从"案头"和"场上"两个视角去剖析戏曲内容，从而得出双重的认识。如他在文学史著中对《琵琶记》的评述，对《西厢记》的评述就是从这两个方面进行评价的。他在文学史著《宋元文学总论（丁）》中评"临川四梦"："《还魂》鬼也，《紫钗》侠也，《邯郸》仙也，《南柯》佛也"② 也是从"场上"的角度进行评述。如他又说："虽然词家之盛，固不如前代，而协律订谱，实远出朱明之上，且剧场旧格，亦有更易进善者，此则不可没也。"③ 戏曲不能离开剧场，研究戏曲也是。

5. "清人戏曲，逊于明代。"吴梅虽然是进化论的思想，但在谈到清代戏曲时，却是今不如昔的评价，这主要还是由于他的"崇雅"意识。他认为清代乱弹"上下成风，如饮狂药"，是"安论正始"。关于这一说法，他在《中国戏曲概论·清总论》中有专门的解读：

> 清人戏曲，逊于明代，推原其故，约为数端。开国之初，沿明季余习，雅尚词章，其时人士，皆用力于诗文，而曲非所习，一也。嘉乾以还，经术昌明，名物训诂，研钻深造，曲家末艺，等诸自郐，一也。又自康雍后，家伶日少，台阁巨公，不憙声乐，歌场奏艺，仅习旧词，间及新著，辄谢不敏，文人操翰，宁复为此？一也。又光宣之季，黄冈俗讴，风靡天下，内廷法曲，弃若土苴，民间声歌，亦尚乱

---

① 张宪文：《民国南京学术人物传》，南京大学出版社 2005 年版，第 6 页。
② 吴梅：《中国戏曲概论·清总论》。参阅王卫民：《吴梅戏曲论文集》，中国戏剧出版社 1983 年版，第 159 页。
③ 同上，第 166 页。

弹，上下成风，如饮狂药，才士按词，几成绝响，风会所趋，安论正始？此又其一也。故论逊清戏曲，当以宣宗为断。①

如果说，清代戏曲比明代戏曲强的地方只有"协律订谱"和"剧场进善"，那就太不客观了，这也表现出吴梅不能与时俱进的保守思想。

6. 注重戏曲教育。自从戏曲产生以后，戏曲一直是以师父带徒弟"口授相传"的方式而传承的，根本没有戏曲教育一说。吴梅认识到了这种方式的落后，他借在大学里教书之际，第一个将戏曲作为一门学科带到了大学讲台，这对戏曲的发展是一个恩泽千秋的善举，意义非凡。安葵老师在《戏曲理论与戏曲思维》中说吴梅："除了写下的理论著作，吴梅先生在课堂教学中重视戏曲，培养和指导学生研究戏曲，其历史贡献至少不低于著书立说。"② 此后，戏曲在各大学作为一门课程纷纷开设，这为戏曲培养了大量的人才，如任二北、俞平伯、钱南扬、赵万里、王玉章、唐圭璋、王季思、万云骏等，为戏曲的持续发展和传播，奠定了非常好的基础。

总之，吴梅这部文学史著，虽然呈现了一个作为文学史家及戏曲家眼中的中国文学史及其戏曲的独特世界，也展示了作者驾驭文学史著的能力，但是从总体上看，他驾驭文学史著的能力还是有限的，与前期谢无量《中国大文学史》相比，与后期郑振铎《插图本中国文学史》相比，尚有一定的差距。此外，他还"不能正确认识戏曲在近现代的演变"，"未能如王国维那样，把中国戏曲作为民族文化的一部分，并放到世界文化的环境中作宏观的（当然还只能是初步的）观察"，"对于地方戏的兴起他是抱着鄙视而又无可奈何的态度的"③ 等。所有这些不足之处，是吴梅特定时期的特殊产物，是其学术思想不够完美的具体表现。

---

① 吴梅：《中国戏曲概论·清总论》。参阅王钟陵：《小说戏曲卷》，河北教育出版社 2001 年版，第 637 页。

② 安葵：《戏曲理论与戏曲思维》，中国戏剧出版社 2000 年版，第 19 页。

③ 同上，第 21 - 22 页。

## 二、赵景深《中国文学小史》：将戏曲视为"纯艺术"

赵景深（1902—1985），字旭初，笔名邹啸、陶明志等，四川宜宾人，毕业于天津棉业专科学校纺织科。著名作家、翻译家、戏曲小说史论家、教育家。从 18 岁进入文坛，到 83 岁逝世，共出版各类著作约 150 种。1933 年，因受郑振铎影响，专攻小说戏曲研究，其中在戏曲研究方面成就尤为突出。戏曲代表作有：《宋元戏文本事》、《元人杂剧辑选》、《读曲随笔》、《小说戏曲新考》、《元人杂剧钩沉》、《明清曲谈》、《元明南戏考略》、《读曲小记》、《戏曲笔谈》、《中国文学史新编》、《曲论初探》、《中国戏曲初考》、《观剧札记》、《中国戏曲丛谈》等。

赵景深代表性的文学史著作主要有两部：一部是《中国文学小史》，上海光华书局出版，1928 年 1 月初版。实际上，剧作者本人在给陈子展所作的《最近三十年中国文学史·序》中说："但因我著那本小书时是在一九二六……"① 说明此书是 1926 年开始动笔写的。此书约七至八万字，共三十三章。本书采用的是《中国文学小史》第十版，是作者 1926 年任教于绍兴五中时所编。周兴陆说："赵景深的《中国文学小史》，极力抨击雕琢和堆砌的作品，拥护提倡大众文学。"② 另一部是《中国文学史新编》，1936 年 1 月北新书局初版（精装版），约十五万字。此书是一部比《中国文学小史》内容更加丰富，尤其是戏曲内容更加丰富的著作，是一部比较成熟的文学史著。本书主要是研究他的《中国文学小史》，这部著作"曾被闻一多推荐为清华大学学生入学考试的必读书"③。作者在这部文学史的"自序"中写道："为了这本小书是写给初学者看的，所以有许多次要的作家和书都不曾列入，就是近年来新开辟的田地，小说和戏剧的翻刻和流布，也讲得极少。"④ 这部著作撰写戏曲的内容比较少的原因主要是：一个

---

① 陈子展：《中国近代文学之变迁　最近三十年中国文学史·序》，上海古籍出版社 2000 年版，第 116 页。
② 周兴陆：《20 世纪中国古代文学研究史·总论卷》，中国出版集团东方出版中心 2006 年版，第 151 页。
③ 王凤胜：《文苑纵横谈》（七），山东人民出版社 1983 年版，第 3 页。
④ 赵景深：《中国文学小史·自序（十三版）》，上海光华书局 1933 年（民国二十二年）版。

是"写给初学者看的",不宜写多写深;一个是篇幅有限,全书总共不到八万字,不能写太多的戏曲内容;再一个可能和1926年赵景深当时对戏曲的研究不够有关,不过这种情况在郑振铎戏曲思想的影响下,在《中国文学史新编》中已经大为转变,而且开始重视南戏等民间戏曲的研究。在本书中,他的核心观点还是"纯艺术",他在《关于评价马致远及其作品的一些问题》一文中说当时编写《中国文学小史》是"颇有些'为艺术而艺术'的不正确的观点的"①。

(一)赵景深文学史戏曲分析

这部文学史共三十三章,其中涉及戏曲的是二十六章"元曲五大家",主要讲关汉卿、马致远、白朴、王实甫、郑光祖五人的作品。二十八章"明传奇",主要介绍了"荆刘拜杀及《琵琶记》、《牡丹亭》"等。三十一章"清传奇",主要介绍了李渔十种曲、洪昇《长生殿》、孔尚任《桃花扇》、蒋士铨九种曲等。可以说元明清三朝都讲到了,但内容单一且少,简直就是作家简介和剧情梗概,有分析也只是浅尝辄止。应该说,更像一本供中学生阅读的"简读文学小史"。不过,虽然这部书内容比较简单,但却是作为文学史家及戏曲史家的赵景深第一部文学史著,唯其第一,才想寻芳躅迹,才想找出一点最初的戏曲信息。这些信息虽多是散点,但聚集起来,还是多少能显示出赵景深早期的戏曲思想,也可从中折射出当时文学史与戏曲的一些关系等。

1. 关于马致远的评价。在元曲四大家中,赵景深最欣赏马致远。他对元曲四大家的评论,从篇幅上看,是最多的,占了近4页,而关于马致远的文字占了不少。他在1980年3月专门写了一篇《关于评价马致远及其作品的一些问题》的文章,在此文中,他谈到当时《中国文学小史》是如何看待马致远的:

---

① 赵景深:《关于评价马致远及其作品的一些问题》。参阅王钟陵:《小说戏曲卷》,河北教育出版社2001年版,第656页。

我在 1928 年编写《中国文学小史》，曾经特别欣赏马致远的"神仙道化"的一些杂剧，觉得这些杂剧写的是"仙境的幻美"，引了不少曲文。我虽也说出这些杂剧有出世思想，却不曾加以批评。当时我是颇有些"为艺术而艺术"的不正确的观点的。今天看来，明代朱权把马致远的散曲比作"朝阳鸣凤"，认为"宜列群英之上"，未免推崇得过高。一些解放前的文学史论著对马致远作品的估价，也都有过高之处。①

就从这段评论中可以看出，赵景深当时对马致远及其作品的看法主要有两个比较鲜明的观点：一是马致远及其作品表现出了"出世思想"。他在《中国文学小史》关于马致远的介绍中，一开篇就点明了这种观点："马致远也是大都人。他是一个悲观的人，看破了世上的纷扰，看破了人间的名利，因此他便憧憬于仙境的幻美。"② 他专门举出《陈抟高卧》中陈抟下山时说的一段话为证："仅教山列着屏，草展着裀，鹤看着家，云锁着门。"③ 真是一个神仙道化的情境："鹤看家"、"云锁门"。他又举出《黄粱梦》、《任风子》、《岳阳楼》中的例子举证这种出世思想，他说："以上四剧都可看出他的出世思想。"④

二是"纯艺术"的观点。赵景深在写这部文学小史时，确实只有"纯艺术"的思想，按他的说法是"为艺术而艺术"，正是这种思想才使他从灵魂深处不添加任何情感色彩，从纯艺术的视角解读作品，因此他认为马致远是优秀的作家，他的《汉宫秋》、《青衫泪》、《荐福碑》"均以艺术见长，尤以《汉宫秋》中'梅花酒'为最脍炙人口"⑤，乃是发自肺腑的语言。他又专门将"梅花酒"这段直到今天仍然和《天净沙》"枯藤老树昏鸦，小桥流水人家，古道西风瘦马，断肠人在天涯"一样传播遐迩的那段

---

① 赵景深：《关于评价马致远及其作品的一些问题》。参见王钟陵：《小说戏曲卷》，河北教育出版社 2001 年版，第 656 页。
② 赵景深：《中国文学小史》（十三版），上海光华书局 1933 年（民国二十二年）版，第 160 页。
③ 同上。
④ 同上，第 161 页。
⑤ 同上。

名句列出来作为马致远追求风雅，崇尚"纯艺术"的证明：

> 呀，俺向着这回野悲凉！草已添黄，兔早迎霜；犬褪得毛苍，人搠起缨枪；马负着行装，车运着糇粮，打猎起围场。他，他，他伤心辞汉主；我，我，我携手上河梁。他部从入穷荒，我銮舆返咸阳。返咸阳，过宫墙；过宫墙，绕回廊；绕回廊，近椒房；近椒房，月昏黄；月昏黄，夜生凉；夜生凉，泣寒螀；泣寒螀，绿纱窗；绿纱窗，不思量。

紧接着，又云：

> 呀，不思量除是铁心肠。铁心肠也愁泪滴千行。[①]

从这段句子可以看出，马致远的确是一位艺术功力很深的作家，难怪朱权把他列为元曲作家之首，其作品叹为"朝阳鸣凤"，"宜列群英之上"，也难怪像王国维、谢无量、赵景深等一批早期文学家对马致远评价甚高。赵景深曾说："马致远倘若不曾写《汉宫秋》，恐怕将不能列于元曲四大家之林。"[②]

当然，有的作家后来对马致远的评价也发生了变化，在元曲四大家的顺序上有些微调，如王国维就是刚开始把马致远列为四大家之首，后将关汉卿列为之首，这只是艺术审美的变化，属于正常情况，但有些作家对马致远的评价转变是由于意识形态的影响，像赵景深就是典型的代表。他在解放后对马致远的评价和1928年写《中国文学小史》评价马致远简直是判若两人，在此可作一比较：

他在1928年《中国文学小史》中评价马致远的《任风子》、《岳阳

---

① 王季思：《全元戏曲·第二卷》，人民文学出版社1990年版，第122页。

② 赵景深：《关于评价马致远及其作品的一些问题》。参见王钟陵：《小说戏曲卷》，河北教育出版社2001年版，第661页。

楼》是"憧憬于仙境的幻美"①，是从纯艺术的角度评价马致远及其作品的"出世"思想的，没有意识形态的成分。书中说《任风子》是：

> 《任风子》任屠自道皈依之乐："朱顶鹤，献花鹿，唤野猿，啸风虎。云满窗，月满户，花满蹊，酒满壶，风满帘，香满缸。看读玄元道德书，习学清虚庄列术，小小茅庵是可居，春夏秋冬总不殊：春景园林赏花木，夏日山间避炎暑，秋天篱边玩松菊，冬雪檐前看梅竹，浩月清风为伴侣。"②

又说《岳阳楼》是：

> 《岳阳楼》吕洞宾向柳树精说人世无趣："争如我盖间茅屋临幽涧，披片麻衣坐法坛，倒也躲是非，忘宠辱，无牵绊。"③

他在1980年《戏曲笔谈》中评价马致远的《任风子》、《岳阳楼》都明显地打上了"阶级性"的政治色彩，艺术观已让位于政治观：

> 像马致远的《岳阳楼》、《任风子》等作品的主题都是说："现实是黑暗的，人生是痛苦的，要消灭人生的痛苦，就只能像神仙一样超然于现实之外。这种虚无幻灭的消极思想的宣扬，引导人们逃避现实斗争，巩固了封建剥削制度。"尤其对观众来说，即使作者主观企图并非想巩固封建剥削制度，客观上却起了巩固封建剥削制度的作用。④

他在此书中又说："至于《任风子》、《岳阳楼》、《陈抟高卧》，自然

---

① 赵景深：《中国文学小史》（十三版），上海光华书局，1933年（民国二十二年）版，第160页。
② 同上，第161页。
③ 同上。
④ 赵景深：《关于评价马致远及其作品的一些问题》。参阅王钟陵：《小说戏曲卷》，河北教育出版社2001年版，第659页。

是坏作品，《荐福碑》有较好的片段，但全剧是宣扬宿命论的坏作品。"①

从这些对比中可以看出，意识形态对作家的审美判断有很大的影响。不过，赵景深对马致远的作品也不是一棍子打死，他对《青衫泪》和《汉宫秋》的评价还是比较高的。他说："《青衫泪》写得较好。马致远被一致公认的代表作是《汉宫秋》。"② 他最后说："他的作品（马致远）有的是精华，有的是糟粕，我们应该实事求是地对待，不必强求统一。"③ 这是赵景深如何看待马致远及其作品的最终评判观点。赵景深不管对待马致远的评价有何变化，说明一点，他是关注马致远的，从 20 世纪 20 年代到 80年代。1982 年，也就是在他离开人世的前三年，他还在《复旦学报》社会科学版第 5 期发表了一篇《有关马致远生平的几个问题》的文章，在此文中，他对谭正璧在《元曲六大家略传》中提出的马致远是"曲状元"一说进行了反驳，认为"元朝没有以曲考士"④。后来，他又在《中国戏曲丛谈》一书中进一步阐述了自己的这个理由：

> 至于谭正璧抓住《录鬼簿》中一句"曲状元"，便误以为是"以曲取士"的状元，也是不可信的。谭正璧引用华连圃三个证据以后云："按元人以曲取士之说，迄于今日，信者疑者仍参半，而其所引证，皆不出明人著作。然贾仲明【凌波仙】，可为信有其事之证明。仲明元末人，其言当然较明人为可信。所谓'战文场，曲状元'，非明指应科、中魁首而何？但仲明词仅附载于天一阁藏钞本《录鬼簿》，此书近始发现，故前人多未徵引及之。"那末，我就将全词抄在下面吧：

> 万花丛里马神仙，百世集中说致远，四方海内皆谈美。战文场，曲状元。姓名香，贯满梨园。《汉宫秋》、《青衫泪》、《戚夫人》、《孟浩然》，共庾、白、关老齐肩。

---

① 赵景深：《关于评价马致远及其作品的一些问题》。参阅王钟陵：《小说戏曲卷》，河北教育出版社2001 年版，第 663 页。
② 同上。
③ 同上。
④ 赵景深：《有关马致远生平的几个问题》，《复旦学报》社会科学版 1982 年第 5 期。

从这首【凌波仙】中，就可以看出"曲状元"是戏曲中的魁首，正如我们常说的"行行出状元"。开头就说"万花丛里马神仙"，也就是百花园里以"神仙道化"擅长的马致远，海内四方的观众一谈到他，无不称美。然后再说他在文坛比高低，而不是科场比高低，成为曲坛的魁首。接着又说他"姓名香，贯满梨园"，而不是"贯满科场"。接着再说他的四本杂剧声名与关汉卿、白朴、乔吉甫合称为四大家。全首【凌波仙】一气贯串，都说的是马致远的杂剧，何曾有一丁点儿说他应试科场呢?①

此外，还对马致远"没有考科举"、马致远籍贯、生平卒年进行了考证。由此可以看出，他对马致远是何等的关注。

2. 受王国维戏曲观的影响。王国维的戏曲观对于 20 世纪初期乃至整个上半叶研究戏曲的人都有很大影响，其观点时常被引用。赵景深自然也不例外。在第二十六章元曲五大家中，赵景深把关汉卿列为元曲五大家之首，并评价关汉卿"以《窦娥冤》与《续西厢》著名。窦娥冤是极大的悲剧"。② 这个观点显然是受了王国维悲剧观的影响。又说郑光祖《倩女离魂》:

《倩女离魂》叙倩女与王文举相恋，魂离躯壳，随他同去京师应举的事。其中迎仙客之抒情，古水仙子之叠字，为王国维所叹赏。③

又把"王国维所叹赏"作为权威证据抬出来。在谈到元曲结构的五个特点时又在"参考"文献中列出了"（二）宋元戏曲史（王国维，上海商务版）"④。可见王国维在他心目中的学术地位。

3. 重视场上的作用，强调案头的纯洁性。赵景深十分重视"场上"

---

① 赵景深:《中国戏曲丛谈》，齐鲁书社出版 1983 年版，第 122 页。
② 赵景深:《中国文学小史》（十三版），上海光华书局 1933 年（民国二十二年）版，第 157 页。
③ 同上，第 166 页。
④ 同上，第 167 页。

的作用。据赵景深的学生李平老师讲："他会唱十多个剧种的戏目，为研究昆剧传奇，他曾拜表演艺术家尤彩云、张传芳为师学唱八年，深入昆剧的精髓，能面傅粉墨亲自登场。"① 这一点，值得只重案头研究，忽视场上研究的人学习。剧本的实质是为"场上"服务，不懂场上，只重文本，是一只眼看世界。吴梅、周贻白等戏曲大家之所以对戏曲的认识全面而深刻，就是因为能同时驾驭案头与场上。赵景深虽然重视场上，但对于剧本的写作又强调剧本的纯洁性，即剧本不要加入场上的东西，这样影响看剧本的集中力，这是一个矛盾的观点。他在《中国文学小史》中已透露出这样的认识。他在第三一章"清传奇"中说："虽然武剧在实演时可免去单调，但在纸上，却不调和极了，无味极了，使人注意集中力涣散。"② 看来，剧本的写作也要讲究"纯洁性"，属于案头的可以写，不属于案头的不要写。像赵景深所说的武打，应该让导演在二度创作中去发挥。

4. 重视用他人文献来阐明自己的戏曲思想。赵景深非常重视戏曲资料的收集与运用。他曾说，研究戏曲的基本是要掌握大量的资料，这一点非常像启蒙他从事戏曲研究的郑振铎。他和郑振铎是好朋友，这一点也影响到了他对戏曲书籍的收藏。雷群明老师在《赵景深与戏曲研究》一文中就介绍了关于赵景深藏书的故事：

> 赵先生家中现有藏书三万多种，在他那幢三层楼的住宅里，如果说有什么值得炫耀的话，那就是这些大大小小、新新旧旧的藏书了。这三万多种书大部分是戏曲小说方面的，里面有许多"宝贝"，甚至有些一般图书馆没有的书，赵先生家倒有收藏。所以早就有人这样说过："你要找一本市面上见不到的中国戏曲小说方面的书吗？你去问赵景深先生借好了。"③

---

① 李平：《赵景深教授在戏曲研究领域的杰出贡献》，《复旦学报》社会科学版 2002 年第 3 期。
② 赵景深：《中国文学小史》（十三版），上海光华书局 1933 年（民国二十二年）版，第 192 页。
③ 雷群明：《赵景深与戏曲研究》。参阅王凤胜：《文苑纵横谈》（七），山东人民出版社 1983 年版，第 12 页。

不过，这是很久以后的事了，但对于 1926 年刚刚从事文学研究及戏曲研究不久的赵景深来说，他尚没有这个条件，他更像一个初学者写文章一样，喜欢用权威文献来佐证自己的观点，而且还是没有消化的直接引用，如在《中国文学小史》第二十六章"元曲五大家"中，总共写的内容不到 11 页，4000 多字，其中近一半引用的是作品的原文，剩下的篇幅，引用了王国维《宋元戏曲史》，曹聚仁《平民文学概论》，日本盐谷温《中国文学概论讲话》，吴梅《元剧研究 ABC》、《顾曲麈谈》及《中国戏曲概论》中的许多内容，引用确实太多，有见解的分析太少了。这一点，在 1936 年出版的《中国文学史新编》中得到了弥补，得到了改善，才真正体现出文学史家及戏曲史家笔下文学史著的特点来。

5. 强调戏曲语言的通俗化。赵景深非常强调戏曲语言的通俗性，便于大众明白，这一点可以从他许多著作的书名上看出来，如《宋元戏文本事》、《读曲随笔》、《小说戏曲新考》、《读曲小记》、《戏曲笔谈》、《曲论初探》等。"本事"、"随笔"、"新考"、"小记"、"笔谈"、"初探"，一个个浅显易懂的词，显示出大家谦虚的胸襟，显示出作者如何让普通读者能够轻松阅读的心理，不像现在有些书，语言艰涩，新词生用，故弄玄虚。他在《中国文学小史·绪言》中也阐明了这一点：

> 许多现今出版的文学史，只可供作文学专家的参考，不能当做普遍的读物。一则分量太多，二则列举太多，三则嫌其干燥。我以为文学史，尤其是给初学读的文学史，应该兼含有一种阅读导引的作用，分量不可太多。只列举些重要的文人而有集子可读者，并附举易得的，价廉的书目，以便自学。文学史本来是干燥的东西，但在可能的限度内，总该用较美丽的叙述，使人读起来略感到一点兴趣。[1]

这部文学小史，由于是"小史"，所以应该涉及的许多戏曲内容而没有涉及，这是本书的最大不足之处和遗憾之处。不过值得高兴的是，赵景

---

[1] 赵景深：《中国文学小史·序言》（十三版），上海光华书局 1933 年（民国二十二年）版。

深在 1936 年出版的《中国文学史新编·序》中说:"一九二六年我曾写过一本《中国文学小史》,那本书在量上只有现在这本的一半,内容也有很多遗漏……没有把诗经、乐府诗、五代十国词收进去……在这本新编里,有六七讲专讲这三种文艺作品。此外诸宫调、戏文、散曲、传奇、花部戏等部门的特别注重也是以前所没有的。"① 这给了"小史"一个补充,更重要的是给了戏曲更多的补充,如诸宫调、戏文、传奇、花部等。尤其是花部的补充,更加体现出他对地方戏曲的关注。

(二)赵景深的文学史观及戏曲史观

赵景深的文学史观和戏曲史观已脱离了许多正统文学的束缚,开始受进化论的影响,表现在文学史著的撰写上已经开始关注文学的现代性和戏曲的现代性。赵景深很早就开始了戏曲研究。1925 年,他和郑振铎已经开始探讨戏曲,也是在这一年他开始撰写《中国文学小史》。对于赵景深研究戏曲,雷群明在《赵景深与戏曲研究》一文中讲:

> 一九二五年,他和郑振铎等几个人到四马路(今福州路)的来青阁书店,看见里面有一部《六十种曲》的残本,每种两元钱,郑振铎说,由他介绍,只需每种一元。先生当时很想买,但"终于因了阮囊羞涩,只能馋着眼睛多望几眼"。后来,他经济条件略有改善,就开始有计划、有目的地搜集,有时发现线索,不惜写信托人远道代购,甚至借出珍本亲自抄录,以广收藏。②

这篇文章说明,赵景深在写《中国文学小史》之前对戏曲已经开始研究了,他对《六十种曲》已经在关注了,而且他的好友郑振铎是当时的戏曲大家,他和大家在一起探讨戏曲,没有一定的戏曲功底是不可能的。况且,他从小就喜欢戏曲,有一定的戏曲素养。他 1926 年开始写《中国文

---

① 赵景深:《中国文学史新编·序》,上海北新书局 1936 年版。
② 雷群明:《赵景深与戏曲研究》。参阅王凤胜:《文苑纵横谈》(七),山东人民出版社 1983 年版,第 12 页。

学小史》，郑振铎1927年正式出版《文学大纲》，二人经常在一起，郑振铎的戏曲学术思想不可能不影响他，不可能不影响他的《中国文学小史》中的戏曲写作。尤其是郑振铎的《文学大纲》，戏曲内容已经占有了相当的篇幅。赵景深随后出版的《宋元戏文本事》（1934）、《读曲随笔》（1936）等，更能说明这一点。

1. 注重文学史及其戏曲的现代性。关于这一点，可以从《中国文学小史·绪言》中看出来："从来编中国文学史的，有几点我不大满意：（一）范围不甚严谨，每每将经、史、子也当做文学。因此文学史中，每见有四书五经，史、汉、荀、墨的论列……我以为文学史中不应论及经、史、子和民间文学。"①

这段"绪言"说明，赵景深是反对在文学史中收入经、史、子等内容的。这从书的"目录"中也可以看出来："一、绪言。二、屈原和宋玉……"这些目录基本上是作家作品，而且加入了正统文学所不齿的小说、戏曲。由此可证，这部文学史已不再属于正统的犹如林传甲、黄人等人的"泛文学观"、"大文学史观"、"杂文学史观"，而是现代意义上的文学史著了，尤其是开始关注民间文学、民间戏曲了，这为以后他重点研究南戏等民间戏曲奠定了基础。

2. 敢于提出与众不同的戏曲新观点。1928年赵景深出版《中国文学小史》时，只有26岁，并且是1922年刚从天津棉业专科学校纺织科毕业的学生，所学专业并非文学，更非戏曲。据赵景深给陈子展《最近三十年中国文学史》所写《序》中讲，他写《中国文学小史》时是在1926年："子展所作最后一章后半段叙文学革命运动以后新文坛的概况，颇多引用我的《中国文学小史》，但因我著那本小书时是在一九二六年。"② 这一年，他才24岁，也就是说他写此书时只有24岁。所以从1922年算起，在短短4年时间里，在如此小的年龄段就能写出《中国文学小史》及其戏曲部分已非常不易。可能正因为是24岁正值青春年少，正值接受新思想新

---

① 赵景深：《中国文学小史·绪言》（十三版），上海光华书局1933年（民国二十二年）年版。
② 陈子展：《中国近代文学之变迁、最近三十年中国文学史》，上海古籍出版社2006年版，第116页。

方法时，正值思想不受正统思想束缚时，他才敢于放笔直书，尽管书中属于自己的话语很少，但有些观点还是非常有独特见解的：

一是反对在剧本中写武剧。赵景深在《中国文学小史》第三十一章"清传奇"中，介绍了李渔的戏曲特点。他在此章中谈了对李渔在剧本中加入武剧内容的看法：

> 例如《风筝误》中所插入的习战，请兵，坚垒，蛮征，运筹，败象这六出都是不必要的，李渔既知"十部传奇九相思"（《怜香伴》结末语），又何必拿武剧来加入呢？虽然武剧在实演时可免去单调，但在纸上，却不调和极了，无味极了，使人注意集中力涣散。①

二是从同性恋变态心理的角度分析作品人物。赵景深在当时是否读过弗洛伊德的著作无法考证，但当时弗洛伊德的书确实已经在传播，作为20多岁具有新思想的年轻学者，不可能不注重对新观点的接受。事实上，他是在用心理学的方法分析戏曲作家作品，并提出了今天大家才经常谈起的"同性恋"问题，可见其观点的新颖。他在《中国文学小史》第三一章"清传奇"中讲了这个观点：

> 李渔戏曲又多写变态心理，如：《怜香伴》是写女子的同性恋爱，《意中缘》强盗大王说林天素欢喜北道（男色，男子的同性恋爱），不欢喜南道，《凰求凤》则说："女子追逐男子。"②

三是评价《西厢记》是元曲中最高水平的剧作。敢抒己见，是赵景深的一大特点。24岁的他敢于不顾及权威的观点，提出自己的新观点。当时，王国维《宋元戏曲史》是公认的权威性戏曲著作。王国维认为，关汉卿是元曲中最高水平的作家，而且还有当时许多戏曲家都是这样的观点，

---

① 赵景深：《中国文学小史》（十三版），上海光华书局1933年（民国二十二年）版，第192页。
② 同上，第193页。

而他却认为《西厢记》是元曲中水平最高的："王实甫也是大都人，他的《西厢》，声誉在一切元曲以上。张生赴京应举，莺莺送行，是全剧最悽惨的一折。"①

3. 开始关注南戏及民间戏曲研究。赵景深对民间戏曲是比较关注的，他5岁就开始观看山东艺人表演的扁担戏《猪八戒背媳妇》了。他在给丁言昭著的《中国木偶史·序》中介绍了这一情况：

> 我是一九〇二年生的，五岁就在安徽芜湖油坊巷和堂子巷我的故居转角处看过山东艺人的扁担戏《猪八戒背媳妇》，当时只有他一个人，在每出戏演完时，伸出铁枝要观众将铜钱套到铁枝上去。因此，我看到丁言昭几处谈到扁担戏的演出和剧目，就引起我甜蜜的回忆。②

1936年6月，他在《大晚报》上发表的《蹦蹦戏目》，也证明了他对民间戏曲是颇有研究的：

> 最近购得蹦蹦戏本六十册，阿英属作补目，谨将此次所购得者列目于次：×《枪毙女匪鸵龙》《还阳自说》（《姜氏枕边唆夫》《周兰香上吊》）×《花为媒》×《告扇子》（《枪毙秋三》、《扎死秀英》）《夜审周子琴》（二本）×《败子回头》（二本）×《高成借盟嫂》（《马洪元贪便宜上当》《沈知事判断分明》）《借女吊孝》（《大拜花堂》）《许仙招亲》《因果美报》×《王少安赶船》（二本，《花为媒》上节）《马寡妇开店》（《狄仁杰赶考》，又名《阴功报》）×《李桂香打柴》（二本）《观花》（五本）×《杨三姐告状》（二本）《夜宿花亭》（《高文举中状元》、《大街夸官》、《文通逼亲》、《思小姐进京遇难》）×《赵连璧借粮》（二本，即《打狗劝夫》）《打皂分家》《刘四秋赶考》（二本）×《狠毒计》（二本，即《后娘打子》）《逃

---

① 赵景深：《中国文学小史》（十三版），上海光华书局1933年（民国二十二年）版，第159页。
② 丁言昭：《中国木偶史·序》，学林出版社1991年版。

反落难》（二本）《国民桥》（二本）《离婚案》（二本）×《新杀子报》）（二本）×《小王打鸟》（《龙凤配》）×《三节烈》×《杜十娘》（三本）×《枪毙小老妈》（二本）《黑猫告状》×《双吊孝》（三本）×《王小借粮》×《桃花庵》×《珍珠衫》（四本）×《刘公案》（二本，《黄爱玉上坟》、《铡黄爱玉》）（凡有×的，均已见《蹦蹦戏目》）从这个目录看来，可知《赵连璧（升）借粮》即《打狗劝夫》，情节与元曲《杀狗劝夫》和明《火狗计》传奇相似，《王少安赶船》与《花为媒》是姊妹篇。又，徐渭《南词叙录·本朝类》有《高文举传奇》一种，此处蹦蹦戏的《夜宿花亭》、《高文举中状元》大约是从那里取材的。[1]

赵景深所收集的这些民间戏曲的小剧本，对于研究民间戏曲具有重要的史料价值，由此可以看出，他早在二三十年代就已经开始收集民间戏曲资料并着手进行研究了。对于民间戏曲，赵景深曾经专门写过《曲论初探·明代的民间戏曲》。可是，在《中国文学小史》中，他对民间戏曲关注的还是不太够，这可能和他在本书中对民间文学不是"创造文学"而是"另一系统"的理念有一定关系。他在《中国文学小史》"绪言"中说："民间文学本是另一系统，它的价值与创造文学是绝对不同的，也列入文学之中。我以为文学史中不应论及经、史、子和民间文学。像胡适那样，著白话文学史，劈头从汉说起，那是具有卓见的编法。"[2]

赵景深一生对南戏都非常地关注和钟情，出版了许多这方面的专著以及发表了许多这方面的文章。他在《中国文学小史》中已经开始关注南戏研究了，在书中第二十八章"明传奇"就对此进行了概括性地评述：

　　明初有四大传奇，《荆钗记》，《刘知远》，《拜月亭》，《杀狗记》，简称为"荆刘拜杀"，又有高明的《琵琶记》。《荆钗记》为明初宁献

---

① 赵景深：《中国戏曲丛谈》，齐鲁书社 1986 年版，第 303 页。

② 赵景深：《中国文学小史·绪言》（十三版），上海光华书局 1933 年（民国二十二年）版。

王，朱权（？—1448）所作，叙王十朋与玉莲的恋爱故事；《刘知远》一名《白兔记》，是根据至今犹盛行民间的传说而作的，叙的是李三娘磨房产子的故事；《拜月亭》一名《幽闺记》，乃杭人君美施惠所作，叙蒋世隆兄妹的婚嫁故事，兄娶瑞兰，而妹瑞莲嫁了武状元兴福，《萍迹偶合》是全剧中最精彩的一段；《杀狗记》乃徐畇所作，据元曲萧德祥《杀狗劝夫》改编，叙孙华交结恶友逐弟孙荣，后华妻杀狗劝谏，方始悔悟，重与其弟友爱。这四剧的文辞以《拜月亭》为最佳，余均质朴。《琵琶记》叙赵五娘剪发上京寻夫蔡邕事。吃糠出中一曲最著："糠和米本是相依倚，被簸扬作两处飞。一贱与一贵，好似奴家与夫婿，终无相见期。丈夫，你便是米呵，米在他方没寻处。奴家便是糠呵，怎得糟糠来救得人饥馁。好似儿夫出去，怎的教奴供膳得公婆甘旨。"①

这些关于南戏的评述，虽然内容不多，虽然只是对剧情的简单陈述，但是却能反映出他对南戏的青睐，对民间戏曲的关注，这在当时南戏、民间戏曲还不被普遍重视的情况下，乃是一种很大的学术勇气和学术进步，这为他在1936年出版的《中国文学史新编》写入大量的南戏以及民间戏曲等奠定了一定的基础。

赵景深的这部"小史"，尽管"小"，内容少，戏曲少，但却是这位戏曲大师在文学史以及戏曲研究方面的"开口饭"，好与坏，优与劣，本身已不重要，只重在"第一"，便是有意义的，尤其是李平介绍的赵景深书桌前墙上贴着自勉的那首出自朱熹的诗《偶成》，让后人读来十分感动和受激励：

少年易老学难成，
一寸光阴惜莫轻。

---

① 赵景深：《中国文学小史》（十三版），上海光华书局1933年（民国二十二年）版，第177–178页。

未觉池塘青草梦，

阶前梧叶已秋声！


## 第二节　纯文学史观影响下的文学史与戏曲

20世纪之前，古代文学基本上是正统文学一统天下，小说戏曲只是民间艺术，不登大雅之堂。到了20世纪初期，五四运动之前，由于受西学的影响，才开始出现既有正统文学史观，又有西方文学史观相交融的"大文学史观"。这种文学史观内容上比正统文学更加庞大，因为内容上既有正统的经、史、子，又有西学看重的小说戏曲等，如谢无量的《中国大文学史》就是代表。这种文学史是纯文学进来了，非文学又出不去，文学史的范围愈加扩大，文学的重点愈加不明显。这是中西文化碰撞的特殊时期，也是文学史的过渡时期。

到了五四运动至20世纪30年代末，在进化论、唯物史观等的影响下，"纯文学史观"开始成为主流，并出现了以突出诗歌、散文、小说、戏剧为主体内容的"四分法"。纯文学史观，关键在"纯"字上，"纯"的文学就是指去除正统的"经、史、子"及"集"中的部分内容。这样一来，中国文学几千年蔚为壮观、雍容华贵、仪态万千的"贵族形象"，一下流变为西方式的瘦削式的"绅士形象"。几千年博大精深的中国文学突然间变成了形影孤单的"小文学"。这种变化在当时看来是一种进步，是一种新生事物，但是后来在人们的不断反思和现实实践的检验下，这种由于过度强调"纯文学"而择取的"四大块"，由于不符合中国文学的实际，过于狭隘、过于简单，已影响了中国文学的整体形象。周作人在《中国新文学的源流》中对"纯文学"进行了批评："近来大家都有一种共通的毛病，就是：无论在学校里所研究的，或是个人所阅读的，或是在文学史上所注意到的，大半都是偏于极狭义的文学方面，即所谓纯文学。"[①] 不

---

① 周作人：《中国新文学的源流》，北平人文书店1932年版，第19页。

过，这种纯文学史观较之过去的"杂文学史观"还是往前走了一大步，让人们从"杂货铺式"的文学史中走出来，对进一步认识文学的本质特征具有一定的积极意义。这方面代表性的著作主要有：凌独见《新著国语文学史》、胡怀琛《中国文学史略》、谭正璧《中国文学史纲》、刘大白《中国文学史》、赵景深《中国文学史新编》、郑宾于《中国文学流变史》，以及本节所要重点解读的胡云翼《新著中国文学史》、刘经庵《中国纯文学史纲》等。至于为何选择这两部文学史，主要原因是这两部文学史在"纯文学"方面比较典型，比较成熟，尤其在戏曲方面有一定的见解。

## 一、胡云翼《新著中国文学史》：戏曲是"新兴文学"

胡云翼（1906—1965），湖南桂东人，主要在中学、大学任教。早期写小说、散文和评论，对唐宋诗词有一定研究，代表作是《新著中国文学史》、《中国文学概论》、《宋词研究》、《唐诗研究》，此外还有小说、剧本集《西泠桥畔》等。《新著中国文学史》是一部完全采用了"纯文学史观"的"纯文学"著作，其中的戏曲内容也反映了这种理念。这部著作1932年4月初版，北新书局印行，约10万字。全书共十编，自先秦迄现代。

### （一）胡云翼文学史戏曲分析

胡云翼文学史著中的内容基本上是用"文学性"去定位、去布局的，这样全书基本上是诗歌、散文、小说、戏曲四大块，总体符合现代文学史观的要求。全书共十篇，戏曲内容主要分布在第七编"元代文学"，共分两章，第二十章、第二十一章全部是戏曲。第八编"明代文学"，共三章，第二十三章讲戏曲，第二十四章讲小说。第九编"清代文学"，共三章，第二十六章讲戏曲，第二十七章讲小说。从这些章节的安排看，戏曲、小说成为了文学史中的主体内容。如果仔细再看，戏曲章节在小说前边排着，同期的文学史以及后来的文学史，一般都是小说在前，戏曲在后。这一细小的变化，实际上也反映着作者对待戏曲的态度。

1. 元代戏曲是"新兴文学"。胡云翼对待戏曲的态度不像同期有些作家显得暧昧，而是发自内心的拥护。如关于元代戏曲是"新兴文学"的观点便是进化论思想的体现。他在第二十章"元代的戏曲"（上）中说：

> 元代是蒙古新民族占领全中国的时期，也就是新兴文学压倒中国旧有文学的时期。元代的历史虽只有八十余年，而在文学史上大放异彩，自是值得我们珍视的。元代的旧文学，如诗文词赋，无一足述者；著名的作家如元好问、金履祥、赵孟頫、虞集、杨载、范梈、揭傒斯、杨维桢辈，皆远逊于唐宋名家。这显见唐宋的正统文学至元代而衰微，这时又有异军突起的新时代文学起来了。元代的新兴文学谁都知道是戏曲，而且，谁都认定戏曲是元代文学的奇迹。①

他在书中第二十一章"元代的戏曲"（下）中又称"新兴文学"为"通俗文学"："戏曲为通俗文学，且可扮演登场，以娱耳目，为民间之所欢迎，文人自亦乐于撰作，以播文名，兼抒胸臆。"② 这个观点也影响到他对明代传奇的评价，认为明传奇是"一个新文学"。他在第二十三章"明代的戏曲"中讲：

> 应该认识明代实是一个新文学的时期，是新兴文学压倒旧的传统文学的时期。明代真正有价值的文学不是诗文词赋，乃是传奇与小说。我们眼看着许多明代文人用尽才力，拼命地去求诗文的复古，结果落得个"画虎不成反类狗"，全无成绩。然而当时却另有一部分的文人，并不向着复古的路走去，却去创作新兴的传奇和小说，其成绩的伟大，可与唐诗宋词元曲并称，为明代文学增无限的光辉。所以要讲明代文学，应该认定新兴的传奇与小说为明文学的主干，便觉得明文学有许多特色，在文学史上自有它的进步。③

---

① 胡云翼：《新著中国文学史》，上海北新书局1946年（民国三十五年）版，第215页。
② 同上，第221页。
③ 同上，第239页。

2. 深受王国维戏曲著作的影响，并引用了大量的原文。全书有多处引用王国维戏曲著作的原文，说明王国维对作者的影响很大。在第二十章"元代的戏曲（上）"第218页至219页中引用了王国维《宋元戏曲史·八"元杂剧之渊源"》中关于"元杂剧是真戏曲"的原文：

元杂剧之视前代戏曲之进步，约而言之，则有二焉。宋杂剧中用大曲者几半。大曲之为物，遍数虽多，然通前后为一曲，其次序不容颠倒，而字句不容增减，格律至严，故其运用亦颇不便。其用诸宫调者，则不拘于一曲。凡同在一宫调中之曲，皆可用之。顾一宫调中，虽或有联至十余曲者，然大抵用二三曲而止。移宫换韵，转变至多，故于雄肆之处，稍有欠焉。元杂剧则不然，每剧用四折，每折易一宫调，每调中之曲，必在十曲以上；其视大曲为自由，而较诸宫调为雄肆。且于正宫之【端正好】、【货郎儿】、【煞尾】，仙吕宫之【混江龙】、【后庭花】、【青哥儿】，南吕宫之【草池春】、【鹌鹑儿】、【黄钟尾】，中吕宫之【道和】，双调之□□□、【折桂令】、【梅花酒】、【尾声】，共十四曲：皆字句不拘，可以增损，此乐曲上之进步也。其二则由叙事体而变为代言体也，宋人大曲，就其现存者观之，皆为叙事体。金之诸宫调，虽有代言之处，而其大体只可谓之叙事。独元杂剧于科白中叙事，而曲文全为代言。虽宋金时或当已有代言体之戏曲，而就现存者言之，则断自元剧始，不可谓非戏曲上之一大进步也，此二者之进步，一属形式，一属材质，二者兼备，而后我中国之真戏曲出焉。"①

在第二十一章"元代的戏曲"（下）第221页中引用了王国维《宋元戏曲史·十二"元曲之文章"》中关于"元杂剧是中国最自然之文学"的原文：

--------

① 王国维：《宋元戏曲史》，华东师范大学出版社1995年版，第79页。

元曲之佳处何在？一言以蔽之，曰：自然而已矣。古今之大文学，无不以自然胜，而莫著于元曲。盖元剧之作者，其人均非有名位学问也；其作剧也，非有藏之名山，传之其人之意也。彼以意兴之所至为之，以自娱娱人。关目之拙劣，所不问也；思想之卑陋，所不讳也；人物之矛盾，所不顾也；彼但摹写其胸中之感想，与时代之情状，而真挚之理，与秀杰之气，时流露于其间。故谓元曲为中国最自然之文学，无不可也。①

在第二十一章"元代的戏曲"（下）第 222 至 223 页引用了王国维《宋元戏曲史·九"元剧之时地"》中关于元曲三个时期代表作家的情况介绍：

| | | | | | |
|---|---|---|---|---|---|
| 第一期　蒙古时代： | 关汉卿 | 杨显之 | 张国宝（一作国宾） | | |
| | 石子章 | 王实甫 | 高文秀 | 郑廷玉 | 白　朴 |
| | 马致远 | 李文蔚 | 李直夫 | 吴昌龄 | 武汉臣 |
| | 王仲文 | 李寿卿 | 尚仲贤 | 石君宝 | 纪君祥 |
| | 戴善甫 | 李好古 | 孟汉卿 | 李行道 | 孙仲章 |
| | 岳伯川 | 康进之 | 孔文卿 | 张寿卿 | |
| 第二期　一统时代： | 杨　梓 | 宫天挺 | 郑光祖 | 范　康 | 金仁杰 |
| | 曾　瑞 | 乔　吉 | | | |
| 第三期　至正时代： | 秦简夫 | 萧德祥 | 朱　凯 | 王　晔② | |

同时，还引用了王国维在《宋元戏曲史》中对关汉卿的评价："一空依傍，自铸伟词。而其言曲尽人情，字字本色，故当为元人第一。"③

3. 戏曲也叫"词余"。戏曲的概念，有许多解释。王国维是"以歌舞演故事"。也有人从文学演变的情况讲，戏曲是"宋词之余"。实际上，这

①　王国维：《宋元戏曲史》，华东师范大学出版社 1995 年版，第 120 页。
②　同上，第 93 页。
③　同上，第 128 页。

只是从唱词的角度讲的，而不是从戏曲的整体艺术讲，如歌舞方面等。胡云翼在本文学史中，则把"词余"实实在在的当做了戏曲的另一个名称。他在第二十章"元代的戏曲"（上）中讲：

> 戏曲一名词余，可分为散曲、杂戏与传奇三种。散曲又分小令与套数。小令只用一曲，与宋词略同；合一宫调中诸曲以成套数（一称散套）；套数组合而成杂戏；传奇则又为杂戏之繁衍。①

4. 重场上，指出明传奇偏向文学，不重歌唱作用，丧失了本色。胡云翼在评价明传奇是一种"新兴文学"的同时，也客观地指出了明传奇的不足之处。他在第二十三章"明代的戏曲"中讲：

> 戏曲在元代与明初，作者多不闻名之人，作品亦多以通俗见长。至明之中叶，则文人的撰作渐多，最著的如邱濬、杨慎、王世贞、郑若庸、沈璟、汤显祖、屠隆、祝允明、唐寅等，都是当代很有名的诗文家，他们多爱用典雅工丽之词作曲，于是传奇之文章愈工，而戏曲之本色愈失。至汤显祖出而放言"余意所至，不妨拗折天下人嗓子"，已不注重于传奇的歌唱的作用，而偏向文学方面的发展了。②

在这里，胡云翼认识到了戏曲的重要作用不是"文章愈工"，越文学化越好，而是要强调"歌唱的作用"、表演的作用，否则"戏曲本色愈失"。他准确抓住了戏曲的本质。

5. 高度评价了李渔的戏曲成就。对于李渔，学术界的普遍评价是戏曲理论水平较高，戏曲创作水平较低。胡云翼在书中也谈了人们所持的这一观点："一般文人对于李渔的曲文的批评，往往嘲其太俗。"③ 不过，胡云翼对此予以坚决否定，他认为李渔是清代最负盛名的传奇作家，与孔尚

---

① 胡云翼：《新著中国文学史》，上海北新书局1946年（民国三十五年）版，第218页。
② 同上，第244页。
③ 同上，第276页。

任、洪昇、蒋士铨并称"四大家"。他说李渔的剧本适合"场上"："实则是李渔的曲本是最适宜扮演的，最适合于观众的心理要求的。"① 随后他分析了李渔的创作特点，得出了肯定李渔戏曲的结论：

> 他的文字并不是不能高雅，如《风筝误》第二十六出中的"捣练子"词："长夏静，小庭空，扇小虽轻却受风。一枕早凉初睡起，簟痕犹印海棠红。"这样的句子也是很美的。不过他的作品最不喜欢抄袭古人的文章，他在《比目鱼》十九出的"余文"说得好："文章变，耳目新，要窃附雅人高韵，怕的是抄袭从来旧套文。"因此他作传奇，致其全力于创造的方面。所作各曲的情节多新奇不合常态者。如《怜香伴》的写女子同性爱，《意中缘》的讲到男子同性爱，《凤求凤》的写女子追求男子，《比目鱼》的戏中做戏，都是超乎俗意凡想的。他的文字通俗易解，诙谐尖新，能畅所欲言。这实是别的戏曲家所不能企及的。至于其曲本结构的紧凑，排场的热闹，处处均能顾及排演上的适宜，尤其是李渔所作传奇的独具的特色。②

6. 分析了传奇衰落的原因。胡云翼是典型的进化论者，他把这一思想始终贯穿在文学史观和戏曲史观之中。他用进化论的观点解读戏曲的发展规律。他称元曲是"新兴文学"③，称明传奇也是"新兴文学"和"通俗文学"④。同时，他也客观地认可新式文学必然代替旧式文学。他说："元代是蒙古新民族占领全中国的时期，也就是新兴文学压倒中国旧有文学的时期"⑤，"应该认识明代实是一个新文学的时期，是新兴文学压倒旧的传统文学的时期。"⑥ 明传奇的衰落也是新陈代谢的结果，也是新兴戏曲压倒旧戏曲的结果。他分析了明传奇发展到乾隆时期开始衰落的原因，颇有道

---

① 胡云翼：《新著中国文学史》，上海北新书局1946年（民国三十五年）版，第276页。
② 同上。
③ 同上，第215页。
④ 同上，第221页。
⑤ 同上，第215页。
⑥ 同上，第239页。

理。一是新兴的二黄西皮压倒了昆曲，好作品无法产生。胡云翼认为，二黄西皮由于受到大众喜欢，超过了昆曲，昆曲衰落不言自明。他在第二十六章"清代的戏曲"中说：

> 传奇本是一种歌剧，是藉着歌唱扮演而盛极一时的。今既有新兴的乐曲来演唱，流行起来了，旧的昆曲已被弃置了，则依据昆曲而制作的传奇也自然因不适合于演唱的要求，而绝迹于剧坛。从此有才气的文人都不热心去做不景气的传奇了。所以在清代的后半期，竟没有产生一部有价值的传奇正品。①

二是皮黄曲中腔调兼容并包，比较灵活，富有生机活力。相比之皮黄，昆曲确实比较"工巧"、"雅化"，以至于宫廷化了，逐渐脱离了观众。而皮黄则应用的腔调比较多，能够更加迎合观众的不同要求，所以就兴盛起来。胡云翼在第二十六章"清代的戏曲"中也提出了这个观点："京戏的乐曲即以皮黄为主脑。皮黄曲中所应用的腔调不止一种，它能够容纳各种的腔调，兼容并包。此所以把不合时宜的昆曲打倒了。"② 三是新兴戏曲的"俚俗"赢得了观众。关汉卿《救风尘》、高则诚《琵琶记》、汤显祖《牡丹亭》、李渔"十种曲"都是因为"本色"，因为"俚俗"而赢得了读者和观众。因为戏曲本身起家就是在民间，就是靠"俗"生存的，这是一个戏曲发展的规律。新兴戏曲刚开始都是以"俗"行天下，随着发展，逐渐雅化，雅化的过程就是艺术化的过程，但也是失去戏曲本色的过程，因为戏曲生存的空间在民间，支持的对象是没有文化或者没有多少文化的城市小市民、广大农村的农民等生活在底层的人群，这是戏曲之根、戏曲之基，凡是背离了这一规律的戏曲，都会走向衰亡，昆曲就是最好的例子。胡云翼在第二十六章"清代的戏曲"中也说明了这个观点：

---

① 胡云翼：《新著中国文学史》，上海北新书局1946年（民国三十五年）版，第284页。
② 同上。

清代的后半期，传奇虽然衰落下去，但依据皮黄曲调而制作的新兴戏曲却勃然而兴了。这些新兴戏曲的作者大都不是文人，他们所用的文词比传奇要俚俗得多。虽不为文人士大夫所激赏，却极为一般民众所欢迎。[①]

具有意味的是，胡云翼也指出了皮黄戏的危机，这是在用进化论推测皮黄戏的将来。他在第二十六章结尾部分讲了皮黄戏的将来：

只可惜皮黄戏到现在又受了新输进来的西洋艺术的排挤，又渐渐衰落下去了，现在又有新的歌舞剧和话剧起来与皮黄戏争夺剧场的地盘了。纯粹旧式的皮黄戏在不久的将来是一定要殁落的。[②]

（三）胡云翼的文学史观及戏曲史观

胡云翼的文学史观和戏曲史观比较单纯，就是强调文学的"文学性"、戏曲的"戏曲性"，并且这一思想在其文学史著中得到了坚决贯彻和清晰的反映。

1．"纯文学史"观。胡云翼在《新著中国文学史·自序》中说：

中国到现在还没有一部理想的完善的文学史，其原因并不在这些文学史家没有天才和努力，实因中国文学史的时期太长，作者太多，作品太繁，遂使编著中国文学史成为一件极困难的工作。[③]

他解释的原因是过去的文学史"时期太长，作者太多，作品太繁"，其实主要是文学史观有问题，对"文学"的概念认识不清。几千年来，一直没有明白到底什么是"文学"。正因如此，才"没有一部理想的完善的

---

① 胡云翼：《新著中国文学史》，上海北新书局1946年（民国三十五年）版，第284页。
② 同上，第285页。
③ 胡云翼：《新著中国文学史·自序》，上海北新书局1946年（民国三十五年）版，第4页。

文学史"，并且20世纪初期的文学史著也存在这个问题。胡云翼说：

> 在最初期的几个文学史家，他们不幸都缺乏明确的文学观念，都误认文学的范畴可以概括一切学术，故他们竟把经学、文字学、诸子哲学、史学、理学等，都罗致在文学史里面，如谢无量、曾毅、顾实、葛遵礼、王梦曾、张之纯、汪剑如、蒋监璋、欧阳浦存诸人所编著的都是学术史，而不是纯文学史。并且，他们都缺乏现代文学批评的态度，只知摭拾古人的陈言以为定论，不仅无自获的见解，而且因袭人云亦云的谬误殊多。①

胡云翼所说的这些问题，都是文学史观的问题，都是特定时期文学史的特点。

2. 文学分狭义和广义。胡云翼认为，文学分为狭义和广义。广义，即一切著作皆文学，如章炳麟所说："著于竹帛之谓文，论其法式谓之文学。"② 狭义是诉之于情绪而能引起美感的作品。这是现代的进化的文学观念，也即"我们认定只有诗歌、辞赋、词曲、小说，及一部美的散文和遊记等，才是纯粹的文学"③。此外，"则我们不但说经学、史学、诸子哲学，理学等，压根儿不是文学；即《左传》、《史记》、《资治通鉴》中的文章，都不能说是文学；甚至于韩、柳、欧、苏、方、姚一派的所谓'载道'的古文，也不是纯粹的文学。（在本书里之所以有讲到古文的地方，乃是藉此以说明各时代文学的思潮及主张。）"④

3. 文学形成了与政治相呼应的起伏线。胡云翼在《新著中国文学史·自序》中对这一点讲得十分明白，这一观点对当时乃至今后文学史体例的编著都具有一定的影响：

---

① 胡云翼：《新著中国文学史·自序》，上海北新书局1946（民国三十五年）版，第3页。
② 章太炎：《国故论衡·文学总略》，上海古籍出版社2003年版。
③ 胡云翼：《新著中国文学史·自序》，上海北新书局1946年（民国三十五年）版，第5页。
④ 同上，第4页。

中国文学与政治实有至密切而不可分离的关系。各种文体因得到政治的后援而发达，那是很明显的，如汉赋、唐诗、宋词、元曲皆然。我们又看，每一个比较长期的时代，其文学都形成一条与政治相呼应的"初、盛、变、衰"的起伏线。又，每一个时代的初期的文学，都不免仍袭前代的旧作风（至秦、隋、五代等短促的时代，则完全浸没在前代的作风里）；每一个时代的中期，都能确立一种新的文学作风；每一个时代的末期，则都不免形成文派纷歧的变格，或向后开倒车。各种文学盛衰变迁的关系，都可以从政治的时代背景去求解释。处处都可以看出文学受各不同的政治时代的推移而进化的痕迹。所以，我认定中国文学史的分期，最好还是以依据政治时代的分期较为妥当。①

胡云翼在这里形象生动地说明了政治与文学发展的关系，即政治影响着文学的发展，文学的盛衰变迁都与政治有关系，而且形成了与政治相呼应的"初、盛、变、衰"起伏线。因此，他提出文学史的分期还是应该以政治时代来分期。

4. 文学史要写成一部活的脉络一致的文学史。胡云翼提倡文学史的文学性及逻辑性，使文学史能够"成为一部活的脉络一致的文学史"②。具体做法是："我要把各时代散漫的材料设法统率起来；在可能的范围内，要把各种文体，各种文派，作家及作品，寻出他们相互间的联络的线索出来，作为叙述的间架；同时，我注意各个时代文学思潮的形态及其优点与缺点，注意各种文体的发展及各种文派的流变。"③ 如果真的照这样去撰著文学史著，文学史著确实能够"活"起来，然而理论和实践总是有距离的，有时距离还比较远。胡云翼的《新著中国文学史》也没有达到这样的水平。

5. 认同王国维戏曲思想的戏曲观。从胡云翼《新著中国文学史》中，

---

① 胡云翼：《新著中国文学史·自序》，上海北新书局1946年（民国三十五年）版，第6页。
② 同上，第7页。
③ 同上。

可以发现有多处引用王国维戏曲观点、戏曲理论的地方。王国维"自然"的观点、"悲剧"的理论成为他解析戏曲作品的主要理论依据。

6. 进化的戏曲观。胡云翼在论述元、明、清三代戏曲发展变化时，从进化论的角度解读了戏曲的优胜劣汰规律。元代戏曲在元代被称为"新兴文学"①，明传奇在明代被称为"通俗文学"②，京戏在清代被称为皮黄戏。从"新兴文学"→"通俗文学"→皮黄戏，这是一条进化之路，发展之路，也是优胜劣汰之路。

7. 重俗轻雅的戏曲观。胡云翼在书中评价"荆刘拜杀"是"朴质俚俗胜"③。他评价李渔的"十种曲"之所以得到人们的欢迎，也是因为"俚俗"。他非常强调戏曲的"俗"，与吴梅重雅轻俗的观点正好相反。不媚权威、坚持己见是胡云翼的个性。

8. "纯"戏曲观。胡云翼认为："只有诗歌、辞赋、词曲、小说及一部美的散文和游记等，才是纯粹的文学。"④ 也就是"四大块"为主。其中的"曲"，主要是指元代的元曲，明代的传奇，清代的传奇及皮黄调等。内容确实比较"纯"。

总之，胡云翼的文学史著是纯文学史观影响下的文学史著，对当时的文学史走向规范化、新型化起到了积极的作用，但是这部著作也存在着一些问题，如内容过于"纯"，以至于缺少了许多优秀的文体及优秀的作家作品，距离他对文学史的要求"成为一部活的脉络一致的文学史"，尚有一段距离，尚需后人去改变。

## 二、刘经庵《中国纯文学史纲》：戏曲是文学中的"真面目"

刘经庵（生卒不详），河南卫辉人，代表作是《中国纯文学史纲》，北平著者书店 1935 年编校版，25 万余字。全书按照诗歌、词、戏曲、小说分类，共分四编，诗歌为第一，词为第二，戏曲为第三，小说为第四。

---

① 胡云翼：《新著中国文学史》，上海北新书局 1946 年（民国三十五年）版，第 215 页。
② 同上，第 221 页。
③ 同上，第 224 页。
④ 胡云翼：《新著中国文学史·自序》，上海北新书局 1946 年（民国三十五年）版，第 5 页。

其中第三戏曲，又分为五节讲。第一节"戏曲的演变"，第二节"元代以前的戏曲"，第三节"元代的戏曲"，第四节"明代的戏曲"，第五节"清代的戏曲"。第四章"小说"，本章中也有部分戏曲内容："明清昆曲与地方剧"。全书共涉及戏曲家约30余位，代表戏曲作品20余篇。

本书最大的特点也是和胡云翼一样标榜"纯文学"，是一部专门介绍诗歌、词、戏曲、小说的文学史。对于为何只选诗歌、词、戏曲、小说这些"纯文学"的内容，而不选别的内容，作者在《编者例言》中进行了说明：

> 本编有鉴于近今一般《中国文学史》的内容不是失于驳杂，便是失于简略。驳杂者将文学的范畴扩大，侵入了哲学、经学和史学等的领域；简略者，对于文学的代表作品，不惟少有引证，即著名的文学家亦语焉不详。本编所注重的是中国的纯文学，除诗歌、词、曲及小说外，其他概付阙如。——辞赋，除了汉朝及六朝的几篇，有文学价值者很少；至于散文——所谓古文——有传统的载道的思想，多失去文学的真面目，故均略而不论。——并注重历代文学家的生平及其代表作品，务期读者用较经济的时间，能明了中国纯文学的内幕，及其历代演进的线索。[①]

陈介白在本书《序》中也对此进行了进一步的解释：

> 至于他侧重于纯文学之分类的叙述，这并不是偏爱，也不是趋时，只是纯文学如诗歌、词、曲、小说等，含有艺术的成分稍多，且较少传统的载道思想，正足保持其文学的真面目，除了在文学史内去说，很少有人去注意它们。而那些含有文学成分以外还有很多别的分子存在的杂文学——如《庄子》、《左传》、《论语》等——在哲学、历史、经学内也往往论及，似乎别有所属，所以他就略而不论，这种

---

① 刘经庵：《中国纯文学史纲·编者例言》，东方出版社1996年版，第1页。

判断的精神，的确是他编著上一种新颖的见解。①

刘经庵通过分析认为，正统的辞赋、散文、古文"多失去文学的真面目"，只有诗歌、词、曲、小说才是"纯文学"，才是"文学的真面目"。

刘经庵这本书之所以叫《中国纯文学史纲》，就在于有别于过去的杂文学，他在本书《编者例言》中说："务期读者用较经济的时间，能明了中国纯文学的内幕，及其历代演进的线索。"② 为了达到这个目的，也为了实现真正的纯文学史目标，他确定了"纯文学史"的范围，也就是"文学真面目"的范围：诗歌、词、曲、小说，并按照这个范围去撰著文学史著。

在这部纯文学史著中，戏曲占据了主要篇幅。由此可见，戏曲在他的心目中和诗词小说一样重要，这说明戏曲在他的观念中已占据了文学的主体地位。

（一）刘经庵文学史戏曲分析

刘经庵《中国纯文学史纲》有多个版本，本文所采用的版本系 1996 年 3 月东方出版社根据北平著者书店 1935 年版编校再版本。刘经庵的戏曲思想，主要包括以下几点：

1. 以可知的剧本和可知的戏曲作家的出现为标志，说明戏曲形成较晚的原因。刘经庵在第三章"戏曲"第一节"戏曲的演变"中对中国戏曲为何形成较晚阐述了自己的看法。他的解释在当时看来是继王国维解释戏曲形成说之后又一较有影响的新说法，这种说法在今天看来似乎很平常，但在当时却需要一定的学术眼光。

刘经庵说，中国戏曲的形成较印度和希腊至少晚千年。他认为，这是从可知的剧本和可知的戏曲作家的出现为标志的。在春秋时期，虽然已有供帝王贵族娱乐的优孟及优伶，可这并不是演剧家，更与一般民众无关，

---

① 刘经庵：《中国纯文学史纲·序》，东方出版社 1996 年版。
② 刘经庵：《中国纯文学史纲·编者例言》，东方出版社 1996 年版。

后来又有了"大面"、"拨头"、"踏谣娘"、"参军戏"等，可是戏曲作家和剧本却没有诞生，因此就不能说明戏曲已经形成。戏曲真正形成是金末元初。之所以这样界定，就是因为出现了戏曲作家和剧本。刘经庵说："至今可考知的戏曲作家和剧本，乃始于金末元初之时，即13世纪之前半期。"① 由此可见，他是把"剧本"和"戏曲作家"的出现作为了戏曲形成的主要标志。

刘经庵在解释戏曲为何"一迟至此"时，谈了许多看法，这些看法和今天戏曲界解读戏曲形成晚的原因有相似之处，甚至有些观点和今天的观点完全一致：

（1）中国文人视戏曲为下等艺术、弄人专业，因此而不屑戏曲，不参与戏曲。在古代正统势力眼中，只有诗文是正宗，戏曲是"小道末技"。由于戏曲地位低下，戏曲只是在民间自然传播，尤其是口传心授，这样传播的质量、传播的速度都受到了一定的影响。文人不参与，文本戏曲的文学性、审美性就无法真正实现。刘经庵说："中国文人一向以戏曲为下等艺术，弄人们的专业，不屑去注意，以失自己的身份。"②

（2）中国文人以做官为目的，诗赋是得官阶梯，故重诗赋，不屑戏曲。"万般皆下品，唯有读书高"、"学而优则仕"，这些都是说学习的目的就是为了做官。读书做官，天经地义。可是只有诗赋才是科举的内容，戏曲不是，难怪时人只重诗赋，不重戏曲，就像今天的高考，属于高考范围的内容学生肯定会用功去学，不属于高考范围的内容，一般是不会去理会的，即便有欣赏价值的艺术也是如此，如音乐、舞蹈、美术等。臧晋叔曾说元代以杂剧取士，故元曲发达。对于这一点，刘经庵说："此说不见正史，恐怕是'想当然'的揣测罢。"③ 从现有的史料看，尚未有足够证据证明元代的杂剧取士。倘若有，仅此一说，足以证明元曲之所以发达的原因。不过，刘经庵在书中提出"金元之时，科举久废，文士无所用心，又适当时民间演剧之风盛行，于是文人转其注意力于民众的艺术上，而戏

---

① 刘经庵：《中国纯文学史纲》，东方出版社1996年版，第187页。
② 同上。
③ 同上，第188页。

曲的伟大作家，因之遂产生了"①。这一观点，是符合正史的，的确在元朝曾废止科举。关于元曲兴盛之原因，王国维《宋元戏曲史》也有解释，许多戏曲学者均有同识。

（3）元人素无文化，不能领会古典文学，只好提倡通俗的戏曲文学。元时的蒙古人，确实文化水平不如汉人。对于传统经学，如果没有一定的文化功力，确实是无法解读的。不过，认为元曲的文本好理解也不是那么容易，即便是今天的许多文科大学生要想读懂也得好好品味，甚至离不开专门辞典，如白朴《梧桐雨》第四折：

【三煞】润濛濛，杨柳雨，凄凄院宇侵帘幕；细丝丝，梅子雨，妆点江干满楼阁；杏花雨，红湿栏杆；梨花雨，玉容寂寞；荷花雨，翠盖翩翩；豆花雨，绿叶萧条；都不似你惊魂破梦，助恨添愁，彻夜连宵！莫不是水仙弄娇，蘸杨柳，洒凤飘？②

又如郑光祖《㑇梅香》第二折：

【随煞尾】你听那禁鼓冬冬将黄昏报，等的宅院里沉沉都睡却，悠悠的声揭谯楼品画角，珰珰的水滴铜壶玉漏敲，刷刷的风刮芭蕉凤尾摇，厌厌的月上花梢树影高，悄悄的私出兰房离绣幕，擦擦的行过阑干上甬道，霍霍的摇动珠帘，你等着巴巴的弹响窗棂，恁时节的是俺来了。③

这是元曲中比较好懂的两个名段，但是如果让普通百姓去读、去理解怕是也难领会，别说来自大草原的少数民族了，怕是汉字也有好多人不认识。如果要强调元人喜欢元曲，恐怕只能重点从音乐的角度去解释，因为元曲的声腔高亢激昂，符合蒙人的性格，符合蒙人的欣赏习惯，因此爱好

---

① 刘经庵：《中国纯文学史纲》，东方出版社 1996 年版，第 188 页。
② 同上，第 205 页。
③ 同上，第 209 页。

"听戏"恐怕是元人的特殊爱好。从这一点上说，刘经庵所解释的元曲兴盛的原因怕是牵强附会。

2. 高度评价李渔的剧作，认为是"超乎凡俗"①。戏曲界历来对李渔的评价是"理论上的巨人"，"创作上的矮子"。李渔的戏曲理论成就被称为是古代戏曲理论的高峰，但对于他的剧本创作却持否定态度的人比较多，认为在创作上没有新意，比较平庸。刘经庵说："清代的戏曲作家，对于杂剧与传奇都有很好的作品传于世，他们的成绩较之元曲实有过之而无不及。"② 这样的评价确实比较高，这其中所说的清代戏曲作家和作品就包括李渔及"十种曲"事实上，李渔的剧作比起王实甫《西厢记》、马致远《汉宫秋》等，确实不在一个层次上，这只是刘经庵个人的见解，实在有些偏颇。刘经庵说李渔是清初极负盛名的戏曲作家，而且作品"都是超乎凡俗的意境之上的"③。对此，他主要从以下几点进行了解释：

（1）十种曲"皆为喜剧"。

（2）作剧力求通俗，所以词极明显，但结构极严。

（3）剧本以精确适当，绵密快利称，对于表演方面，最为合宜。

（4）性好滑稽浪漫，故曲中多讽世骂俗之语。

（5）不喜欢模仿古人的文章，十种曲，多属于创造方面的，曲情新奇而有趣。如《怜香伴》与《意中缘》，一个写女子同性恋，一个讲男子同性爱。《凰求凤》则是女子追求男子，《比目鱼》戏中做戏，都是超乎凡俗意境之上的。如《凰求凤·筹婚》就体现了这些特点：

【一剪梅】孀孽从来易得霜，风烛难防，婚嫁宜忙。眼前谁可效鸾凰，偌大名邦，没个才郎！

【解三醒】非是我假道学恢宏私量，背情理，强制柔肠，要把潘、曹付与炉锤匠，使他才貌得成双。乘龙仅得鱼虾伴，跨凤才招燕雀行。倘若把心儿降，少甚么泥鳅伴鲤，山雉求凰。

---

① 刘经庵：《中国纯文学史纲》，东方出版社 1996 年版，第 225 页。
② 同上。
③ 同上。

【前腔】越三五，正当佳况，逾二八，渐减容光，不比男儿三十才为壮，须未白，尚呼郎。娇花隔宿能铺径，粉蝶随春易过墙，好教我心难放，怎能勾舒开笑口，撇却愁肠！

【尾声】辨雌黄，分中上，要在佳人队里访才郎。定有个檀口传来的姓字香。①

刘经庵在肯定李渔剧作的同时，也指出了其剧作的不足："笠翁因求通俗，有时不免流于粗率。"② 在这一点上，他认为蒋士铨的"九种曲""少有此弊，大都是细腻秀雅的"。③

3. 深受王国维戏曲思想影响，书中反复引用其观点。王国维是20世纪初期戏曲学界的大纛，他的戏曲思想影响着许多戏曲史家、文学史家，刘经庵自然也不例外，而且比起其他文学史家、戏曲史家影响更大。刘经庵在《编者例言》中说："本编所述，曾参考关于中国文学论著的版本十数种，今择要列举于后，以致谢忱。"④ 他所列举的参考书中就包括王国维的《宋元戏曲史》。

刘经庵的文学史中引用王国维的观点随处可见。在第二节"元代以前的戏曲"中，在解释"参军戏"时说："近据王国维考证，谓汉世无参军之官，恐怕是后赵石勒的参军周延之误。"⑤ 在第三节"元代的戏曲"中，在讲到唱曲、科白等时，引用了王国维的观点："宋人大曲皆为叙事体，金之诸宫调虽有代言之处，而大体只可谓之叙事，独元杂剧于科白中叙事，而曲文全为代言，不可谓非戏曲上一大进步。"⑥ 在评价关汉卿时，他引用了王国维对关汉卿的评语："一空依傍，自铸伟词，而其言曲尽人情，字字本色，故当为元人第一。"⑦ 在谈到《窦娥冤》是悲剧时，他间接采

---

① 刘经庵：《中国纯文学史纲》，东方出版社1996年版，第225－226页。

② 同上，第226页。

③ 同上，第226页。

④ 刘经庵：《中国纯文学史纲·编者例言》，东方出版社1996年版，第1页。

⑤ 刘经庵：《中国纯文学史纲》，东方出版社1996年版，第191页。

⑥ 同上，第196页。

⑦ 王国维：《宋元戏曲史》，华东师范大学出版社1995年版，第128页。

用了王国维的观点，说："中国的悲剧是很少的，这可算是所有悲剧中最伟大的。"①王国维在《宋元戏曲史·十二元剧之文章》中说《窦娥冤》是"即列之于世界大悲剧中，亦无愧色也"②。二者意蕴相同。在元曲作家分期上，他也采用了王国维在《宋元戏曲史》中的分期观点。王国维认为，元杂剧可分为三期：一、蒙古时代，二、一统时代，三、至正时代。刘经庵对元曲作家的分期是：第一期蒙古时代；第二期一统时代；第三期元末时代，即顺帝至正年间，③也就是王国维所说的"至正时代"④。

4. 用进化论的方法去解释戏曲的新陈代谢。二三十年代是进化论影响最大的时候，刘经庵也深受其影响。他在《编者例言》中讲到自己撰写《中国纯文学史纲》时，参考了谭正璧的《中国文学进化史》、郑宾于的《中国文学流变史》等，这些书在当时都是影响很大的进化论文学史著。刘经庵之所以参考此二人的书，说明他对进化论的观点是接受的，同时他也把这些观点融入到了他的文学史著中。

在第四节"明代的戏曲"中，刘经庵说：元朝是元杂剧最盛行的时代，到了元末，元杂剧衰微，原因是杂剧作家多为平民，作品既易粗俗，体格又极拘严，文士不满，于是有人用比较秀雅的词句、自由的体裁，创造了一种新颖的戏曲，即"传奇"。传奇由于囿于地域，没有一个统一的音律标准，唱法极不一致，影响了戏曲的传播，经过昆山魏良辅改造后，统一了传奇的唱法和乐器，加上梁辰鱼大力助推，一度大盛。到了乾隆时期，新兴的二黄西皮兴起，压倒了昆曲，原因是昆曲过于工丽，词句幽深难懂，不适于演唱的要求，不为民众所接受，没有了生气。相比于皮黄，文词俚俗，最易了解，写来多近自然，如《打渔杀家》、《捉放曹》、《马前泼水》等。

刘经庵最后说，近年又有新的歌舞剧和话剧由西洋输入中国，将来二黄的地位是否和从前昆曲一样被人取而代之，就要看二黄自身努力得如何了。

---

① 刘经庵：《中国纯文学史纲》，东方出版社1996年版，第200页。
② 王国维：《宋元戏曲史》，华东师范大学出版社1995年版，第121页。
③ 刘经庵：《中国纯文学史纲》，东方出版社1996年版，第199页。
④ 王国维：《宋元戏曲史》，华东师范大学出版社1995年版，第92页。

从元杂剧到二黄可以看出，戏曲是具有进化功能以及新陈代谢功能的，凡是陈旧的终将被新兴的所改变或替代。病树前头万木春，一代总比一代强。不过，就艺术自身来说，一代有一代之文学，一代有一代之文学特色。因此，每个时代的艺术，都是历史进步的一个阶梯，都是艺术发展轨迹中不可或缺的一个链条。

（二）刘经庵的文学史观及戏曲史观

刘经庵的文学史观和戏曲史观从总体上看，是能够与时俱进的，具有明显的进化论色彩和"纯文学"色彩，这些也都表现在了他的文学史观和戏曲史观上。

1. 纯戏曲史观。相较于纯文学史观，刘经庵对于戏曲的概念也进行了总结，缩小了传统戏曲的内涵。同时，对众多的戏曲作品也进行了筛选。

（1）缩减了戏曲的内容。传统的戏曲概念，是大戏曲的概念，一般包括杂剧、传奇、散曲、地方戏等。刘经庵对此进行了缩减："戏曲为杂剧与传奇。"① 他将散曲与地方戏从戏曲中分离出来。不过，他也承认，戏曲是由散曲连缀成的，散曲是由宋词演变的，故称曲亦曰"词余"。同时，他又分析了曲与词的区别：

> 曲虽源于词，但二者迥不同，词只是善于抒情，而曲除抒情外，兼可叙事或代言；词仅讲平仄，曲则须将平上去三声，一一区分之（元曲无入声）；词是长短句，而曲于长短句中更加衬字；词固可歌唱，而曲除歌唱外，又须表演。表演时两人问答谓之宾，一人自道谓之白，所有行动谓之科，或曰介。以上三者合组而成的歌唱与动作，始称为戏剧。②

（2）选取具有代表性的作家作品。元杂剧和传奇，作品浩如烟海。到

---

① 刘经庵：《中国纯文学史纲》，东方出版社1996年版，第189页。
② 同上。

底哪些是具有代表性的作品，仁者见仁，智者见智。为此，刘经庵进行了筛选。通过筛选，他在《编者例言》中讲，戏曲家约有 30 余位，代表戏曲约有 20 篇。他将作家分成了一二流。一流的戏曲家有：关汉卿、马致远、白朴、王实甫、郑光祖、乔吉甫。二流的戏曲家有：高文秀、郑廷玉、李寿卿、尚仲贤、武汉臣、吴昌龄、杨显之、石君宝、张国宾、金仁杰、宫天挺、曾瑞有、秦简夫、萧德祥。元代的代表戏曲作品有：关汉卿《窦娥冤》（第二折）、《续西厢》（第四折）；王实甫《西厢记》（第三本第三折"长亭送别"）；白朴《梧桐雨》（第四折）；马致远《汉宫秋》（第三折《灞桥送别》、《百岁光阴》、《秋思·天净沙》）；郑光祖《倩女离魂》（第三折）、《㑉梅香》（第二折）；乔吉甫《两世姻缘》（第二折）。明代著名的戏曲家有：朱权、《白兔记》作者（不知姓名）、施惠、徐田臣、高则诚、汤显祖、阮大铖。明代较著名的戏曲家有：王世贞、梁辰鱼、张凤翼、屠隆、陆采、梅鼎祚、徐复祚、高廉、李日华等。明代代表戏曲作品有：朱权《荆钗记》（赴试）、《拜月亭》（走雨）；高则诚《琵琶记》（高堂称庆、吃糠）；汤显祖《牡丹亭》（惊梦）；阮大铖《燕子笺》（写笺）。

此外，刘经庵除了选出以上元代杂剧作家作品、明代传奇作家作品外，还选了两位明代杂剧作家，一个是朱有燉，一个是徐渭，但是没有专门列出其作品的篇名片断。由此可以看出，他是比较看重明代传奇作家作品的。

清代著名的戏曲家有：李渔、蒋士铨、孔尚任、洪昇。清代代表戏曲作品有：李渔《凰求凤》（筹婚），蒋士铨《四弦秋》（秋梦），孔尚任《桃花扇》（寄扇、余韵），洪昇《长生殿》（尸解、闻铃）。清代其他戏曲作家有：李玉、尤侗、万树、杨潮观、桂馥、黄宪清等，但这些作家都没有单独列出作品片断来。

2. 开始关注地方戏。刘经庵用不到两页的篇幅介绍了"昆曲与二黄"，只点了魏良辅、梁辰鱼，没有过多地予以介绍，更没有涉及到众多的地方戏，但是这也是一种进步，因为他毕竟开始把昆曲与二黄以及众多地方戏纳入到了视野之中。当然，这种纳入还是初步的，他对地方戏还存在一定的偏见，否则他在地方戏已蔚为壮观的 30 年代无论如何也应该在文学史著里大书一笔。这正是由作者的戏曲史观所决定的。其实，他在书中早已表明了自己对戏曲范围的界定："戏曲为杂剧与传奇。"① 原来，地方戏根本就不在他的戏曲范围中。虽然他也承认"新兴的皮黄，文词俚俗，最易了解"②，但面对由西洋输入的新的歌舞剧和话剧，二黄的命运如何，刘经庵说："就要看二黄自身的挣扎力如何了。"③ 看来，他对二黄的前程也不太看好，故此才有了不愿把地方戏纳入到传统戏曲范围的决定。

总之，刘经庵的这部文学史著是第一次把"纯文学"三个字响亮地写在自己的书名上，并且切实地用"纯文学"的观念去分析和研究有关文学和戏曲问题，尤其在戏曲方面更是颇为用力，努力去找寻文学和戏曲的"真面目"。


### 第三节　早期唯物史观启蒙下的文学史与戏曲

从 20 世纪初到二三十年代，中国文学史著基本上是在"大文学史观"和"纯文学史观"支配下去撰著的，总体风格基本上是西方式的，但是在马克思主义唯物史观在中国出现之后，这种形势发生了变化，文学史的撰著开始走向多元化。1924 年 5 月，李大钊《史学要论》的问世，标志着唯物史观在中国学术界的确立。仲云的《唯物史观与文艺》被公认是第一篇系统介绍马克思主义唯物史观与文艺关系的文章。仲云在这篇文章中对用唯物史观如何研究文艺提出了具体的方法和步骤：

> 我们由唯物史观的立场以研究文艺，从蒲力汗诺夫的公式，我们可以增改为如下：（一）生产力并经济的条件；（二）社会环境——包括各种阶级心理，一般的精神状态，及政治的法律的道德的制度；

---

① 刘经庵：《中国纯文学史纲》，东方出版社 1996 年版，第 189 页。
② 同上，第 236 页。
③ 同上。

（三）作家个人——他的气质，习性等；（四）文艺作品。即一件文艺作品到我们的手的时候，我们第一步可以由这作品的作风与笔调，人物的性格、姿态、谈话、议论等，以推究作家的思想、气质、观念、习性。然后第二步由作家以探究到社会，因为书籍是社会风尚的产物，我们在这里可以看到当时的社会习俗，政治宗教道德的生活。第二步既毕，于是再进而着手第三步，我们来作深入的研究，即此书中所表现的社会意识及环境，其经济的基础是怎样，其阶段的分裂是怎样等。①

唯物史观研究文艺的方法主要是社会研究模式。王钟陵老师主编的《文学史方法论卷》对此模式进行了三个方面的概括：

一是无论在对一个时代文学现象的研究，还是对具体作家、作品的研究中，所出现的时代背景、作者生平、作品分析的三段式分析方法。二是重视作品的政治思想价值的评判，而轻视艺术价值的分析。三是将文学现象置于整个社会现象之中加以把握，增强文学史研究的连贯性、整体性和分析的透彻性。文学的社会功能被突出了出来。②

鲁迅、郭沫若等都是自觉地运用唯物史观开展文学革命及文学研究的。鲁迅主要是用小说、杂文的形式启蒙社会，呼唤苍生觉醒。郭沫若则运用唯物史观开展古典文学、历史学的研究。徐公持老师评价郭沫若《中国古代社会研究》一书的完成是"使他率先成为运用唯物史观进行历史学和古典文学研究第一人"③：

唯物史观进入古典文学研究，给研究工作带来了新的气象。具体表现为：对于古代文学的发生发展，能够从社会经济和阶级关系方面

---

① 仲云：《唯物史观与文艺》，《小说月报》（21卷）1930年第4期。
② 王钟陵：《文学史方法论卷》，河北教育出版社2001年版，第93页。
③ 徐公持：《二十世纪中国古典文学研究近代化进程论略》，《中国社会科学》1998年第2期。

去寻找必然原因，做到不仅知其然，而且知其所以然；对于古代作家作品，能够根据当时的阶级关系情况，运用阶级分析方法，去作出历史性的价值评判，避免以抽象的道德伦理观念去看待古人；对于文学的变化演进，可以从经济基础与上层建筑的关系、唯物史观的社会发展规律出发，去加以统摄和把握，去总结古典文学发展的内在规律性。这些优点或长处，是进化论的文学史观及其他任何文学史观所不具备的。三四十年代的古典文学研究者，不少人在努力学习和运用唯物史观，做出了各自的成绩。①

唯物史观的出现，是中国文学史和中国戏曲史上的一件大事，虽然唯物史观在三四十年代的影响力还没有进化论大，但唯物史观已经开始在学术界引起重视，并且有一些文学史家开始尝试着用唯物史观来撰著文学史著，主要代表有贺凯《中国文学史纲要》（1931）、郑振铎《插图本中国文学史》（1932）、谭丕模《中国文学史纲要》（1933）等。从此，在文学研究领域及戏曲理论研究领域又多了一种新的研究方法，又多了一些阶级论、经济基础、上层建筑、反映论以及文学与社会关系等新概念。高树海老师在《论中国文学史观的发展变迁》一文中讲：

> 总之，用阶级论、反映论、社会性质论来分析与描述中国文学史的现象与过程，是30年代初期新型史观运用的表现形态之一……用经济发展的阶段来论证中国文学演变的历程，都可视做是马克思主义理论在中国文学史学科上的拓展。但是马克思主义阶级论和唯物史观在建国前，尤其是在建国前的中国文学史学科领域里并不是主流，文学史观始终是进化论思想占据首要位置。②

在这几种文学史著中，贺凯的《中国文学史纲要》被周扬称为第一部

---

① 徐公持：《二十世纪中国古典文学研究近代化进程论略》，《中国社会科学》1998 年第 2 期。
② 高树海：《论中国文学史观的发展变迁——二十世纪上半叶文学史观探寻》，《学习与探索》1999 年第 2 期。

明确用马克思主义唯物史观编著的中国文学史。这部著作是典型的以阶级社会的性质来编排章节和评价作家作品的，包括戏曲作家作品等。郑振铎的《插图本中国文学史》被认为是用初步的唯物史观来认识文学发展规律的文学史著作。谭丕模《中国文学史纲要》虽然在具体运用唯物史观编著文学史著的方法上可能比贺凯的这部文学史著要更好一些，但因为他只写了上册，而没有写有戏曲内容的下册，在此就不谈了。

### 一、贺凯《中国文学史纲要》：首次用唯物史观解读戏曲

贺凯（1899—1977），名文玉，字凯，山西定襄人。解放后曾任山西大学中文系第一任系主任。代表作《中国文学史纲要》（1933）、《中国大文学史》、《中国文学概要》等。其中《中国文学史纲要》最有特点。此书由北平文化学社印行，约16万字，分为上、下两编。上编为"封建社会的文学推演"，下编为"帝国主义入侵后的文学转变"。从上、下两编的题目上就能清晰地看出阶级论的印痕。本书笔者采用的是1933年1月新兴文学研究会版。

贺凯这部文学史著从经济基础、上层建筑、阶级关系等视角分析文学史中的文学现象及作家作品。薄一波回忆录《七十年奋斗与思考》上卷《战争岁月》专门提到了贺凯是早期共产党员，和他是山西定襄的邻村老乡。在这一点上，他不同于以前的几位文学史撰著者。他有政治背景，就注定他的文学研究会带有一些政治色彩。何晓光在贺凯《中国文学史纲要·序》中也说明了该文学史著的社会性特征：

> 文玉先生对于社会科学的素养很深，治理中国文学史，更是他底专业。这本《中国文学史纲要》，是他积数年来的潜心研究，才完成的。在这本书里面，他是用社会学的眼光，定立并说明了中国每个时代底社会形态，以及该时代所产生的作品和作者底社会背景是什么，然后再来估定这一作品底价值。[1]

---

① 贺凯：《中国文学史纲要·序》，新兴文学研究会版，斌兴印书局1933年版。

黄霖在《中国古代文学研究百年反思》一文中说：

> 到 1931 年贺凯所著的《中国文学史纲要》就以剥削阶级与被剥削阶级、贵族文学与平民文学的二元对立的思维来构建一部中国文学史。所以 20 世纪的前几十年之所以在古代文学研究中，"阶级论"能风行天下，也是有其历史渊源与社会基础的，并不只是马克思主义灌输的直接结果，也不是后来政治上的强迫所致，研究者接受阶级与阶级斗争的理论，并以此来研究文学也并非都是白痴、愚民，或者说违心话。①

这些都说明了，贺凯是一个真正用唯物史观来撰著文学史著的学者，他为文学史著的撰写又增添了一种新的写作模式，并且这种模式曾经在 20 世纪后半叶一度成为一统天下的文学史著模式。

（一）贺凯文学史戏曲分析

这部文学史著，共分为十章，其中第五章词曲部分涉及到戏曲："六、元曲"；第六章白话小说及其他部分涉及到戏曲："三、明初四大传奇"、"四、《桃花扇》与《长生殿》"。

1. 首次用"二元对立"评价元曲。"二元对立"的方法，是唯物史观的重要方法之一，贺凯将此方法用来分析戏曲，得出了许多颇有新颖的见解。贺凯说，元曲的出现，具有特殊的作用："适应蒙古民族的新文学——采取北方民间的方言——打破传统的旧文学——中国戏曲的完成。"② 一个"新文学"，一个"旧文学"，反映出了贺凯"二元对立"的思想，表现出了他对待元曲的鲜明态度，但是他在这个"新文学"的前边，加了一个"适应蒙古民族"的定语，这表明了贺凯复杂的思想：一方

---

① 黄霖：《中国古代文学研究百年反思》，《复旦学报》社会科学版 2005 年第 5 期。
② 贺凯：《中国文学史纲要》，新兴文学研究会版，斌兴印书局 1933 年版，第 197 页。

面他从进化论的角度认可这种新文学；一方面又对蒙古民族有偏见，视为"外族"。他在第一编《绪论》中说："随着蒙古民族的侵略而产生了元曲，是适应新民族的新文学。"① 他把蒙古民族当做侵略者来看待，可见他仍是狭隘的大汉族思想。他称朱元璋建立明朝，是"驱逐蒙古民族，统一中国"②。他称满清建立清朝，是"满清征服汉族"。由于这种思想，他对元曲的态度也是双重的，一方面肯定这种新兴的文学形式：

> 在蒙古大帝国统治之下，中国士绅阶级的旧文学，已失去支配的威权，自然要产生一种适应新民族的新文章。这种新文学不是文匠的雕章琢句，不是替古圣贤传道，不是为应制科举而作（元人已废除科举制），是由一个无名位的平民，用当代的口语方言所写成的，是极自然的文学。③

他还说"不但文词自然明白，且直接采取民间的方言，作成巧妙的词曲，声动读者耳目"。④ 他肯定了元曲的形式，用王国维的"自然说"来作证。另一方面对元曲的内容又进行了批判："形式虽然用方言俗语来描写，而内容仍多叙才子佳人的悲欢离合，以及历史故事，依然表现了封建剥削者的享乐趣味。"⑤ "阶级论"的分析跃然纸上。不过贺凯毕竟是唯物主义思想，对待元曲虽然有一定的看法，但对于元曲的革命性也是由衷地赞赏。他说，元曲的出现打破了传统的旧文学，打破了诗文一统天下的格局，这恐怕是元曲对于文学史的最大贡献。

2. 将戏曲分为"杂剧和传奇"，使戏曲的区分更加细化了。贺凯认为："曲分'散曲'与'戏曲'。散曲又分'小令'、'套数'；戏曲又分'杂剧'、'传奇'；散曲由宋词演化而来，戏曲由散曲连缀而成。"⑥ 他既

---

① 贺凯：《中国文学史纲要·绪论》，新兴文学研究会版，斌兴印书局 1933 年版，第 6 页。
② 同上，第 7 页。
③ 同上，第 198 页。
④ 同上，第 229 页。
⑤ 同上，第 7 页。
⑥ 同上，第 197 页。

讲明了戏曲的由来，又讲明了戏曲的内涵。他所说的戏曲内涵，不包括清代地方戏，这样就显得戏曲的范围过于狭小，不太完整。至于为何他不认可清代地方戏，文中没有提到，因此也不好推测。他的这一观点，后来被刘经庵在《中国纯文学史纲》中原版复制。可见，贺凯的观点在当时还是有一定影响力的。

3. 运用一分为二的方法去评价南曲。对于元曲的评价，贺凯采用一分为二的方法，既肯定好的，也批评不好的。对于南曲，他也采取了"二元对立"的评价。一方面，他称赞南曲是"典雅优美的南曲"，"中国旧文化的复兴"。[①] 他说明初四大传奇是"虽为南曲，然词句极浅显明白，是极平民化的戏曲，在当时排演最多"。[②] 一方面，他批评南曲："然表现在文学上，只有几部民间传诵的通俗小说和文人学者所鉴赏的南曲……（《琵琶记》、《桃花扇》等）正反映了商品时代的封建意识。"[③] 在这一点上，贺凯的评价存在着前后矛盾的地方，他一方面说南曲"词句极浅显明白，是极平民化的戏曲"，一方面又说南曲是"文人学者所鉴赏的南曲"。言下之意，南曲是平民化的，又是"文人化"的。由此可以看出，贺凯对南戏和传奇的概念还比较模糊，对文人及民间还不甚了解。

4. 对作家作品的深入研究还不够，作家作品的介绍多于作家作品的分析。贺凯文学史著中的戏曲有一个最大的特点，也是缺点，就是戏曲作家作品介绍大于作家作品分析。如在第二编"封建社会的文学推演"、第五章"词曲"（六）"元曲"中主要介绍了关汉卿、王实甫、白朴、马致远、郑光祖五位作家及其代表作品的部分段落，而没有展开分析，"辑录作品"的痕迹比较重，如介绍王实甫作品只选择了《西厢记》的"哭宴"第三折100多字：

【正宫端正好】碧云天，黄花地，西风紧，北雁南飞，晓来谁染霜林醉，总是离人泪。

---

① 贺凯：《中国文学史纲要》，新兴文学研究会版，斌兴印书局 1933 年版，第 229 页。
② 同上，第 230 页。
③ 同上，第 7 页。

【四边静】霎时间杯盘狼藉，车儿投东，马儿向西，两意徘徊，落日山横翠。知他今宵宿在哪里？有梦也难寻觅。……

【一煞】青山隔送行，疏林不作美，淡烟暮霭相遮蔽。夕阳古道无人语，禾黍秋风马嘶，我为甚么懒上车儿内，来时甚急，去后何迟。

【收尾】四围山色中，一鞭残照里。遍人间烦恼填胸臆，思量这大小车儿，如何载得起！①

在介绍白朴及作品时，更是简单至极：

白朴字仁甫。后改太素，真定人。所作剧本共十五种，今只存《梧桐雨》及《墙头马上》两种。《梧桐雨》是叙杨贵妃死后，唐玄宗的悲伤，描写最为凄恻！是一篇高超的悲剧。《墙头马上》是叙裴少俊与李千金的恋史，是有趣的喜剧。②

罗列作品，又不具代表性，更不去分析，成了贺凯这部文学史著关于戏曲评价的"硬伤"。

（二）贺凯的文学史观及戏曲史观

这部文学史著，是贺凯首次采用唯物史观的方法去撰著文学史，因此整部文学史中，所表现出来的文学史观和戏曲史观都明显烙印着唯物史观的痕迹，然而由于这时的唯物史观才和文学开始初步地接触，一切尚处于探索之中和规范之中。

1. "二元对立"的戏曲观。贺凯在整部文学史著中都采用了这样一个基本的分析方法，特别是在评价元曲和南曲时，更是正反鲜明。他在评价《琵琶记》的艺术价值时也是如此。一方面说《琵琶记》具有很高的艺术

---

① 贺凯：《中国文学史纲要》，新兴文学研究会版，斌兴印书局 1933 年版，第 201 – 202 页。

② 同上，第 202 页。

价值，一方面又说《琵琶记》是"义夫节妇——名教立论——封建社会的遗壳"。[1] 看来，他对"二元对立"方法的运用还是比较生硬、机械，给人的感觉是方法比较简单，分析问题不能从多侧面分析，总是用"二元"看问题。

2. 重平民化，轻文人化。他评价元曲是"新文学"，主要是从"采取民间方言"[2] 的角度进行评价的，民间方言是平民化的语言。同时，他评价南曲好的方面是"极平民化的戏曲"[3]。他说南曲不好的方面是"文人学者所鉴赏的南曲"，具有文人化性质，因此而充满了不屑。

3. 矛盾的戏曲观。贺凯在运用唯物史观评价作品的时候，不小心陷入了矛盾的泥潭。他对蒙古民族、满清都称为"侵略者"。对待元曲，他一方面认为是打破传统旧文学的新生事物——新文学，同时，对待南曲的出现，又由衷地高兴，称为中国旧文化的复兴。但是，他内心深处，始终认为元曲是适应蒙古民族的新文学，不是适应汉民族的新文学，南曲才是适应汉民族的新文学，这种矛盾的心理也表现出他的戏曲观是矛盾的。

总之，如果仅从戏曲的层面看，贺凯文学史著中的戏曲和吴梅、胡云翼等文学史著中的戏曲相比较，他对戏曲的研究还不够。他对元曲五大家作家作品的分析，基本是抄录了几个作家作品的几个段落，而且几乎没有展开分析。他只是在《自序》和《绪论》中透露了几句表达戏曲思想的话语，而在正文中几乎很少有这样的分析评价。如果单独把他文学史著中的戏曲抽出来看，可以说是一个零乱的又不具代表性的戏曲作家作品选集。唯有价值之处，便是首次运用唯物史观的观点和方法评论了一些戏曲的内容，不管评论得好与坏，首次的便是有意义的，便是有价值的。

## 二、郑振铎《插图本中国文学史》：戏曲走进"俗文学"

郑振铎（1889—1958），福建长乐人，著名作家、文学史家、戏曲学家、收藏家等。他在许多领域均有建树，文学史研究、敦煌研究、戏曲研

---

① 贺凯：《中国文学史纲要》，新兴文学研究会版，斌兴印书局1933年版，第229页。
② 同上。
③ 同上，第230页。

究成果最丰。代表著作有:《插图本中国文学史》、《文学大纲》、《俄国文学史略》、《中国俗文学史》、《中国文学研究》、《中国历史参考图谱》等。《插图本中国文学史》,1932 年由北平朴社出版,约 70 余万字,全书分为上卷(古代文学)、中卷(中世文学)、下卷(近代文学)。本书所采用版本系 1999 年 1 月北京出版社版本。

郑振铎在中国文学史上和戏曲史上有着特殊的地位,李一氓称他为"文化界最值得尊敬的人"[1]。赵景深说:"1932 年郑振铎的《插图本中国文学史》出版,我们才知道宋元南戏的残文还有不少保留在各种曲谱和曲选里面。由于郑振铎这书的启示,我就在 1934 年 9 月间出版了《宋元戏文本事》。"[2] 郑振铎不仅是中国文学史上一位重量级的大师,而且在中国戏曲史上也是奠基人之一。朱伟明老师说:"王国维的《宋元戏曲史》的问世,确立了元人杂剧及戏曲的'一代之文学'的价值与地位,那么郑振铎的《插图本中国文学史》的完成,则标志着古代戏曲正式进入了文学史视野。"[3] 李占鹏说:

> 郑振铎是继王国维、吴梅、齐如山之后对现代戏曲学的创构和开拓起过举足轻重作用的戏曲学家,他的《文学大纲》、《插图本中国文学史》既填补了 20 世纪整个 20 年代与 30 年代前期中国戏曲史编写的空白,又连接了冯沅君、钱南扬、赵景深、周贻白、徐慕云、董每戡、王季思的戏曲史研究,在中国戏曲学史上占有非同寻常的重要地位。[4]

郑振铎虽然在戏曲方面有许多开创性的贡献,但是他一生中并没有写过单本的戏曲史著,他的戏曲思想都渗透在了他的文学史著作当中。如果将其中众多的戏曲内容连缀在一起,就是具有很高价值的戏曲学专著。他

---

① 李一氓:《怀念郑西谛》,《解放日报》1986 年 8 月 3 日。
② 赵景深:《元明南戏考略·序》,人民文学出版社 1990 年版。
③ 朱伟明:《郑振铎与 20 世纪戏曲研究格局的形成》,《湖北大学学报》哲学社会科学版 2005 年第 5 期。
④ 李占鹏:《论郑振铎戏曲典籍整理的学术成就与文献价值》,《求是学刊》2007 年第 2 期。

在《中国文学史研究·序》中说："三十多年来，我写了不少有关中国文学的论文，尤以有关小说、戏曲为多。"① 他的戏曲研究成果，可以说是继王国维、吴梅、齐如山以后最有学术价值的，他延伸了这些学者的戏曲道路。他的戏曲成果主要反映在《文学大纲》（1927）、《插图本中国文学史》（1932）、《中国俗文学史》（1938）、《中国文学研究》（1957）等文学史著中。

本部分重点研究《插图本中国文学史》。这是一部非常有特色的文学史著，尤其是对于戏曲来说。首先是运用了许多新材料，其中很多是戏曲新材料。其次是第一次在文学史著作中插入了许多作家作品图片，共插图174帧，其中关于戏曲的有38帧，如徐渭等，这让人耳目一新。这部著作中的戏曲内容概括起来讲，主要包括以下几方面：一是戏曲资料的广泛收集和整理；二是运用唯物主义的"社会——历史方法"研究戏曲；三是运用中西比较方法研究戏曲；四是把当时最新的戏曲成果及时运用到文学史著中；五是对关汉卿、南戏等的研究；六是认为戏曲是从印度传入的。

郑振铎对这部著作倾注了全部的心血，花费了十多年的时间。之所以如此，主要是他出于对社会的责任感，以及对当时编著的大多文学史著的不满意，这从前边所介绍的几部文学史著的编撰情况中也能看出这一点。他在《插图本中国文学史·自序》中说：

> 因为如今还不曾有过一部比较完备的中国文学史，足以指示读者们以中国文学的整个发展的过程和整个的真实的面目的呢。中国文学自来无史，有之当自最近二三十年始。然这二三十年间所刊布的不下数十部的中国文学史，几乎没有几部不是肢体残废，或患着贫血症的。易言之，即除了一二部外，所叙述的几乎都有些缺憾。本来，文学史只是叙述些代表的作家与作品，不能必责其"求全求备"。但假如一部英国文学史而遗落了莎士比亚与狄更司，一部意大利文学史而遗落了但丁与鲍卡契奥，那是可以原谅的小事吗？许多中国文学史却

---

① 郑振铎：《中国文学史研究·序》，作家出版社1957年版。

正都是患着这个不可原谅的绝大缺憾。唐、五代的许多"变文",金、元的几部"诸宫调",宋、明的无数的短篇平话,明、清的许多重要的宝卷、弹词,有哪一部"中国文学史"曾经涉笔记载过?不必说是那些新发见的与未被人注意着的文体了,即为元、明文学的主干的戏曲与小说,以及散曲的令套,他们又何尝曾注意及之呢?即偶然叙及之的,也只是以一二章节的篇页,草草了之。①

以前的许多文学史著确实存在着肢体残缺的毛病,其中就缺下了诸宫调以及"即为元、明文学主干的戏曲与小说"。这就相当于他所比喻的英国文学史中遗落了莎士比亚和狄更斯,意大利文学史中遗落了但丁和鲍卡契奥,而这种遗落是不可原谅的。同时,他对当时文学史著内容的陈旧也非常不满:

> 每每都是大张旗鼓的去讲河汾诸老,前后七子,以及什么桐城,阳湖。难道中国文学史的园地,便永远被一般喊着"主上圣明,臣罪当诛"的奴性的士大夫们占领着了吗?难道几篇无灵魂的随意写作的诗与散文,不妨涂抹了文学史上的好几十页的白纸,而那许多曾经打动了无数平民的内心,使之歌,使之泣,使之称心的笑乐的真实的名著,反不得与之争数十百行的篇页么?这是使我发愿要写一部比较的足以表现出中国文学整个真实的面目与进展的历史的重要原因。②

在这里,郑振铎将自己对文学史著中一些不满意的地方进行了形象的批判。他将诗与散文当做"无灵魂"的写作,将河汾诸老、前后七子等看做是"奴性的士大夫"们的研究对象。不过,值得注意的是,他在充分吸收众多研究方法的同时,已经开始关注当时影响还不很大的唯物史观,并且也开始初步运用唯物史观来分析问题。他认为历史是由人民群众创造

---

① 郑振铎:《插图本中国文学史·自序》,北京出版社 1999 年版。
② 同上。

的，而不是靠个别英雄创造的。他的整个文学史观及戏曲史观因此也较以前产生了非常大的变化："文学史当然也便来了一个变更。也如历史之不再以英雄豪杰为中心一样，文学史早已不是'文学巨人'的传记的集合体了。"① 在运用唯物史观方面，他比贺凯要灵活得多，分析问题，中西方法相互使用。因此，这部文学史著是一部非常厚实而有力度的伟著，其中的戏曲内容更是新材料频出，新观点频现，新方法频用，是一部创新之作。

（一）郑振铎文学史戏曲分析

这部文学史著中的戏曲内容主要分布在中卷"中世文学"：三八、鼓子词与诸宫调。四十、戏文的起来。四六、杂剧的鼎盛。四七、戏文的进展。五二、明初的戏曲作家们。下卷"近代文学"：五七、昆腔的起来。五八、沈璟与汤显祖。五九、南杂剧的出现。六四、阮大铖与李玉。

郑振铎的戏曲思想非常丰富。在这部文学史著中，他是第一次自觉地把戏曲当作文学史中的主流来看待的。根据对书中所涉及的戏曲内容进行分析，大致可以概括为以下几点：

1. 及时把新发现的戏曲材料运用到文学史著当中。郑振铎非常注意新材料的发现、研究和运用。他说："本书所包罗的材料，大约总有三分之一以上是他书所未述及；像唐、五代的变文，宋、元的戏文与诸宫调，元、明的讲史与散曲，明、清的短剧与民歌，以及宝卷、弹词、鼓词等等皆是。"② 这里所讲的"他书所未述及"的三分之一的内容都是白话通俗文学。他在《研究中国文学的新途径》一文中还指出了研究新文学的三条新途径：第一个是中国文学的外化考；第二个是新材料的发现；第三个是中国文学的整理。③ 他之所以能在文学史著中加入如此多的新材料，这是和他平时注意收集和研究新材料分不开的。他十分喜欢收藏书籍，总数达17214 部，共94441 册，其中戏曲藏书667 种。他收集书的目的首先是为

---

① 郑振铎：《插图本中国文学史·绪论》，北京出版社 1999 年版，第 3 页。
② 郑振铎：《插图本中国文学史·例言》，北京出版社 1999 年版。
③ 郑振铎：《研究中国文学的新途径》。参阅王钟陵：《文学史方法论卷》，河北教育出版社 2001 年版，第 68 - 72 页。

了自己研究用，在研究出新成果后，就立即运用到文学史著当中。

关于新材料的问题，郑振铎在这部文学史著的《例言》中已经讲得非常明白。研究戏曲的人都知道，新资料的占有是戏曲研究的第一任务，可以说谁先占有了新资料，谁就具备了提出新问题、解决新问题的条件。王国维之所以能写出《宋元戏曲史》就在于他掌握了大量的宋元时期的戏曲资料。郑振铎这部文学史著之所以在文学史界、戏曲界影响甚大，甚至被译成外文，就是因为新资料多，信息量大。郑振铎在《绪论》中讲到了如何发现新资料：

> 如今在编述着中国文学史，不仅仅是在编述，却常常是在发见。我们时时的发见了不少的已被亡失的重要的史料，例如敦煌的变文，《元刊平话五种》，《永乐大典戏文三种》之类。这种发见，其重要实在不下于古代史上的特洛伊（Troy）以及克里底（Crete）诸古址的发掘。有时且需要变更了许多已成的结论。这种发见还正在继续进行着，正如一个伟大的故国遗址，还正在发掘的进行中一样。这使我们编述中国文学史感觉到异常困难，因为新材料的不绝发见，便时时要影响到旧结论的变更与修改；但同时却又使我们感觉到异常的兴奋，因为时时可以得到很重要的新的资料，一个新的刺激，有时，我们自己也许还是一个执铲去土的从事发掘工作的人。①

郑振铎的戏曲新材料研究主要包括以下几方面：

（1）发现了许多新的非常珍贵的戏曲文献资料。1923年7月，郑振铎在《小说月报》上发表了《关于中国戏剧研究的书籍》，介绍了《录鬼簿》等30种戏曲研究资料的有关情况，其中一些资料有的在《插图本中国文学史》中得到了运用或者说明。如《元刊杂剧三十种》就是撰写文学史著的重要参考资料。在这30种杂剧中，除了17种出自《元曲选》外，其余13种，他说："字句间亦与臧刻面目大殊。我们欲见元刊元剧的本来

---

① 郑振铎：《插图本中国文学史·绪论》，北京出版社1999年版，第8页。

面目，舍此书外，别无从知。"① 这 13 种，他就指出了欲识元刊元剧真面目，非看此书的重要性。1934 年 6 月，《文学》月刊发表了郑振铎关于新资料发现情况的一篇文章《三十年来中国文学新资料发现史略》②。他在此文中，将新资料共分成 11 类，戏曲便是其中一类。在看这部文学史著的时候，会发现在每章的最后都附有一个"参考书目"，其中有许多就是新发现的资料，他还在新资料的注释后多有说明："此书至罕见"、"为他书所未见"、"外间罕见传本"等。在戏曲史上，还有一段关于郑振铎与《脉望馆钞校本古今杂剧》的故事。这套珍贵的戏曲资料共 262 种，虽然在 1958 年出版被收入到《古本戏曲丛刊》第四集中，但其间他购买此书的艰难过程，却让人十分感动。这体现出了一个学者的社会使命感和责任感。1998 年《江苏图书馆学报》第 3 期发表了汪家熔《略叙〈郑振铎与脉望馆钞校本〉》的文章，对这段佳话进行了生动的叙述。他的《插图本中国文学史》虽然没有赶上用这部珍贵的戏曲文献，但是他所用的《元刊杂剧三十种》、《永乐大典戏文三种》等资料已打破了研究元剧必《元曲选》、研究明戏曲必《六十种曲》的僵化局面，尤其是他对《永乐大典戏文三种》资料的运用更是开创了戏曲研究的新局面。

郑振铎在其文学史著第四十七章"戏文的进展"一章中，重点对《永乐大典戏文三种》之《小孙屠》、《张协状元》、《宦门子弟错立身》三种新发现的戏文进行了分析。他认为，《永乐大典》所载戏文，只有 9 本，这些都是《南词叙录》所没有著录的：《金鼠银猫李贤》、《曹伯明错勘赃》、《风流王焕贺怜怜》、《包待制判断盆儿鬼》、《郑孔目风雪酷寒亭》、《镇山朱夫人还牢末》、《小孙屠》、《张协状元》、《宦门子弟错立身》，③并且这些戏文都没有作者。在《永乐大典》中，《小孙屠》、《张协状元》、《宦门子弟错立身》三种存在于《永乐大典》第 13990 卷中，其他 6 种连残文也没有。④ 这三种戏文，是现在所见到的最早最全的南戏戏文，研究

---

① 郑振铎：《插图本中国文学史》，北京出版社 1999 年版，第 690 页。
② 郑振铎：《三十年来中国文学新资料发现史略》，《文学》1934 年 6 月第 2 期。
③ 郑振铎：《插图本中国文学史》，北京出版社 1999 年版，第 696 页。
④ 同上。

价值极高。

郑振铎对《小孙屠》等三种戏文进行了重点研究。他认为，《小孙屠》全名应为《遭盆吊没兴小孙屠》。这部戏文绝不是"出于似通非通的三家村学究或略识之无的'卖艺者'之手的"①。因为戏文题下写着"古杭书会编撰"，而且这部戏文，文辞流畅，毫无粗鄙之处，应该是书会里的文人学士所作。他对剧情进行了概述，并引用必贵（小孙屠）在剧中的一些唱词：

> （末上白）野花不种年年有，烦恼无根日日生。自家当朝一日和那妇人叫了一和，两下都有言语。我早起晚西看它有些小破。今朝听得我哥出去，和相识每吃酒，我投家里去走一遭。（作听科介）杀人可恕，无礼难容。我哥哥不在家，谁在家吃酒！②

从这些唱词可以看出，这些唱词毫无雕饰，朴实无华，非常本色，不像《西厢记》那样讲究词藻，尤其是不像案头本，更像演出脚本。郑振铎还说，《张协状元》剧情类似《赵贞女蔡二郎》，《宦门子弟错立身》也和《小孙屠》一样简短。

郑振铎对董解元的《西厢记诸宫调》、无名氏的《刘知远诸宫调》、王伯成的《天宝遗事诸宫调》也进行了研究，并把这些新成果及时运用到了文学史著中，尤其是对《刘知远诸宫调》研究材料的运用，使人们对这个陌生的领域有了新的认知，更加确信这部诸宫调应该是宋金之际的，并且是发生在山西太原的一个故事。郑振铎在第三十八章"鼓子词与诸宫调"中说："这些文体，不仅在宋代是新鲜的创作，即在今日，对于一般的读者似也还都是很陌生的。本章当是任何中国文学史里最早的讲到她们的记载罢。"③

叶长海在《中国戏剧研究》一书中对《插图本中国文学史》中的新

---

① 郑振铎：《插图本中国文学史》，北京出版社1999年版，第697页。
② 同上，第698页。
③ 同上，第532页。

资料运用也进行了评述：

> "属玉堂十七种传奇"、"墨憨斋"所改曲、"以苏州为中心的戏
> 曲活动"、"浙中的剧作家"等，大都是此前史论家们很少论及或不曾
> 注意的，更不要说许多陌生的剧作家的名字及作品了。所以，该书的
> 知识量充沛，论述详尽深透，是戏剧史著述中的一个重要成就。①

这些新资料的运用，大大丰富了文学史的内容，使文学史充满了与时
俱进的朝气，同时也大大拓宽了戏曲研究者的视野，一定程度上改变了戏
曲研究者资料陈旧、方法陈旧的现象："若论述元剧而仅着力于《元曲
选》，研究明曲而仅以《六十种曲》为研究的对象，探讨宋、元话本，而
仅以《京本通俗小说》为探讨的极则者，今殆已非其时。"②

（2）提供了许多珍贵的戏曲插图。全书共提供了 38 帧戏曲方面的图。
第一帧《崔莺莺》，作者解释说"这是最早的见之于刊本的莺莺像"，选
自明隆庆顾玄纬刊本《西厢记杂录》，作者注"西谛藏"。图中崔莺莺庄
重的仪态，讲究的服饰，尤其是明显经过修饰的弯弯细眉，确实像一位涵
养很好的大家闺秀，难怪张生舍命去追求。同时，也让人感到这是一个舞
台上的优伶形象。第二帧《刘知远诸宫调》，图像虽字迹斑驳，但依稀能
够看到"知远别三娘太原投事第二"的字样。作者解释为"观其版式，似
是宋、金的刊本。今存的诸宫调，当以此书为最古"③。选自苏联列宁格勒
学士院藏。这确实是一幅难得的图片。还有《白兔记》中"游春"插图：
"沽酒谁家好？前村问牧童，遥指杏花中。"这是从明刊本《吴歈萃雅》
中选出的插图。图中的远山、树林、狗、骑牛牧童、庭院、问路的官人，
一片田园的风光，一派和谐的气氛，更加有助于理解剧本，领悟剧情。还
有《王焕与贺怜怜》的插图，这是关于王焕的戏文插图。王焕戏文，是中
国最早的戏曲之一。书中有了这帧图，很容易让人进入剧情，让人有了形

---

① 叶长海：《中国戏剧研究》，福建人民出版社 2006 年版，第 106 页。
② 郑振铎：《插图本中国文学史·例言》，北京出版社 1999 年版。
③ 郑振铎：《插图本中国文学史》，北京出版社 1999 年版，第 539 页。

象感，这帧图出自《元曲选》，西谛藏。这些戏曲图片，每幅图都有一定的特色，都很珍贵，成了这部文学史著中的亮丽风景。

2. 认可印度戏曲对中国戏曲的影响。郑振铎在这部文学史著中多次强调印度文学对中国文学的影响，尤其是对中国戏曲的影响。当然，郑振铎的观点也存在偏颇之处，今天关于这方面的研究已有新的解释，不过在当时乃是较有影响的一家之言：

> 中世纪文学开始于晋的南渡，而终止于明正德的时代，其时间凡一千二百余年（317—1521）。在中国文学史上，这一段的文学的过程是最为伟大，最为繁赜的。古代文学是单纯的本土文学，于辞赋、四五言诗、散文以外，便别无所有了。这个时代，却是印度文学和中国文学结婚的时代。在这一千二百余年间，几乎没有一个时代曾和印度的一切完全绝缘过。因为受了印度文学的影响，我们乃于单纯的诗歌和散文之外，产生出许多伟大的新文体，像变文，像诸宫调等等出来。在思想方面，在题材方面，我们也受到了不少从印度来的恩惠。我们可以说，如果没有中印的结婚，如果佛教文学不输入中国，我们的中世纪文学可能会是完全不相同的一种发展情况的。我们真想不到，在古代期最后的时候所输入的佛教，在我们中世纪的文学史乃会有了那么弘巨的作用！经过了那个弘丽绝伦的结婚礼之后，更想不到他们所产生的许多宁馨儿竟个个都是那么伟大的"巨人"！①

郑振铎这里所说的中印文学结婚产下的许多"宁馨儿"当中，就包括戏曲。他说："而传奇的体例与组织，都完全是由印度输入的。"② 还说："这些戏曲的输入，或系由于商贾流入之手而非由于佛教徒，或竟系由于不甚著名的佛教徒的输入也说不定。原来中国与印度的交通，并非如我们平常所想象的那么稀罕而艰难的。"③ 陈维昭老师也说："郑振铎把中国戏

---

① 郑振铎：《插图本中国文学史》，北京出版社 1999 年版，第 167 页。
② 郑振铎：《插图本中国文学史》，人民文学出版社 1957 年版，第 567 页。
③ 同上。

曲的两种主要形式杂剧、传奇与印度的戏曲进行对比，发现在艺术体制上，传奇（戏文）的艺术体制与杂剧‘完全不同’，而与印度的戏曲有诸多相同之点，可见传奇（戏文）与印度戏曲亲而与杂剧疏。"①

郑振铎不仅在《插图本中国文学史》中用大量的篇幅谈到中国戏曲受印度戏曲的影响，而且在《中国俗文学史》中也反复强调："印度的戏曲，在这时也被民间所吸引进来了。最初流行于浙江的永嘉，故亦谓之‘永嘉杂剧’或戏文。"② 他对中国戏曲的形成和流变轨迹是这样描述的："印度戏曲→戏文→杂剧→地方戏。"③ 印度戏曲对中国戏曲的影响主要表现在五个方面：

第一，印度戏曲是以歌曲、说白及科段三个元素组织成功的。歌曲由演者歌之；说白则为口语的对白，并非出之以歌唱的；科段则为作者表示着演者应该如何举动的。这和我们戏文或传奇之以科、白、曲三者组织成为一戏者完全无异。第二，在印度戏曲中，主要的角色为：（一）拿耶伽（Nayaka），即主要的男角，当于中国戏文中的生，这乃是戏曲中的主体人物；（二）与男主角相对待者，更有女主角拿依伽（Nayika），她也是每剧所必有的，正当于中国戏文中的旦；（三）毗都婆伽（Vidusaka），大抵是装成婆罗门的样子，每为国王的帮闲或侍从，贪婪好吃，每喜说笑话或打诨插科，大似中国戏文中的丑或净的一角，为主人翁的清客、帮闲或竟为家僮；（四）男主角更有一个下等的侍从，常常服从他的命令，盖即为戏文中家僮或从人；（五）印度戏曲中更有一种女主角的侍从或女友，为她效力，或为她传递消息的；这种人也正等于戏文中的梅香或宫女。此外尚有种种的人物，也和我们戏文或传奇中的脚色差不多。第三，印度的戏曲在每戏开场之前必有一段"前文"，由班主或主持戏文的人，上台来对听

---

① 陈维昭：《20世纪中国古代文学研究史·戏曲卷》，中国出版集团东方出版中心2006年版，第113页。

② 郑振铎：《中国俗文学史》，上海商务印书馆1998年版，第16页。

③ 陈维昭：《20世纪中国古代文学研究史·戏曲卷》，中国出版集团东方出版中心2006年版，第38页。

众说明要演的是什么戏，且介绍主角出场来。……这正和我们的传奇或戏文中的"副末开场"或"家门始末"一模一样。第四，印度戏曲于每戏之后必有"尾诗"（Epiloge）以结之。这些"尾诗"大都是赞颂劝戒之语，或表示主人翁的愿望的。……这还不和我们戏文中的"下场诗"很相同吗？第五，印度戏曲在一剧中所用的语言文字，大别之为两种：一种典雅语，即 Sanscrit，一种是土白语，即 Prakits。大都上流人物，主角，则每用典雅语，下流人物，如侍从之类，则大都用土白。这也和我们传奇中的习惯正同……在这五点上讲来，已很足证明中国戏曲自印度输来的话是可靠的了。……中国剧底思想是外国的，只有情节和语言是中国的而已。……最后，在题材上，也可以找出更有趣的奇巧可喜的肖合来。……《赵贞女蔡二郎》、《王魁负桂英》……我们如果一读印度大戏剧家卡里台莎（Kalidasa）的《梭康特女拉》，我们大约总要很惊奇地发现，梭康特女拉之上京寻夫而被拒于其夫杜希扬太（Dushyanta）原来和王魁、赵贞女乃至张协的故事是如此的相肖合的。……在最早的戏文《王焕》，及《崔莺莺西厢记》……其描写王焕与贺怜怜在百花亭上的相逢，与崔莺莺与张生在佛殿上的相见，其情形与杜希扬太初遇梭康特女拉于林中的情形也是很相同的；而《王焕》中的王小三和《崔莺莺》中的红娘，则也为印度戏曲中所常见的人物。最早的戏文，《陈巡检梅岭失妻》（《永乐大典》作《陈巡检妻遇白猿精》），其情节与印度的大史诗《拉马耶那》（Ramayna）很有一部分相类似。而《拉马耶那》的故事，却又是印度戏曲家们所最喜欢采用的题材。这其间也难保没有多少的牵连的因缘在内。[①]

关于印度戏曲对中国戏曲的影响，今天国内也有许多学者仍在研究，如叶长海就从几个方面进行了概括："一是基本原素，二是角色，三是开

---

① 郑振铎：《插图本中国文学史》，人民文学出版社 1957 年版，第 569－572 页。

场，四是结尾，五是语言形式。另外，在题材上亦有相近之处。"① 这其中有些观点也和郑振铎的观点相似。郑振铎采用对比的手法，从五个方面对中印戏曲相同的地方进行比照说明，最后得出结论："中国戏曲自印度出来的话是可靠的了。"并说"中国剧底思想是外国的，只有情节和语言是中国而已。"他又从题材上进行了比较。关于这个话题，目前学界争议颇多，有认可的，有反对的。郑振铎的观点权当一家之言。

3. 褒扬关汉卿，贬抑马致远。郑振铎对关汉卿非常推崇，在这部文学史著中称关汉卿是"伟大的天才作家"②。这个观点一直延续到他生命结束时。他一生写了许多关于关汉卿的文章。1958 年 6 月 28 日，《中国青年报》发表的《人民的戏曲家关汉卿》。1958 年 6 月 25 日，《文学研究》第2 期发表的《论关汉卿的杂剧》。1958 年 6 月《人民画报》第 6 期发表的《元代大戏曲家关汉卿》。1958 年 5 月 27 日《戏剧论丛》第 2 辑发表的《中国伟大的戏曲家关汉卿》。1958 年 3 月 31 日，他在《戏剧报》第 6 期发表的《关汉卿——我国十三世纪伟大的戏曲家》。1958 年 6 月 28 日，他在"纪念世界文化名人关汉卿创作七百年大会"上，作了《中国人民的戏剧家关汉卿》讲话等。1958 年，是他对关汉卿关注最多的一年，也是最后一年。这一年，正是他飞机失事的一年。他对关汉卿的青睐并不是在建国以后的特定政治形势下所做出的选择，早在 1927 年的《文学大纲》中，他对《窦娥冤》就有很高的评价："中国的悲剧本来极少，这一剧可算是所有悲剧中最伟大的。"③ 他的这一观点，和王国维的观点基本一致。他在本文学史著中，称"《窦娥冤》之充满悲剧气氛"④。

郑振铎在文学史著中之所以给予关汉卿如此高的评价，称他为"伟大的天才作家"，是建立在他对关汉卿的全面了解上的：

　　总之，汉卿的才情，实是无施不可的，他是一位极忠恳的艺术

① 叶长海：《中国戏剧研究》，福建人民出版社 2006 年版，第 106 页。
② 郑振铎：《插图本中国文学史》，北京出版社 1999 年版，第 636 页。
③ 郑振铎：《文学大纲》，商务印书馆有限公司 1998 年版，第 183 页。
④ 郑振铎：《插图本中国文学史》，北京出版社 1999 年版，第 647 页。

家，时时刻刻的，都极忠恳的在描写着他的剧中人物。在他剧中，看不见一毫他自己的影子。他只是忠实的为作剧而作剧。论到描写的艺术，他实可以当得起说是第一等。我们很觉得奇怪，元剧作者，大都各有所长。善于写恋情者，往往不善于写英雄；善于作公案剧者，往往不善于写恋爱剧。像实甫写《西厢》那么好，写《丽春堂》时，却大为失败，便是一例。汉卿一人，兼众长而有之，而恰在于众人的首先，仿佛是戏剧史上有意的要产生出那伟大的一位剧作者，来领导着后来作者似的。①

郑振铎在这里，不单单把关汉卿当做一个剧作家，更当做剧界的领袖人物："仿佛是戏剧史上有意的要产生出那伟大的一位剧作者，来领导着后来作者似的。"事实上，后来"关学"研究，一直把关汉卿当做元杂剧的领袖人物来看待。

关汉卿是元杂剧的代表人物之一，他的剧作是非常多的，共有60多种，但仅存下来14种。郑振铎对其进行了分类，共分四类：（一）恋爱的喜剧，如《救风尘》、《拜月亭》、《谢天香》等。（二）公案剧本，如《窦娥冤》、《鲁斋郎》等。（三）英雄传奇，如《西蜀梦》、《单刀会》等。（四）其他，如《望江亭》等。在元代作家中，作家们都各有所长，有善写恋情的，有善写英雄的，有善写公案的，但是多种题材都能写者，当汉卿："元人之善于写多方面的题材，与多方面的人物与情绪者，自当以关汉卿为第一。"② 他的剧本中虽然大多数是写女性的，但也有其他内容："但汉卿不仅长于写妇人及其心理，也还长于写雄猛的英雄；不仅长于写风光旖旎的恋爱小喜剧，也还长于写电掣山崩、气势浩莽的英雄遭际。"③ 他还说，《录鬼簿》将关汉卿列为"有所编传奇行与世者"的第一人。但是，他也承认："汉卿所不善写者，惟仙佛与'隐居乐道'的二科耳。他

---

① 郑振铎：《插图本中国文学史》，北京出版社1999年版，第653页。
② 同上，第648页。
③ 同上，第651页。

从不曾写过那一类的东西。"①

　　郑振铎在高度评价关汉卿的同时，却对马致远有偏见。朱权在《太和正音谱》中把马致远排在了元剧作家第一位，关汉卿排在了第十位。朱权《太和正音谱》评马致远："其词典雅清丽，可与灵光、景福相颉颃，有振鬣长鸣，万马皆喑之意。"② 而说关汉卿是"观其词语，乃可上可下之才。盖所以取者，初为杂剧之始，故卓以前列"③。他不同意朱权的看法。他说马致远：

　　　　关汉卿的剧本中，看不出一毫作者的影子。致远的剧本中，却到处都是有个他自己在着。尽管依照着当时剧场的习惯，结局是个大团圆，然而写着不得志时的情景，他却格外的着力。像《江州司马青衫泪》和《半夜雷轰荐福碑》（皆有《元曲选》本），都是如此的写法。连写神仙度世，山林归隐的剧本，像《吕洞宾三醉岳阳楼》、《太华山陈抟高卧》、《马丹阳三度任风子》等等，似乎都是不得意的聊且以遗世孤高为快意的写法。④

　　郑振铎对马致远的不满，主要是从剧本角度看的。他认为，马致远剧本的毛病是着力写"不得志"的情景，写"不得志"的遗世孤高，而且处处有自己的影子。他对朱权抬高马致远的评价进行了批评：

　　　　为了致远是那样的一位作家，正足以代表当时一大部分的士大夫不得志的情思，也正足以代表古今来不少抱着这同样情思的文人学士。所以文人学士们，对于东篱的这些十分的投合他们胃口的作品，都是异常的颂赞称许。涵虚子之独以东篱为词人之首，而不大看得起关汉卿，也便是这个缘故。总之，东篱的作品，大都是投合士大夫

_____

① 郑振铎：《插图本中国文学史》，北京出版社 1999 年版，第 653 页。
② 朱权：《太和正音谱》。详见郑振铎：《插图本中国文学史》，北京出版社 1999 年版，第 662 页。
③ 郑振铎：《插图本中国文学史》，北京出版社 1999 年版，第 646 页。
④ 同上，第 662 页。

的，而汉卿的作品，则大都是投合于一般民众的。①

看来，他对马致远的批评还是从唯物史观的角度考虑的，从阶级性的角度对作品进行分析的。他认为，马致远的作品是"投合士大夫的"，关汉卿的作品是"投合一般民众的"，他把艺术服务大众当做评价作家水平高低的一个标准。

4. 对王国维提出质疑和批评。在这部文学史著中，郑振铎引用了大量的戏曲资料，其中就有许多王国维的戏曲资料。他对王国维也不是一味服从，而是一分为二地看待，对的引用，不对的，坚决指出来。如第五十九章"南杂剧的出现"，就引用了王国维《曲录》，并注明有《晨凤阁丛书》本、《重订曲苑》本、《王氏遗书》本。他在第四十六章"杂剧的鼎盛"中也坦诚地指出了王国维《宋元戏曲史》中的错误：

> 王国维氏在《宋元戏曲史》里，以《薄媚》（西子词）入于"宋之乐曲"，却将其他的"薄媚"、"伊州"等大曲当做了两宋的真正的戏曲而讨论着，其故盖在误认"官本杂剧段数"为即后代的"杂剧"。②

又如在第四十章"戏文的起源"中指出：

> "戏文"起源的问题，似乎还不曾有人仔细地讨论过。王国维氏在《宋元戏曲史》上，虽曾辛勤地搜罗了许多材料，但其研究的结果，却不甚能令人满意。不过亦很有些独到之见解。他说："南戏之渊源于宋，殆无可疑。至何时进步至此，则无可考。吾辈所知，但元季既有此种南戏耳。然其渊源所自，或反古于元杂剧。"（《宋元戏曲史》一百五十五页）这种见解，较之一般人的"传奇源于杂剧"的

---

① 郑振铎：《插图本中国文学史》，北京出版社 1999 年版，第 664 页。
② 同上，第 638 页。

意见，自然要高明得多。然究竟并未将中国戏剧的真来源考出。①

又如第四十六章末尾在"参考书目"的注释中解释《元刊杂剧三十种》时毫不客气地指出王国维的错误：

> 《元刊杂剧三十种》黄荛圃旧藏，日本帝国大学红本印，上海复日本版石印本。此书本非一部书，系元刊诸单本杂剧的合订本，故各剧版式颇不一律。王国维氏以为系元季的一部合刊的杂剧集，当系误会的话。此书当是黄氏合此三十种订为一函的。②

由此可以看出，郑振铎做学问的认真和坦诚，以及不畏权威的精神。王国维是当时的戏曲权威，可是面对这样的权威，他以率真的态度，大胆指出了王国维的许多错误，并且说王国维"并未将中国戏剧的来源考出"。

（二）郑振铎的文学史观及戏曲史观

郑振铎的文学史观及戏曲史观是动态的，不断变化的。这种变化的原动力有两个：一个是民间文学的动力；一个是外国文学影响的动力。应该说，他抓住了中国文学发展的关键。

1. 民间文学的动力和外国文学影响的动力。

郑振铎对民间文学高度重视，当做了"俗文学"。他认为民间文学是推动文学发展的原动力：

> 有一个重要的原动力，催促我们的文学向前发展不止的，那便是民间文学的发展。……一方面，他们在空间方面渐渐地扩大了，常由地方性的而变为普遍性的；一方面他们在质的方面，又在精深地向前

---

① 郑振铎：《插图本中国文学史》，人民文学出版社 1957 年版，第 566 页。
② 郑振铎：《插图本中国文学史》，北京出版社 1999 年版，第 690 页。

进步，由"草野"的而渐渐的成为文人学士的。这便是我们的文学不至永远被拘系于"古典"的旧堡中的一个重要原因。①

这个原动力使文学从空间上和精深上都得以拓展，使文学由地方性变为普遍性，由"草野"变为文人学士。昆曲的发展就证明了这一点。他还首次把昆剧作为文学史划分的标志。如近代文学开始于明代嘉靖时期，就是依照昆剧产生及长篇小说的发展确定的。

郑振铎把外国文学的影响也当做了原动力：

> 我们的文学也深受外来文学——特别是印度文学——的影响。这毋庸其讳言之。没有了她们的影响，则我们的文学中，恐怕难得产生那么伟大的诸文体，像"变文"等等的了。她们使我们有了一次二次……的新的生命；发生了一次二次……的新的活动力。中国文学所接受于她们的恩赐是很深巨的，正如我们所受到的宗教上，艺术上，音乐上的影响一样，也正如俄国文学之深受英、法、德罗曼文学的影响一样。而在现在，我们所受到的外来文学的影响恐怕更要深，更要巨。这是天然的一个重要的诱因，外国文学的输入，往往会成了本国文学的改革与进展。这，在每一国的文学史的篇页上都可以见到。②

应该说，中国文学在文学史上几个重要阶段都受过外国文学的影响，并且在一定程度上都推动了中国文学的发展，但是也不能绝对化，外国的影响是外因，而内因则是民族文学、民族戏曲的发展动力。郑振铎在外来影响上，有点过于夸大外来的影响，如印度戏曲对中国戏曲的影响。

2. 进化论的影响。郑振铎从进化论的角度提出了俗文学在中国文学史上占有中心地位的观点。他之所以把关汉卿评价为"天才作家"，也是从进化论的角度出发的，还有对邵灿、丘濬的评价。他在《研究中国文学的

---

① 郑振铎：《插图本中国文学史·绪论》，北京出版社 1999 年版，第 10-11 页。
② 同上。

新途径》中说:"文学史上的许多错误,自把进化的观念引到文学的研究上以后,不知更正了多少。达尔文的进化论,竟不意的会在基本上改变了人类的种种错谬的思想。"①

3. 唯物史观的影响。郑振铎认为,历史是由人民群众创造的,而不是个别英雄创造的,同样文学也是。这个观点,使他突出了对大众的关注。在唯物史观和普罗主义文学观的影响下,他开始从"社会—历史"的角度分析文学的发展,从而让阶级、经济基础、上层建筑这些概念走进了文学史学和戏曲学。他在《插图本中国文学史》中就用此方法解析元杂剧兴盛的原因,从而得出了经济基础是元剧兴盛的主要原因之一。

4. 视戏曲为"俗文学"。郑振铎认为,中国文学史的中心是"俗文学"。戏曲是俗文学的重要组成部分。这样就从根本上提升了戏曲的地位。他受胡适《白话文学史》的影响,1938年撰写了在中国文学史上具有里程碑意义的《中国俗文学史》。这部书的内容主要包括诗歌、小说、戏曲、讲唱文学和游戏文章,其中又把戏曲分为三类,即戏文、杂剧、地方戏。他高度评价俗文学的历史地位,认为戏剧、小说、变文代表着"文学史中最崇高的三大成就"。② 他在《中国俗文学史》一书中将俗文学的特质概括为六点:一是大众的,生于民间,为民众所写作,为民众而生存;二是无名的集体创作;三是口传的;四是新鲜的,但是粗鄙的;五是想象力是奔放的,气魄往往是很伟大的;六是勇于引进新东西。

俗文学的这六个特质,有一些也恰好符合戏曲的俗性特质,难怪郑振铎把戏曲视为"俗文学"的一部分,这种科学的定性,是戏曲从根本上走出"小道末技"、"淫亵之词"、"识见污下"阴影的根本之举,是郑振铎让戏曲这个数百年的流浪儿终于有了自己的大家庭,不再漂泊,不再孤单。

5. 必须注重戏曲新材料的发现与运用。郑振铎之所以在文学史撰著方面达到了与众不同的境界,达到了戏曲史上能与王国维、吴梅、齐如山等

① 郑振铎:《研究中国文学的新途径》。详见王钟陵:《文学史方法论卷》,河北教育出版社 2001 年版,第 64 页。
② 郑振铎:《插图本中国文学史·绪论》,北京出版社 1999 年版,第 7 页。

戏曲大师比肩的水平，就与他非常注重戏曲资料的收集、整理、研究与科学运用分不开。他解释元杂剧，常常能出人意料，就是由于他拥有《元杂剧三十种》、《脉望馆钞校本古今杂剧》等珍贵的戏曲资料。他在新资料的发现和应用上，连鲁迅都非常钦佩：

> 郑君之学，盖用胡适之法，往往持孤本秘笈，为惊人之具，此实足以炫耀人目，其为学子所珍贵，宜也。我法稍不同，凡所泛览，皆通行之本，易得之书，故遂孑然于学林之外。①

赵景深是戏曲大家，也是戏曲资料的收集大家。他说，之所以走上戏曲道路是受郑振铎的鼓励。他在《郑振铎与童话》一文中说："我在古典小说和戏曲以及民间文学、儿童文学方面都是他忠实的追随者。"②

6. 破除陈规，大胆创新的戏曲思想。郑振铎的创新意识不仅表现在文学史著的撰写上，更表现在对旧的戏曲观念的破除上以及新戏曲思想的建立上。郑振铎在文学史著的《自序》中对中国文学史的著述非常之不满，说当时所刊布的数十部中国文学史"几乎没有几部不是肢体残废，或患着贫血症的……"③ 他在《例言》中也讲到了戏曲研究的僵化、保守："若论述元剧而仅着力于《元曲选》，研究明曲而仅以《六十种曲》为研究的对象。"④

对此，他进行了大胆的改革和创新。首先他在文学史著的分期上进行了创新。以前多仿日本人所著中国文学史分期法，将中国文学史分为上古、中古、近古及近代四期。此分法比较死板，又不符合文学发展规律，如隋末唐初文学、明末清初文学很难扯断。鉴于此，他采取了遵循文学史自然发展规律的文学史分期方法，即分为古代、中世及近代三期。中世文学开始于东晋，即以佛教文化开始大量输入为标志。之前是没有被外来文

---

① 鲁迅：《致台静农信》。参阅《鲁迅书信集》（上册），人民文学出版社 1976 年版，第 319 页。
② 赵景深：《郑振铎与童话》，《儿童文学研究》1961 年 12 月。
③ 郑振铎：《插图本中国文学史·自序》，北京出版社 1999 年版。
④ 郑振铎：《插图本中国文学史·例言》，北京出版社 1999 年版。

化影响的单纯本土文学，如辞赋、四五言诗、散文（即古代文学）。近代文学开始于明代嘉靖时期，即昆剧产生及长篇小说发展的时期。这是郑振铎的最大创新之处，在文学史上第一次以戏曲和小说的发展作为文学史分期的依据之一，其气魄、其敢于破除陈规的勇气是他人难及的。

7. 运用西方理论研究戏曲。郑振铎在文学史及戏曲学的研究上，观念新，方法新，只要能解决问题，什么方法都采用，体现了大家风范。当时，丹纳、勃兰兑斯的理论比较流行，他就积极采用。他运用丹纳时代、环境、民族三个要素，以及勃兰兑斯"文学主潮"的生与灭、长与消之类的学术观点来研究戏曲等，从而得出了戏剧、小说、变文是"文学中最崇高的三大成就"的结论。①

8. 采用中外比较法研究文学及戏曲。郑振铎在书中把白居易与托尔斯泰相比较，把温庭筠、李商隐与法国象征派、高蹈派诗人相比较。郑振铎还指出，李行道杂剧《灰阑记》的内容与《旧约圣经》中"苏罗门王判断二妇争孩的故事十分相似"，萧德祥杂剧《杀狗劝夫》的情节与欧洲中世纪故事书《罗马人的行迹》中的一则故事相类似。对于戏曲，典型的是把中国戏曲与印度戏曲相比较。通过中外比较，拓宽了研究文学、戏曲的视野，便于从更宏观的层面去观照、把握本民族文学及戏曲的特点。

总之，郑振铎的文学史著是一部比较优秀的著作，尤其是其中的戏曲部分更有特色，但是也存在一些不足之处，如对有的戏曲作家在评价的语辞上有点过高，使用"伟大"、"最"、"极"之类的词语较多，像称关汉卿为"伟大的天才作家"②，称"他是一位极忠恳的艺术家，时时刻刻，都极忠恳的在描写着他的剧中人物"③。这倒让人感到"极忠恳"而显得不忠恳了。又如他说《老生儿》是"元剧中结构最完美的一本"。④ 又如他在第三十八章"鼓子词与诸宫调"中，对《刘知远诸宫调》的作者评

---

① 参阅陈维昭：《20 世纪中国古代文学研究史·戏曲卷》，中国出版集团东方出版中心 2006 年版，第 25 – 26 页。

① 参阅陈维昭：《20 世纪中国古代文学研究史·戏曲卷》，中国出版集团东方出版中心 2006 年版，第 25 – 26 页。
② 郑振铎，《插图本中国文学史》，北京出版社 1999 年版，第 636 页。
③ 同上，第 652 页。
④ 同上，第 667 页。

价："《刘知远诸宫调》的作者并不是很平凡的人物。他和董解元一样，具有伟大的诗的天才和极丰富的想象力。他能以极浑朴、极本色的俗语方言，来讲唱这个动人的故事。"[①] 这可能是郑振铎的语言习惯，可是给人的感觉有些评价太过了，以至于不够客观。

---

① 郑振铎，《插图本中国文学史》，北京出版社 1999 年版，第 554 页。

<table>
<tr><td rowspan="2">第<br>三<br>章</td><td>戏曲成为中国文学史中的新范型</td></tr>
<tr><td>（1940—1949）</td></tr>
</table>

## 概　述

在经历了二三十年代中国文学史的快速发展之后，中国文学史著的范型日趋规范和成熟。到了 40 年代，又出现了许多风格各异的中国文学史：刘大杰《中国文学发展史》上卷（1941）、储皖峰《中国文学史》(1941)、施慎之《中国文学史讲话》（1941）、田鸣岐《历代文学小史》(1943)、薄成名《中国文学源流》（1943）、刘永济《十四朝文学要略》(1945)、龚道耕《中国文学史略论》(1945)、宋云彬《中国文学史简编》(1947)、林庚《中国文学史》(1947)、鲍文杰《中国文学史略》（1948）、何剑熏《中国文学史（一）》（1948）、谭正璧《中国文学史》（新一版 1948）、葛存悆《中国文学史略》(1948)、刘大杰《中国文学发展史》下卷（1949）等。

这些文学史著从总体上看，数量较前一个时期有所下降，但是个别文学史的质量却达到了同期最高水平，如刘大杰的《中国文学发展史》和林庚的《中国文学史》等，无论从形式到内容都达到了一个高峰。这两部文学史著，具有很多相同的地方，如观念都比较新，都注重现代性，都关注文学的主潮，都设法去沟通新旧文学、中西文学等。同时，也有许多不同的地方，如林庚的文学史著是用诗人的眼光去看文学史，去写文学史。朱自清在给林庚这部文学史所写的《序》中说："著者用诗人的锐眼看中国文学史，在许多节目上也有了新的发现，独到之见不少。"[①] 刘大杰的

---

① 林庚：《中国文学史·序》，鹭江出版社 2005 年版。

《中国文学发展史》被公认为是20世纪上半叶中国文学史著的最高水平。这部著作在当时以至今天还被一些学校当做本科生、研究生的教材。毛泽东对这部文学史著也是喜爱有加，印刷厂还专门印了大字体本供他阅读。40年代的文学史著，经过刘大杰文学史著和林庚文学史著的进一步深化和提升，文学史的格局更加合理，尤其是文学史著中的戏曲内容更加规范，并稳固地成为文学史格局中的新范型。

刘大杰和林庚的文学史著，标志着中国文学史范型的基本确立，标志着中国特色文学史的基本形成，同时，也标志着中国文学史中的戏曲体系的基本形成，如果将其中的戏曲内容单独地抽取出来，就是一部基本能够反映20世纪上半叶戏曲发展状貌的戏曲学术史。

本时期的戏曲学研究，由于受到战争的影响，在数量上不如二三十年代，但在质量上仍有许多优秀的成果出现。代表作有：董每戡《中国戏剧简史》、韩非木《曲学入门》、周贻白《中国戏剧小史》、徐嘉瑞《云南戏曲史》、阎金锷《汉剧》、《川剧序论》、蒋伯潜和蒋祖怡《小说与戏剧》、姚华《曲海一勺》、傅云子《白川集》、冯沅君《孤本元明杂剧提要》、朱志泰《元曲研究》等。

本章只重点解读刘大杰的《中国文学发展史》和林庚的《中国文学史》。在此需要说明的是由于本书重点探讨文学史著中的戏曲，刘大杰的《中国文学发展史》上卷出版于1941年，该卷没有涉及到戏曲内容，下卷出版于1949年，有戏曲内容，故在章节的排序上把1947年出版的林庚的《中国文学史》排在了刘大杰《中国文学发展史》下卷之前，这样更符合全文总体按出版时间先后排序的要求，同时也更加鲜明地体现出刘大杰文学史著作为20世纪上半叶中国文学史著的压轴意义。


## 第一节　林庚《中国文学史》：诗人锐眼下的戏曲

林庚（1910—2006），福建闽侯人，著名诗人、文学史家、教育家，北京大学教授。林庚一生撰著了两部中国文学史，一部是1947年著的

《中国文学史》，一部是解放以后分两次完成的《中国文学简史》。本书只谈《中国文学史》。这部文学史1947年5月由厦门大学出版，约27万字。全书共分四编："启蒙时代"、"黄金时代"、"白银时代"、"黑暗时代"，凡36章。陈玉堂在《中国文学史旧版书目提要》中讲："自黄帝与蚩尤之战蒙昧的传说起，至文艺曙光的白话运动止，均以各时代的文体和盛衰为主而述，每章制有若干纲目，便于阅读。本书的体例别具一格，不取前人的'上古、中古'等类编法，而以上述编目代之，可称新颖独创。"① 这可选择目录中的几个章节例子予以说明。在"启蒙时代"编，第一章"蒙昧的传说"……第三章"女性的歌唱"……第五章"知道悲哀以后"：野人与君子的文化——杨朱与墨翟之言盈天下——人生初次的悲哀——诗人屈原——楚辞体裁的由来——《九歌》为更进步的形式——宋玉与荆轲……第七章"文坛的夏季"……第八章"苦闷的醒觉"。在"黑暗时代"编，第廿八章"梦想的开始"，第廿九章"讲唱的流行"……

　　林庚是一位诗人学者，在20世纪中国文学史上能冠以如此名誉的人恐怕难找出第二位。林庚是用诗人的眼光去作诗，去研究文学的。复旦大学徐志啸老师说林庚："从诗人角度出发，打通新诗与古诗，以对艺术的敏锐感受力，潜心研究古诗与古代文学史，使得林先生的古典文学研究取得了卓著的成绩，享誉海内外。"② 林庚一生既创作又研究。在创作上，代表诗集是《夜》、《春野与窗》、《北平情歌》、《冬眠曲及其他》、《林庚诗文集》等。在学术建树上主要包括三个方面：一、唐诗研究。如主编的《历代诗歌选》，提出非常有影响的关于唐诗的特征："少年精神"、"盛唐气象"。二、楚辞研究。如代表作《天问论笺》等，"发前人之所未发，绝不人云亦云"（徐志啸语）。三、文学史研究。代表作《中国文学史》、《中国文学史简史》，提出为文学史"写心"的观点。林庚在《中国文学史·自序》中讲到了写这部文学史著的初衷："我写这部文学史，只有这一点初衷，我以为在黑暗里摸索着光明的，正是文艺；有文艺就有光，就

---

① 陈玉堂：《中国文学史旧版书目提要》，上海社会科学院文学研究所1985年版，第125页。
② 徐志啸：《林庚先生的古典文学研究》，《文学评论》1999年第4期。

有活力，然后一切问题才可以解决。文学史正如其他的历史，虽然它不会再来，却可以给我们以更多的警觉。"① 朱自清对林庚的文学史评价也很高：

> 著者用诗人的锐眼看中国文学史，在许多节目上也有了新的发现，独到之见不少。这点点滴滴大足以启发研究文学史的人们，他们从这里出发也许可以解答些老问题，找到些新事实，找到些失掉的链环。著者更用诗人的笔写他的书，虽然也叙述史实，可是发挥的地方更多；他给每章一个新颖的题目，暗示问题的核心所在，要使每章同时是一篇独立的论文，并且要引人入胜。他写的是史，同时要是文学，要是著作也是创作。这在一般读者就也津津有味，不至于觉得干燥、琐碎，不能终篇了。这在普及中国文学史上是会见出功效来的，我相信。②

## 一、林庚文学史戏曲分析

林庚这部文学史著中涉及到的戏曲（林庚称为"戏剧"）内容主要分布在"黑暗时代"编的部分章节中：第卅章"杂剧与院本"：古代戏剧的演进——唐代的弄参军——宋人杂剧盛行后的官本——院本乃正式舞台的桥梁——元曲与杂剧的关系——院本再为南戏的滥觞。第卅一章"舞台重心"：元人以前的傀儡戏——北曲以大都为中心——关汉卿更近于剧——王实甫偏重于曲——马致远以剧写诗——南曲初期的作品。第卅三章"梦的结束"：昆腔的兴起——曲、白之间渐不可分——汤显祖重趣尚意——"四梦记"的影响之大——《长生殿》仍取法于梦——孔尚任独标风格——《桃花扇》作者的理论——剧的结束。从这些章节的戏曲内容设置看，林庚是从戏曲"梦想的开始"到"舞台重心"的集中表演再到"剧

---

① 林庚：《中国文学史·自序》，鹭江出版社 2005 年版，第 3 页。
② 林庚：《中国文学史·朱佩弦序》，鹭江出版社 2005 年版。

的结束"，即戏曲"梦的结束"。林庚以诗人的浪漫气质，锐利的诗人眼光，把戏曲当成了"梦的漫游"和"梦的解析"。林庚说：

> 元明以来，中国本土文化已完全告一结束，而新的文化还没有起来，这便是一段黑暗时期。这一时期中最主要的戏剧，又莫不都以梦想为故事的典型，正好作为漫漫长夜中，一点东方趣味的归宿。然而人们也借着这一点本土传统的爱好，度过黑暗时期中的苦闷，一切生之沉闷的压迫，这早见于知道悲哀的开始，便成为以后的渊源与系念。①

林庚在文学史著中对待文学史内容的撰写态度是：对于没有创造性的内容要少谈，对于有创造性的内容要多谈。在这里，他把戏曲视为有创造性的内容，因此要多谈，而且还浪漫地提出："这一时期中最主要的戏剧，又莫不都以梦想为故事的典型，正好作为漫漫长夜中，一点东方趣味的归宿。"把戏曲当做梦想来写作，恐怕只有林庚这位大诗人兼戏曲家才能做到。

（一）以诗人锐眼看戏曲，以诗人笔墨写戏曲

林庚是诗人气质，诗人思维，诗人笔墨，这些特点不仅表现在文学史著的诗文撰述方面，也表现在戏曲研究方面。因此，要理解林庚文学史著中的戏曲，必须从戏曲诗意的角度去理解。林庚写过话剧剧本《春天的午后》②，但没有见过他写过戏曲剧本。凡剧本皆有相同之处，林庚用诗人的眼光和思维来解读戏曲，戏曲便带有诗意的韵味。朱佩弦说林庚是"用诗人的锐眼看中国文学史"、"用诗人的笔写他的书，虽然也叙述史实，可是发挥的地方更多"，以往的文学史著，多是资料的汇编，或者是对资料的评论，有新意的少，多是枯燥的解释，像林庚这样用诗的笔墨，带着自己

---

① 林庚：《林庚诗文集》，清华大学出版社 2005 年版，第 316－319 页。
② 林庚：《春天的午后》，《清华中国文学会月刊》（第二卷）1932 年 3 月 30 日第 4 期。

创作的欲望去撰写文学史的不多，唯此，他的文学史著才更像一部作家作品赏析集，是创作而不像是编著，看似不符合文学史写作的规律，实际上就是一种文学史撰著的创新。林庚的《中国文学简史》更像是一部"活"文学史。"活"主要体现在创作方面。林庚的创新之处表现在戏曲上主要是"以剧写剧"、"以诗写剧"、"以剧写诗"。这三个鲜明的特点，又主要表现在三个人物身上，即关汉卿、王实甫、马致远，三人象征不同的三个方面。

林庚认为，关于关汉卿的作品约 60 种，颇似词中温飞卿的地位，不愧为元曲第一人。他用调笑的笔墨来解读关剧，说《玉镜台》、《谢天香》等剧不脱"调笑"情趣，原因是离"院本"不远。他还承认《窦娥冤》是"真正悲剧的结构"。[1] 他说关汉卿的作品风格是"以剧写剧"，"更于近剧"。[2]

关于王实甫，林庚主要从《西厢记》进行解析。他说，《西厢记》尽管相传是"为王作而关续成"，或"关作而王续成"，或"二人同有此作也未可知"[3]，但是从现存《西厢记》文字上看，"与王实甫相近"[4]。他又以王实甫《丽春堂》第一折、第三折中的写法举证。如第一折：

> 【正末带云】是好一座御园也。（唱）【油葫芦】则见贝阙蓬壶一望中，从地涌。看了这五云楼阁日华东，恰似那访天台误入桃源洞。端的便往扬州移得琼花种。胜太平，独秀岩，冠神龙，万寿峰。则他这云间一派箫韶动，不弱似天上蕊珠宫。[5]

又如《西厢记》第三折中【端正好】：

> 碧云天，黄花地，西风紧，北雁南飞。晓来谁染霜林醉，总是离

---

① 林庚：《中国文学史》，鹭江出版社 2005 年版，第 346 页。
② 同上，第 349 页。
③ 同上。
④ 同上。
⑤ 同上。

人泪。①

从《丽春堂》和《西厢记》的写法上比较，林庚认为，王实甫的作品是"花间美人"，字句巧谑，"更近于诗"。

关于马致远，林庚的评价较高。他说马致远的杰作："几乎都在写一段诗情，也近乎一点哲理。这都颇合于东方本土的口味。"② 他称《汉宫秋》是一个纯粹的悲剧，声名最高，可是"结果却写成了诗"。③

> 呀，俺向着这回野悲凉！草已添黄，兔早迎霜；犬褪得毛苍，人搠起缨枪；马负着行装，车运着糇粮，打猎起围场。他，他，他伤心辞汉主；我，我，我携手上河梁。他部从入穷荒，我銮舆返咸阳。返咸阳，过宫墙；过宫墙，远回廊；远回廊，近椒房；近椒房，月昏黄；月昏黄，夜生凉；夜生凉，泣寒螀；泣寒螀，绿纱窗；绿纱窗，不思量。
>
> 【收江南】呀，不思量除是铁心肠。铁心肠也愁泪滴千行。④

林庚说，这些究竟是剧情还是诗篇，不可分。又说马致远不是用诗的形式写剧，而是以剧的形式写诗。在这里，林庚过分放大了自己诗人的"诗眼"。因此，对于马致远的作品分析有点过于诗情画意。朱权所说马致远的作品似"朝阳鸣凤"，更多的是从剧情讲。马致远的作品虽然是文人化的成分较多，但从他的《汉宫秋》等代表作看，仍是以剧情感人的。

（二）把戏曲视为黑夜时代里的 "长天彗星"

林庚把戏曲当做黑夜时代里的彗星，把小说、戏曲当成"黑暗时代"里"梦想的开始"，把昆曲的结束，"花部"的兴起，当做"梦的结束"。

---

① 林庚：《中国文学史》，鹭江出版社 2005 年版，第 350 页。
② 同上，第 351 页。
③ 同上。
④ 王季思：《全元戏曲·第二卷》，人民文学出版社 1990 年版，第 122 页。

由此看来，他对昆曲之前的戏曲比较认可，对"花部"有极度的偏见，以至于当做文学史上的"黑夜时代"。

林庚认为，马致远、汤显祖、孔尚任是鼎足三立，都达到了"以剧写诗"的境界。他对这三人评价甚高，认为符合自己的"诗眼"。他说：

> 由马而汤而孔，词曲的表现愈少，剧情的变化更多，然而这东方式的诗意，自庄周梦蝶以来，似乎只有这一点故事的余脉，它在几度领导了剧坛后，终于又不能不归于衰歇。梦的结束，从此剧坛乃告一段落。①

按照林庚的这种推理，梦的结束，和东方式的诗意衰歇有关，加之戏曲只剩下"一点故事的余脉"，已经不再有力量了。更可悲的是"戏剧于失去诗的字句与新颖的故事后，艺术的爱好乃转而为一般的快感"②。在林庚看来，戏剧主要是由"诗的字句"和"新颖的故事"组成的，戏剧没有了这两点，就只有"快感"了。

林庚之所以轻视"花部"，是因为"花部"比较低级。他在书中说"花部"诸戏"且专以妖冶旦角取胜"，"一时伶人身价远驾作家而上"，"旦角往往兼营妓业"，"相公之风与京戏一时几结不解缘"③。加之《潘金莲》、《葡萄架》之类低级感官的剧本大为流行，这叫他无论如何是不能接受的。他说这"当为昆曲时代所梦想不到的"④。

林庚最后感慨地说：

> 我们必须记住这在文学史上乃是一个黑暗时代，偶然的梦的醒觉，并不足以打破人生的迷梦。马致远、汤显祖、孔尚任诸氏的作品，只不过如长天的彗星，耀眼而过，此后周围仍是漫漫的黑夜。⑤

---

① 林庚：《中国文学史》，鹭江出版社 2005 年版，第 370 页。
② 同上。
③ 同上，第 370 – 371 页。
④ 同上，第 370 页。
⑤ 同上，第 371 页。

林庚一方面在高度评价马致远、汤显祖、孔尚任是"长天的彗星"，虽然短暂，但毕竟曾经照亮过天空。他之所以高度评价这三人，就是这三人的作品符合他的审美标准，这个标准就是诗意的标准。从艺术的标准上他这样要求没有错，但放到整个戏曲史中去观照，未免太偏颇了。衡量一部作品的好坏，标准是多方面的，因为戏曲本身是综合艺术，光强调一方面是不够的，尤其是他在 20 世纪 40 年代多元文化盛行之时，"花部"已经成为剧坛主角，已成为大多数人所认可的戏曲，他还这样看待"花部"，就未免太落伍了。在这一点上，他就差了刘大杰一大步，尤其是差了刘大杰所强调的郎宋的"三个切勿"，即切勿以自我为中心，切勿给与自我的情感以绝对的价值，切勿使我的嗜好超过我的信仰①，而林庚恰恰犯的就是这"三个切勿"的错误。写诗可以以"自我为中心"，写文学史著则必须以"客观为中心"。因为写的是历史，而不再是一首诗。

### 二、林庚的文学史观及戏曲史观

林庚的文学史观及戏曲史观最核心的内容包括两点：一是为沟通新旧文学的愿望而写；二是为探寻文学主潮的消长兴亡而写。因此，他带着这样两个明确的文学史目标去寻找属于自己审美要求的文学史素材和戏曲素材，也因此就发现了许多前人视而不见的新问题。在这个发现的过程中，他使用的是诗人的锐眼，谱写的是诗化的篇章。同样，本文中的戏曲也具有这样诗意的特点。

（一）体现"少年精神"的文学史观及戏曲史观。林庚形象地称唐诗为"少年精神"。这反映出了他一种积极向上充满朝气的文学观念。朱自清说他这部文学史著是有生机的，由童年而少年而中年而老年。有人说他的文学史是"活"的文学史，意思是说他文学史著中总是散发着一种朝气。这种朝气也反映在了文学史著中戏曲的撰写上。段宝林老师说："他从思想与艺术结合的角度分析和评价作家作品，崇尚积极向上的'少年精

---

① 刘大杰：《中国文学发展史·自序》，百花文艺出版社 2007 年版，第 1 页。

神'和'个性解放'的创作。"① 林庚如此评价《还魂记》：

> 《还魂记》的故事写一种凤缘，若真若假，这是最足以发人痴情的。其中"寻梦"、"写真"两齣，娓娓动人，正是后来《红楼梦》中"葬花"的张本。《还魂记》在"四梦"中篇幅最长，而文字无一处不佳，这的确是一代绝唱。若与《西厢》比较，则《西厢记》只是美，《牡丹亭》直是妙。②

真是汤显祖写得好，林庚评得更妙。

（二）为文学史"写心"，为戏曲"写魂"。林庚为了沟通新旧文学，打通古今，在文学史的选材上、形式上都进行了大胆创新。如在章节的编排上，不以时为中心，而以文质为中心。在学术文章的语言运用上，冲破了考据式的枯燥语言，而用诗化的语言进行形象的描述，使文学史著变得多彩多姿，而这一切都源于他的创造精神。他是用创造精神为文学史"写心"。表现在戏曲上，就是写《西厢记》的"魂"——字字珠玉、花间美人，写《汉宫秋》的"魂"——剧情诗篇不可辨，悲得落花流水。

（三）强调"文学本位"，主张"戏曲本体"。林庚把文学史著写作当成了一种"新的创作"，而不是资料编撰。既然有创作，就有了思想。他的思想始终在强调"文学本位"，就文本而进行研究，绝少意识形态的东西，即便是解放后的一段时间里，他讲课著文，也少谈阶级，少谈斗争，多谈文学自身。这一点表现在戏曲上，他始终注重作家作品的分析，如他分析关汉卿、王实甫、马致远是带着感情、带着诗意去分析的，从而得出关汉卿以剧写剧、王实甫以诗写剧、马致远以剧写诗的"戏曲本体"结论。他的文学史著，的确是一部"活"的文学史。

（四）戏曲"主潮说"。林庚和刘大杰都比较关注文学主潮的起伏变化。文学主潮的内涵就是"思想的形式与人生的情绪"、"时代的特征"，

---

① 段宝林：《阳光满屋青天为路——敬祝林庚师九五华诞》。详见北京大学诗歌中心、北京大学中文系编《化雨集》，人民文学出版社 2005 年版，第 23 页。

② 林庚：《中国文学史》，鹭江出版社 2005 年版，第 366 页。

因此在选择文学史作家作品时，他比较注意选择每一个时期文学主潮中的主流作家作品，如《易经》、《诗经》、《水经注》等，这个特点也表现在了戏曲作家作品的选择上，他只重点选择每一个时期的主潮戏曲作品，如《窦娥冤》、《西厢记》、《汉宫秋》、"临川四梦"、《长生殿》、《桃花扇》等。

总之，林庚这部文学史著，是文学史上独一无二的杰作，为文学史著的写作开辟了一条新途径，从而丰富了文学史著的苑地，增加了文学史著的撰著体例。当然，由于林庚过度强调诗性，所以在文学史著的撰写上显得理论色彩淡，文学色彩浓，多少给人一种不像文学史著而更像作品鉴赏的感觉。

## 第二节　刘大杰《中国文学发展史》：戏曲成为"新范型"

刘大杰（1904—1977），湖南岳阳人，著名作家、文学史家、翻译家，毕业于武昌师范大学中文系，后在郁达夫帮助下，赴日本早稻田大学留学。曾任安徽大学、厦门大学、四川大学、暨南大学、复旦大学教授等。代表作有《中国文学发展史》、《东西文学评论》以及诸多翻译作品等。曾受到毛泽东的接见。

刘大杰的《中国文学发展史》共分两卷，上卷1941年1月中华书局出版，约20万字；下卷1949年1月出版，约38万字。此后又经过数次修订。1957年，作者将本书文字作了些改动，交古典文学出版社出版，改为三册，字数增至76万。作者在1957年版《新序》中说："只在文字上作了些改动，体制内容，仍如旧书。"由于上卷没有戏曲内容，本书只研究《中国文学发展史》下卷，采用的是百花文艺出版社重新出版的《中国文学发展史》20世纪40年代初刊本。陈尚君老师在《刘大杰先生和他的〈中国文学发展史〉——写在〈中国文学发展史〉初版重印之际》一文中解释此版对初版的改动时说：

一、删去了一些与当时政治有违碍的内容，如初版大量引用的胡适的见解，以及偶一引及的布哈林著作；二、补充了一些新见史料和四五十年代学者的最新见解，如胡厚宣的甲骨文研究、谭其骧对《招魂》所涉地理的研究、赵景深的元明戏曲研究等；三、修订了旧著的一些提法，如将南北朝的"唯美文学的兴起"改为"形式主义文学的兴盛"，将屈原改造成具有"爱国爱民的深厚感情"的伟大诗人。对于初版中大量凭艺术直觉所作的带有强烈个人色彩和才情的批评，这一版中已开始有所删落；四、增写了《司马迁与史传文学》等初版未及的章节。从总的方面来看，这一版的改动幅度并不太大。[1]

在这里，对于戏曲的变动不大，只增加了"赵景深的元明戏曲研究"等。1962 年至 1963 年间，作者又作了修订和改动，交中华书局重排出版新一版，字数又增至 93 万。1973 年和 1976 年，由于受到当时政治的影响，对前版的内容及篇目作了较大的修改，由上海人民出版社出版，出版了第一、第二两册，计 65 万余字。陈玉堂在《中国文学史旧版书目提要》中说："本版之观点，多有谬误，不为人取。"[2] 陈尚君在《刘大杰先生和他的〈中国文学发展史〉》一文中说：

> 其改写之频，影响之大，遭遇之奇，在现代学术著作中是十分罕见的……对于有志研究中国文学史学和民国学术史的学者来说，它是最重要而不可被取代的著作，对于一般读者来说，它是本世纪最具才华和文采，最客观冷静，体系完整而又具有浓厚个人色彩的文学史著作之一，但凡对中国古代文学有兴趣的读者，相信都能愉快地读完全书，得到收获。[3]

---

[1] 陈尚君：《刘大杰先生和他的〈中国文学发展史〉》。详见刘大杰：《中国文学发展史》，百花文艺出版社 2007 年版，第 628 页。

[2] 陈玉堂：《中国文学史旧版书目提要》，上海社会科学院文学研究所 1985 年版，第 115 页。

[3] 陈尚君：《刘大杰先生和他的〈中国文学发展史〉》。详见刘大杰：《中国文学发展史》，百花文艺出版社 2007 年版，第 618 页。

他又说："初版最具个性，最见真诚，也最有才华。两次修订本相比初版，则是有退有进的，退的是对时事的妥协和个性的逊让，进则在于许多方面的叙述更趋完整和准确。"①

这些都说明，政治对文学史的影响，非学术性对学术性的影响。1959年3月，刘大杰针对《文学评论》第一期胡念贻、乔象钟、刘世德、徐子余4人批评他的《中国文学发展史纲要》而专门写了一篇《关于〈中国文学发展史〉的批评》的文章，针对他们的批评观点，一一进行解释，从中可以看出他的文学史观和戏曲史观来，这对于理解他的文学史著及其戏曲内容具有一定的作用。当时批评他的观点主要有三点：一、庸俗社会学，二、空谈思想感情，三、形式主义。刘大杰对二、三点不同意，同意第一点：

> 先谈庸俗社会学。在批评文章的第四段中，指出我受了佛理采的影响。在《中国文学发展史》中表现出庸俗社会学的观点，这不仅是真实的，而且也确实接触到了《中国文学发展史》的关键问题。我自己完全明了，《中国文学发展史》的思想基础，受有资产阶级进化论和社会学的影响。它在编写以前，我只初步读过几本马克思主义文艺理论的书，对于这种新思想是表示向往和追求的，但这方面的知识是肤浅的。因此它的结果是：主观上想摆脱唯心主义，并没有完全摆脱，倾向唯物主义，也没有真正地走进去，没有深入的理解。于是这部书便表现出一些庸俗社会学的观点。②

从这里可以看出，刘大杰的这部文学史著中，存在进化论和社会学的影响，同时也存在唯物主义的影响。

刘大杰还说：

---

① 陈尚君：《刘大杰先生和他的〈中国文学发展史〉》。刘大杰：《中国文学发展史》，百花文艺出版社2007年版，第629页。

② 刘大杰：《刘大杰古典文学论文选集》，湖南人民出版社1984年版，第66－67页。

我认为：凡是富有人民性的而又有艺术成就的进步文学，是中国文学史中的主流。这些文学是现实主义的、积极浪漫主义的以及在现实主义形成以前那些具有现实主义因素和富有人民性的作品。在这些作品里……如果符合这类标准的，民间文学也好，文人文学也好，都是文学的主流。①

　　在这里，刘大杰认为，民间文学、文人文学只要符合要求都是文学的主流，这和郑振铎的观点是一致的。但是，在具体的文学史撰著时，他却把民间文学排除了。这说明，从骨子里他没有把民间文学当做主流。按照郑振铎的思维，戏曲是民间文学的一部分，应该也被排除在外，可是从现在刘大杰的文学史著中看，戏曲所占的篇幅比较大，因此可以推断出，他并没有把戏曲当做民间文学的一部分，而是把戏曲当做了文学的主流之一。

　　骆玉明老师在评价刘大杰的《中国文学发展史》时说：

　　在理论意识的清楚和理论体系的完整上，它超过了之前所有的文学史著作，而且，由于这一特点，本书对文学的"发展"和"演变"的描述也格外鲜明生动。

他还说：

　　至《中国文学发展史》问世，它很快被推举为这一研究领域内最具有系统性、成就最为特殊的一种，从而确立了中国文学史著作的基本范式。②

　　这部文学史著，最主要的成就是确立了中国文学史著作的"基本范型"。从 20 世纪初林传甲、黄人等撰写文学史著开始，文学史著的撰写基

---

① 刘大杰：《刘大杰古典文学论文选集》，湖南人民出版社 1984 年版，第 33 页。
② 骆玉明：《刘大杰〈中国文学发展史〉（复旦版）感言》，《文汇读书周报》2008 年 12 月 16 日。

本上都是凭主观、凭个人的修养去撰写。因此，文学史著千奇百怪，参差不齐，没有一个统一的范型。其中的戏曲内容也是如此，一个人一个样。戏曲家写文学史，戏曲内容就多写。不懂戏曲或不重视戏曲的学者去写，就少写甚至不写戏曲。所以，刘大杰这部文学史著的出世，使文学史著有了一个统一范型，统一参照，尤其对于复杂的戏曲来说，成为了文学史著中的新范型，的确意义重大。

## 一、刘大杰文学史戏曲分析

刘大杰这部文学史，由于比较规范，内容比较多，所以其中的戏曲内容也比较丰富，而且质量也比较高，基本反映了当时戏曲研究的水平，反映了戏曲演变的规律，体现出了戏曲作为文学史著中新范型的特点。

### （一）戏曲是综合艺术

关于戏曲到底是什么样的一种艺术，长期以来争议颇多，有人说是说唱艺术，有人说是以歌舞演故事等，但刘大杰认为，戏曲是综合艺术，这个观点在今天仍然是主流观点：

> 戏曲为表演于舞台上的综合艺术，音乐歌舞，虽为其中之要素，但动作与对话，却是戏曲必备的条件。更为重要者，因为要把一件故事活跃地在舞台上表演出来，故戏曲的体裁必为代言体。①

由此，刘大杰认为，像宋金的杂戏院本，就不能算是"真正的戏曲"，因为宋金杂剧"便是缺少这些完整的条件"②。他认为，中国真正的戏曲是始自元杂剧，但元杂剧的出现并不是偶然出现的，也不是一两个天才作家创造出来的，"它是由前代各种舞曲歌词渐渐演化而成"③。诸宫调的出现，对于戏曲的形成产生了很大的促进作用。《董西厢》的出现，标志戏

---

① 刘大杰：《中国文学发展史》，百花文艺出版社 2007 年版，第 445 页。
② 同上。
③ 同上。

曲的形式初步形成，因为其中有了代言体的倾向。由叙事体进入代言体，完成元剧的体裁者，前人大多认为是关汉卿，而他不同意此观点，认为是王实甫："据我们的考察，现存的杂剧，时代最早者，当推王实甫《四丞相高会丽春堂》。"① 但是杂剧到底是谁创造的，他认为既非关汉卿，也非王实甫，杂剧乃起于民间。最早的杂剧，都是无名氏的作品。这些作品在舞台上，有动作，有宾白，有歌曲，有化装，有布景等，具有综合性，不像《大曲》、《曲破》、诸宫调，有的侧重歌唱，有的侧重说话等。他引用吴梅的观点说："元剧的来历，远祖是宋时大曲，近祖是董词，这是不错的。"② 元剧是元代文学的代表，是当时最流行的一种新文学。杂剧的组织主要包括：歌曲、宾白、脚色、科等。

（二）用历史唯物主义的观点分析元杂剧兴盛的原因

关于元杂剧兴盛的原因说法较多。王国维、吴梅、郑振铎等都有论述，刘大杰运用历史唯物主义的观点去分析这个问题，使"元杂剧兴盛说"又多了一种说法。他认为，元杂剧的兴盛原因主要有三点：

1. 新文体的发展。焦循提出"一代有一代之所胜"③。王国维提出"凡一代有一代之文学"。他在该书中提出"新文体的发展"④，即在文学发展史的体例上，文学具备"生物的机能"。这种机能实际上就是一种新陈代谢，是一种生老病死的自然规律，如宋金杂剧，开始形体粗备，到了元杂剧时成熟，到了传奇兴盛时开始衰落等。他说：

> 某种文体，具有其萌芽成熟全盛而至衰落的几个阶段……一种文体经过多少年多少人的创作以后，内容必至于陈腐，精华必至于消歇，而渐渐失去他在文坛上的生命与活力，到这时候，必又酝酿一种新文体来代替。这个新生的幼儿，他的内容形体，都是崭新的，他的

---

① 刘大杰：《中国文学发展史》，百花文艺出版社 2007 年版，第 446 页。
② 同上，第 445 页。
③ 焦循：《易余籥录》（卷一五），《木犀轩丛书》，光绪戊子夏德化李氏刊。
④ 刘大杰：《中国文学发展史》，百花文艺出版社 2007 年版，第 450 页。

生命，正待人制造培植，他有着光明的前途。①

2. 有利于戏曲发展的环境。丹纳从进化论的角度强调"环境"的重要性。唯物史观从事物发展的规律上也强调环境的重要性，尤其是社会环境、经济环境等。刘大杰认为："元朝有一个最宜于戏曲发达的环境，这一环境，由物质与精神双方所造成。"②

一是物质环境方面。刘大杰特别指出，戏曲虽然是文学中的一种，却有一种独特的性质，就是不仅是纸上剧本，还是依靠演员、戏场、用具及观众的艺术，而这些都需要资本的支持，需要繁荣的社会经济与富饶的大都市来支持，如果没有这种"经济背景"、"都市环境"来作为后盾，"戏剧运动便无从发达"③。他说："元代正是发展戏曲的最好环境。"④ 在经济上，蒙古人把欧亚打成一片，外商来往频繁，造成商业资本空前的发展和商业工艺的空前发展。当时的北平称为汉已乃克，是全世界最富最繁荣的国际都市。在这里，妓馆戏场以及各种娱乐场所都应运而生。刘大杰感慨地说：

> 顾客多生意就好，经营戏场的人可以得利，对于演员与剧本的报酬也可以增加，于是舞台设备的改进，与剧本的精求，自是必然的事。在这种环境下，剧本必感着大量的需要，于是那些困苦于元代政治制度下的穷苦文人，或是那些日与倡优为伍的浪漫文人，都参加剧本编制的工作。文人参加者日多，剧本的产量自然增多，在质上也大有进步。于是好的作家与作品就一天天的产生了。就在这个时候，从前纯粹作为娱乐品的戏曲，变成一种文学的戏曲，而成为替代唐宋诗词的一种新文学了。这样说来，元代的国际都市与商业资本，实在是造成元剧兴盛的物质原因。⑤

---

① 刘大杰：《中国文学发展史》，百花文艺出版社 2007 年版，第 450 页。
② 同上，第 450 页。
③ 同上，第 451 页。
④ 同上，第 450 页。
⑤ 同上，第 451 页。

二是精神环境方面。在元代，精神环境对元剧的发展极为有利。刘大杰认为：

> 元代的文坛，是一个最自由最放任的时代。因为儒家思想的衰微，在唐宋时代树立起来的载道的文学理论，完全销声匿迹，在文坛上，完全失去了理论的指导监督与批评。戏曲本是载道派认为是卑不足道的东西，恰好在这个自由时代出现，加以当代物质环境的佳良，于是便成为春风中的野草，蓬勃地发展起来了。并且蒙古民族虽凶强好战，却欢喜声色歌舞的娱乐。①

娱乐成为大众的共同追求，成为王侯贵族的御用品，更成为戏曲发展的动力。

3. 科举废行。刘大杰认为，科举废行是元杂剧兴盛的重要原因之一。他说：

> 而科举之废行，适为助长杂剧发展的原因。科举时代，士子日夜研究诗赋古文，以求干禄之道，或进而探讨孔孟之言，以作经世之用。元代轻儒生鄙文士，废考试，于是昔日的教育制度，完全破坏，往日作为教科书的诗赋古文以及圣贤之书，都成为无用之物了。适此时杂剧兴起，既可抒情怨，写故事，又可作为娱乐的实用艺术，最合苦闷时代中浪漫与忧郁文人的口味。于是以往日作诗赋古文之精力从事于此，杂剧的艺术得以进步，大作家与好作品，应运而生。②

（三）将王实甫与关汉卿明确地分为两派，王派主要是"文雅性"，关派主要是"俚俗性"

长期以来，戏曲界对于王实甫和关汉卿这两位元杂剧的重量级人物的

---

① 刘大杰：《中国文学发展史》，百花文艺出版社 2007 年版，第 452 页。
② 同上。

评价一直都比较高，比较一致，尽管也有个别人认为关汉卿比王实甫差，称他为"可上可下之才"（朱权《太和正音谱》），称王实甫是"花间美人"（朱权《太和正音谱》）。刘大杰不同意这个观点。他认为，朱权完全从辞的妍丽着眼，忽视了戏曲整体的生命去评价关汉卿，这个观点是不对的。关派的作家作品，富于戏曲的性质，具有生命与精神。二者的区别如下：

1. 文采方面的区别。王派注重辞藻，喜欢引书用典，趋于雅正。他说《西厢记》的曲词：

真是美不胜收，写初见，写相思，写矛盾的心理，写色情的苦闷，写幽会的情境，写别离的哀怨，无不美艳绝伦，哀怨欲绝。在用韵文写成的中国的恋爱文学中，《西厢记》的成就是无比的。①

他又举第四本中的长亭送别一段为例：

【正宫·端正好】　旦唱碧云天，黄花地，西风紧，北雁南飞。晓来谁染霜林醉，总是离人泪。

【滚绣球】　恨相见得迟，怨归去得疾，柳丝长玉骢难系。恨不倩疏林挂住斜晖。马儿迟迟的行，车儿快快的随，却告了相思回避，破题儿又早别离。听得一声去也，松了金钏。遥望见十里长亭，减了玉肌，此恨谁知？②

关派注重土语方言，文采不如王派，但擅长人物性格的表现，生动逼真。

2. 取材方面的区别。王派喜欢取材才子佳人恋爱，宫廷风流艳行，文人学士的浪漫故事以及神仙隐逸思想，比较有浪漫情趣，比较有贵族精

---

① 刘大杰：《中国文学发展史》，百花文艺出版社 2007 年版，第 454 页。
② 同上。

神。关派喜欢取材社会家庭事件，以及从古史及小说中找寻出来的一些悲壮的武侠资料，比较注重现实性。王派作品中体现出了一种文雅性。这种文雅性显然不利于舞台，不为大众所接受，但是能赢得批评家、士人的赞赏。关派作品中体现出了一种俚俗性。虽当时大众喜欢，但后来的文人雅士却不喜欢。

3. 雅俗方面的区别，代表作家的区别。王派代表人物是王实甫、白朴、马致远三位。成员是吴昌龄、李寿卿、石子章、张寿卿等。关派代表人物是关汉卿，成员是杨显之、武汉臣、纪君祥、高文秀等。王派的代表人物是三人，而关派的代表人物只有关汉卿一人。王派主要是崇雅，也就是"雅派"。关派主要是崇俗，也就是"俗派"。当然，所谓的雅与俗只是总体上的相对而言，不可绝对化。

（四）用西方的文学理论解读戏曲发展规律

刘大杰对戏曲作家作品、戏曲现象的分析之所以比较深刻，高出同期学者的水平，就在于他善于学习借鉴西方各种先进的文学理论，并结合中国文学的实际去分析问题。他采用了郎宋的"文学发展史是人类情感和思想发展的历史"①、"三个切勿"（切勿以自我为中心，切勿给予自我的情感以绝对的价值，切勿使我的嗜好超过我的信仰）②；采用了勃兰兑斯的"着眼于每个时代文学思潮的特色"③ 的观点和分析法；采用了佛里契《艺术社会学》中着眼于社会性的观点和分析法；采用了普列汉诺夫的唯物史观等观点和分析法。对于采用西方现代文学理论，刘大杰的态度是坚决的，自己也非常认可。他在 1958 年受批判时，曾写了一篇自我批评的文章，在这篇文章中他指出了对自己产生过影响的几部著作：

当时在文学理论上给我影响最深的，都是一些资产阶级学者的著

---

① 刘大杰：《中国文学发展史·自序》，百花文艺出版社 2007 年版，第 1 页。

② 同上，第 2 页。

③ 陈尚君：《刘大杰先生和他的〈中国文学发展史〉》。详见刘大杰：《中国文学发展史》，百花文艺出版社 2007 年版，第 621 页。

作，或是具有浓厚的资产阶级观点的著作。特别要指出来的，是下列这几种：

　　1. 泰纳的《艺术哲学》和《英国文学史》。

　　2. 郎宋的《文学史方法论》。

　　3. 佛里契的《艺术社会学》和《欧洲文学发达史》。

　　4. 勃兰兑斯的《十九世纪文学主潮》。

　　……我当时读了这些书，非常钦佩，认为是进步的理论。我编写《中国文学发展史》，就是把这些理论，组织成为自己的系统，来说明中国古典文学发展的历史……讲《诗经》的发展时，是用的佛里契的观点；说明《楚辞》的特质时，是用的泰纳的观点；在文学史中强调浪漫主义的作用和地位，是受了勃兰兑斯的影响；写作态度，是受了郎宋的影响。当然不只这些，我所指出来的，不过是一些显而易见的具体例子而已。①

　　刘大杰在这里所指出的这几部著作，体现了不同的文学观点和文学方法，他承认当时这些书对他的"进步"有帮助："我编写《中国文学发展史》，就是把这些理论，组织成为自己的系统，来说明中国古典文学发展的历史。"虽然后来由于特殊的政治原因，他又在批判这些理论，但为时已晚，因为这些理论和方法已融入到了他的文学史著当中，而这些内容在今天看来，是有一定价值的。他当时正是用这种开放的多种理论和方法去解释戏曲，从而得出了新的结论，而且这些结论都较以前大为深刻。在以往还没有一个学者从物质环境、精神环境、社会思潮、作家情感、文体变化等多种视角去同时解析一个作家、一部作品、一种现象。这就是刘大杰的过人之处。例如他分析马致远作品的视角就与众不同。他说马致远的作品喜欢引书用典，作品里有读书人的失意与愤慨，作品的精神是贵族的等。又如他分析李渔的作品是：表现着浪漫的风格，并带有轻微的嘲噱与

---

① 刘大杰：《批判〈中国文学发展史〉中的资产阶级学术思想》。详见复旦大学中文系文学教研组：《〈中国文学发展史〉批判》，中华书局1958年版。

诙谐等。

（五）注重运用同时期戏曲学者的学术成果

刘大杰作为20世纪上半叶文学史著最高水平的作者，表现出了一个真正的大家风范。在他的这部著作中似乎能听到"百家争鸣"的声音，似乎能看到同时期戏曲百家的面孔，他在"集众家之长"。如20世纪初王国维的《宋元戏曲史》，吴梅的《中国戏曲概论》，徐慕云的《中国戏剧史》，周贻白的《中国戏剧史》、《中国戏剧小史》，冯沅君的《古剧说汇》，董每戡的《中国戏剧简史》等，他都给予了特别的关注。其中，王国维是他著作中出场最多的一位戏曲大师。如果书中西方的代表是郎宋的话，中方的代表就是王国维。他在全书无数次提到王国维并引用他的观点。如他在《中国文学发展史》第二十一章"宋代的小说与戏曲"下篇"宋代的戏曲"中引用了王国维《宋元戏曲史》中的"歌舞之兴，其始于古之巫乎"！① 在第二十三章"元代的杂剧"中引用了王国维《宋元戏曲史》中的"唐宋以来，士之竞于科目者，已非一朝一夕之事……遂为千古独绝之文字"②。如谈到南戏时提到了当时影响较大的南戏学者钱南扬的《南戏百一录》、陆侃如《南戏拾遗》、赵景深《宋元戏文本事》等，并根据对这些学者学术成果的理解，结合自己对南戏的研究，总结出了南戏的特征：

一、曲文无论是用的词牌或流行的小曲，在文字的艺术与情调上，完全是南方文学的情调。

二、南戏的歌曲中有合唱的，如《诗酒红梨花》中的一曲云："催花时候，轻暖轻寒雨乍收。和风初透，园林如绣。楚烟前后，是谁人染胭脂把海棠妆就？含娇半酣如中酒，阑干外数枝低凑。（合唱）咱两个把草来斗，轻兜绣裙，把金钗当筹，游赏到日晚方休……"

---

① 王国维：《宋元戏曲史》，华东师范大学出版社1995年版，第1页。
② 同上，第95页。

三、韵律宫调不如杂剧之严明。如陈光蕊《江流和尚》中的【拗芝麻】一套云：

【拗芝麻】崎岖去路赊，见叠叠几簇人烟风景佳。遣人停住马。扁舟一叶丹青画，一抹翠云挂，远雾罩汀沙。见白鸥数行飞，见人来也，惊起入芦花……

【尾声】绿杨影里新月挂，孤村酒馆两三家。借宿今宵一觉阿！①

此外，他还根据南戏的特征，对《永乐大典戏文三种》进行了分析，描述出南戏的体制：一是题目正名，二是家门，三是长短自由，四是科白与脚色。最后，他还十分精炼地总结了南北曲的区别：

一、杂剧每折一人独唱，南戏可以独唱对唱和合唱。二、杂剧每本以四折为限，南戏长短自由。三、杂剧每折限用一宫调，一韵到底。南戏每出无一定的宫调，可以换韵。四、南北戏曲因地方气质的不同，以及乐器乐谱的各异，于是曲的音调与精神也各异其趣。徐渭说听北曲则神气鹰扬，有杀伐之气，听南曲则流丽婉转，有柔媚之情《南词叙录》。②

刘大杰这些分析，虽然是引用了徐渭和魏良辅的观点，但体现出了他的戏曲思想。

（六）否定《牡丹亭》，否定马致远

刘大杰在评论《牡丹亭》时说："戏的内容，实无足取，人死还魂，更属荒唐。戏之结局，仍是团圆旧套，亦无新意。……同时戏中所表现的，仍是那些点状元高升发财的旧思想。这样看来，我们要在《还魂记》中发现什么戏剧形体组织的特色，或是什么有关社会人生的思想问题，那

---

① 刘大杰：《中国文学发展史》，百花文艺出版社2007年版，第495页。
② 同上，第497页。

是徒然的。"

在戏曲史上，否定关汉卿的有，否定马致远的有，但是否定《还魂记》的人还不多。而且，他还是从情节到形体组织到思想全方位地否定，说"那是徒然的"，这是一种语惊四座的评价。这种评价在某些方面是有一定道理的，如人死还魂、大团圆俗套等。

刘大杰对马致远的评价基本上也持否定态度。他认为，马致远的杂剧中存在着大量的消极内容。朱权在《太和正音谱》中说马致远"宜列群英之上，列为元人第一"。刘大杰认为这是错误的、不公平的。原因是：

> 一、他作品的精神，是贵族的。在他现存的七本剧里，有四本是属于仙道的材料。在那里面，写出种种无聊的神话，指点神仙得道为人生最后的归宿，与现实的社会，全不发生关系，这一种作品，与其说是浪漫剧，还不如说是宗教剧。二、在他的作品里，普遍地流露着一点读书人的失意与愤慨。不用说，这是作者自己的情感和他自己的影子……所以在戏曲的精神上来说，他的作品，是属于文人学士的阶级，而不是属于民众的了。三、他无论作曲作白，喜欢引书用典。这种方法出于诗词，已令人生厌，出于戏曲，自然是更非所宜。四、马致远以《汉宫秋》一剧，得享盛名……在剧中同样没有表现出什么正确的思想来……至于它们在结构上，写成悲剧，而未落那种大团圆的旧套，这是比较可取的。①

刘大杰对马致远的批评主要涉及两个方面：一个是内容方面；一个是形式方面。在内容方面，他说马致远的剧作大部分是"仙道材料"，脱离现实社会。作品的精神也是贵族的，而且还说作品中还有马致远自己的影子。这和郑振铎的观点一致。再者，马致远的作品属于文人学士，不属于大众。在形式方面，他反对马致远在作曲作白上"引书用典"。而这一点，还很少见人提及，因为一般评价马致远作品好，多是从语言优美等角度去解

---

① 刘大杰：《中国文学发展史》，百花文艺出版社 2007 年版，第 458 - 459 页。

释的。不过，仔细看马致远的作品确有用典过多、语言过于雕饰的问题等。

## 二、刘大杰的文学史观及戏曲史观

刘大杰的文学史观和戏曲史观较以前许多文学史家的文学史观和戏曲史观都复杂，具有中西融合等复合型的特点，概括起来说主要有以下几点：

### （一）受进化论和唯物史观的双重影响

刘大杰在 20 世纪 30 年代末 40 年代初，一方面受着风行三十年的进化论的影响，一方面又受新兴的唯物史观的影响。当然还有郎宋、勃兰兑斯等西方文学理论的影响。不过，宏观上对他最影响多的是前二者。他在 1959 年 3 月发表的一篇《关于〈中国文学发展史〉的批评》文章中说，当时编文学史之前，受到马克思主义的影响：

> 它在编写以前，我只初步读过几本马克思主义文艺理论的书，对于这种新思想是表示向往和追求的，但这方面的知识是肤浅的。因此它的结果是：主观上想摆脱唯心主义，并没有完全摆脱，倾向唯物主义，也没有真正地走进去，没有深入地理解。①

他又在《中国文学发展史·自序》中说：

> 人类心灵的活动，虽近于神秘，然总脱不了外物的反映，在社会物质生活日益进化的途中，精神文化自然也是取得同一的步调，生在 20 世纪科学世界的人群，他脑中绝没有卜辞时代的宗教观念。在这种状态下，文学的发展，必然也是进化的，而不是退化的了。②

---

① 刘大杰：《刘大杰古典文学论文选集》，湖南人民出版社 1984 年版，第 66 – 67 页。
② 刘大杰：《中国文学发展史·自序》，百花文艺出版社 2007 年版。

从这里面，可以透视出刘大杰进化论和唯物史观的双重思想。

（二）深受郎宋等西方文学理论的影响

刘大杰早年曾留学日本，在早稻田大学研究文学，深受西方文学的影响。对他影响最大的西方文学理论家及著作是：丹纳《艺术哲学》、《英国文学史》，郎宋《文学史方法论》，勃兰兑斯《十九世纪文学主潮》，佛里契《艺术社会学》、《欧洲文学发展史》等。这其中，郎宋对他的影响最大。他在书中《自序》一开头就引用郎宋《论文学史的方法》的话：

> 一个民族的文学，便是那个民族生活的一种现象，在这种民族久长富裕的发展之中，他的文学便是叙述记载种种在政治的社会的事实或制度之中，所延长所寄托的情感与思想的活动，尤其以未曾实现于行动的想望或痛苦的神秘的内心生活为最多。①

接着他又引用了郎宋的"三个切勿"：

> 写文学史的人，切勿以自我为中心，切勿给予自我的情感以绝对的价值，切勿使我的嗜好超过我的信仰。我要做作品之客观的真确的分析，以及尽我所能收集古今大多数读者对于这部作品的种种考察批评，以控制节制我个人的印象。②

刘大杰在短短 900 多字的《自序》中，两次引用郎宋大段的话，篇幅占到了《自序》的三分之一，并且他还在《自序》中强调："我在写这本书时，是时时刻刻把他这一段话记在心中的。"由此可见，郎宋对他的影响是非常的大，如果要真正读懂这部文学史著，首先要读懂郎宋的书。

---

① 刘大杰：《中国文学发展史·自序》，百花文艺出版社 2007 年版。
② 同上。

（三）强调用客观性的标准去写文学史及其戏曲

刘大杰受焦循"一代有一代之所胜"、王国维"一代凡有一代之文学"的影响，把戏曲放在了文学史的主脉中去布局，这是符合戏曲发展规律的认识，是客观的态度，改变了以往对戏曲的偏激认识，要么把戏曲看得地位非常低劣，称为"淫亵之词"，要么看得非常高，如梁启超、陈独秀等戏曲改良派把戏曲看成是"普天下之教师"，这都不客观。他提出从历史的发展规律中去认识戏曲的变化。因此，他对文学史中戏曲内容的布局，也都是冷静地从客观的角度去合理地安排，从而避免了像林传甲《中国文学史》拒绝戏曲进入文学史著的异端行为，也避免了郑振铎由于过分重视戏曲而专门加大了戏曲在文学史著中篇幅的行为。他的文学史著中的戏曲布局总体看是合理的。如在第二十一章"宋代的小说与戏曲"一章中，内容分为了上篇下篇。上篇是宋代的小说，下篇是宋代的戏曲。到了第二十三章"元代的杂剧"、第二十五章"明代的戏曲"，索性整章去写戏曲，可见他把戏曲当做了文学史著的重要组成部分，当做了一代之文学。

刘大杰对戏剧本身也比较关注，写了专门的研究文章和剧作，如《易卜生研究》、剧集《白蔷薇》等。他对王国维的戏曲研究成果、赵景深的戏曲研究成果等也非常注重学习和借鉴，并及时运用到文学史著当中。在1957年第一次修订本中，就专门增加了赵景深的元明戏曲研究成果等。

此外，刘大杰反对以个人好恶来评价戏曲作家作品。他强调，要坚持用客观性和社会性的标准来评价作家作品。他还认为，"物质基础"、"社会经济"、"精神文化"、"生物机能"等是文学及戏曲发展的条件和动力。

总之，刘大杰的这部文学史著以影响之大、容量之大、条理之清晰、理论之坚实等成为20世纪上半叶中国文学史著的压轴之作，是20世纪上半叶乃至整个20世纪中国文学史著的标准化体例和范型，尤其是其中的戏曲部分已成为中国文学史著撰写的新范型。这部文学史著因此也变成了读者最多、传播最广、水平最高、持续最久的一部文学史力作。周兴陆在《20世纪中国古代文学研究史·总论卷》中说："刘大杰的《中国文学发展史》，代表着 20 世纪上半叶中国文学史编写的最高水平……著者自觉参照西方近现代文艺理论和文学史方法来梳理和阐释中国文学发展的历史进程，使中国文学史的编著第一次脱离了被鲁迅称之为'文学史资料长编'的模式，而具有比较严格的史的性质，奠定了中国文学通史的基本格局。"① 从此，中国文学史的撰写进入了一个新的阶段。

---

① 周兴陆：《20 世纪中国古代文学研究史·总论卷》，中国出版集团东方出版中心 2006 年版，第 152 页。

# 第四章 | 20 世纪上半叶中国文学史与戏曲关系及意义

## 概　述

　　20 世纪上半叶是中国文学及戏曲自由发展、成就卓著的时期。今天，中国的文学及戏曲之所以敢与世界文学对话，并且拥有一定的话语权，这和 20 世纪上半叶中国文学史所打下的坚实基础分不开。通过对 20 世纪上半叶有代表性的中国文学史著及其戏曲的研究可以看出，中国文学史及其戏曲是如何从小到大，从弱到强的。因此，有必要对 20 世纪上半叶中国文学史及其戏曲所产生重大影响的一些规律性的问题进行总括性地梳理和分析，从而去进一步阐明 20 世纪上半叶中国文学史与戏曲关系及意义。

## 第一节　王国维戏曲研究对 20 世纪上半叶中国文学史撰写的影响

　　说到 20 世纪中国文学史及戏曲，首先会想到王国维，他是 20 世纪中国学术史上一位卓尔不群、中西贯通的真正国学大师、学术泰斗，他与梁启超、陈寅恪被人们称为"清华三巨头"。他在甲骨文、音韵、历史、美学、哲学、文学、戏曲学等许多学科均有建树，尤其是他的戏曲思想非常丰富，非常博大，至今还影响着戏曲界。从 1908 年到 1911 年，他先后出版了一系列有关戏曲研究的著作：《曲录》（1908）、《戏曲考源》（1909）、《录鬼簿校注》（1909）、《优语录》（1909）、《唐宋大曲考》（1909）、《录曲余谈》（1910）、《古剧脚色考》（1911）等，以及在此基础上于 1913 年完成并发表在《东方杂志》上的《宋元戏曲考》——这部"观其会通，窥其奥窔"① 的戏曲史著作成为当时整个戏曲界研究戏曲最权威的著作，也开创了用西学治戏曲的先河。王国维评论此书是："世之为此学者，自余始，其所贡于此学者亦以《宋元戏曲史》为多。"② 书中的许多观点和许多学说至今还影响着戏曲界，如"悲剧说"、"自然说"、"戏曲形成说"、"以歌舞演故事说"、"凡一代有一代之文学说"，等等。郭沫若在《鲁迅与王国维》一文中说，王国维和鲁迅是"中国文艺史研究上的双璧，不仅是拓荒的工作，前无古人；而且是权威的成就，一直领导着百万后学"③。这其中就包括戏曲方面的贡献。傅晓航在《戏曲理论史述要》中也对王国维进行了高度评价："他的《宋元戏曲史》，为'四库集部均不著于录'的元人杂剧，争得了应有的历史地位，从而开辟了中国戏曲史科学这门崭新的学术领域。"④

王国维的戏曲学说在 20 世纪初期从总体上看，可以说是比较进步的。当时，有许多人对戏曲还怀有偏见，认为戏曲是"小道末技"，戏曲演员是"一妓二丐三戏子"。《宋元戏曲史·序》也说："后人儒硕，皆鄙弃不复道。"⑤ 在这种社会背景下，王国维却坦言，将元曲视为"一代之文学"，和诗文一样平等，并且开始了自己的一系列戏曲课题研究。在这些课题研究中，王国维的研究方法虽然吸收了一些西方的方法和观念，但总体上看还是传统的东西比较多。周华斌老师说王国维："他的研究方法主要是梳理文献资料，进行历史性的考证。更大的力气花在曲牌曲目的稽考、曲词的评析和意境、格律、声腔（南北曲）的阐述等方面。与其说探索戏剧规律，不如说与'国学'、'曲学'的关系更为密切。"⑥ 通过研究，王国维发现，元杂剧是"中国最自然之文学"⑦，是"优足以当一代之文

---

① 王国维：《宋元戏曲史·序》，华东师范大学出版社 1995 年版。
② 同上。
③ 郭沫若：《鲁迅与王国维》，王国维：《宋元戏曲史·导读》，上海古籍出版社 2000 年版，第 158 页。原载于《文艺复兴》1946 年 10 月第 2 卷第 3 期。
④ 傅晓航：《戏曲理论史述要》，文化艺术出版社 1994 年版，第 265 页。
⑤ 王国维：《宋元戏曲史·序》，华东师范大学出版社 1995 年版。
⑥ 周华斌：《中国戏剧史新论》，中国传媒大学出版社 2003 年版，第 2 页。
⑦ 王国维：《宋元戏曲史》，华东师范大学出版社 1995 年版，第 121 页。

学"①，关汉卿是"元人第一"等。这些具有超前性、革命性的观点对当时的戏曲研究具有导向作用，对新出现的文学史著中的戏曲影响也非常大，对早期文学史著中戏曲的发展也产生了重要影响，为以后文学史著中戏曲新范型的形成奠定了一定的基础。由于文学史是大学及部分中学的教材，因此具有特殊的传播功能、普及教育功能，许多人认识戏曲，往往就是从认识文学史著中的戏曲开始的。戏曲与文学史已经融为一个互动的整体。所以，在当时的许多中国文学史著中，王国维及其戏曲学说都占据了一定的篇幅。可是，王国维只是一位从不看戏的案头戏曲史论家。青木正儿在《中国近世戏曲史·序》中说王国维"仅爱读曲，不爱观剧，于音律更无所顾"②。王国维的戏曲观点和戏曲学说主要集中在《〈红楼梦〉评论》和《宋元戏曲史》中。

## 一、第一个用"悲剧说"来解读戏曲的人

王国维的戏曲学说有多种，其中最有影响的就是"悲剧说"。这一学说，主要受康德、叔本华、尼采等人的影响以及中国传统的厌世解脱思想之影响。他曾专门写过《叔本华之哲学及其教育学说》、《叔本华与尼采》等文章。姜东赋、刘顺利二位老师的《王国维文选》中对此有专门说明，说王国维在后边的文章中说："19世纪中，德意志之哲学界有二大伟人焉：曰叔本华，曰尼采。二者，以旷世之才，鼓吹其学说也。"③尼采的观点主要源于叔本华。王国维说："自吾人观之，尼采之学说全本于叔氏。"④叔本华学说的核心就是"唯意志论"、"意志寂灭论"。他在《作为意志和表象的世界》（1819）、《论自然意志》（1936）、《伦理学的两个根本问题》（1941）等代表著作中都阐释了这个观点。尼采比叔本华更激进，提出"权力意志论"、"颠覆一切价值"等观点。他在《悲剧的诞生》、《查拉图斯特拉如是说》、《权力意志》等代表著作中都论述了自己的观

---

① 王国维：《宋元戏曲史》，华东师范大学出版社1995年版，第128页。
② 青木正儿：《中国近世戏曲史·序》，上海商务印书馆1936年版。
③ 姜东赋、刘顺利：《王国维文选》（注释本），百花文艺出版社2006年版，第25页。
④ 同上。

点。实际上，看似叔本华、尼采二人理论有区别，但从深层看，都弥漫着强烈的悲剧意识，而对王国维影响最大的也就是这一点，他最后之所以命殒昆明湖，恐怕也和这种悲剧意识有关。

王国维不仅用悲剧学说来看待人生，看待命运，而且也用来解读文艺作品。

首先，他把西方的悲剧观运用到对《红楼梦》的评价上。他在《〈红楼梦〉评论》一文中对叔本华的悲剧概念进行了三种阐释：

> 由叔本华之说，悲剧之中又有三种之别。第一种之悲剧，由极恶之人极其所有之能力以交构之者；第二种，由于盲目的运命者；第三种之悲剧，由于剧中之人物之位置及关系而不得不然者，非必有蛇蝎之性质与意外之变故也；但由普通之人物、普通之境遇逼之，不得不如是。①

王国维用这些悲剧理论来解读《红楼梦》，得出"故曰《红楼梦》一书，彻头彻尾的悲剧也"②。他又把这种理论运用到了对戏曲的解读上，如他把"第一种之悲剧，由极恶之人极其所有之能力以交构之者"的悲剧观点运用到了对元杂剧作家作品的分析上。他在《宋元戏曲史》中说：

> 其最有悲剧之性质者，则如关汉卿之《窦娥冤》、纪君祥之《赵氏孤儿》。剧中虽有恶人交构其间，而其蹈汤赴火者，仍出于其主人翁之意志。即列之于世界大悲剧中，亦无愧色也。③

王国维又说明清以后，传奇是"喜剧"，是"死文学"，原因就是："明清以后，传奇无悲剧。"看来，他用"悲剧"评价戏曲确实有点极端化。

---

① 姜东赋、刘顺利：《王国维文选》（注释本），百花文艺出版社 2006 年版，第 87 页。
② 同上。
③ 王国维：《宋元戏曲史》，华东师范大学出版社 1995 年版，第 121 页。

其次，他深受传统厌世解脱思想的影响。厌世解脱是中国传统的悲剧观，是古代百姓对人生、对命运、对社会无法抗拒、无法解脱的无奈选择，是一种悲剧情结。许多小说、戏曲都有这种情结。王国维在《〈红楼梦〉评论》中也用这种观点来评论《红楼梦》，并且将这种观点也运用到戏曲上。他把《桃花扇》与《红楼梦》进行了比较，在《〈红楼梦〉评论》第三章《〈红楼梦〉之美学上之价值》中说：

> 故吾国之文学中，其具厌世、解脱之精神者，仅有《桃花扇》与《红楼梦》耳，而《桃花扇》之解脱，非真解脱也。沧桑之变，目击之而身历之，不能自悟而悟于张道士之一言，且以历数千里，冒不测之险，投缧绁之中，所索之女子才得一面，而以道士之言，一朝而舍之，自非三尺童子，其谁信之哉？故《桃花扇》之解脱，他律的也；而《红楼梦》之解脱，自律的也。且《桃花扇》之作者，但借侯、李之事，以写故国之戚，而非以描写人生为事，故《桃花扇》，政治的也，国民的也，历史的也；《红楼梦》，哲学的也，宇宙的也，文学的也。此《红楼梦》之所以大背于吾国人之精神，而其价值亦即存乎此。彼《南桃花扇》、《红楼复梦》等，正代表吾国人乐天之精神者也。①

所以说，他认为《红楼梦》才是真正的悲剧，《桃花扇》则不能完全算，因为《桃花扇》之解脱，是"他律"而非"自律"的结果，是"政治的也，国民的也，历史的也"，《红楼梦》则是"哲学的也，宇宙的也，文学的也"，是"自律"而非"他律"。二者相较，泾渭分明。

## 二、第一个用"自然说"来解读戏曲的人

王国维在《人间词话》中经常使用传统美学"境界"的概念来评价文学作品。境界分为"有我之境"和"无我之境"。境界的核心实际上就是追求自然。庄子在《庄子·知北游》中讲："天地有大美而不言"，就

---

① 姜东赋、刘顺利：《王国维文选》（注释本），百花文艺出版社 2006 年版，第 86 页。

是指自然。亚里士多德在《物理学》第二卷第八章中讲，自然由"质料"与"形式"构成，以"形式"更为重要。王国维第一个把自然作为美学的概念应用到戏曲里，称元杂剧为"中国最自然之文学"，并用"自然"的观点作为衡量戏曲作家作品好坏的标准。当然，运用"自然"观点来评价文艺作品最早的并不是王国维，而是刘勰的《文心雕龙·原道》："龙凤以藻绘呈瑞，虎豹以炳蔚凝姿。云霞雕色，有逾画工之妙；草木贲华，无待锦匠之奇；岂夫外饰，盖自然耳！"但是用"自然"一说来评价戏曲的，王国维却是第一人。

王国维用"自然"说，评价元杂剧是"优足以当一代之文学"、"中国最自然之文学"。他评价关汉卿为"元人第一"，其理论依据就是"关汉卿一空依傍，自铸伟词，而其言曲尽人情，字字本色，故当为元人第一"①。这个"字字本色"正反映了王国维的自然观。他在评价元曲时，更是以"自然"相标榜：

> 元曲之佳处何在，一言以蔽之，曰：自然而已矣。古今之大文学无不以自然取胜，而莫著于元曲……故谓元曲为中国最自然之文学，无不可也。②

他在评宋元南戏时，又说：

> 元南戏之佳处，亦一言以蔽之，曰：自然而已矣。申言之，则亦不过一言，有意境而已矣。故元代南北二戏，佳处略同；唯北剧悲壮沉雄，南戏清柔曲折，此外殆无区别。③

王国维在《宋元戏曲史·自序》中说元杂剧之所以"古所未有"、后人不能企及、不能仿佛，也是因为元杂剧"出乎自然"："往者，读元人杂

① 王国维：《宋元戏曲史》，华东师范大学出版社1995年版，第128页。
② 同上，第120－121页。
③ 同上，第146页。

剧而善之；以为能道人情，状物态，词采俊拔，而出乎自然，盖古所未有，而后人所不能仿佛也。"① 由于他特别强调自然，故与本色著称的汤显祖与元杂剧南戏相比较，竟得出了有"人工"的痕迹："汤氏才思诚一时之隽，然较之元人，显有人工与自然之别。故余谓北剧南戏限于元代，非过为苛论也。"王国维还认为，元杂剧最妙处，就是讲究"意境"，讲究"自然"，惟其如此，才能绘声绘色，才能感人至深。他说：

> 杂剧最佳之处，不在其思想结构，而在其文章。其文章之妙，亦一言以蔽之，曰：有意境而已矣。何以谓之有意境？曰：写情则沁人心脾，写景则在人耳目，述事则如其口出是也。古诗词之佳者，无不如是。元曲亦然。明以后其思想结构，尽有胜于前人者，唯意境则为元人所独擅。②

自然与意境在本质上是一致的，一个注重物质世界的不雕饰和"本色"，一个注重精神世界的超拔和自我，这是王国维评价文学评价戏曲的最高标准，其实也是其人生追求的最高境界，为心灵的自然而活，为生命的自然而活，不去委屈生命。

### 三、关于"大团圆说"

王国维在《〈红楼梦〉评论》中说："善人必令其终，而恶人必离（罹）其罚。故亦吾国戏曲、小说之特质也。"③ 这个观点实际上也是受佛教思想影响的正统文学观，是"善恶论"的表现，这也是古代戏曲最常见的结局模式：善有善报，恶有恶报。男的中状元，女的得佳婿。恶人得惩罚，好人得报答。即便在剧情的逻辑上没有因果关系，作者也要硬加上一个剧中人和观众读者都满意的结局，尽管这个结局显得太苍白、太僵硬、太虚假，但符合正统文化熏陶下的百姓审美心理习惯。这就是人们常说的

---

① 王国维：《宋元戏曲史·序》，华东师范大学出版社 1995 年版。
② 同上，第 121 页。
③ 姜东赋、刘顺利：《王国维文选》（注释本），百花文艺出版社 2006 年版，第 87 页。

"大团圆"结局。王国维在《〈红楼梦〉评论》中分析了这一现象：

> 吾国人之精神，世间的也，乐天的也，故代表其精神之戏曲、小说，无往而不著此乐天之色彩。始于悲者终于欢，始于离者终于合，始于困者终于享，非是而欲餍阅者之心难矣。若《牡丹亭》之返魂、《长生殿》之重圆，其最著之一例也。《西厢记》之以"惊梦"终也，未成之作也；此书若成，吾乌知其不为《续西厢》之浅陋也？有《水浒传》矣，曷为而又有《荡寇志》？有《桃花扇》矣，曷为而又有《南桃花扇》？有《红楼梦》矣，彼《红楼复梦》、《补红楼梦》、《续红楼梦》者，曷为而作也？又曷为而有反对《红楼梦》之《儿女英雄传》？[1]

"大团圆说"，实际上是一种美好理想的假设，是一种"善"的折射，是儒家"仁"的具体体现：始悲终欢，始离终合，始困终享。但是也有许多人反对"大团圆"，如鲁迅、胡适等。鲁迅在《中国小说的历史变迁》中说："因为中国人底心理，是很喜欢团圆的，所以必至于如此，大概人生现实底缺陷，中国人也很知道，但不愿意说出来；因为一说出来，就要发生怎样补救这缺点的问题，或者免不了要烦闷，要改良，事情就麻烦了，所以凡是历史上不团圆的，在小说里往往给他团圆；没有报应的给他报应，互相骗骗。这实在是关于国民性的问题。"[2] 实际上，鲁迅所认为的形成"大团圆"的最主要的原因是逃避现实，不敢正视"人生现实的缺陷"，总把事情违心地往美好处想。胡适在《文学进化观念与戏剧改良》中，对"大团圆"也进行了批判："现今戏园里唱完戏时总有一男一女出来一拜，叫做团圆。这便是中国人的团圆迷信的绝妙代表。有一两个例外的文学家，要想打破这种团圆的迷信，如《石头记》的林黛玉不与贾宝玉团圆，如《桃花扇》的侯朝宗不与李香君团圆，但是这种结束法是中国文

---

① 姜东赋、刘顺利：《王国维文选》（注释本），百花文艺出版社 2006 年版，第 86 页。
② 鲁迅：《鲁迅全集》（第九卷），人民文学出版社 2005 年版，第 309 页。

人所不许的，于是有《后石头记》、《红楼圆梦》等书，把林黛玉从棺材里掘起来好同贾宝玉团圆；于是有顾天石的《南桃花扇》使侯公子与李香君当场团圆！"① 他又气愤地说："这团圆的迷信，乃是中国人思想薄弱的铁证，做书的人明知世上的真事都是不如意的居大部分，他明知世上的事不是颠倒是非，便是生离死别，他却偏要使天下有情人都成了眷属，偏要说善恶分明，报应昭彰，他闭着眼睛不肯看天下的悲剧惨剧，不肯老老实实写天下的颠倒惨剧，他只图说一个纸上的大快人心，这便是说谎文学。"② 长期以来，尽管有无数学者否定甚至批判"大团圆"的非合理性，但是中国老百姓在这一点上宁愿"挨骂"和"自欺欺人"，因为这是自古以来形成的文化心理和审美定式，同时也是国民性"趋善"的具体表现，即便是在道理上讲不通，老百姓也执著地认可这种"道理"。

## 四、关于"关、白、马、郑"排序问题

王国维在《宋元戏曲史》中认为，自明以来的"关、马、郑、白"排序不妥，尤其是白朴的排序存在问题，并进行了纠正，将"白"从最后提到了"关"之后，居第二位，变成了"关、白、马、郑"。他还反对明宁献王《曲品》中将马致远排在第一，把关汉卿排在第十的观点，应该是关汉卿排在第一。他说："元代曲家，自明以来，称关马郑白。然以其年代及造诣论之，宁称关白马郑为妥也。关汉卿一空依傍，自铸伟词，而其言曲尽人情，字字本色，故当为元人第一。"③ 他更正了朱权的观点。同时，他也说明了为何长期以来，有一些人认为马致远排第一，关汉卿名列后位的原因："明宁献王曲品跻马致远于第一。而抑汉卿于第十。盖元中叶以后，曲家多祖马、郑，而桃汉卿，故宁王之评如是，其实非笃论也。"④ 周德清在《中原音韵·序》中又提出一种新排序："自关郑白马一新制作。"⑤ 将"郑"放在了第二位。不过，仍然有人坚持认为马致远应

---

① 胡适：《胡适文集》（第 2 卷），北京大学出版社 1998 年版，第 122 页。
② 同上。
③ 王国维：《宋元戏曲史》，华东师范大学出版社 1995 年版，第 128 页。
④ 同上。
⑤ 周德清：《中原音韵·序》。

排在第一，如谢无量在《中国大文学史》中就是这种观点。他认为："马致远是元曲作家中成就最高的。"① 从这些众多的观点中也可以看出，这四人的排序尽管比较复杂，各有各的说法，但是有一点是不变的，那就是永远是这四个人的排序不同，这说明这四个人的文学成就是元杂剧作家中最高水平的代表。还有个特点就是，认可关汉卿排第一的观点占多数，认可马致远排第一的观点占少数。尽管王国维将关汉卿排在元曲诸家第一，但对其他三人也都给予了较高的评价：

> 白仁甫、马东篱，高华雄浑，情深文明；郑德辉清丽芊绵，自成馨逸，均不失为第一流。其余曲家，均在四家范围内，唯宫大用瘦硬通神，独树一帜。以唐诗喻之：则汉卿似白乐天，仁甫似刘梦得，东篱似李义山，德辉似温飞卿，而大用则似韩昌黎。以宋词喻之：则汉卿似柳耆卿，仁甫似苏东坡，东篱似欧阳永叔，德辉似秦少游，大用似张子野。虽地位不必同，而品格则略相似也。②

这种对待学术的客观态度，值得后人学习。

### 五、关于戏曲来自异域之说

关于戏曲来自异域的说法较多，王国维不同意这些观点。他在《宋元戏曲史》中认为，我国戏曲与外国无关，是汉人创造的：

> 至于戏剧，则除《拨头》一戏，自西域入中国外，别无所闻。辽金之杂剧院本，与唐、宋之杂剧结构全同。吾辈宁谓辽、金之剧皆自宋往，而宋之杂剧不自辽金来，较可信也。至元剧之结构，诚为创见；然创之者，实为汉人。而亦大用古剧之材料与古曲之形式，不能谓之自外国输入也。"③

---

① 谢无量：《中国大文学史·卷九》，上海中华书局 1925 年（民国十四年）版，第 15 页。
② 王国维：《宋元戏曲史》，华东师范大学出版社 1995 年版，第 128 页。
③ 同上，第 161 页。

这里说《拨头》是来自西域，也就是今天的新疆，当时也属于中国版图，和外国无关，"不能谓之自外国输入也"。但是，他认可戏曲对外国文学的影响，尤其是在很早的时间上：

> 至我国戏曲之译为外国文字也，为时颇早。如《赵氏孤儿》，则法人特赫尔特 Du Halde 实译于一千七百六十二年，至一千八百三十四年，而裘利安 Julian 又重译之。又英人大维斯 Davis 之译《老生儿》在千八百十七年，其译《汉宫秋》在千八百二十九年。裘利安所译，尚有《灰阑记》、《连环计》、《看钱奴》，均在千八百三四十年间。而拨残 Bazin 氏所译尤多，如《金钱记》、《鸳鸯被》、《赚蒯通》、《合汗衫》、《来生债》、《薛仁贵》、《铁拐李》、《秋胡戏妻》、《倩女离魂》、《黄粱梦》、《昊天塔》、《忍字记》、《窦娥冤》、《货郎旦》，皆其所译也。此种译书，皆据《元曲选》；而《元曲选》百种中，译成外国文者，已达三十种矣。①

可见，中国戏曲对外国学者和读者的吸引力。《元曲选》中30%的剧作已译成外文。

## 六、关于"活文学"、"死文学"问题

青木正儿在《中国近世戏曲史·序》中讲了一段在北京向王国维求教戏曲问题时的情景。此事对于研究王国维的戏曲观非常有价值。青木正儿说：

> 明治四十五年二月，余始谒王先生于京都田中村之侨寓。其前一年，余草《元曲研究》一文卒大学业，戏曲研究之志方盛。大欲向先生有所就教，然先生仅爱读曲，不爱观剧，于音律更无所顾，且此时

---

① 王国维：《宋元戏曲史》，华东师范大学出版社1995年版，第78页。

先生之学将趋金石古史，渐倦于词曲。余年少气锐，妄目先生为迂儒，往来一二次即止，遂不叩其蕴蓄，于今悔之。后游上海再谒先生，既而大正十四年春，余负笈于北京之初，尝与友相约游西山，自玉泉旋出颐和园谒先生于清华园，先生问余曰："此次游学，欲专攻何物欤？"对曰："欲观戏剧，宋元之戏曲史，虽有先生名著，明以后尚无人着手，晚生愿致微力于此。"先生冷然曰："明以后无足取，元曲为活文学，明清之曲，死文学也。"余默然无以对。噫，明清之曲为先生所唾弃，然谈戏曲者，岂可缺之哉！况今歌场中，元曲既灭，明清之曲尚行，则元曲为死剧，而明清为活剧也，先生既饱珍馐，著《宋元戏曲史》，余尝其余沥，以编《明清戏曲史》，固分所宜然也。苟起先生于九原，而呈鄙著一册，未必不为之破颜一笑也。①

从这段对话中可以看出，王国维重元曲轻明清之曲的态度是非常明确的，即元曲是"活文学"、"活剧"，明清之曲是"死文学"、"死剧"，而青木正儿的观点正好与其相反，元曲是"死剧"，"明清为活剧也"。

在这里，王国维实际上仍然在用"悲剧说"、"自然说"来衡量戏曲作品的优劣，仍然是元杂剧至上主义者。他认为，元杂剧才是"千古独绝之文字"②，"论真正之戏曲，不能不以元杂剧始"，③"则北剧南戏皆至元而大成，其发达，亦至元代而止"④ 等。他把《窦娥冤》、《赵氏孤儿》当成了悲剧的典范。这些观点深深影响了当时的许多文学史作者，如谢无量就是其中之一。谢无量在《中国大文学史》中说："元纪君祥。大都人。有赵氏孤儿冤报冤一剧。法国文豪福禄特尔 Voltair 尝转译之。以为中国之悲剧。然君祥在当时作曲。固非马郑诸英之比。其他剧今亦不传。"⑤ 谢无量在这里也采用了悲剧观念，也采用了纪君祥的《赵氏孤儿》的例子。当然，王国维的学说也有其片面性、绝对性，如"明清以后，传奇无悲剧"

---

① ［日］青木正儿著，王古鲁译：《中国近世戏曲史》，作家出版社·1958 年版，第 1 页。
② 王国维：《宋元戏曲史》，华东师范大学出版社 1995 年版，第 96 页。
③ 同上，第 161 页。
④ 同上，第 156 页。
⑤ 谢无量：《中国大文学史·卷九》，上海中华书局 1925 年（民国十四年）版，第 21 页。

的观点就是如此。这不符合进化论的观点，因为任何事物都是发展变化着的。青木正儿就否定了他的这种观点。青木正儿说"明清之曲尚行"，"明清为活剧也"，并为此专门撰著了关于明清戏曲发展变化的《中国近世戏曲史》。当然，王国维之所以只认可元杂剧，并不完全是他思想僵化，才学枯尽，而是有原因的，除了认为不符合他的"悲剧"学说外，最主要的就是他的学术兴趣此时已经发生了转变，已经"趋金石古史，渐倦词曲"。一个已经对词曲没有兴趣的人，自然不会去关注词曲的"死与活"。因此，他仍然还是停留在过去对元曲的研究层面，一切戏曲之观点仍然是过去之观点，实际上已落后于时代了，甚至都比不上日本的青木正儿。

### 七、关于"以歌舞演故事说"

1909 年，王国维在《戏曲考源》中论述了汉乐府、角抵戏、唐歌舞小戏、大曲、宋元杂剧、转踏等，详细阐述了戏曲的起源及演变情况。在这部著作中，提出了对当时以及今后戏曲史学影响颇大的"戏曲者，谓以歌舞演故事也"的观点，并且后来又在《宋元戏曲史》中阐述了这个观点，从而揭示了戏曲的基本特征，阐明了"戏曲"概念，廓清了长期以来模糊不清的戏曲概念，为人们科学地认识"戏曲"确定了标准。如今，人们对戏曲的评价和认识，仍然没有摆脱这一基本论点。刘文峰老师说：

> 王国维先生关于"以歌舞演故事"的论断概括了我国各地各民族戏曲的基本特征，体现了中国各族人民创造中华民族戏曲文化的历史事实，不仅对于我们研究中国戏曲的历史、建立中国戏曲的理论体系、发展我国的戏曲艺术具有重要的意义，而且对于加强我国各民族戏曲文化的联系，提高我国戏曲文化在世界戏曲文化中的地位，具有深远的意义。[1]

这个观点，对当时初创阶段文学史中戏曲的编著产生了一定的影响，

---

① 刘文峰：《戏曲史志研究》，台北"国家"出版社 2006 年版，第 276 页。

其中影响较大的是对谢无量的影响。叶长海《中国戏剧研究》一书认为：

> 谢无量撰著的《中国大文学史》由中华书局 1918 年出版。此书
> 的创造性贡献在于把王国维开启的对宋元戏曲的研究即古代戏曲研究
> 纳入到文学史当中来，真正做到了把戏剧的历史同《诗经》、楚辞、
> 汉赋、唐诗、宋词等古典文学史的历史置放在一起，予之以同等地位
> 和价值，即作为中国文学史中一个不可分割的内容而加以研究。①

谢无量在《中国大文学史》第四编第十六章第二节"平话及戏曲之渊
源"中引用了这一观点："戏曲者所以歌舞演故事。古乐府中如焦仲卿妻
诗木兰辞长恨歌等。虽咏故事，而不被之歌舞。柘枝菩萨蛮之咏。虽合歌
舞，而不演故事。皆未可谓之戏曲。唯汉之角抵于鱼龙百戏外。兼搬演古
人物。张衡西京赋曰。东海黄公……"② 作者从东海黄公讲起，叙及大面、
拨头、踏谣娘、北齐兰陵王入阵曲等，最后得出结论："六朝以来即有戏
曲之体。要至宋时始大备"。这些介绍，完全和王国维的戏曲观点一致，
甚至表述的语言也基本一致，如王国维在《戏曲考源》中说："戏曲者，
谓以歌舞演故事也"，而谢无量在《中国大文学史》中则说"戏曲者所以
歌舞演故事也。"③ 两者相比较，只是前者是"谓以"，后者是"所以"。
后来，王国维在《宋元戏曲史》中又进一步解释："后代之戏剧，必合言
语、动作、歌唱以演一故事，而后戏剧之意始全。故真戏剧必与戏曲相表
里。"④"论真正之戏曲，不能不以元杂剧始。"⑤ 元杂剧，才是真戏曲，才
是符合王国维"以歌舞演故事"的真戏曲概念的。

此外，谢无量在文学史著中还直接把王国维著作中的原文照搬过来。
如谢无量文学史著第四编第十六节"平话及戏曲之渊源"中就几乎直接把
王国维《戏曲考源》中的内容剪贴到文学史著中。王国维原文："古乐府

---

① 叶长海：《中国戏剧研究》，福州：福建人民出版社 2006 年版，第 37 页。
② 谢无量：《中国大文学史·卷九》，上海中华书局 1925 年（民国十四年）版，第 79 页。
③ 同上。
④ 王国维：《宋元戏曲史》，华东师范大学出版社 1995 年版，第 40 页。
⑤ 同上，第 78 页。

中如焦仲卿诗歌、《木兰辞》、《长恨歌》等，虽咏故事，而不被之歌舞，非戏也。《木石鼓》、《菩萨蛮》之队，虽合歌舞而不演故事，亦非戏也。"谢无量原文："古乐府中如焦仲卿妻诗木兰辞长恨歌等。虽咏故事。而不被之歌舞。柘枝菩萨蛮之咏。虽合歌舞。而不演故事。皆未可谓之戏曲。"二人的语言表述几乎一样，只是个别字词有些微区别。

王国维是 20 世纪无可争议的学术大师，他对戏曲研究的贡献是开创性的、永久性的以及无可替代性的。他对后世戏曲研究的影响更是巨大的和深远的。安葵在《戏曲理论与戏曲思维》中说："张庚同志的'剧诗说'就是对王国维戏曲理论的继承和发展。"① 尽管如此，王国维的戏曲研究也存在一些问题，如重元剧轻明清剧、重案头轻场上等。周华斌在《中国戏剧史新论》中评价王国维："尽管他开创了'戏曲'的历史性研究领域，尽管他提高了元曲在文学史上的地位，但是对戏剧的场上表演特性有所忽略，甚至以文人之清高片面地强调'文学性'，鄙视明清戏曲。他毕竟没有真正认识到戏剧的表演艺术特性，也没有真正认识到'文体稍卑'的俗文艺的价值。"② 不过，所有这些不足都是当时特定历史时期的特殊产物。相比这些，他高贵的生命在几朵无情的浪花中过早地消逝，才是真正的最大的憾事。

## 第二节　20 世纪上半叶中国文学史观及戏曲史观的演进

20 世纪上半叶中国文学在终结和总结了古代经学的正统地位后，出现了多元化的格局，各种文学体例和文学研究方法不断出现，尤其是小说、戏曲堂而皇之地进入新诞生的中国文学史著中，成为文学史著中的主体内容之一。文学之所以在短短半个世纪内发生了如此大的变化，主要原因是社会形态的变化导致文化形态的变化。在西学的影响下，人们的文学史观

---

① 安葵：《戏曲理论与戏曲思维》，中国戏剧出版社 2000 年版，第 12 页。
② 周华斌：《中国戏剧史新论》，中国传媒大学出版社 2003 年版，第 27 页。

及戏曲史观发生了裂变，随之出现了新文化视野下的新文学。可以说，文学史观及戏曲史观的不断演进，促使着文学史撰著、戏曲史撰著以及文学研究和戏曲研究的变化。20世纪上半叶文学史观和戏曲史观的演进大致可以分为这样几个阶段：由正统文学史观向杂文学史观（大文学史观）转变；由杂文学史观向纯文学史观以及唯物史观转变。

## 一、由正统文学史观向杂文学史观转变

在古代，没有明确的"文学史"概念。文学史概念是20世纪初"西学东渐"的产物。有不少人认为，正统文学是杂文学史观、泛文学史观，"杂"和"泛"是正统文学的特点，实际上这是片面的错误的认识。正统文学是比较"杂"，但从另一个侧面讲，它也是非常"纯"的，是"纯文学"。因为正统文学的核心是经学，在古代是正宗，诗歌还次之，这是一个非常"狭义"的概念，是一个很"纯"的概念，这种"纯"的结果是缺失了民间文学的许多内容，如小说、戏曲、弹词等。所以应该这样认为，正统文学不能代表古代文学，它只是古代文学的一部分，古代文学的概念比较大，包括正统文学与民间文学两部分。正统文学指经、史、子、集，内容比较"纯"，是正统意识下的"纯"。民间文学比较"杂"，是非正统意识下的"杂"，如小说、戏曲等。

在古代，虽然还没有文学史概念以及现代意义上的中国文学史著与中国戏曲史著，但是具有了类似的现象及文学史的准备，如目录学著作《汉书·艺文志》、《四库全书总目提要》等。魏崇新、王同坤二位老师在《观念的演进——20世纪中国文学史观》一书中说：

> 这类目录学著作对中国古代文学史观的影响不仅在于其为文学史的构建提供了可供参考的阅读书目，而且更为重要的是其所建立的辨析源流的学术范式具有"史"的意识，为文学史观的构建提供了最早的也是最基本的框架，对古代文学史的写作具有启示意义和借鉴

作用。①

　　除了目录学，就是"文苑传"的影响。如《后汉书·文苑传》、《明史·文苑传》等。《文苑传》就具有中国文学史的某些特点，如作家作品的介绍与评论等。魏崇新、王同坤说："目录学与文苑传为文学史观的建立提供了基本的史料与框架。"② 二人还解释了尽管古代有文学史的基础，但最终没有产生文学史的原因："艺文志、文苑传、诗文评在各自的领地独立地发展，互不相扰，老死不相往来，人们期望中的中国文学史著作始终未见世面。"③

　　从这些阐述可以看出，古代的正统文学观是"狭义"的，不是"广义"的，尤其不是"杂"的概念，内容很具体很"纯"，看似博大精深的传统文学，实际上较之 20 世纪初期杂文学史观范围要小得多。至于戏曲方面，由于受正统文学观念的歧视，尚不包括在文学范畴内，因此只有民间性的实践活动及理论探讨和评价。

　　杂文学史观的出现是在西学的助推下产生的。19 世纪末 20 世纪初，在西学的影响下，在西学"Literature"新文学概念的影响下，尤其是在英国翟理斯《中国文学史》、日本笹川种郎《历朝文学史》的具体影响下，林传甲、黄人等一批具有西学意识的学者开始模仿这些外国人著的中国文学史著去撰写自己的文学史著。由于这些早期的文学史著的撰写者，是从正统文学里走过来的，具有很强的正统文学意识，同时又由于受当时西学文化思潮的影响，有的还具有海外留学的背景，对西学的理念也或多或少地去接受。这种双重的文化意识、矛盾的文化心理，导致他们的文学史观及戏曲史观呈现出一种复杂的指向，即正统的文学不愿丢弃，西学的先进理念、先进体例和先进方法又想吸收，于是就只好二者兼顾，正统文学也要，西学也要，"杂"文学史观便应运而生。

　　杂文学史观，有人也称"泛文学史观"，是"广义"的文学概念，是

---

① 魏崇新、王同坤：《观念的演进——20 世纪中国文学史观》，西苑出版社 2000 年版，第 17 页。
② 同上，第 27 页。
③ 同上，第 18 页。

"大"的文学概念，主要是流行于20世纪初期至五四新文化运动之前的一段时间。这种概念将正统文学中摒弃的小说、戏曲纳入到了文学史著的范畴，这是和正统文学观最大的不同。这从早期的文学史著中都能清楚地看出来。谢无量的《中国大文学史》就是这一时期文学史著的典型代表，经、史、子、集有，小说、戏曲也有。当然，也有人反对戏曲进入文学史著，如林传甲、钱基博等。

对于戏曲来说，应该感谢西学的影响和杂文学史观的影响，正因如此，戏曲才有了自己在文学史著中的话语权。虽然这一时期的文学史著中，戏曲的内容还不多，质量还不高，有见解的理论分析也不多，多是引用《元曲选》、《六十种曲》等的内容，多是简单的作家作品分析，而且多是以元曲为中心，很少有民间戏曲，如南戏的研究等，但是有总比没有强，有就是一种进步。王国维的《宋元戏曲史》是这一时期文学史著中最有影响的戏曲史著作，并且对当时许多文学史著的撰写者都产生了影响，如对曾毅、谢无量等人文学史著的影响。谢无量在《中国大文学史》第四编第十六章第二节中引用了王国维在《戏曲考源》中的观点："戏曲者所以歌舞演故事。"①

### 二、由杂文学史观向纯文学史观及唯物史观转变

杂文学史观的优点在于"大"，缺点是"太大"，该进来的不一定都能进来，如弹词等；该出去的不一定都能出去，如制、诰、金石碑帖、字形字音等。还有一点，就是模仿西方文学史的痕迹太重。朱自清说："早期的中国文学史大概不免直接间接的以日本人的著述为样本，后来是自行编纂了，可是还不免早期的影响。"②

到了二三十年代，由于受西方进化论的影响，特别是受五四新文化运动的影响，人们对文学概念的理解越来越具体，开始从"狭义"的视角和审美的视角去认识文学。胡适说文学的本质是"情与思二者而已"③。这

---

① 谢无量：《中国大文学史》，上海中华书局1925年（民国十四年）版，第79页。
② 林庚：《中国文学史·序》，鹭江出版社2005年版。
③ 胡适：《文学改良刍议》。参阅《胡适古典文学研究论集》，上海古籍出版社1988年版，第20页。

样，"杂文学"的概念就不符合要求了。胡云翼在《新著中国文学史纲·自序》中说："杂文学史观"下的文学史著是"只知撷拾古人的陈言以为定论，不仅无自获的见解，而且因袭人云亦云的谬误殊多"①。的确抓住了"杂文学史观"的要害。刘经庵更是在文学史的"纯"字上下功夫，并且把"纯"字体现在自己文学史著的书名上，称为《中国纯文学史》。胡云翼的"纯文学"概念是诗歌、辞赋、词曲、小说、散文、游记等，相对于谢无量的"大"文学史，文学的范围大为缩小，而刘经庵的"纯文学"范围较胡云翼更小，只有诗歌、词曲、小说。

　　戏曲到了"纯文学"这一时期，在文学史著中的地位已经相对稳定。然而，在文学史观缩小范围的同时，戏曲史观的范围却扩大了。文学史著中的戏曲内容无论从文学史著的篇幅上，还是从内容质量上以及新材料和新方法的运用上都有了较大变化，文学的现代性开始真正体现。代表著作主要是郑振铎《插图本中国文学史》、《中国俗文学史》。他在文学史著中第一次提出了"俗文学"的概念。他将"俗文学"分为五大类，即诗歌、小说、戏曲、讲唱文学、游戏文章。戏曲终于有了属于自己的大家庭。与此同时，民间戏曲也引起了广泛关注。赵景深、林庚、刘大杰等人都把南戏作为重点研究对象，并且体现在自己的文学史著作中。在纯文学史观的影响下，文学的范围正在越来越接近文学的本体。人们开始把更多的注意力集中到作家作品及文学现象的分析上，包括戏曲作家作品和戏曲现象的分析上。在具体的分析过程中，人们开始尝试各种方法论。科学精神、科学态度开始得到有意识的关注。王国维提出的纸上与地下文物考证的"二重证据法"被广泛运用。胡适"大胆的假设，小心的求证"十字方针被奉为一时的圭臬。文学的格局、文学的范型在发生变化，戏曲在文学史著中的新格局正在形成。与此同时，"纯文学"也显现出了不足。中国文学经过几千年的发展，形成了自己的特色，这种特色与西方文学有着众多的不同，如果硬用西方的纯文学史观及戏剧史观去界定中国文学的范围就显得过于"狭义"，该有的也没有了。像古文是古代的经文，影响时间既长又

---

① 胡云翼：《新著中国文学史·自序》，上海北新书局印行 1946 年（民国三十五年）版，第 3 页。

大，如果中国文学史没有这一块，就丢掉了自己最核心的内容和最基本的特色，从而无法显示出中国文学的"真面貌"。杜治国老师说："片面地以纯文学来取代非纯文学，以纯文学的模式来整合整个中国文学传统，显然是过于简单化了，流于了形而上学的思维。"① 中西文学有着本质的区别，应该合理地用"拿来主义"的方法运用它。方孝岳老师在《我之改良文学观》中分析了中西文学观的主要差异：

> 一、中国文学主知见，欧洲文学主情感。中国传统文学重智性，文以载道，诗中抒情但受温柔敦厚的儒家诗教的限制，感情得不到充分抒发，小说、戏曲重思想感情，却遭受歧视。二、中国文学的域界广，欧洲文学的域界狭。中国文学将经史百家都罗列进去，而欧洲文学主要包括诗歌、小说、戏曲三大类。三、中国文学是士宦文学，即以封建文人士大夫为主体的文学，而欧洲文学则是国民的文学。②

只有真正认识到中西文学史观及中西戏剧史观的不同，才能科学地去界定中国文学的意义，也才能撰著出有中国特色的文学史著来。这样，就需要采取多元的文化观念、文学方法去认识中国文学和研究中国文学。马克思主义的唯物史观应用于文学史的撰著就是一种新的尝试。虽然马克思主义在"五四"时期已经来到中国，但作为撰著中国文学史著的方法论运用却是在 30 年代。1931 年贺凯《中国文学史纲要》就是第一部运用唯物史观撰著的中国文学史著。他运用唯物史观的社会学理论去探索文学发展的规律，去研究文学和戏曲。原始社会、奴隶社会、封建社会、资本主义社会以及"阶级"、"经济基础"、"上层建筑"等新概念开始出现在文学史著中，从而拓宽了文学的范围，丰富了研究的方法。随后，作为 20 世纪上半叶最高水平的刘大杰《中国文学发展史》，更是把郎宋、丹纳、勃

---

① 杜治国：《文学观念的变革与"纯"文学史的兴起——论二三十年代的中国文学史编写》，《齐鲁学刊》2002 年第 2 期。

② 方孝岳：《我之改良文学观》。详见魏崇新、王同坤：《观念的演进——20 世纪中国文学史观》，北京：西苑出版社 2000 年版，第 35 页。

兰兑斯、普列汉诺夫等人的方法和唯物史观等方法融合在一起去撰著文学史著，去探寻"文学主潮起伏"和沟通"新旧文学"，从而使文学史著的新体例得以确立，戏曲在文学史著中的新范型得以确立。刘大杰在《中国文学发展史》中首次从物质环境方面和精神环境方面去分析元杂剧的兴衰。他认为，物质基础、社会经济、精神文化、生物机能等是文学及戏曲发展的条件和动力。这些内容在 1949 年以后，很快成为了指导文学史等撰著的唯一方法论。这从解放后第一部撰著的中国文学通史——蒋祖怡《中国人民文学史》中就能看出来。此书第一章总结的第一个问题就是"辩证唯物的文学史观"。最后一章结论所讲的两个问题是："一、人民文学的方向。二、人民文学和语言问题。"在此书"序"中第一句话就是："这是一部书，是以辩证唯物的观点来叙述中国人民文学源流的尝试。"[①]

总之，从正统文学观到唯物史观的演进，是从传统向现代的演进，是从文学的外围，向文学的本体的演进，虽然中间经历了不少挫折，但总体上是螺旋式的渐变和演进。到了 20 世纪上半叶末，文学史已基本成熟，文学的格局已基本稳定，戏曲的内容越来越丰富，有许多文学史著甚至成章成节地去讲戏曲，如林庚文学史著、刘大杰文学史著等。这些成果的取得，是王国维、林传甲、黄人、谢无量、吴梅、赵景深、郑振铎、刘经庵、贺凯等无数先辈奋斗的结果。

## 第三节　20 世纪上半叶诸种中国文学史戏曲研究之比较

20 世纪上半叶大多数中国文学史都涉及到戏曲，只不过是内容的多少不同、选取材料的视角不同、研究的方法不同、叙述的语言不同、对同一个问题的看法不同等，在这众多的不同之中，还有一个最重要的不同，即撰著者的身份不同，这个不同在某种程度上决定着其他的不同。像林传甲是典型的正统文学史家，虽然受过西学影响，但骨子里对戏曲有偏见，所

---

① 蒋祖怡：《中国人民文学史》，上海北新书局 1950 年版，第 1 页。

以在他所著的中国文学史著中，戏曲乃是"淫亵之词"。这种情况全面反映在 20 世纪上半叶整个文学史著的撰写上。在本书所涉及的 14 位文学史撰著者当中，可以说，各有各的风格，各有各的观点，各有各的特殊身份，其中有的看似身份相同，如都是大学教授，但文化涵养、学术专攻又有区别。其中 12 位中国学者所撰著的文学史著及其戏曲大致可分为这样几类：一是正统文学史家撰著的文学史著及其戏曲，如林传甲、黄人、曾毅、谢无量文学史著及其戏曲；二是现代文学史家撰著的文学史著及其戏曲，如胡云翼、刘经庵、贺凯、刘大杰文学史著及其戏曲；三是文学史家又同时是戏曲史家撰著的文学史著及其戏曲，如吴梅、赵景深、郑振铎文学史著及其戏曲；四是诗人撰著的文学史著及其戏曲，如林庚文学史著及其戏曲。此外，还有两位外国人翟理斯和笹川种郎的文学史著及戏曲。

## 一、不同文学史家视野中的戏曲

（一）正统文学史家撰著的文学史著及其戏曲

20 世纪初期，在西方文学史观念的影响下，特别是在翟理斯《中国文学史》、笹川种郎《历朝文学史》的直接影响下，一些刚从正统时代走过来又同时受西方文化思潮冲击的学者，徘徊于新旧之间，开始尝试撰著中国早期的文学史著以及这些著作中的戏曲部分。代表人物主要是林传甲、黄人、曾毅、谢无量。这几个人虽然都属于正统文人，又都接受西方影响，但文学史观和戏曲史观有较大区别，因此文学史著中对待戏曲的态度也不一样，内容差别也比较大。

林传甲是这几个人当中最典型的正统文人，他坚决反对戏曲、小说进入文学史著，而且还反对笹川种郎把戏曲写进《历朝文学史》，说这是"识见污下"。黄人、曾毅、谢无量在戏曲进入文学史著这一点上和林传甲不同，都同意把戏曲写进文学史著，只是每个人对戏曲的认识不同。黄人认为，戏曲是"活的文学"①。曾毅认为，戏曲是"通俗文学"②，谢无量除了对马致远有个性化的分析之外，很少有自己的独到见解，多是引用《元曲选》、《艺苑卮言》、《宋元戏曲史》等书中的观点。可见，他对戏曲是一个外行。

（二）现代文学史家撰著的文学史著及其戏曲

五四新文化运动之后，旧文学受到批评，进化论开始盛行。纯文学史观成为主流。唯物史观开始进入文学史著。郎宋、勃兰兑斯、普罗主义等得到认可。文学的现代性逐渐得到确认。多元化的文学格局正在形成。在这样的大背景下走来的文学史家已经和林传甲等人有了较大区别，他们总体上属于现代文学史家。戏曲在他们的笔下已成为文学史著中的主体之一。胡云翼认为，戏曲是"新兴文学"。刘经庵认为，戏曲是文学中的"真面目"。贺凯认为，戏曲要放在社会的大背景中去观照，要用阶级分析和经济分析等方法去研究它。刘大杰认为，戏曲是"综合艺术"，需"集众家之长"，用综合方法去研究，故采用了郎宋的"三个切勿"的观点，勃兰兑斯的"时代思想"的观点，弗雷泽的社会分析法以及普列汉诺夫的唯物史观等。如他对元杂剧兴盛的分析，则首次从物质环境方面和精神环境方面进行分析，明显地比前人的分析要全面深刻得多。

（三）文学史家及戏曲家撰著的文学史著及其戏曲

谢无量在《中国大文学史》中之所以对戏曲的分析尚不到位，主要原因就是对戏曲的研究不够，不是戏曲史家。这一点，由吴梅、赵景深、郑振铎进行了弥补。因为这三人，除了对文学史有研究之外，更重要的是对戏曲都有一定的研究。因此，他们文学史著中的戏曲和其他文学史家文学史著中的戏曲显然不一样。吴梅是一代曲学大师，是第一个把戏曲带到大学讲台的人，著述了多部戏曲专著。他重点研究曲，会度曲、制曲和演曲

---

① 黄人著，江庆柏、曹培根整理：《黄人集》，上海文化出版社 2001 年版，第 345 页。
② 曾毅：《中国文学史》，上海泰东书局 1915 年版，第 238 页。

等。他钟情的曲律是昆曲，对"花部"不感兴趣，认为是"俗"的东西，说清人戏曲逊于明代。他既重"案头"，也重"场上"，写出了《南北词简谱》，创作了《风洞山》等剧本。赵景深受郑振铎影响而研究戏曲。现在，一般认为，赵景深是研究南戏等民间戏曲的，其实他刚开始从事戏曲研究的时候，主要是案头方面的，比较注重曲辞的研究，比较注重"雅"。在《中国文学小史》这部重点供中学生们阅读的文学史著中，他在有限的戏曲篇幅中高度评价了马致远的《汉宫秋》。他认为，《汉宫秋》是最为脍炙人口的剧作。他还反对把民间文学写入文学史著中。他在《中国文学小史·绪言》中明确说："我以为文学史中不应论及经、史、子和民间文学。"① 郑振铎对戏曲的贡献非常大。他第一次把戏曲列入了"俗文学"之中，当做中国主流文学去对待。在《插图本中国文学史》中，他将自己研究的戏曲新材料大量地运用到文学史著中，全书约三分之一的内容是新材料，这是别的文学史著所没有的，如把《元刊杂剧三十种》作为撰写文学史的重要参考资料，首次对《永乐大典戏文三种》进行了诠释。他在书中还运用中西戏剧比较法，提出了印度戏剧对中国戏曲有直接影响的观点。尤其是第一次在文学史著中加入了徐渭等 38 幅珍贵的戏曲画像和插图，使全书图文并茂。

吴梅、赵景深、郑振铎三人尽管身份都相同，对戏曲素有专攻，但在文学史著中对待戏曲的研究却不完全相同。吴梅是曲学大师，以昆曲为基础，度曲、制曲、演曲，比较重雅。赵景深虽然也重《汉宫秋》这部公认的雅作，但主要是注重案头上的曲辞之雅。郑振铎十分注重戏曲新材料的运用，是用新材料说话的戏曲史家。不足的是，中西戏剧对比的色彩太浓厚，尤其是过高评价印度戏剧对中国戏曲的影响，这种印象甚至影响到了人们对他文学史著中戏曲评价的信任度上。

（四）诗人撰著的文学史及其戏曲

林庚是 20 世纪上半叶文学史撰著者当中唯一一位诗人文学史家。他

---

① 赵景深：《中国文学小史·绪言》，上海光华书局 1933 年（民国二十二年）版，第 1 页。

是诗人气质，诗人思维，诗人笔墨。他是以诗人锐眼看戏曲、以诗人笔墨写戏曲的文学史家，诗意渗透在他对戏曲评价的方方面面。他认为，戏曲是属于"黑夜时代"里的"长天彗星"。"剧的结束"乃"梦的结束"。朱自清说他是"用诗人的锐眼看中国文学史"，是有道理的。他对昆曲以至此前的戏曲都比较认可，认为马致远、孔尚任、汤显祖都是"长天彗星"，而对"花部"却有极度的偏见，认为是文学史上的"黑夜时代"。这反映出了他重雅轻俗的戏曲史观。

## 二、不同文学史著对代表性作家作品的评价

20 世纪上半叶中国文学史著中的戏曲部分，涉及许多对戏曲家及其作品的评价，而且还存在同一个作家及作品在不同的文学史著中有不同评价的情况。因此，通过对这些情况进行分析、归纳、总结，可以反映出文学史观及戏曲史观的变化和演进。下面就以对《西厢记》的评价为例进行分析。

关于《西厢记》，中国人已经非常熟悉，自古以来，已经成为年轻人追求婚姻自由的"宣言书"，尤其是其艺术成就更是得到了广泛赞誉，受到了众多专家学者的关注。邓绍基老师在《元代文学史》中说：

> 《西厢记》于明、清两代十分流行，许多著名的戏曲家和批评家如徐渭、王世贞、李贽、汤显祖、沈璟、王骥德、屠隆、凌濛初、金人瑞等都作了评点、批校、注释的工作。著名画家如仇英、唐寅、钱谷、陈洪绶等都曾为《西厢记》绘制画卷。明清两代《西厢记》的刊本也很多，至今明刊《西厢记》尚存近四十种，清刊《西厢记》也有近四十种。这种情况在元杂剧剧本流传中是绝无仅有的。①

当然，对于《西厢记》的评价也不是千篇一律，也是有争议的，甚至包括《西厢记》是不是王实甫所作也存有不少争议。谭正璧、谭寻就曾引

---

① 邓绍基：《元代文学史》，人民文学出版社 1991 年版，第 115 页。

用傅惜华《元代杂剧全目》的观点说："当前还有人承认《西厢记》杂剧第五本为关汉卿所续作这一传说。"① 二谭又说："明人传说关汉卿作《西厢记》，我们现在所能见到的最早记载是都穆的《南濠居士诗话》。"② 但总体上，学界还是普遍认可《西厢记》为王实甫所作这一观点的。正因为《西厢记》有争议有影响，且艺术成就卓著，所以20世纪有代表性的中国文学史著也大都把《西厢记》当做了必写内容。

林传甲的《中国文学史》，没有对《西厢记》进行具体的评价，只有对汤显祖的一句点评："况其胪列小说戏曲。滥及明之汤若士近世之金圣叹。可见其识见污下。"③ 在这里，林传甲虽然没有提到《西厢记》，但由此可以推测出他对《西厢记》的态度。因为他反对一切戏曲进入文学史著，所以自然也包括《西厢记》。从这一点上，是能够看出林传甲落后的戏曲史观的。黄人的《中国文学史》，虽然与林传甲文学史著同时，但对待戏曲的态度却迥然不同。黄人在书中说："《西厢记》、《琵琶》，既不能当先河之目，则云亭、稗畦，亦不能据积薪之势。"④ 在这里黄人虽然十分肯定《西厢记》的价值，但是也不能总当作后人的"先河之目"。他是针对明传奇这个"新文学"而说的，是在肯定明传奇的特殊地位，明传奇虽然"喜玩春华"，但毕竟是"新文学"。这反映出了黄人进化论的戏曲史观。曾毅在《中国文学史》中评价《西厢记》是"西厢近风"，"如一幅暮色牡丹"，评《琵琶记》是"琵琶近雅"，"如一幅水墨梅花"。在文学史上，一般都认为，《西厢记》是"雅作"，《琵琶记》是"俗作"。王国维就是把《西厢记》当做士人之作，而在这里，曾毅却把《西厢记》当做了"近风"、"近俗"之作，把《琵琶记》当做了"近雅"之作，实在是一家之言。不过这反映出曾毅视戏曲为"通俗文学"的戏曲史观，把公认的"雅作"当做了"俗作"，公认的"俗作"当做了"雅作"。从曾毅重俗的戏曲史观看，他是比较看重《西厢记》的。谢无量《中国大文学

---

① 谭正璧、谭寻：《曲海蠡测》，浙江人民出版社1983年版，第1页。
② 同上，第2页。
③ 陈平原：《早期北大文学史讲义三种·序》，北京大学出版社2005年版，第21页。
④ 黄人著，江庆柏、曹培根整理：《黄人集》，上海文化出版社2001年版，第345页。

史》在评价《西厢记》时引用了《太和正音谱》的评语："王实甫如花间美人。"① 他又说："自马致远外。元代剧曲名家最著者有王实甫、郑德辉、白仁甫、乔梦符、关汉卿诸人，所作皆北曲也。"由此可见，他把马致远排在了第一位，把王实甫排在了第二位，而把王国维推崇的元曲第一人关汉卿排在了最后。他之所以这样排，是他重士人文学的表现，重雅的表现，因为世人都习惯把马致远当做雅的代表。在这里，他能够把王实甫紧排在马致远之后，已经是很高看《西厢记》了，也说明他把《西厢记》当成了"雅"的作品，表现出他"重雅轻俗"的戏曲史观。

20 世纪中国文学史著诞生初期的几位正统文学史家对《西厢记》是这样的评价，那么戏曲进入到五四新文化运动以后的二三十年代，文学史家们是如何评价《西厢记》的呢？吴梅《中国文学史》："流传于今而最盛者则为王实甫之《西厢记》与高则诚之《琵琶记》。一为北曲开山。一为南曲鼻祖。"② 他把《西厢记》当做了北曲之开山之作，而不是把王国维所评价最高的关汉卿以及谢无量所评价最高的马致远当做第一人，反映出了他对《西厢记》的厚爱，也反映出了重"雅"的戏曲史观。他比较了《琵琶记》和《西厢记》的不同：学《琵琶记》"易失俚俗"，学《西厢记》"易滥纤浮"。从这里能看出，他把《西厢记》当成了"雅作"，把《琵琶记》当做"俗作"，不过也客观地指出了二者的弊端，前者学过了就容易失于"俚俗"，后者学过了就容易"纤浮"，因此学什么都要有个度。赵景深《中国文学小史》评价《西厢记》："王实甫也是大都人，他的《西厢》，声誉在一切元曲以上。"③ 此时，他的戏曲史观还是重雅轻俗，所以认为《西厢记》代表了元曲的最高水平。

胡云翼《新著中国文学史》中没有把王实甫列入"元曲四大家"之中，他所列的"元曲四大家"是：关汉卿、白朴、马致远、郑光祖。他称关汉卿为"元曲的开山大师"④，并引用王国维对关汉卿的评价："故当元

---

① 谢无量：《中国大文学史·卷九》，上海中华书局 1925 年（民国十四年）版，第 16 页。
② 陈平原《早期北大文学史讲义三种·序》，北京大学出版社 2005 年版，第 486 页。
③ 赵景深：《中国文学小史》，上海光华书局 1933 年（民国二十二年）版，第 159 页。
④ 胡云翼：《新著中国文学史》，上海北新书局印行 1946 年（民国三十五年）版，第 223 页。

人第一。"从对关汉卿的评价之高以及没有把王实甫列入"元曲四大家"看，他是"重俗轻雅"的戏曲史观，重"通俗文学"的戏曲史观。在随后的介绍中，他对王实甫也有不少"过誉之词"。如果把这些评价与对关汉卿的评价相比较，则能看出胡云翼对作家作品比较喜欢的一面，即不以自己对戏曲的偏爱来否定他人的戏曲价值。他在书中说："《西厢记》是元曲里面最伟大的作品，其事实系根据于元稹的《会真记》而加以补充，复以董西厢的曲文为蓝本而编撰成的伟者。其词藻的美艳，罕有伦比。"① 又说："要在《西厢记》里面找寻荡人心魄的文字，真是美不胜收。"② 他还专门举第四本第三折【正宫】【端正好】"碧云天，黄花地……"为例，以示说明文字的"美不胜收"。

刘经庵是典型的纯文学史观，在《中国纯文学史纲》之"编者例言"中把经过自己认真筛选的元代戏曲家定为30位，代表戏曲片断20篇。他又把30位戏曲家分为一二流。一流的作家有：关汉卿、马致远、白朴、王实甫、郑光祖、乔吉甫共6位。王实甫排在了第四位。关汉卿第一位。选取《西厢记》片段是"长亭送别"。他评价《西厢记》：

> 而《西厢记》尤为戏曲中最名贵，最有价值的作品。剧中的情节，是写张君瑞与崔莺莺恋爱的故事，大凡是中国读书的士女，对这故事，没有不谙熟艳称的。在这个剧本里所写的人物，虽不甚多，但各有各的个性，写得不但婉曲细腻，且都是活泼泼地现在纸上。其中佳句真是美不胜收，相传他写到"碧云天，黄花地；西风紧，北雁南飞"诸语时，忽呕血而死。这样的传说，固不可深信，但亦足知作者是如何地竭他毕生的精力在《西厢》上了。③

由此可见，刘经庵对《西厢记》的评价还是比较客观的，尤其是说："大凡是中国读书的士女，对这故事没有不谙熟艳称的。"从传播学的角度

---

① 胡云翼：《新著中国文学史》，上海北新书局印行1946年（民国三十五年）版，第227页。
② 胡云翼：《新著中国文学史·自序》，上海北新书局印行1946年（民国三十五年）版。
③ 刘经庵：《中国纯文学史纲》，上海东方出版社1996年版，第202页。

给予了评价，从解放妇女思想的角度给予了评价。

　　贺凯是第一个用唯物史观撰著中国文学史著的，他对《西厢记》的评价更带有创新性。他在书中目录（六）解释元曲是："元曲——适应蒙古民族的新文学——采取北方民族的方言——打破传统的旧文学——中国戏曲的完成。"① 这是对元曲总的评价。他又从唯物史观的角度分析了元剧的取材："元剧取材多因袭唐宋小说笔记，如才子佳人的悲欢离合，英雄美人的奇遇，善恶因果报应等；这种材料，仍然代表了封建农业社会的意识，例如：唐元稹作《会真记》，叙崔莺莺与张君瑞相恋事，王实甫采作崔莺莺待月西厢记剧。（金董解元的《西厢记》亦本此）。"② 他在书中把王实甫放在了关汉卿之后，名列第二位："元代戏曲作家，大半为北方人，最著名的北曲作家有关汉卿、王实甫、白朴、马致远、郑光祖等五大家。"③ 具有唯物史观的文学史著有一个共同的特点，就是普遍地把关汉卿排在了元曲第一的位置上，在解放以后更是如此，且冠上了"伟大"的旗号，在文学史著中的篇幅越来越多，贺凯就开了这样的头。刘大杰以及解放后蒋祖怡、游国恩、陈玉刚、袁行霈、章培恒等编著的文学史著都是如此，有的以一大章的篇幅讲关汉卿。之所以如此高看关汉卿，主要因为他是劳苦大众的代表，他的作品表现了对封建社会的强烈不满，尤其是对弱势女性群体的关注。而王实甫的《西厢记》则主要是描写爱情的，这种爱情具有资产阶级情调。因此相比于关汉卿的《窦娥冤》，着墨《西厢记》的篇幅越来越少。这是意识形态作用的结果。不过，贺凯这时评价《西厢记》虽然话不多，但是还是给予了比较高的评价："声誉最著，流传最广。"④ 他专门举"哭宴"第三折【正宫端正好】："碧云天，黄花地……"为例，以示说明。

　　郑振铎在《插图本中国文学史》中把王实甫排在了关汉卿之后，列第二位，列入了第一期剧作家的行列。他在第四十六章"杂剧的鼎盛"中，

---

① 贺凯：《中国文学史纲要》，新兴文学研究会版，斌兴印书局1933年版，第6页。
② 同上，第199页。
③ 同上，第200页。
④ 同上，第201版。

用第五节一节介绍关汉卿，用第六节一节介绍王实甫，用了 10 个页码的篇幅，其中关于《西厢记》的介绍就占了近 8 个页码。从《西厢记》的由来，到剧情、剧词的分析，非常细致。他在书中对《西厢记》的评价基本上是一边结合剧情、结合剧词，一边评价：

> 然《西厢记》的四本，却使他得了不朽的大名。他的所长，正在写像《西厢》一类的东西。所以此剧便有如："初写黄庭，恰到好处。"相传实甫著作《西厢》时，是殚了他毕生的精力的。写到"碧云天，黄花地，西风紧，北雁南飞"诸语时，思竭踣地而死。这种类乎神化的传说，当然不可信的。不过也可见一般人对于《西厢》是如何赞颂。由极端的赞颂、称许之中，而产生出像这样的传说，乃是文学史上常有的事。①

他借世人传说，来高度评价《西厢记》的艺术魅力。

林庚是一个诗人文学史家，诗人锐眼下的《西厢记》，具有许多诗性的特点。他在《中国文学史》中将大都时期的剧作家锁定为 27 人，其中以关汉卿、王实甫、马致远为代表。他说："三人象征不同的三方面，关汉卿以剧写剧，王实甫以诗写剧，马致远以剧写诗，都成为元曲中最高的表现。"② 他称王实甫是"以诗写剧"。只有作为诗人的他才从诗的特性去这样分析《西厢记》："所以王实甫是更近于诗的，关汉卿是更近于剧的。《西厢记》正是近于前者。"③ 并举【端正好】为例。这样的分析结论，只有诗人林庚才能总结出来。

刘大杰《中国文学发展史》是 20 世纪上半叶中国文学史著的压轴之作，但对于《西厢记》的评价较之郑振铎却少了许多文字。不过，文字虽少，却字字有声："《西厢记》的曲词，真是美不胜收，写初见，写相思，写矛盾的心理，写色情的苦闷，写幽会的情境，写别离的哀怨，无不美艳

---

① 郑振铎：《插图本中国文学史》，北京出版社 1999 年版，第 654 页。
② 林庚：《中国文学史》，鹭江出版社 2005 年版，第 346 页。
③ 林庚：《中国文学史·序》，鹭江出版社 2005 年版。

绝伦，哀怨欲绝。在用韵文写成的中国的恋爱文学中，《西厢记》的成就是无比的。"① 从这段文字的评价中，可以看出，他对《西厢记》的曲词是十分推崇的，但是他也指出了曲词的弊端："我想《西厢记》中有些过于华丽过于雕琢的句子，恐是明人修饰的。"② 他把这种曲词的弊端，推诿给了明人。此外，他对《西厢记》的爱情描写也十分欣赏，称其写相思、写色情、写幽会、写别离等都写得"美艳绝伦"，并以"长亭送别"为例。由此，他得出一个结论："王实甫确是一位写情的圣手。"③ 评价之高，前所未有，"圣手"乃绝笔也。

通过对本论文中 12 位文学史家的 12 部文学史著中对《西厢记》的不同评析可以看出，同一部作品，在不同文学史著中，在不同的学者笔下，所得出的评价结论是不一样的。尽管结论不一样，仁者见仁，智者见智，但对于从多个视角去重新认识《西厢记》将会带来立体的效果，可以进一步拓宽对《西厢记》的认识空间，使《西厢记》的艺术生命更加绚丽。而今，我们仍然能够看到《西厢记》对今天戏曲的种种影响，如在秦腔、豫剧、越剧、评剧等地方戏中还能够经常看到《西厢记·拷红》等。傅惜华还指出了《西厢记》对民间文学的影响："至于民间文学方面，如民歌、小曲、鼓词、南词、子弟书、鼓子曲等，采取《西厢记》杂剧的故事作为题材的，更是丰富多彩，难以缕举，可以参阅拙编《西厢记说唱集》。"④

## 第四节　20 世纪上半叶中国文学史与戏曲关系之意义

20 世纪上半叶，是政治的黑夜，却是学术的春天。文学思潮汹涌澎湃，中西交融，兼收并蓄。叔本华、尼采、达尔文、弗洛伊德、郎宋、勃兰兑斯、马克思、普列汉诺夫等给沉寂的中国正统文学带来了新思想、新

① 刘大杰：《中国文学发展史》，百花文艺出版社 2007 年版，第 454 页。
② 同上，第 455 页。
③ 同上，第 455 页。
④ 傅惜华：《傅惜华戏曲论丛》，文化艺术出版社 2007 年版，第 185 页。

思维、新方法，进化论、唯物史观等成为影响中国文学发展的重要推力。伴随着学术的春天，新的文学形式、文学体例不断出现。中国文学史就是其中的一个代表。中国文学史从 1904 年林传甲的第一部中国文学史著的诞生，到 1949 年刘大杰《中国文学发展史》下卷的出版，其间历经了无数坎坷，终于走出了一条从模仿外国人著的中国文学史著到形成中国特色文学史著的道路。中国文学史著中的戏曲也伴随着文学史的成长而逐渐形成了自己的体系，成为了文学史著中的新范型。戏曲已经从林传甲文学史著中的"淫亵之词"变为大多数文学史著中的"花间美人"，它与诗歌、散文、小说成为文学史著中的四大内容之一。文学史著中的戏曲形式也逐渐完备，宋金杂剧院本、元杂剧、明清传奇、地方戏成为文学史著中戏曲的主体内容。文学史、戏曲史与文学史著中的戏曲已经有机地融合为一体。文学史著和戏曲的结合，不是简单地在文学史著母体中植入戏曲内容，而是双方互为依存的需要，是"质"的结合，是"质"的飞跃，是一种新的"质"，是一种源于西方文学史又别于西方文学史，符合中国文学自身发展规律的新型文学史体例。20 世纪上半叶尽管出现了许多中国文学通史以及众多的其他形式的文学史著，但具有里程碑意义的被称为 20世纪上半叶最高水平的文学史著还是刘大杰的《中国文学发展史》。这部文学史集百家之长，尤其是其中的戏曲部分，不论是章节编排，还是内容选择、作家作品分析都符合客观的规律。这部文学史著不仅是对 20 世纪上半叶中国文学史的总结，更是对 20 世纪下半叶中国文学史发展的引导和促进，直到 21 世纪的今天，这部文学史著仍然具有不可替代的作用，许多大学仍然把这部文学史著当做标准教材。因此，一部好的文学史著，不仅是过去的，现在的，更是未来的。今天的文学史著虽然在许多方面已经超越了 20 世纪上半叶的文学史著，但是这一超越正是刘大杰等文学史家影响的结果。

### 一、观念的影响

今天，人们已经不会再感到文学的各种形式之间、文体之间有什么高低之分、尊卑之分，如诗歌、散文、小说、戏曲都是一样的平等，可是在古代、在 20 世纪初期，小说、戏曲都是没有位置的。在西方文化的影响下，特别是在进化论的影响下，在梁启超、黄人、王国维、陈独秀、吴梅、郑振铎等一批政治家及文人的呐喊下，小说、戏曲才走进属于自己的"俗文学"家庭，结束了近千年的流浪生活。这是观念的力量，这是观念的影响，这种影响在今天还一直持续着，还在影响着今天文学史著的撰写。这是文明的脚步，但这要感谢 20 世纪上半叶文学史著及其戏曲观念对今天的影响。正如赵敏俐老师说："50 年代以后，中国文学史的编写，基本沿袭了在这种文学观念下形成的文学史编写模式。"①

### 二、学术队伍的影响

今天的学术界之所以人才济济，成果不断，都是与学术前辈精心培养后备力量分不开的。这些前辈包括 20 世纪初期的梁启超、王国维、陈寅恪、鲁迅、周作人、吴梅、齐如山等，包括新中国成立之初的任半塘、孙楷第、郑振铎、钱南扬、周贻白、冯沅君、王芷章、阿英、赵景深、王季思、傅惜华、庄一拂、董每戡、张庚等。这些前辈大多有一个共同特点，就是多为大学教授，多是中西贯通。稍后，又出现了徐扶明、戴不凡、徐朔方、陆萼庭等。今天，戏曲研究队伍更加壮大。在许多高校的中文系都设有戏剧戏曲学专业，各省也都有专门的戏剧研究机构，尤其是中国艺术研究院更成为戏曲研究和培养高层次戏曲研究人才的领头单位，这里聚集着众多学术名家。学术需要传承，人才需要培养，只有优秀的学术人才才能将戏曲学术永远发扬光大，才能永远把戏曲事业发展得更好。

### 三、学术成果的影响

20 世纪上半叶的学术成果异常丰富。概括地讲，主要表现在基本原理、方法论、作家作品研究三个方面的成果。在基本原理方面。文学的基本原理是研究文学的一般发展规律。20 世纪上半叶在文学的基本原理研究方面，最重要的成果就是"文学"概念的确立。在古代乃至 20 世纪初期，

---

① 赵敏俐：《文学研究方法论讲义》，学苑出版社 2005 年版，第 24 页。

之所以"文学"飘忽不定，忽"大"忽"小"，忽"杂"忽"纯"，就是"文学"的概念和"文学"的内涵无法确定。文学概念确定以后，戏曲、小说最早获益，堂而皇之地成为了现代文学中的一员。今天，"文学"的概念已经十分清楚，在《现代汉语词典》中"文学"被解释为："以语言文字为工具形象化地反映客观现实的艺术，包括戏剧、诗歌、小说、散文等。"①《辞海》中也将"文学"分为诗歌、散文、小说、戏剧四种体裁。这就是著名的文学"四大块"。这一文学概念的确立来之不易。可以说，文学概念的确立是 20 世纪文学史上最伟大的事件、最伟大的成果，如果没有这一概念的确立，文学史、批评史、美学史、哲学史等都无从谈起，戏曲史更无从谈起。

方法论方面。20 世纪上半叶是方法论喷涌的时期，方法论种类繁多，这对于现代学术成果的产生具有十分重要的影响，而且这些方法论在今天依然影响着学术界。主要的方法论有：1. 西方的进化论。进化论是 20 世纪上半叶影响最大的方法论。2. 考据法。这是清代及近代治学的主要方法。3. 实证主义方法。这一方法的最大特点就是中西结合，用西方的进化论加中国的考据法所形成的方法论。20 世纪上半叶之所以出了许多学术成果，出了许多学术大家都与此有关。如王国维就是用这个方法去解读戏曲的，提出了"凡一代有一代之文学"的观点。还有《古史辨》的作者顾颉刚，"以史证诗，以诗证史"的陈寅恪，治曲度曲的吴梅等都曾采用了这个方法。4. 二重证据法。这是王国维的发明，即"纸上之史料与地下之材料相互释证的二重证据法"②，拓宽了学术研究的视野。5. 辩证唯物主义方法。这一方法在 20 世纪上半叶二三十年代开始出现，主要是用社会——历史、阶级等方法来解读文学。如贺凯的文学史著、谭正璧的文学史著、谭丕模的文学史著、张希之的文学史著都是采用的这种方法，但是影响都不太大，因为当时的社会意识形态还没有把"阶级论"当做主潮，但是作为一种新的方法论已经登上学术舞台，到了 40 年代以后开始逐渐

---

① 《现代汉语词典》（修订本），北京商务印书馆 1996 年版，第 1319 页。
② 王国维：《古史新证》，《国学月报》1926 年第 2 卷。

成为主流。

作家作品研究方面。作家作品研究成果是学术成果的核心部分。中国文学史著及其戏曲的核心部分其实就是古代作家作品的研究。在这方面，20世纪上半叶成果显著。本书所涉及的中国人著的文学史著中的作家作品研究成果就是其中的一部分，尤其是戏曲部分。这部分戏曲从20世纪初期的零星点评，到20世纪上半叶末整章整节地系统地论述作家作品就是例证。在这方面的代表人物，当首推20世纪上半叶最有代表性最具影响力的王国维。例如，他提出的"凡一代有一代之文学"，抬高了戏曲的地位，改变了元代许多戏曲作家作品的命运。他提出的"悲剧说"，改变了长期以来对关汉卿的错误认识，将关汉卿在戏曲史上的排名由第十位前移到第一位。

## 四、不足的启示

20世纪上半叶中国文学史著及其戏曲的成绩是巨大的，为今天中国特色文学史的形成奠定了坚实的基础，但是任何事情都不是完美的，都存在一个由不完善到完善的过程，都存在着一些不足和教训。20世纪上半叶中国文学史著及其戏曲的不足主要有以下几点：

（一）片面强调客观性，却抬升了主观性。郑振铎强调文学史要写一部"表现出中国文学整个真实面目与进展的历史"，虽然采用了许多自己新发现的戏曲新资料，但是在陈述上过于主观化，如过分强调印度戏剧对中国戏曲的影响。刘大杰在写自己的文学史时，时刻防范着"三个切勿"（切勿以自我为中心，切勿给与自我的情感以绝对的价值，切勿使我的嗜好超过我的信仰）对自己的写作干扰，以便能体现客观性，结果是主观感情色彩的东西还是比较多，尤其是解放以后的文学史版本修订，意识形态的东西太多。又如胡适的文学史著虽然主观上强调把科学性放在第一位，并且采用"实验主义"的方法"大胆地假设，小心地求证"，结果是假设多，求证少。后来受胡适影响的胡云翼、刘经庵、郑振铎等都存在这些问题。

（二）中国文学的传统与西方文学的现代性交融不够。从1904年林传甲第一部《中国文学史》开始，就在学习模仿西方的现代文学理论。"文学史"三个字的大胆采用就是学习西方的结果，就是强调现代性的结果，可是只学了"表"，没有学到"里"，其文学史实际上还是正统的经史子集。谢无量1918年写的《中国大文学史》受"进化论"的影响，提出文学的"狭义"及"广义"问题，力图把文学的现代性体现出来，结果文学史的概念还是太大，太庞杂。1920年，戏曲家笔下的文学史著——吴梅的《中国文学史》，虽然把戏曲搬上了讲台，却让许多文学下了讲台。1932年胡云翼《新著中国文学史》在"纯文学史观"的影响下，强调文学史的"文学性"，确立了诗歌、散文、小说、戏曲四大块，结果看似现代了一步，事后才知道，过分缩小了文学史的范围，传统的优秀的文学内容丢了许多。1931年在马克思主义唯物史观的影响下，诞生了中国第一部明确表示用马克思主义唯物史观编著的贺凯的《中国文学史》。贺凯批评过去的文学史著没有找到文学变化的社会背景和产生的经济条件，强调自己找着了，是用新兴的社会科学的方法。遗憾的是，当时唯物史观出现的时间并不是很长，像贺凯、谭丕模等认识唯物史观还只是文本上的多于实践上的，表面的而非实质性的，故所著的文学史著仍是概念化的东西较多，对戏曲的解读更是如此。1941年被称为20世纪上半叶水平最高的文学史著作，即刘大杰《中国文学发展史》上卷出版，1949年下卷出版，这部文学史著充分运用了当时西方比较先进的文学理论，如郎宋、勃兰兑斯、佛里契的理论以及唯物史观等来探寻各个时期的"文学主潮的起伏"，结果是给人以"西"大于"中"的感觉。1947年，作为新诗代表的诗人学者林庚，他用诗人的锐眼去认识文学史、去撰写文学史，努力寻找"文学本位"，努力去沟通新旧文学，甚至提出了为文学史"写心"，但是由于作者太诗性化、理想化，提出富有创造性的东西就多谈，创造性弱的东西就少谈（如宋诗等），结果是把握失衡，仍然没有把"新旧"文学合理地沟通起来，戏曲谈的面太窄。

又如当时出现的纯文学史观的问题，纯文学史观是强调现代性的产物，由于太突出文学性，这就大大缩小了文学史的范围，文学只剩下了诗歌、散文、小说、戏曲四大块。但是随着文学的发展，越来越感到纯文学史观的弊端，越来越感到博大精深的传统文化被削减的越来越单薄，甚至到了孱弱。中国有时候喜欢走极端，如对待正统文学，要么抬得至高无上，要么全盘否定，批得遗臭万年。五四新文化运动提出的打倒旧文学，提倡新文学，就过于否定正统文学。在打倒孔家店的同时，也破坏了许多优秀的文化精华。对待正统文学，应该是取其精华，弃其糟粕。如果硬是用西方的文学理念来规范和界定中国古代文学，那么就会丧失中国古代文学的特性，影响中国文学的整体形象。

（三）文学史著中的戏曲与当时的戏曲研究互动不够。有一些文学史著还没有及时地去吸收当时最新的戏曲学术成果，显得文学史中的戏曲理论与实践有些脱节，这就严重影响了文学史中对戏曲的客观描述。

所有这些不足，是 20 世纪上半叶中国文学史著及其戏曲在当时特定的背景下形成的，曾经确实产生过一定的负面效应，但是这种效应对 20 世纪后半叶文学史著及其戏曲的撰写提供了教训和启示。从这点来讲，这些不足也是有其一定意义的。

# 结语

通过对 20 世纪上半叶有代表性的中国文学史著及其戏曲进行研究，可以概括为以下几个特点，这些特点也可供今后撰写文学史和戏曲史的同仁参考。

第一个特点，20 世纪上半叶中国文学史著及其戏曲研究，主要有三条线始终影响其中：第一条是传统与现代线。20 世纪上半叶，围绕传统与现代，有许多话题，主要是如何对待传统，是否定还是继承，以及如何将传统与现代结合起来等。文学史著及其戏曲也是这一时期的焦点话题。第二条是中西线。在西方文化思潮影响下，西学东渐，中国正统文化与西方文化如何相处、如何交融，文学史著及其戏曲也面临着这样的问题。第三条是政治线。"文学革命"、"文以载道"、戏曲救国等，是政治对文学艺术影响的具体表现。同样，这种表现也反映在文学史著及其戏曲上。

第二个特点，20 世纪上半叶中国文学史著及其戏曲研究，主要是为了适应新学制，为了给学校提供急需的文学史教材，也为了让更多的人认识新形势下中国文学的"真面貌"。这样，当时具有新思想的大学老师纷纷按照自己对文学及戏曲的理解，自由地去撰著自己心目中的文学史著及其戏曲。因此，这些文学史著，个性色彩都比较突出，水平也存在较大差别。这一点与 20 世纪后半叶文学史的撰著多是集体或多人一起撰写形成了鲜明的对比。这一时期的文学史著，实际上是作者眼中的文学史著，文学史著中的戏曲也是作者眼中的戏曲。所以仅仅从某一本文学史著去看当时的文学发展状况和戏曲发展状况，是很难全面了解当时的文学和戏曲的真实状态的。这就需要对当时的具有代表性的多种文学史著及其戏曲进行多视角的审视，才能了解到真实情况，才能发现"真面貌"。

第三个特点，伴随着中国文学史著的诞生，也产生了关于文学史研究的"文学史学"，戏曲就是其中的重点研究内容之一。诗歌、散文、小说、戏剧是文学史著的主体，其中关于小说的研究最多，也比较系统，如对明清小说的研究等。而关于戏剧的研究，从总体上看，多是零星的散点式的研究，系统性的研究尚显不够。

第四个特点，文学史著中的戏曲，与文学史研究的变化，与戏曲史研究的变化，与文学史著研究的变化，与当时戏曲实践的影响等，都有着密切的关系。如果这些都发展得比较好，文学史著中的戏曲相对来说也写得比较好，反之则可能差一些。例如"文革"时期，文学史著被极端政治化、教条化、概念化，因此文学史著中的戏曲也都打上了这些烙印。如刘大杰的《中国文学发展史》，解放前与解放后的版本变化就有很大差别，包括其中的戏曲内容，以至于到了"文革"后期的版本简直成了充满阶级斗争的政治教科书。所以，戏曲走进文学史殿堂，不单单是一种新的文学形式加盟文学史著队伍，将文学史著的内容、范围加以丰富、拓宽，而是反映了当时的社会、政治、经济、文化以及各种思想观念，因为戏曲正是这些内容的载体。戏曲是艺术，更是浓缩的政治。因此，研究戏曲，实际上也就是研究当时的风俗史、文化史、政治史及艺术史。而作为文学史著中的戏曲，由于被入选到"史"中，就更有了一般戏曲所不具有的特殊意义。所以，研究文学史著中的戏曲变化，可以弥补文学史和戏曲史存在的不足，同时也可以弥补文学和戏曲在这一领域中的研究空白，对进一步推动文学史和戏曲史的发展，对进一步全面认识戏曲的发展轨迹，对进一步把握20世纪整个戏曲学术史的脉搏，对重新认识中国文学史著及其戏曲，都具有一定的学术价值和社会意义。

第五个特点，主要参照西方文学史的文学观念、戏剧观念和体例撰著中国文学史著及其戏曲。长期以来，中国文学史主要是从西方文学的视角去构建中国文学史，中国文学史的格局完全是西方文学史的格局，所谓的文学科学性及现代性也是西方文学意义上的。中国文学史是五千年文明史的反映，是多民族的文学集合，内容及形式多姿多彩，非常丰富，如果仅用西方的文学史模式去架构中国文学史著，那么中国文学的特点就无法真正呈现。应该是，从中国文学的视角去观照中国文学，同时参照西方的文学史模式，从而去构建符合中国文学实际的具有中国特色的文学史著模式。

第六个特点，纵观 20 世纪中国文学史著中的戏曲内容，总趋势上是戏曲内容由少到多，由单一内容向多元内容拓展，由单一的作家作品介绍到戏曲史学的初步构建。

此外，20 世纪上半叶中国文学史著及其戏曲虽然取得了丰硕的成果，值得欣慰，但是就文学史著中的戏曲内容来说也不能估价过高，这部分戏曲内容并不能真正代表当时戏曲实践及戏曲研究的整体水平，只是反映了当时戏曲成果的部分内容。陈玉堂在《中国文学史旧版书目提要·序言》中说："旧之史作，因不乏一家之言，而其阙失，尤在于对文学史之概念初无定见，因而未能从探索文学规律着眼。内容或者太偏，或者过泛；体例亦各异，各从其便而已。而其中大都又系为讲课所编，原非学术研究之专著，实为作家作品之汇集。"① 所以，在阅读这些文学史时，千万不能认为这就是当下戏曲的真正状态，或者是集戏曲之大成者，必须同时阅读当下最新的戏曲学术成果方面的文献。文学史中的戏曲内容，实际上只是一种一般意义上的普及性的大众化的内容，这可能跟编者面对的阅读对象主要是在校大学生甚至是中学生有关，如吴梅的《中国文学小史》就是主要针对中学生的，再加之无法克服的个人主观色彩。从这个意义上讲，也不能苛求编者把戏曲所有的学术问题，尤其是代表当时戏曲学术最高水平的内容以及戏曲实践的内容都编进来。因为它毕竟是文学史著中一个方面的内容，即便是戏曲的地位再提高，也不可能占据文学史著的一半内容，那样就更不客观了。

当前有一个值得学界警觉的问题。众所周知，20 世纪初，林传甲在所撰著的第一部中国文学史著中，视戏曲为"淫亵之词"、"与下等社会无异"。事实上，除林传甲之外，当时还有一批像林传甲的文人都是秉持传统、鄙薄戏曲的，如朱希祖《中国文学史要略》虽然蜻蜓点水似的收入了一些戏曲内容，但他并不是发自内心的，他骨子里仍然把戏曲当做了"乱世之音"。这充分说明，戏曲在社会转型时期，想一下成为文学史著中的

---

① 陈玉堂：《中国文学史旧版书目提要·序言》，上海社会科学院文学研究所 1985 年版，第 1 页。

主体是何等的不易，即便是身体进入了文学史著，可要让全社会都认可仍需很长的时期。本书所选择的中国文学史著都是有戏曲内容的，事实上在20世纪上半叶的中国文学史著中还有相当的文学史著不写戏曲内容，如张希之《中国文学流变史论》、林山腴《中国文学概要》以及钱基博《中国元代文学史》等就没有写戏曲内容。在近几年新出版的文学史著中，尤其是现代文学史著，还有一部分不写戏曲，或者写得内容较少。如朱栋霖、朱晓进、龙泉明三位老师主编的《中国现代文学史（1917—2000）》一书中只讲了话剧，而没有讲戏曲。又如杨剑龙老师主编的《中国现当代文化简史》中也是重点谈话剧，戏曲方面只是说了一下"魏明伦等的戏曲"。而这一节只有约1000字，其中一半多字是谈魏明伦《潘金莲》的，剩下的200多字只概括地谈了一下陈亚先《曹操与杨修》、郭启宏《南唐遗事》、郭大宇《徐九经升官记》等。因此，戏曲要想在文学史中的重要地位永恒不变，仍需靠自己的实力和影响力说话，否则还会被撵出文学史。从这个意义上讲，本书有关文学史著及其戏曲的研究还是具有些许意义的，笔者虽然学术水平有限，遗漏和错讹的内容一定不少，总体研究还比较粗浅，但粗浅总比搁置不说不写强。下一步，笔者还拟继续沿着这条研究轨迹把20世纪下半叶有代表性的8部文学史著及其戏曲再进行研究，以期完成"20世纪中国文学史中的古代戏曲研究（1904—2000）"的目标任务，争取把中国文学史中的戏曲内容进行一次较全面的梳理、归纳和解析，以期引起更多同仁对这一内容的关注。

# 参考文献

## 一、工具书类

[1] 永瑢、纪昀等纂修：《四库全书总目提要》，商务印书馆 1933 年（民国二十二年）版。

[2] 《中国戏曲曲艺词典》，上海辞书出版社 1981 年版。

[3] 陈玉堂：《中国文学史旧版书目提要》，上海社会科学院文学研究所 1985 年版。

[4] 汝信：《社会科学新辞典》，重庆出版社 1988 年版。

[5] 蒋孔阳：《哲学大辞典》（美学卷），上海辞书出版社 1991 年版。

[6] 山西、河南、陕西、河北、山东艺术（戏剧）研究所合编：《中国梆子戏剧目大辞典》，山西人民出版社 1991 年版。

[7] 中国艺术研究院戏曲研究所资料室：《中国戏曲研究书目提要》，中国戏剧出版社 1992 年版。

[8] 吉平平、黄晓静：《中国文学史著版本概览》，辽宁大学出版社 1992 年版。

[9] 黄文吉：《中国文学史书目提要》，万卷楼图书有限公司 1996 年（民国八十五年）版。

[10] 王运熙、顾易生：《中国文学批评通史》（伍明代卷，陆清代卷，柒近代卷），上海古籍出版社 1996 年版。

[11] 中国孔子基金会：《中国儒学百科全书》，中国大百科全书出版社 1997 年版。

[12] 中国历史大辞典编纂委员会：《中国历史大辞典》，上海辞书出版社 2000 年版。

[13] 于润琦：《插图本百年中国文学史》，四川人民出版社 2002 年版。

［14］施忠连：《四书五经名篇鉴赏词典》，上海辞书出版社 2005 年版。


## 二、著作类

・［1］焦循：《易余籥录》（卷一五），《木樨轩丛书》，光绪戊子夏德化李
氏刊。

［2］［英］翟理斯：《中国文学史》，剑桥大学出版社 1901 年版。

［3］曾毅：《中国文学史》，泰东书局 1915 年版。

［4］谢无量：《中国大文学史》，中华书局 1925（民国十四年）年版。

［5］郑振铎：《文学大纲》，商务印书馆 1927 年版。

［6］谢六逸：《日本文学史》，北新书局 1929 年版。

［7］曾毅：《订正中国文学史》，泰东图书馆 1929 年版。

［8］赵景深：《中国文学小史》，上海光华书局 1933 年（民国二十二
年）版。

［9］贺凯：《中国文学史纲要》，新兴文学研究会版，斌兴印书局 1933
年版。

［10］［日］青木正儿，王俊瑜译：《中国古代文艺思潮论》，北平人文书
店 1933 年版。

［11］［日］青木正儿：《中国近世戏曲史》，商务印书馆 1936 年版。

［12］郑振铎：《中国俗文学史》，商务印书馆 1938 年版。

［13］刘大杰：《中国文学发展史》，中华书局 1941 年版。

［14］胡云翼：《新著中国文学史》，北新书局 1946 年（民国三十五
年）版。

［15］蒋祖怡：《中国人民文学史》，北新书局 1950 年版。

［16］李何林：《中国新文学史研究》，新建设杂志社 1951 年版。

［17］周贻白：《中国戏剧史》，中华书局 1954 年版。

［18］郑振铎：《中国文学史研究》，作家出版社 1957 年版。

［19］郑振铎：《插图本中国文学史》，人民出版社 1957 年版。

［20］陆侃如、冯沅君：《中国文学史简编》，作家出版社 1957 年版。

［21］朱东润：《中国文学批评史大纲》，古典文学出版社 1957 年版。

［22］复旦大学中文系文学教研组：《〈中国文学发展史〉批判》，中华书局 1958 年版。

［23］周贻白：《中国戏剧史长编》，人民文学出版社 1960 年版。

［24］游国恩、王起、萧涤非、季镇淮、费振刚：《中国文学史大纲》，人民文学出版社 1962 年版。

［25］刘大杰：《中国文学发展史（上）》，上海古籍出版社据 1962 年版重印版。

［26］刘大杰：《中国文学发展史（中）》，上海古籍出版社据 1962 年版重印版。

［27］司马长风：《中国新文学史》，昭明出版公司 1975 年版。

［28］［日］古城贞吉，王灿译：《中国五千年文学史》，广文书局 1976 年版。

［29］周贻白：《中国戏曲发展史纲要》，上海古籍出版社 1979 年版。

［30］唐弢：《中国现代文学史》，人民文学出版社 1979 年版。

［31］徐扶明：《元代杂剧艺术》，上海文艺出版社 1981 年版。

［32］李何林：《近 20 年中国文艺思潮论》，陕西人民出版社 1981 年版。

［33］刘大杰：《中国文学发展史（下）》，上海古籍出版社 1982 年版。

［34］朱德发：《五四文学初探》，山东人民出版社 1982 年版。

［35］王瑶：《中国新文学史稿》，上海文艺出版社 1982 年版。

［36］［英］艾弗·艾文斯，蔡文显译：《英国文学简史》，人民文学出版社 1984 年版。

［37］黄修己：《中国现代文学简史》，中国青年出版社 1984 年版。

［38］许扶明：《红楼梦与戏曲比较研究》，上海古籍出版社 1984 年版。

［39］叶易：《中国近代文艺思想论稿》，复旦大学出版社 1985 年版。

［40］刘念兹：《南戏新证》，中华书局 1986 年版。

［41］赵景深：《中国戏曲丛谈》，齐鲁书社 1986 年版。

［42］孙书第：《当代文艺思潮小史》，辽宁大学出版社 1986 年版。

［43］李福清：《中国古典文学研究在苏联》，书目文献出版社 1987 年版。

［44］朱寨：《中国当代文学思潮史》，人民文学出版社 1987 年版。

［45］周作人：《中国新文学的源流》，岳麓书社1989年版。

［46］郝侠君、毛磊、石光荣：《中西500年比较》，中国工人出版社1989年版。

［47］赵景深：《元明南戏考略》，人民文学出版社1990年版。

［48］陈福康：《郑振铎论》，商务印书馆1991年版。

［49］邓绍基：《元代文学史》，人民文学出版社1991年版。

［50］张庚、郭汉城：《中国戏曲通史》，中国戏剧出版社1992年版。

［51］陈玉刚：《中国文学通史简编》，大众文艺出版社1992年版。

［52］颜长珂：《中国戏曲文化》，新华出版社1993年版。

［53］傅晓航：《戏曲理论史述要》，文化艺术出版社1994年版。

［54］王国维：《宋元戏曲史》，华东师范大学出版社1995年版。

［55］林庚：《中国文学简史》，北京大学出版社1995年版。

［56］陈伯海：《中国文学史之宏观》，中国社会科学出版社1995年版。

［57］黄修己：《中国新文学史编纂史》，北京大学出版社1995年版。

［58］刘经庵：《中国纯文学史纲》，东方出版社1996年版。

［59］陈平原、王枫：《追忆王国维》，中国广播电视出版社1996年版。

［60］胡适：《白话文学史》，东方出版社1996年版。

［61］黄霖：《中国文学批评通史·近代卷》，古籍出版社1996年版。

［62］孔范今：《二十世纪中国文学史》，山东文艺出版社1997年版。

［63］章培恒、骆玉明：《中国文学史》，复旦大学出版社1997年版。

［64］陈安湖：《中国现代文学社团流派史》，华中师范大学出版社1997年版。

［65］胡适：《胡适文集》第二卷，北京大学出版社1998年版。

［66］郑振铎：《文学史大纲》，商务印书馆1998年版。

［67］郑振铎：《郑振铎全集》，花山文艺出版社1998年版。

［68］郑振铎：《插图本中国文学史》，北京出版社1999年版。

［69］洪子诚：《中国当代文学史》，北京大学出版社1999年版。

［70］胡适：《胡适说文学变迁》，上海古籍出版社1999年版。

［71］袁行霈：《中国文学史》，高等教育出版社1999年版。

[72] 张炯：《新中国文学史》，海峡文艺出版社1999年版。

[73] 刘祯：《勾栏人生》，河南人民出版社2000年版。

[74] 郭延礼：《近代西学与中国文学》，百花洲文艺出版社2000年版。

[75] 安葵：《戏曲理论与戏曲思维》，中国戏剧出版社2000年版。

[76] 魏崇新、王同坤：《观念的演进——20世纪中国文学史观》，西苑出版社2000年版。

[77] 孙歌、陈燕谷、李逸津：《国外中国古典戏曲研究》，江苏教育出版社2000年版。

[78] 王国维：《宋元戏曲史》，上海古籍出版社2000年版。

[79] 陈子展：《中国近代文学之变迁——最近三十年中国文学史》，上海古籍出版社2000年版。

[80] 戴燕：《文学史的权力》，北京大学出版社，2002年版。

[81] 陈建华：《二十世纪中俄文学关系》，高等教育出版社2002年版。

[82] ［日］田仲一成：《中国戏剧史》，北京广播学院出版社2002年版。

[83] 章太炎：《国故论衡》，上海古籍出版社2003年版。

[84] 周华斌：《中国戏剧史新论》，北京广播学院出版社2003年版。

[85] 郑邦玉：《解放军戏剧史》，中国戏剧出版社2004年版。

[86] 郭延礼：《20世纪中国近代文学研究学术史》，江西高校出版社2004年版。

[87] 黄修己：《20世纪中国文学史》，中山大学出版社2004年版。

[88] ［日］田仲一成著，云贵彬、王文勋译：《明清的戏曲》，北京广播学院出版社2004年版。

[89] 郑振铎：《中国俗文学史》，商务印书馆2005年版。

[90] 鲁迅：《鲁迅全集》第九卷，人民文学出版社2005年版。

[91] 郭英德：《明清文学史讲演录》，广西师范大学出版社2005年版。

[92] 赵敏俐：《文学研究方法论讲义》，学苑出版社2005年版。

[93] 苗怀明：《二十世纪戏曲文献学述略》，中华书局2005年版。

[94] 刘祯：《民间戏剧与戏曲史学论》，台北"国家"出版社2005年版。

[95] 林庚：《中国文学史》，鹭江出版社2005年版。

［96］董乃斌：《近世名家与古典文学研究》，上海大学出版社 2005 年版。

［97］张宪文：《民国南京学术人物传》，南京大学出版社 2005 年版。

［98］王铁仙、王文英：《二十世纪中国社会科学·文学卷》，上海人民出版社 2005 年版。

［99］卢洪涛：《中国现代文学思潮史论》，中国社会科学出版社 2005年版。

［100］田根胜：《近代戏剧的传承与开拓》，上海三联书店 2005 年版。

［101］刘祯、谢雍君：《昆曲与文人文化》，春风文艺出版社 2005 年版。

［102］余从、王安葵：《中国当代戏曲史》，学苑出版社 2005 年版。

［103］周兴陆：《20 世纪中国古代文学研究史·戏曲卷》，中国出版集团东方出版中心 2006 年版。

［104］吴佩鸣：《中国四大古典名剧》，巴蜀书社 2006 年版。

［105］刘文峰：《戏曲史志研究》，台北"国家"出版社 2006 年版。

［106］葛红兵：《20 世纪中国文艺思想史论》，上海大学出版社 2006年版。

［107］曹荫：《中国古代戏剧的传播与影响》，中国社会科学出版社 2006年版。

［108］解玉峰：《20 世纪中国戏剧学史研究》，中华书局 2006 年版。

［109］叶长海：《中国戏剧研究》，福建人民出版社 2006 年版。

［110］陈维昭：《20 世纪中国古代文学研究史·戏曲卷》，中国出版集团东方出版中心 2006 年版。

［111］韩经太：《中国文学批评史研究》，福建人民出版社 2006 年版。

［112］董健、荣广润：《中国戏剧：从传统到现代》，中华书局 2006 年版。

［113］谭桂林：《二十世纪中国文学的中西之争》，百花洲文艺出版社 2006 年版。

［114］田本相：《中国戏剧论辩》，百花洲文艺出版社 2006 年版。

［115］孙玫：《中国戏曲跨文化研究》，中华书局 2006 年版。

［116］刘大杰：《中国文学发展史》，百花文艺出版社 2007 年版。

［117］赵春梅：《瓦里西耶夫与中国》，学苑出版社 2007 年版。

[118] 张大新：《二十世纪元代戏剧研究》，人民文学出版社 2007 年版。

[119] 林庚：《中国文学简史》，清华大学出版社 2007 年版。

[120] 刘祯、杨涤江：《戏曲保护与区域文化发展》，文化艺术出版社 2007 年版。

[121] 马嘶：《林庚评传》，清华大学出版社 2008 年版。


### 三、报纸、期刊论文类

[1] 梁启超：《中国唯一之文学报新小说》，《新民丛报》1902 年第 14 期。

[2] 陈佩忍：《论戏剧之有益》，《二十世纪大舞台》1904 年第 1 期。

[3] 陈独秀：《论戏曲》，《新小说》1905 年 2 月第 2 期。

[4] 钱玄同：《随感录》，《新青年》1918 年 5 月第 1 期。

[5] 傅斯年：《戏剧改良各面观》，《新青年》1918 年 5 月 4 期。

[6] 欧阳予倩：《予之戏剧改良观》，《新青年》1918 年 5 月 4 期。

[7] 王国维：《古史新证》，《国学月报》1926 年第 2 卷。

[8] 段天炯：《吴霜厓先生在现代中国文学界》，《时事新报》1939 年 4 月 6 日。

[9] 郭沫若：《鲁迅与王国维》，《文艺复兴》（第 2 卷）1946 年 10 月 3 日。

[10] 赵景深：《郑振铎与童话》，《儿童文学研究》1961 年 12 期。

[11] 赵景深：《有关马致远生平的几个问题》，《复旦学报》社会科学版，1982 年第 5 期。

[12] 李一氓：《怀念郑西谛》，《解放日报》1986 年 8 月 3 日。

[13] 黄霖：《中国文学史上的里程碑——略论黄人的〈中国文学史〉》，《复旦学报》社会科学版，1990 年第 6 期。

[14] 金小平：《略论二十世纪中国文学史的编写历程》，《盐城师专学报》哲学社科版，1996 年第 6 期。

[15] 董乃斌：《论草创期的〈中国文学史〉》，《社会科学战线》1997 年第 5 期。

[16] 徐公持：《二十世纪中国古典文学研究近代化进程论略》，《中国社

会科学》1998 年第 2 期。

[17] 徐志啸:《林庚先生的古典文学研究》,《文学评论》1999 年第 4 期。

[18] 黄霖:《日本早期的中国文学史著作》,《古典文学知识》1999 年第 5 期。

[19] 高树海:《论中国文学史观的发展变迁——二十世纪上半叶文学史观探寻》,《学习与探索》1999 年第 2 期。

[20] 宁宗一:《二十世纪中国文学史研究与中国社会》,《复旦学报》社会科学版,2000 年第 4 期。

[21] 董乃斌:《论文学史范型的新变》,《文学遗产》2000 年第 5 期

[22] 王永健:《"苏州奇人"——黄摩西》,《古典文学知识》2001 年第 3 期。

[23] 杜治国:《文学观念的变革与"纯"文学史的兴起——论二三十年代的中国文学史编写》,《齐鲁学刊》2002 年第 2 期。

[24] 周作人:《文学观念的变革与"纯"文学史的兴起》,《齐鲁学刊》2002 年第 2 期。

[25] 李平:《赵景深教授在戏曲研究领域的杰出贡献》,《复旦学报》社会科学版,2002 年第 3 期。

[26] 冯汝常:《中国文学史内容和体例建构百年回眸》,《福建师范大学学报》哲学社会科学版,2003 年第 1 期。

[27] 黄霖:《谈谈 1900 年前后的三部"中国文学史"著作》,《古典文学知识》2005 年第 1 期。

[28] 王永健:《先驱者的启示——纪念黄人〈中国文学史〉撰著百周年》,《闽江学院报》2005 年第 4 期。

[29] 朱伟明:《郑振铎与 20 世纪戏曲研究格局的形成》,《湖北大学学报》哲学社会科学版,2005 年第 5 期。

[30] 黄霖:《中国古代文学研究百年反思》,《复旦学报》社会科学版,2005 年第 5 期。

[31] 朱晓进:《20 世纪中国文学史观反思》,《中国社会科学》2006 年第 1 期。

[32] 闵定庆：《张德瀛著〈文学史〉：一部值得关注的早期中国文学史》，《中山大学学报》社会科学版，2006 年第 4 期。

[33] 李占鹏：《论郑振铎戏曲典籍整理的学术成就与文献价值》，《求是学刊》2007 年第 2 期。

[34] 骆玉明：《刘大杰〈中国文学发展史〉（复旦版）感言》，《文汇读书周报》2008 年 12 月 16 日。

## 四、史料汇编、论文集类

[1] 赵家璧：《中国新文学大系》，文艺出版社 1935 年版。

[2] 梁启超：《饮冰室合集·冰室专集》，中华书局 1936 年版。

[3] 中国戏曲研究院：《中国古典戏曲论著集成》，中国戏剧出版社 1959 年版。

[4] 复旦大学中文系古典文学组学生集体：《中国文学史》，中华书局 1959 年版。

[5] 中国作家协会上海分会文学研究室：《中国文学史讨论集》，中华书局 1959 年版。

[6] 吉林大学中文系中国文学史教材编写小组：《中国文学史稿》，吉林人民出版社 1960 年版。

[7] 复旦大学中文系 1956 级中国近代文学史编写小组：《中国近代文学史稿》，中华书局 1960 年版。

[8] 复旦大学中文系 1957 级文学组学生集体：《中国现代文艺思想斗争史》，文艺出版社 1960 年版。

[9] 周贻白：《戏曲演唱论集辑释》，中国戏剧出版社 1962 年版。

[10] 中国科学院文学研究所中国文学史编写组：《中国文学史》，人民文学出版社 1962 年版。

[11] 鲁迅：《鲁迅书信集（上册）》，人民文学出版社 1976 年版。

[12] 十三所高等院校《中国文学史》编写组：《中国文学史》，江西人民出版社 1979 年版。

[13] 中国现代文学史编写组：《中国现代文学史》，江苏人民出版社 1979

年版。

[14] 北京师范大学中文系古典文学教研室：《简明中国文学史》，北京师范大学出版社 1981 年版。

[15] 中国社会科学院文学研究所近代文学研究组：《中国近代文学论文集（戏剧、民间文学卷）》，中国社会科学出版社 1982 年版。

[16] 王凤胜：《文苑纵横谈（七）》，山东人民出版社 1983 年版。

[17] 王卫民：《吴梅戏曲论文集》，中国戏剧出版社 1983 年版。

[18] 《刘大杰古典文学论文选集》，湖南人民出版社 1984 年版。

[19] 中国文艺思想史论丛编委会：《中国文艺思想史论丛》，北京大学出版社 1984 年版。

[20] 中国艺术研究院戏曲研究所编：《中国戏曲理论研究文选》，上海文艺出版社 1985 年版。

[21] 社科院文研所近代文学研究组：《中国近代文学研究集》，中国文联出版公司 1985 年版。

[22] 赵景深：《中国古典小说戏曲论集》，上海古籍出版社 1985 年版。

[23] 中国社会科学院文学研究所古代文学研究室：《中国文学史研究集》，上海古籍出版社 1985 年版。

[24] 梁淑安：《中国近代文学论文集》，中国社会科学出版社 1988 年版。

[25] 胡适：《古典文学研究论集》，上海古籍出版社 1988 年版。

[26] 文史知识编辑部编：《中国文学史百题》，中华书局 1990 年版。

[27] 胡小石：《胡小石论文集续编》，上海古籍出版社 1991 年版。

[28] 傅晓航、张秀莲：《中国近代戏曲论著总目》，文化艺术出版社 1994 年版。

[29] 陈平原、陈国球：《文学史》，北京大学出版社 1995 年版。

[30] 王季思：《王季思教授古典文学论文选》，广东高等教育出版社 1996 年版。

[31] 王瑶：《中国现代文学史论集》，北京大学出版社 1998 年版。

[32] 王锺陵：《文学史方法论卷》，河北教育出版社 2001 年版。

[33] 黄人著，江庆柏、曹培根整理：《黄人集》，上海文化出版社 2001

年版。

[34] 王锺陵：《小说戏曲卷》，河北教育出版社 2001 年版。

[35] 吴梅：《吴梅全集·理论卷》，河北教育出版社 2002 年版。

[36] 张庚：《张庚自选集》，中国戏剧出版社 2004 年版。

[37] 陈飞：《中国文学专史书目提要》，大象出版社 2004 年版。

[38] 陈平原：《早期北大文学史讲义三种》，北京大学出版社 2005 年版。

[39] 北京大学诗歌中心、北京大学中文系：《化雨集》，人民文学出版社 2005 年版。

[40] 周扬、钱仲联、王瑶、周振甫：《中国文学史通览》，东方出版中心 2005 年版。

[41] 姜东赋、刘顺利：《王国维文选》（注释本），百花文艺出版社 2006 年版。

# 附录

## 20 世纪有影响的中国文学史著中的戏曲

### 1904—1919 年中国文学史及其戏曲内容

**一、林传甲著《中国文学史》（1904）**

武林谋新室出版，日本宏文堂印刷，宣统二年（1910）六月版，上海科学书局和广东科学分局发行。约七万七千字。本书为京师大学堂讲义，系用纪事本末体裁，凡十六篇。

第十五篇：骈散古合今分之渐，第十六章标题为元人文体为词曲说部所纂。但该章中并未具体说到戏曲内容。

第十六篇：骈文又分汉魏六朝唐宋四体之别，第十八章国朝古文之流别中提到了评价戏曲的一些内容。

陈平原辑《早期北大文学史讲义三种》中提供了林传甲《中国文学史》版本。

**二、黄人著《中国文学史》（1904）**

黄人（1857—1914），号慕庵，江苏常熟人，曾在苏州东吴大学任教。代表作《中国文学史》（1904）、《中世文学史》等。前者由国学扶轮社印行，无出版年月，线装本 29 册，其中有多册涉及到戏曲。据陈玉堂《中国文学史旧版书目提要》讲："出版年月，估计在林传甲《中国文学史》同时期。"本书是作者在苏州东吴大学任教时所编教材。其中有戏曲内容的篇章：

第十编　文学华离期下（中世文学史中之下）

第三章，元代文学，第八节、明之新文学——曲、制艺、小说（节选

曲本 31 部 120 折，散曲 7 人 18 首；制艺家 152 人，杂论 32 条；列述最流行之章回小说八类）

第十一编　文学暧昧期（近世文学史）

第二章，明代文学（第一暧昧期），第五节、金元曲（录金元乐府曲目，并选元曲作家 187 人）

### 三、曾毅著《中国文学史》(1915)

1915 年 9 月上海泰东图书局初版。约 14 万余字。作者撰写本书时正在日本，故采自日人所著颇多。1932 年出版的胡云翼《新著中国文学史》曾说他完全抄自日人儿岛献吉郎的原作，未免过言。全书分五编，凡九十章，起上古，迄清代。

第四编，近古文学（共四十七章，订正本为三十二章）。其中在元之建国与文学、元代之作者后边提到了小说戏曲之勃兴（订正本为小说戏曲之盛兴）。

第五编，近世文学（共十五章，订正本为十三章）。在最后提到，清之戏曲小说、结论。

### 四、朱希祖著《中国文学史要略》(1916)

1916 年北京大学出版部初版。本书为北京大学文科一年级参考书。

第四期，宋至明（书中把此期列为了第四期，不知是作者笔误还是故意这样写，这样就成了两个第四期。）此篇谈到戏曲内容："词莫盛于宋。曲莫盛于元。词者诗之余。曲者词之余……"

第五期，（本期标题只有"第五期"字样，而没有具体题目，不知何故。但正文开篇第一句是"清世学术"。本篇主要是谈清朝文学史）。

### 五、谢无量著《中国大文学史》(1918 年初版)

民国七年十月（1918）中华书局出版社初版，本论文是根据民国十四年二月八版版本。本书是早年较有影响的一部文学史。

第四编　近古文学史

卷七

第九章　五代词曲之盛。

卷八

第十六章　宋之词曲小说，第二节　平话及戏曲之渊源。

卷九

第十八章　元文学及戏曲小说之大盛，第二节　元之词曲杂剧。第二十三章　明之戏曲小说。

第五编　近世文学史。

第四章　清代之戏曲小说。

## 1920—1939 年中国文学史及其戏曲内容

### 一、吴梅著《中国文学史》（1920）

本书是根据北京大学出版社 2005 年 9 月第 1 版，陈平原辑《早期北大文学史讲义三种》中提供的在法国新发现的版本，本书内容只讲到唐至明，其中涉及到部分戏曲内容。从中可以看出吴梅对戏曲的一些认识。

据陈平原老师介绍，这套文学史共三册，时间为"自唐迄清"，实际上是只讲到明代。三册之中，有一册半是作品选。这是一部模仿日本人文学史之作，同时也有许多正统文学史的内容。这部文学史看似"体例混乱"，但真实地反映了早期文学史的面貌。遗憾的是陈平原在《早期北大文学史讲义三种》附录《不该被遗忘的"文学史"》一文中说："中国文学史宋元篇附录"加上"附录的附录"——"明人传奇目"和"明人杂剧目"，共 95 页，独立成为第三册，并没有附在本套文学史的影印本之中，也不知道是陈平原没有从法国带回来，还是别有考虑没有收在本书中。

（二）宋代文学总论：（甲）文、（乙）诗、（丙）词、（丁）曲、（戊）史、（己）语录、（庚）小说、（辛）时文。

（三）明文学总论：（甲）文、（乙）诗、（丙）词曲、（丁）道学、

（戊）制艺、（己）小说。

在宋元文学总论（丁）曲中说："乐府一变而为词词一变而为曲金元戏曲即所谓杂剧是也杂剧之名始起于宋。"在 18 页中又专门评价了元杂剧。

## 二、赵景深著《中国文学小史》（1928）

上海光华书局出版，1928 年 1 月初版，全书字数约 7 万至 8 万，凡三十三章。

第二十六章　元曲五大家。

第二十八章　明传奇。

第三十一章　清传奇。

## 三、谭正璧著《中国文学史大纲》（1930）

1930 年上海光明书局初版

第九章　辽金文学

一、辽金：辽国文学……戏曲的前夜……

二、元代：四人诗文作家及其他……曲词代谢……关郑白马——北曲作家代表……《西厢记》与《西游记》……荆刘拜杀与《琵琶》……

第十章　明清文学

一、明代：诗文的复古……《永乐大典》和八股文……词家与散曲家……《诚斋乐府》与《四声猿》……《安邦安国志》与《凤凰山》……临川四梦……

二、清代：……四库全书与金圣叹……《长生殿》和《桃花扇》与九种曲和十种曲……

第十一章　现代文学与将来的趋势

一、现代：辛亥革命的前后……戏剧的三条路……

第十二章　结论

## 四、贺凯著《中国文学史纲要》（1931）

1931 年 12 月北平文化学社印行初版，约 16 万字。本书是依据 1933 年新兴文学研究会版。

第二编

第五章、词曲：一、五代的词。二、北宋词。三、南宋词。四、宋朝诗人。五、宋朝的话本与古文。六、元曲——适应蒙古民族的新文学——采取北方民间的方言——打破传统的旧文学——中国戏曲的完成。

第六章、白话小说及其他：三、明初四大传奇——典雅优美的南曲——中国文化的复兴——《琵琶记》——义夫节妇——名教立论——封建社会的遗壳。四、《桃花扇》与《长生殿》——《桃花扇》——名士艳史——亡国哀痛——《长生殿》——凄婉的历史悲剧。

第三编　帝国主义侵入后的文学转变

第二章　五四运动与文学革命：十二、熊佛西、丁西林、田汉的戏剧

第三章　新时代的文艺运动

## 五、胡云翼著《新著中国文学史》（1932）

1932 年 4 月北新书局初版，约 10 余万字。

第七编　元代文学：第二十章　元代的戏曲（上）。第二十一章　元代的戏曲（下）。

第八编　明代文学：二十二、明代文学运动。二十三、明代的戏曲。

第九编　清代文学：二十五、清代正统文学。二十六、清代的戏曲。

## 六、郑振铎著《插图本中国文学史》（1932）

1932 年 12 月北平朴社初版，约 70 万余字。本书所收的材料，有三分之一以上是他书所未述及的，如变文、戏文、诸宫调、散曲、民歌，以及宝卷、弹词、鼓词等。

上卷，古代文学。

中卷，中世文学。第三十八章、鼓子词与诸宫调。第四十章、戏文的

起来。第四十六章、杂剧的鼎盛。第四十七章、戏文的进展。第四十九章、散曲作家们。第五十二章、明初的戏曲作家们。第五十三章、散曲的进展。

下卷，近代文学。第五十七章、昆腔的起来。第五十八章、沈璟与汤显祖。第五十九章、南杂剧的出现。第六十三章、嘉隆后的散曲作家们。第六十四章、阮大铖与李玉。

### 七、童行白著《中国文学史纲》（1933）

1933年4月大东书局出版，约10万字，全书共十章。本书是作者在教学时，以笹川种郎《支那历朝文学史》为蓝本编写的讲义，是典型的模仿日本文学史之作。

第八章，金元时代之文学：二、元遗山。三、小说与戏曲之发达：中国小说戏曲发达迟迟之原因——前代小说戏曲之特质——杂剧——《西厢记》——《琵琶记》。

第九章，明代文学：四、小说与戏曲：——汤显祖与戏曲——汤显祖传略——所谓玉茗堂四梦——《牡丹亭》。

第十章，清代之文学：二、诗人与文学家。三、小说与戏曲及批语：——李渔十种曲——孔云亭《桃花扇》——洪昉思《长生殿》——蒋藏园九种曲——批评家金圣叹。

### 八、刘经庵著《中国纯文学史纲》（1935）

1996年3月东方出版社第1版。本书据北平著者书店1935年版编校再版，25万余字。本书是一部专门介绍诗歌、词、戏曲、小说的文学史。其中涉及戏曲家约30余位，代表戏曲作品20余篇。

第三章，戏曲：第一节，戏曲的演变。以下是元代以前、元代、明代、清代的戏曲。

第四章，小说。二十六、明清昆曲与地方剧：昆曲的勃兴、作品与作者、地方剧。

### 九、容肇祖著《中国文学史大纲》（1935）

1935年9月北平朴社出版初版，约15万字，凡47章。本书是作者在岭南大学时的讲稿。

三十九、宋代戏曲的产生及其发展。

四十、明代的戏曲。

四十五、清代的戏曲。

### 十、赵景深著《中国文学史新编》（1936）

1936年1月北新书局初版（精装版），约15万字。本书为作者继《中国文学小史》后另一新著，本书分为古代、宋元、明清三大编。

第二编，宋元编，本编主要讲词、戏曲、小说。其中第10、11、12、13、14、15讲的是戏曲部分，如戏曲的起源、诸宫调、元杂剧（两讲）、元散曲、宋元戏文等。

第三编，明清编：在第1、2、3、4、5、9、10、11、15讲中是戏曲部分，如明代杂剧、明代传奇（三讲）、明代散曲、清代杂剧、清代传奇、清代散曲、清代花部戏。

## 1940—1949年中国文学史及其戏曲内容

### 一、刘大杰著《中国文学发展史》（1941年上卷，1949年下卷）

本书分两卷，上卷成于1939年，1941年1月由中华书局印行初版，约20万字，下卷成于1943年，1949年1月出版，约38万余字。本书上卷凡十五章，下卷自第十六章晚唐五代的词起，至第三十章清代的小说止。1957年，作者将本书文字作了些改动，交古典文学出版社出版，并改为三册，字数增至76万。1962年至1963年间，作者又作了修订和改动，交中华书局重排出版新一版，字数又增至93万。1973年和1976年，作者出于历史的原因，将前版在内容和篇目上作了更大的改动，先后由上海人民出版社出版了第一、第二两册，计 65 万余字。本版之观点，多有谬误，不为人取。本书所用版本为百花文艺出版社 2007 年 8 月第 1 版版本。

第二十一章，宋代的小说与戏曲：上篇：宋代的小说。下篇：宋代的戏曲：一、中国戏曲的起源与演进。二、宋代的各种戏曲。

第二十三章，元代的杂剧：一、杂剧的产生。二、杂剧的组织。三、杂剧的兴盛的原因。四、元剧初期的王派作家。五、元剧初期的关派作家。六、杂剧的南移及其代表作家。

第二十四章，明代的文学思潮。

第二十五章，明代的戏曲：一、南戏的源流与形式。二、元末明初的传奇。三、传奇的古典化。四、杂剧的衰落与短剧的产生。五、汤显祖与晚明的剧坛。

第二十八章，清代文学在中国文学史上的地位。

第二十九章，清代的诗歌与词曲：三、清代的曲。

## 二、林庚著《中国文学史》（1947）

1947 年 5 月厦门大学初版，约 27 万字。全书分"启蒙时代"、"黄金时代"、"白银时代"、"黑暗时代"四编，凡 36 章。

目次：

其中，第四编黑暗时代有戏曲内容：第卅章杂剧与院本：古代戏剧的演进——唐代的弄参军——宋人杂剧盛行后的官本——院本乃正式舞台的桥梁——元曲与杂剧的关系——院本再为南戏的滥觞。第三十一章舞台重心：元人以前的傀儡戏——北曲以大都为中心——关汉卿更近于剧——王实甫偏重于曲——马致远以剧写诗——南曲初期的作品。第三十三章梦的结束：昆腔的兴起——曲、白之间渐不可分——汤显祖重趣尚意——"四梦记"的影响之大——《长生殿》仍取法于梦——孔尚任独标风格——《桃花扇》作者的理论——剧的结束。第三十六章文艺曙光。从这些章节的语言描述上可以看出作者诗人的用语，诗人的思想。从对戏曲的认识来看，戏曲是属于"黑暗时代"的。在这一篇中，共分五章，其中，第二十八章梦想的开始，主要是从笔记小说开始写起，第二十九章、第三十章、

第三十一章、第三十三章都是写戏曲的,并且以"剧的结束"而完成"梦的结束"。把戏曲当成了梦的漫游,把研究戏曲当做"梦的解析"。

## 1950—1966 年中国文学史及其戏曲内容

### 一、蒋祖怡著《中国人民文学史》（1950）

1950 年北新书局初版。这是新中国成立后的第一部中国文学史。其中戏曲内容章节有:

第四章,巫舞与杂剧:二、乐人的和模仿的戏剧。三、大曲和参军戏。四、杂剧。五、院本。

第六章,讲唱与表演:二、唱赚与诸宫调。五、金元杂剧。六、南戏。七、地方戏。

### 二、林庚著《中国文学简史》（1954）

1954 年上海文艺出版社初版,虽然版权页上写有上下两卷字样,但只有上卷内容。本书是在北京大学的讲稿,1986 年北京大学出版社二版（上卷）。一版二版均不涉及戏曲内容。1994 年北京大学出版社三版（上、下卷）,此版涉及戏曲内容。2007 年清华大学出版社出版（上、下卷）。

第二十一章,金院本与元杂剧:戏剧的产生;金院本与元杂剧。

第二十二章,从北曲到南戏:舞台重心;关汉卿;王实甫;马致远;以故事为主的剧情;杂剧的南移;宋元南戏。

第二十七章,明代戏剧:杂剧的尾声;昆腔的兴起;汤显祖和临川四梦。

第二十九章,清代戏剧:清初剧坛;《长生殿》;《桃花扇》;昆腔的衰落和皮黄的兴起。

### 三、陆侃如、冯沅君合著《中国文学史简编》（1957 年修订版）

1932 年 10 月大江书铺初版,约 10 万字。全书分上下两编,每编十讲。1957 年 7 月作家出版社出版《中国文学史简编》（修订本）。

第四篇，隋唐宋元的文学：第三章，唐后期及五代的文学：——话本与戏剧。第五章，南宋及金文学：——宋金戏剧——宋元南戏。第六章，元代的文学：戏剧的繁荣——关汉卿——王实甫（附白朴等）——马致远——张可久及其他。

第五篇，明清的文学：第二章，明前期的文学：《琵琶记》及其他。第三章，明后期的文学：——梁辰鱼与徐渭——汤显祖（附沈璟）——李玉及其他。第四章，清代的文学：——洪昇与孔尚任——地方戏及其他。

第六篇，鸦片战争到五四运动的文学。

## 四、复旦大学中文系古典文学组学生集体编著《中国文学史》（1959）

1959 年 12 月中华书局第 1 版。

第六编，明清文学：第二章，明清的民间文学。第三节，地方戏曲。第三章，明清的散曲和俗曲。第一节，明代北方的曲家。第二节，明代南方的曲家。第三节，清代的曲家。第九章，杂剧的余波。第一节，明代戏曲的概述。第二节，杂剧的衰微。第三节，《沽酒游春》和《中山狼》。第四节，嘉靖以后的杂剧。第五节，徐渭与《四声猿》。第六节，其他杂剧作家与作品。第十章，戏剧的新局面。第一节，昆腔兴起以前的明代戏曲。第二节，昆腔的形成及其创作。第十一章，大戏曲家汤显祖。第一节，汤显祖的生平。第二节，汤显祖的代表作《牡丹亭》。第三节，汤显祖的其他剧作。第四节，高濂和孙仁孺。第五节，形式主义的逆流——吴江派。第十二章，现实主义戏剧大师——李玉。第一节，歌颂人民群众政治斗争的《清忠谱》。第二节，《一捧雪》及其他。第三节，李玉的成就。第四节，明末清初的传奇。第十九章，洪昇与《长生殿》。第一节，作者的生平和《长生殿》的主题思想。第二节，《长生殿》的思想内容与艺术成就。第三节，戏剧的理论家李渔。第二十章，爱国主义的剧作《桃花扇》。第一节，孔尚任及其创作思想。第二节，《桃花扇》的卓越成就。第三节，清代的其他传奇、杂剧作家。

第七编，近代文学：第二章，人民大众反帝反封建文学。第二节，万紫千红的地方戏曲。第三节，百花丛中的牡丹——京剧。第四节，说唱文学——弹词与鼓词。第五章，辛亥革命前后的文学。第四节，戏剧的新发展。

## 五、北京大学中文系 1957 级文学专门化编著《中国文学发展简史》（1962）

第五编，宋元文学：

第五章，金代文学：二、《西厢记诸宫调》。

第六章，伟大的人民戏剧家关汉卿：一、元杂剧与关汉卿。二、关汉卿的发表作品。三、关汉卿杂剧的成就和影响。

第七章，《西厢记》和其他元代优秀杂剧：一、《西厢记》。二、元杂剧的其他优秀作品。

第六编，明清文学：

第七章，明代戏曲：一、《琵琶记》。二、汤显祖的《牡丹亭》。三、李玉和他的戏曲创作。

第八章，清代戏曲：一、《长生殿》。二、孔尚任的《桃花扇》。

第七编，近代文学：

第一章，近代民间文学：二、近代戏曲。

## 六、中国科学院文学研究所中国文学史编写组编写《中国文学史》（1962）

人民文学出版社出版，1962 年 7 月北京第 1 版。共三册。

宋代文学：

第十一章，话本和戏曲：第二节，戏曲。

第十二章，辽金文学：第一节，辽金文学概况。第三节，《西厢记诸宫调》。

元代文学：

第一章，杂剧的兴起和繁荣。第二节，元杂剧的兴盛及其原因。第三节，元杂剧的几个特色。

第二章，关汉卿：第一节，关汉卿的生平。第二节，《窦娥冤》。第三节，《救风尘》、《望江亭》、《调风月》、《拜月亭》和《单刀会》。第四节，关汉卿杂剧的特色和成就。第五节，关汉卿的散曲。

第三章，王实甫：第一节，王实甫的生平。第二节，《西厢记》的主题思想和人物形象。第三节，《西厢记》的艺术特色。

第四章，白朴和马致远：第一节，白朴。第二节，马致远。

第五章，前期其他杂剧作家：第一节，康进之、高文秀、纪君祥。第二节，杨显之、石君宝、尚仲贤、李好古。第三节，李直夫、张国宾、李潜夫。

第六章，后期杂剧作家和无名氏的杂剧：第一节，郑光祖。第二节，宫天挺、秦简夫等。第三节，无名氏的杂剧。

第九章，南戏：第一节，南戏的发展。第二节，《拜月亭》和其他作品。第三节，高明的《琵琶记》。

明代文学：

第一章，明初文学。第三节，杂剧和传奇小说。

第四章，成化至隆庆时期文学：第三节，戏剧。

第六章，万历时期文学：第三节，戏曲。

第八章，汤显祖：第一节，汤显祖的生平。第二节，《牡丹亭》。第三节，汤显祖的其他作品。

第十章，明末文学：第四节，戏剧和小说。

清代文学：

第二章，第二节，戏剧

第四章，洪昇和孔尚任：第一节，洪昇和他的《长生殿》。第二节，孔尚任和他的《桃花扇》。

第五章，雍正、乾隆时期的文学。第四节，戏剧。

第八章，嘉庆、道光时期的文学。第四节，地方剧。

**七、游国恩、王起、萧涤非、季镇淮、费振刚主编《中国文学史大纲》**（1962）

1962年8月人民文学出版社第1版。

第五编，宋代文学：

第十章，辽金文学：第三节，董解元的《西厢记诸宫调》。

第六编，元代文学：

第一章，元杂剧的崛起和兴盛：第一节，宋金以来的民间戏曲。第二节，元杂剧兴盛的原因和元初剧坛。第三节，元杂剧的形式。

第二章，伟大的戏剧家关汉卿：第一节，关汉卿的生平和作品。第二节，关汉卿杂剧的思想和内容。第三节，关汉卿杂剧的艺术成就。第四节，关汉卿的地位和影响。

第三章，《西厢记》：第一节，王实甫的生平和作品。第二节，《西厢记》的思想内容。第三节，《西厢记》的艺术成就和影响。

第四章，元前期杂剧其他作家和作品：第一节，康进之　高文秀。第二节，纪君祥　尚仲贤。第三节，杨显之　石君宝。第四节，白朴　马致远。第五节，郑廷玉　武汉臣及其他作家。

第五章，元杂剧的衰微：第一节，杂剧的南移和衰微。第二节，郑光祖、乔吉。第三节，宫天挺、秦简夫及其他剧作家。

第七编，明代文学：

第一章，明初戏剧：第一节，南戏的兴起和杂剧的继续衰落。第二节，高明的《琵琶记》，第三节，《拜月亭》及其他。

第五章，明中叶后的戏剧：第一节，明中叶的戏剧创作。第二节，《浣纱记》、《鸣凤记》和昆腔的兴起。第三节，沈璟和吴江派。第四节，徐渭和明中叶后杂剧。

第六章，汤显祖：第一节，汤显祖的生平。第二节，《牡丹亭》。第三节，汤显祖的其他戏曲。第四节，《东郭记》、《红梅记》及其他。

第八编，清初至清中叶的文学：

第二章，清初戏曲作家：第一节，李玉和他的同派作家。第二节，

《清忠谱》。第三节，尤侗和其他戏曲作家。第四节，李渔和他的戏曲理论。

第三章，洪昇和《长生殿》：第一节，洪昇的生平和作品。第二节，《长生殿》故事的继承和发展。第三节，《长生殿》的思想内容和艺术成就。

第四章，孔尚任和《桃花扇》：第一节，孔尚任的生平和作品。第二节，《桃花扇》的思想内容和艺术成就。第三节，昆曲衰落时期的传奇、杂剧作家。

第九编，近代文学——晚清至五四运动：

第五章，近代戏曲：第一节，地方戏的发展和京剧。第二节，传奇、杂剧和乱弹剧本。第三节，戏曲革新和话剧的萌芽。

## 八、游国恩、王起、萧涤非、季镇淮、费振刚主编《中国文学史》(1963)

1963 年 7 月北京人民文学出版社第 1 版，全书共约 22.6 万字。

第五编，宋代文学：

第十章，辽金文学：第一节，辽金文学的发展。第二节，元好问。第三节，董解元《西厢记诸宫调》。

第六编，元代文学：

**概说**

第一章，元杂剧的崛起和兴盛：第一节，戏曲的形成和宋金时期的民间戏曲。第二节，元杂剧兴盛的原因和元前期剧坛。第三节，元杂剧的形式。

第二章，伟大的戏剧家关汉卿：第一节，关汉卿的生平和作品。第二节，关汉卿杂剧的思想和内容。第三节，关汉卿杂剧的艺术成就。第四节，关汉卿的地位和影响。

第三章，《西厢记》：第一节，《西厢记》的作者——王实甫。第二节，《西厢记》的思想内容。第三节，《西厢记》的艺术成就和影响。

第四章，元前期杂剧其他作家和作品：第一节，康进之　高文秀。第二节，纪君祥　尚仲贤。第三节，杨显之　石君宝。第四节，白朴　马致远。第五节，郑廷玉　武汉臣及其他作家。

第五章，元杂剧的衰微：第一节，杂剧的南移和衰微。第二节，郑光祖和乔吉。第三节，宫天挺、秦简夫及其他作家。

第六章，元末南戏：第一节，南戏的兴起。第二节，高明的《琵琶记》。第三节，《拜月亭》及其他。

第七编，明代文学：

第四章，明代的戏剧：第一节，明初到中叶的戏剧。第二节，昆腔的兴起和《浣纱记》、《鸣凤记》。第三节，沈璟和吴江派。第四节，徐渭和明中叶后杂剧。

第五章，汤显祖：第一节，汤显祖的生平。第二节，《牡丹亭》。第三节，汤显祖的其他剧作。第四节，《东郭记》、《红梅记》及其他。

第八编，清初至清中叶的文学：

第二章，清初戏曲作家：第一节，李玉和他的同派作家。第二节，《清忠谱》。第三节，尤侗和其他戏曲作家。第四节，李渔和他的戏曲理论。

第三章，洪昇和《长生殿》：第一节，洪昇的生平和作品。第二节，《长生殿》故事的继承和发展。第三节，《长生殿》的思想内容和艺术成就。

第四章，孔尚任和《桃花扇》：第一节，孔尚任的生平和作品。第二节，桃花扇的思想内容和艺术成就。第三节，昆曲衰落时期的传奇、杂剧作家。

第九编，近代文学——晚清至"五四"的文学：

第五章，近代戏曲：第一节，地方戏的发展和京剧。第二节，传奇、杂剧和乱弹剧本。第三节，戏剧的革新及话剧的萌芽。

1966—1976 年中国文学史及其戏曲内容（略）

1976—1986 年中国文学史及其戏曲内容

### 一、十三所高等院校《中国文学史》编写组编《中国文学史》（1979）

1979 年 12 月江西人民出版社第 1 版。

中册

第六编，宋和辽金文学：

第八章，元好问和董解元的《西厢记》诸宫调：第一节，元好问。第二节，董解元的《西厢记》诸宫调。

第七编，元代文学：

概述

第一章，伟大的戏剧家关汉卿：第一节，关汉卿的生平和创作道路。第二节，关汉卿戏剧的思想内容。第三节，关汉卿戏剧的艺术成就和在文学史上的地位。

第二章，王实甫的《西厢记》：第一节，王实甫和《西厢记》的创作。第二节，《西厢记》的思想内容和人物象形。第三节，《西厢记》的艺术成就和影响。

第三章，元杂剧的其他作家作品：第一节，爱情剧和家庭剧。第二节，水浒剧和公案剧。第三节，少数民族生活剧和历史剧。

第五章，南戏：第一节，南戏的流传和发展。第二节，《拜月亭》和《琵琶记》。

第八编，明代文学：

第四章，汤显祖与《牡丹亭》：第一节，汤显祖的生平。第二节，《牡丹亭》内容的时代特色。第三节，《牡丹亭》的艺术成就。

下册

第九编，清代文学：

第四章，清代戏剧：第一节，传统戏曲的盛衰和民间地方戏的勃兴。第二节，李玉和《清忠谱》。第三节，洪昇和《长生殿》。第四节，孔尚任和《桃花扇》。

第十编，近代文学：

第三章，辛亥革命前后的文学：第四节，戏剧的新发展。

## 二、北京师范大学中文系古典文学教研室编写《简明中国文学史》（1981）

1981 年北京师范大学出版社初版。

第七章，元代文学：第一节，概说。第二节，元杂剧的奠基人——关汉卿。第三节，王实甫及元前期杂剧作家。第四节，元后期杂剧及南戏。第五节，元代的三曲。

第八章，明代文学：第七节，明代戏剧。第八节，汤显祖。

第九章，清代文学：第六节，清初戏曲作家。第七节，《长生殿》和《桃花扇》。第八节，《雷峰塔》及其他戏曲作品。

第十章，近代文学：第四节，近代戏剧。

## 1986—2000 年中国文学史及其戏曲内容

### 一、陈玉刚著《中国文学通史简编》（1992）

1992 年 10 月大众文艺出版社第 1 版，分上下册。

下册：第五章，宋辽金代文学：第一节，概述。第六节，戏剧。

第六章，元代文学：第一节，概述。第二节，戏剧，一、元代戏剧发展的原因。

二、元代的杂剧：关汉卿及其《窦娥冤》、《赵盼儿风月救风尘》、《关大王单刀会》——王实甫及其《西厢记》——白朴及其《墙头马上》、《梧桐雨》——马致远及其《汉宫秋》

——康进之及其《李逵负荆》——杨显之及其《潇湘夜雨》——李

好古及其《张羽煮海》

——纪君祥及其《赵氏孤儿》——石君宝及其《秋胡戏妻》——李潜夫及其《包待制智赚灰阑记》——郑光祖及其《倩女离魂》——乔吉及其《杜牧之诗酒扬州梦》——无名氏的《陈州粜米》。

三、元代的南戏：《张协状元》——《小孙屠》——《宦门子弟错立身》——《荆钗记》——《刘知远》——《杀狗记》——《拜月亭》——高明及其《琵琶记》。

第七章，明代文学：第一节，概述。第二节，文学思想和文学派别。小说戏剧思想流派：徐渭的戏剧文学理论——王骥德的戏曲文学理论。第六节，戏剧。一、明代的杂剧：朱权及其《大罗天》、《私奔相如》——朱有燉及其《豹子和尚》——王九思及其《沽酒游春》——康海及其《中山狼》——徐渭及其《四声猿》——陈与郊及其《文姬入塞》。二、明代的传奇：魏良辅——梁辰鱼及其《浣纱记》——汤显祖及其《还魂记》（《牡丹亭》）、《紫钗记》、《南柯记》、《邯郸记》——沈璟及其《义侠记》、《博笑记》——高濂及其《玉簪记》——周朝俊及其《红梅记》——孟称舜及其《娇红记》——阮大铖及其《燕子笺》。

第八章，清代文学：第一节，概述。第五节，戏剧。一、清代初期的杂剧和传奇：吴伟业及其杂剧《临春阁》、《通天台》——尤侗及其杂剧《读离骚》——李玉及其传奇《一捧雪》、《清忠谱》——朱㿟及其传奇《十五贯》——李渔的戏曲理论著作《闲情偶寄》——洪昇及其传奇《长生殿》——孔尚任及其传奇《桃花扇》。二、乾嘉时期各地方剧种的兴起和花部与雅部的争胜——花部与雅部的唱腔艺术。三、嘉庆末年及以后时期京剧的兴起与发展——徽调与汉调合流及京剧唱腔的形成——早期的京剧著名演员：程长庚——余三胜——张二奎——光绪末年的京剧革新家：汪笑侬——京剧剧本作家：卢胜奎。四、晚清时期话剧的兴起和发展——早期的话剧家：李叔同——曾孝谷——欧阳予倩——王钟声——任天知。

## 二、章培恒、骆玉明著《中国文学史》（1997）

1997 年 4 月复旦大学出版社初版，110 万字。分三册。

中卷

第四编，隋唐五代文学：

第五编，宋代文学：第七章，辽金文学的发展：第三节，《西厢记诸宫调》。

下卷

第六编，元代文学：第一章，关汉卿与元代前期杂剧：第一节，元杂剧的兴起。第二节，关汉卿和他的杂剧创作。第三节，王实甫与《西厢记》。第四节，白朴的杂剧。第五节，马致远的杂剧。第六节，《赵氏孤儿》、《李逵负荆》及其他杂剧作品。第二章，元后期杂剧：第一节，郑光祖的杂剧。第二节，秦简夫的杂剧。第三节，其他作家与作品。第五章，元代南戏：第一节，南戏的形成和发展。第二节，高明的《琵琶记》。第三节，四大南戏——《荆》、《刘》、《拜》、《杀》。

第七编，明代文学：第一章，明代前期的文学：第四节，明代前期的戏剧。第三章，明中后期戏剧与《西游记》等小说：第一节，明中期杂剧。第二节，明中期传奇。第七章，汤显祖与明后期戏剧：第一节，汤显祖的戏剧。第二节，沈璟和吴江派。第三节，吴炳等其他剧作家。

第八编，清代文学：第三章，清代前期至中期的戏剧：第一节，以李玉为首的苏州剧作家。第二节，李渔的戏剧理论与创作。第三节，吴伟业　尤侗　嵇永仁。第四节，洪昇与《长生殿》。第五节，孔尚任与《桃花扇》。第六节，清中期戏剧。

### 三、张炯、邓绍基、樊骏主编的《中华文学通史》（1997）

1997 年 9 月华艺出版社出版，共十册，其中古代文学部分四册，近代文学一册。这部文学史的特点是时间跨度较大，从先秦到当代。内容非常丰富，包括了各少数民族以及港澳台等文学史。

古代文学篇：

宋辽金文学：第十四章，宋代小说和戏曲：第一节，话本的兴起及其成就；第二节，宋代志怪与传奇；第三节，宋杂剧和南戏。

第十六章，辽金文学：第四节，《西厢记诸宫调》。

元代文学：第一章，元代文学概况。

第二章，元杂剧的兴起和繁荣：第一节，杂剧的兴盛及其原因；第二节，杂剧的体制；第三节，杂剧的门类和内容。

第三章，"杂剧班头"关汉卿：第一节，关汉卿的生平；第二节，关汉卿的代表作《窦娥冤》；第三节，关汉卿的婚姻、爱情剧；第四节，著名历史剧《单刀会》；第五节，关汉卿杂剧的特色和成就；第六节，关汉卿的散曲。

第四章，王实甫和他的《西厢记》：第一节，王实甫的生平和创作；第二节，《西厢记》的主题思想和人物形象；第三节，《西厢记》的艺术特色。

第五章，白朴和马致远：第一节，白朴的生平和创作；第二节，马致远的生平和创作。

第六章，前期其他杂剧作家：第一节，纪君祥和狄君厚的历史剧；第二节，康进之、高文秀和李文蔚的水浒戏；第三节，杨显之、石君宝、尚仲贤和李好古的婚姻、爱情剧；第四节，李潜夫、武汉臣、孟汉卿和王仲文的公案剧；第五节，女真族作家李直夫和艺人作家张国宾。

第七章，后期杂剧作家：第一节，郑光祖的生平和剧作；第二节，乔吉、宫天挺、秦简夫等后期作家；第三节，钟嗣成和《录鬼簿》。

第十四章，南戏：第一节，南戏的发展和流行；第二节，"四大传奇"——《拜月亭》、《荆钗记》、《白兔记》和《杀狗记》；第三节，高明的《琵琶记》。

明代文学：第四章，明初的戏剧与小说：第一节，朱有燉与其他杂剧作家；第二节，《太和正音谱》与《录鬼簿续编》；第三节，《剪灯新话》与《剪灯余话》。

第九章，成化至隆庆时期的戏剧与散曲（上）：第一节，李开元与《宝剑记》；第二节，《鸣凤记》；第三节，梁辰鱼与《浣纱记》；第四节，明中叶的其他传奇作家。

第十章，成化至隆庆时期的戏剧与散曲（下）：第一节，王九思、康海的杂剧作品；第二节，徐渭；第三节，许潮与汪道昆。

第十六章，万历时期的戏剧：第一节，传奇创作的高潮；第二节，沈璟与吴江派；第三节，吴江派的其他作家；第四节，高濂、周朝俊与孙钟龄；第五节，万历时期的其他剧作家。

第十七章，汤显祖与"四梦"：第一节，汤显祖的生平；第二节，《牡丹亭》；第三节，汤显祖的其他作品。

第二十三章，明末的小说与戏剧：第四节，袁于令和孟称舜；第五节，吴炳和阮大铖。

清代文学：第八章，顺治、康熙时期的戏剧：第一节，苏州派剧作家和李玉；第二节，苏州派其他剧作家；第三节，李渔的戏剧理论与创作；第四节，吴伟业、尤侗、嵇永仁等。

第九章，洪昇与孔尚任：第一节，洪昇的生平与著作；第二节，《长生殿》；第三节，孔尚任的生平和著作；第四节，《桃花扇》。

第十七章，雍正、乾隆时期的杂剧：第一节，杨潮观和他的《吟凤阁杂剧》；第二节，蒋士铨的杂剧传奇；第三节，唐英和他的《古柏堂传奇》；第四节，其他戏剧家；第五节，"雅部"的衰落与"花部"的繁荣。

第十九章，嘉庆、道光时期的小说与戏剧：第三节，"雅部"衰落期的传奇、杂剧作家；第四节，以《红楼梦》、《聊斋志异》为题材的戏剧；第五节，地方剧的蓬勃发展。

第二十六章，藏戏：第一节，概述；第二节，"八大藏戏"；第三节，表演程式与思想内容；第四节，流派与传承。

第二十七章，清代南方少数民族文学（上）：第五节，说唱文学、戏曲。

近代文学篇：第十章，近代前期的戏曲：第一节，鸦片战争以后传奇杂剧的嬗变；第二节，近代前期的重要戏曲作家；第三节，京剧的形成及早期皮黄剧目和作家。

第十九章，古典戏曲的终结与现代戏剧的萌生：第一节，古典戏曲最后一位代表人物吴梅；第二节，戏曲改良理论与传奇杂剧的变革；第三节，京剧与地方戏曲改良；第四节，早期话剧。

## 四、袁行霈主编《中国文学史》（1999）

1999 年 8 月高等教育出版社初版。约 27 万字。

第三卷　第五编，宋代文学：

第六编，元代文学：

绪　论：第二节，叙事文学的兴盛：戏剧的繁荣、戏剧演出和体制、北方戏剧圈、南方戏剧圈。

第一章，话本小说与说唱文学

第二章，关汉卿

第三章，王实甫的《西厢记》

第四章，白朴和马致远

第五章，北方戏剧圈的杂剧创作

第六章，南方戏剧圈的杂剧创作

第七章，南戏的兴起与《琵琶记》

第四卷　第七编，明代文学：

绪论：第三节，俗文学的发展与对文学特性认识的深化，小说、戏曲等俗文学地位的提高及其繁荣，对文学特性认识的深化，雅文学与俗文学的交融。

第五章，明代杂剧的流变：第一节，明初宫廷派别作家的杂剧创作：皇家贵族朱权、朱有燉的杂剧创作，御前侍从贾仲明、杨讷的杂剧创作，刘东生的《娇红记》。第二节，明代后期的杂剧转型：转型期杂剧的特点，王九思与康海的杂剧，《一文钱》等讽刺杂剧，爱国题材杂剧与爱情题材杂剧。第三节，徐渭及其讽世杂剧："狂人"徐渭，《四声猿》与《歌代啸》，徐渭在剧坛上的影响。

第六章，明代传奇的发展与繁荣：第一节，明初传奇概述：传奇的渊源及体制，明初传奇的道学气和八股化，《精忠记》、《金印记》、《千金记》、《连环记》。第二节，明代中期三大传奇：李开先的《宝剑记》，四大声腔与昆腔的发展，梁辰鱼的《浣纱记》，署名王世贞等人的《鸣凤记》。第三节，明代后期传奇的繁荣：明后期传奇概述，高濂的《玉簪记》，孙仁孺的《东郭记》，周朝俊的《红梅记》。第四节，吴江派群体与玉茗堂风格影响下的剧作家：沈璟的昆腔创作，"沈汤之争"，吴江派戏剧家群体，玉茗堂风格的剧作家，孟称舜的《娇红记》。

第七章，汤显祖：第一节，汤显祖的生平与思想：坎坷的仕途，徘徊于儒、道、释之间，人生的"至情论"。第二节，汤显祖的代表作《牡丹亭》。第三节，"临川四梦"中的另外三部戏：《紫钗记》、《南柯记》、《邯郸记》、"四梦"之比。第四节，汤显祖的影响：汤显祖影响下的剧作家，汤剧的社会影响，"临川四梦"的演出与传播。

第八编　清代文学：

绪论

第二章，清初戏曲与《长生殿》、《桃花扇》：第一节，清初戏曲：吴伟业和尤侗寄托心曲的抒情剧，李玉等苏州派剧作家的新编历史剧，李渔的风情戏剧。第二节，《长生殿》：洪昇生平，《天宝遗事》的历史底蕴，《长生殿》的重史意识与杨贵妃形象，化长恨为长生的意蕴，艺术风格。第三节，《桃花扇》：孔尚任的际遇与《桃花扇》的创作，历史反思与征实精神，下层人物形象，国家至上的思想，戏剧结构，人物形象的塑造。

第八章，清中叶的小说戏曲与讲唱文学：第二节，案头化的文人戏曲创作：传奇、杂剧创作的最后阶段，蒋士铨等剧作家，《雷峰塔传奇》等。第三节，地方戏的勃兴和京剧的诞生："花部"与"雅部"之争，皮黄腔与京剧，地方戏的优秀剧目。第四节，讲唱文学的盛行：源流、演变和发展，弹词与《再生缘》，鼓词和子弟书。

第九编　近代文学：

第二章，近代前期的小说与戏曲：第三节，近代前期的戏曲：传奇杂剧继续衰落与嬗变中的作家与作品，地方戏的发展与京剧的兴盛，京剧的代表剧目及其成就《弹词宝卷》。

第四章，近代后期的小说与戏曲：第五节，戏剧改良运动与话剧的诞生：戏剧改良运动的勃兴，"民族文学之伟著，亦政治剧曲之丰碑"，汪笑侬与京剧改良，中国早期话剧的诞生。

# 后记

春天，是百花歌唱的季节。

这部书稿终于在今春牡丹花绽放之时出版了。

本书稿是在原博士论文基础上进行了一些修改之后付梓的。该论文曾获母校优秀博士论文奖和庄汉生优秀论文奖，后又获"首届国家艺术学科优秀博士论文奖"，并且由文化艺术出版社出版。当前，在学术著作出版比较困难的情况下，国家专门拿出资金资助学术论文的出版，乃是对学术研究的最大支持。

如果说，这部书稿能够有幸出版的话，应感恩和铭记许多老师、同学和朋友。刘祯老师，从论文的选题、开题、修改等方面都费去了不少心血；在论文的开题、中期检查及正式答辩时，艺研院的傅晓航老师，传媒大学的周华斌老师，北师大的郭英德老师，艺研院的安葵老师、刘文峰老师、马也老师、贾志刚老师、宋宝珍老师、何玉人老师等，都从不同视角提出了许多宝贵的意见和建议。艺研院及研究生院的各位老师为了努力培养人才，专门聘请了国内外一流的知名学者和专家授课，使我们开阔了视野，增长了学识；师兄师弟师姐师妹们也从许多方面给予了帮助。学锋博士，在论文的早期选题和多次审稿中给予了积极帮助。惠哲博士和少虎博士，经常帮助我去国图、北师大查找相关资料，并且在生活上予以了热心照顾。

家乡雄浑之苍山，乃是用力之要；家乡汩汩之细流，乃是立心之本。毋忘家乡之山山水水，毋忘父母家人之纯朴教诲和默默支持，毋忘家乡老师、同学和朋友倾心倾力之相助，更毋忘本书中所引用文献资料的诸位作者和老师，是你们的学术成果成全了我的拙著。

由于书中所涉及的内容比较多，本人的学识和阅历尚比较浅，加之撰著论文的时间比较仓促，书中会存在不少错误，恳请各位老师和专家给予批评指正。

刘精瑛

**图书在版编目（CIP）数据**

一代之文学：20世纪上半叶中国文学史中的古代戏
曲研究/刘精瑛著.—北京：文化艺术出版社，2011.4
ISBN 978 - 7 - 5039 - 5003 - 2

Ⅰ.①一… Ⅱ.①刘… Ⅲ.①古代戏曲—文学研究—中国—
20世纪 Ⅳ.①I207.37

中国版本图书馆 CIP 数据核字（2011）第 039954 号

一代之文学
　　——20世纪上半叶中国文学史中的古代戏曲研究

著　　者　刘精瑛
责任编辑　金　燕
封面设计　倩　倩　雪　媛
出版发行　文化艺术出版社
地　　址　北京市东城区东四八条52号　　100700
网　　址　www.whyscbs.com
电子邮箱　whysbooks@263.net
电　　话　（010）84057666（总编室）84057667（办公室）
　　　　　（010）84057691—84057699（发行部）
传　　真　（010）84057660（总编室）84057670（办公室）
　　　　　（010）84057690（发行部）
经　　销　新华书店
印　　刷　国英印务有限公司
版　　次　2013年5月第1版
　　　　　2013年5月第1次印刷
开　　本　720毫米×960毫米　1/16
印　　张　18
字　　数　250千字
书　　号　ISBN 978 - 7 - 5039 - 5003 - 2
定　　价　32.00元